D1115710

QUELQU'UN
AVEC QUI COURIR

Assaf, jeune adolescent de seize ans, obtient un job d'été à la mairie de Jérusalem, où on lui confie la tâche de retrouver le propriétaire d'un chien égaré. C'est au bout d'une laisse tirée par l'animal qu'Assaf sera entraîné dans une quête initiatique dont Tamar, une autre adolescente, est la figure centrale.

Autour de cette jeune fille mystérieusement disparue, que tout le monde recherche pour des raisons différentes, gravitent une nonne grecque enfermée depuis plus de cinquante ans dans un monastère, la patronne transsexuelle d'un restaurant chic, le directeur-imprésario mafieux d'un foyer pour jeunes artistes de la rue – lequel broie les doigts des musiciens récalcitrants –, un vieux garçon qui se prend pour Sherlock Holmes, et la ville de Jérusalem dont les dédales abritent des adolescents à la dérive et de redoutables dealers.

David Grossman nous donne à lire un roman d'aventures, où le difficile passage à l'âge adulte s'effectue au travers de la quête de soi, de l'autre et de l'amour.

David Grossman, né à Jérusalem en 1954, est l'auteur de sept romans, de trois essais politiques, et d'une dizaine de livres pour la jeunesse traduits dans vingt-deux langues et distingués par de nombreux prix. David Grossman vit à Jérusalem avec sa femme et leurs trois enfants.

Au mêmes éditions

Le Vent jaune :
un écrivain israélien enquête
dans les territoires occupés
récits
« L'histoire immédiate », 1988

Voir ci-dessous, amour
roman, 1991
et « Points », n° P 152

Le Livre de la grammaire intérieure
roman, 1994

Les Exilés de la Terre promise :
conversations avec des Palestiniens d'Israël
1995

Le Sourire de l'agneau
roman, 1995

L'Enfant zigzag
roman, 1998
et « Points », n° P 1184

Tu seras mon couteau
roman, 2000

Duel à Jérusalem
roman
Seuil jeunesse, 2003

Chroniques d'une paix différée
essai, 2003

J'écoute mon corps
2005

Chez d'autres éditeurs

Comment la télévision et les jeux vidéos
apprennent aux enfants à tuer
en coll. avec René Blind et Michael Pool
Jouvence, 2003

David Grossman

QUELQU'UN AVEC QUI COURIR

ROMAN

Traduit de l'hébreu
par Rosie Pinhas-Delpuech

Éditions du Seuil

OUVRAGE TRADUIT AVEC LE CONCOURS
DU CENTRE NATIONAL DU LIVRE

TEXTE INTÉGRAL

TITRE ORIGINAL
Someone to Run With

Éditeur original : Hotsa'at HaKibbutz HaMeuchad,
Siman Kr'ia (Tel Aviv)

© David Grossman, 2000

ISBN original : 03-5785811

ISBN 2-02-078990-6
(ISBN 2-02-047800-5, 1re publication)

© Éditions du Seuil, avril 2003, pour la traduction française

www.seuil.com

À mes enfants, Jonathan, Ouri et Ruti

« Long is the road »

Un chien court dans la rue, un adolescent le poursuit. Ils sont reliés par une longue corde qui se prend dans les pieds des passants furieux, ils ronchonnent, le garçon bredouille : Pardon, pardon, et entre deux pardons il crie au chien : « Arrête ! stop ! » et une fois même, quelle honte, il laisse échapper un « Hue ! » et le chien continue de courir.

Il s'élance, franchit des routes bruyantes, traverse à des feux rouges. La fourrure dorée apparaît et disparaît entre les jambes des gens comme un signal secret, Doucement, crie l'adolescent, s'il savait son nom, il l'appellerait, le chien s'arrêterait peut-être ou bien ralentirait, mais au fond de lui-même il sent que l'animal continuerait de courir, de galoper, même si la corde l'étouffait, pourvu que nous arrivions déjà et que ce garçon me lâche.

Tout cela survient à un mauvais moment. Assaf court mais ses pensées s'embrouillent loin derrière lui, il veut les chasser, se donner tout entier à cette course après le chien, mais il les sent traîner derrière lui comme une ribambelle de boîtes de conserve brinquebalantes ; la boîte du voyage de ses parents, par exemple. En ce moment, ils sont au-dessus de l'océan, c'est la première fois qu'ils prennent l'avion, quel besoin avaient-ils de partir si brusquement ; et la boîte de sa sœur aînée à laquelle il a peur de penser tellement elle est pleine de soucis ; et d'autres boîtes, petites et grandes, qui s'entrechoquent dans sa tête, et tout au bout celle qu'il traîne derrière lui depuis deux semaines et dont le son le rend fou, elle lui crie à tue-tête de tomber amoureux fou de Daphi, de ne plus attendre ; Assaf sait qu'il doit s'arrêter un instant, mettre un peu d'ordre dans cette cohorte de boîtes agaçantes, mais le chien a d'autres projets.

Au diable, gémit Assaf, parce qu'une minute avant d'être arraché à ses pensées pour aller voir le chien, il était sur le point de tomber amoureux de Daphi. Il avait senti ce point rebelle au creux du ventre, cette voix lente et tranquille qui lui chuchotait toujours : Elle n'est pas pour toi Daphi, sans cesse en train de lancer des piques, de se moquer de tous, surtout de toi, pourquoi continuer soir après soir cette comédie stupide. Et juste au moment où il avait presque réussi à faire taire cette voix discordante, la porte du bureau, où depuis une semaine il passait ses journées, s'était ouverte devant Avram Danokh, un homme sec, brun et amer, sous-directeur des services sanitaires de la mairie, plus ou moins copain de son père qui lui avait trouvé ce travail pendant le mois d'août, et lui disait d'arrêter de flemmarder et de descendre immédiatement au chenil parce qu'il y avait enfin du travail pour lui.

Danokh marchait vite tout en lui parlant d'un chien, mais Assaf ne l'écoutait pas, d'habitude il lui fallait quelques secondes pour passer d'une situation à une autre, il traînait le pas derrière Danokh, le long des couloirs de la mairie, parmi les gens venus payer des factures d'eau ou des impôts, dénoncer des voisins qui avaient construit une terrasse sans permis. Il le suivit dans l'escalier de secours qui conduisait à la cour et essaya de tester son point de résistance à Daphi, et ce qu'il dirait ce soir à Roy qui lui demanderait de se comporter enfin comme un homme. Il était étonné d'entendre de loin ces aboiements, parce qu'en général les chiens aboyaient en chœur et l'empêchaient de rêvasser dans son bureau, mais en ce moment on n'entendait qu'un seul chien. Danokh ouvrit la porte grillagée, se retourna et dit quelques mots qui se perdirent dans les aboiements, il ouvrit la seconde porte grillagée et l'invita d'un signe de la main à entrer dans le passage étroit aménagé entre les cages.

Impossible de se tromper. Il y avait là environ huit ou neuf chiens, chacun dans sa cage, mais en fait il n'y en avait qu'un, comme si à lui seul il avait absorbé tous les autres, et les avait laissés hébétés, muets. Il n'était pas grand, mais il émanait de lui quelque chose de puissant et de sauvage. Et surtout du désespoir. Un désespoir qu'Assaf n'avait jamais rencontré chez un chien. Il se projetait inlassablement contre la grille de la cage, secouait toutes les autres, alors un cri effrayant s'échappait de sa gorge, à mi-chemin entre le gémissement et le rugissement. Les autres chiens étaient debout ou couchés, ils le regardaient, silencieux, abasourdis, craintifs et distants, et curieusement Assaf pensa que s'il s'était agi d'un être humain il se serait porté à son secours, ou bien l'aurait laissé seul avec son chagrin.

Entre deux séries d'aboiements et de projections désespérées contre le grillage, Danokh parlait vite et à voix basse. Un employé des services avait trouvé le chien deux jours plus tôt au centre-ville, en train de tourner en rond près de la place Tsion. Le vétérinaire avait d'abord craint un stade précoce de la rage, mais il ne manifestait pas d'autres signes et, mis à part quelques blessures superficielles, était en parfaite santé. Danokh parlait du coin des lèvres comme pour dissimuler au chien qu'il s'agissait de lui :

– Ça fait quarante-huit heures qu'il est comme ça, et il n'a toujours pas déchargé ses batteries. On dirait un fauve, hein ? – et pendant que le chien le regardait fixement, il ajouta – ... pas un simple chien errant.

– Mais à qui est-il ? demanda Assaf en reculant car le chien s'était de nouveau projeté contre les grilles et secouait tout le chenil.

– C'est bien la question, dit Danokh d'une voix nasillarde en se grattant la tête. A toi de le trouver.

– Comment, à moi ? Où voulez-vous que je le trouve ?

Assaf était effrayé. Danokh dit que lorsque le chien se calmerait, on lui poserait la question. Assaf le regarda sans comprendre, Danokh lui expliqua la procédure : il fallait attacher le chien à une longue corde qu'on laissait filer, puis le suivre pendant une ou deux heures jusqu'à ce que l'animal vous conduise chez ses maîtres.

Assaf crut qu'il plaisantait, il n'avait jamais entendu parler de telles méthodes. Mais Danokh tira un papier plié de la poche de sa chemise et lui dit qu'avant de restituer le chien il fallait faire signer ce formulaire par les maîtres, le formulaire 76. Mets-le dans ta poche, Assaf, et fais gaffe de ne pas le perdre parce que tu m'as l'air plutôt tête en l'air, et explique surtout au maître du chien qu'il doit payer cette contravention de cent cinquante shekels, primo parce qu'il n'a pas bien gardé son chien, ça lui servira de leçon pour une autre fois, et deuzio, en guise de dé-dom-mage-ments (Danokh aimait étirer les syllabes sur un ton moqueur) pour la peine causée à la mairie et la perte de temps infligée à d'ex-cel-lents employés ! Il asséna quelques tapes vigoureuses sur l'épaule d'Assaf et lui dit qu'après avoir trouvé les maîtres du chien il pourrait revenir au service des eaux et continuer de se gratter jusqu'à la fin des vacances sur le dos du contribuable.

– Mais comment voulez-vous que je…, essaya de protester Assaf… regardez-le, il a l'air complètement fou…

C'est alors que l'événement se produisit : le chien entendit la voix d'Assaf. Soudain il se dressa, immobile. Puis il s'approcha lentement du grillage et le regarda. Il frémissait encore, mais ses mouvements avaient ralenti et ses yeux étaient sombres et fixes. Il inclina la tête, comme s'il allait dire affectueusement à Assaf : Fou toi-même.

Il s'accroupit, se coucha sur le ventre, aplatit la tête, gratta le sol de ses pattes avant sous le grillage comme pour supplier Assaf, et émit un grognement différent des précédents, comme les pleurs d'un chiot ou d'un enfant.

Assaf aussi s'agenouilla devant lui, de l'autre côté du grillage. Il l'avait fait inconsciemment. Danokh, qui était un homme difficile et avait embauché Assaf sans grand enthousiasme, eut un léger sourire en voyant l'adolescent

14

à genoux. Il regarda le chien et lui parla doucement. «A qui appartiens-tu ? Qu'est-ce qui t'arrive ? Pourquoi tu t'excites comme ça ?» Il parlait lentement, ménageait de la place pour des réponses et évitait d'embarrasser le chien par des regards trop prolongés. Il connaissait la différence – c'est le copain de sa sœur Rély qui le lui avait appris – entre parler *à* un chien et parler *avec* un chien. Couché sur le flanc, l'animal haletait, soudain faible, las, plus petit qu'au premier abord. Le calme était revenu dans le chenil, les autres chiens bougeaient dans leur cage et revenaient à la vie. Assaf passa un doigt dans un trou du grillage et lui effleura la tête. Le chien resta immobile. Assaf gratta du doigt la fourrure sale et collante. Le chien poussa des gémissements. Comme s'il voulait absolument confier à quelqu'un une chose qu'il ne pouvait plus garder pour lui. Sa langue rouge frémissait, ses grands yeux imploraient.

A cause de cet instant, Assaf ne répondit rien à Danokh qui profita de l'accalmie pour entrer dans la cage et passer une longue corde dans le collier orange caché par une fourrure épaisse.

«Vas-y, prends-le, maintenant il va te suivre comme un toutou.» Il recula un peu devant le chien qui, soudain hors de la cage, s'ébroua comme pour secouer toute cette fatigue, cette soumission, puis regarda nerveusement autour de lui et renifla l'air, à l'écoute d'une voix lointaine. «Voilà, vous vous entendez bien, dit Danokh apaisant, mais sois prudent quand vous serez en ville, je l'ai promis à ton père.»

Le chien était de nouveau aux aguets. Avec son museau pointu, il faisait penser à un loup. «Écoute, dit Danokh saisi de remords, tu crois que c'est prudent de te laisser partir avec lui ?» Assaf ne dit rien. Il observait avec stupéfaction le changement chez le chien en liberté. Danokh lui donna de nouveau une tape sur l'épaule : «Tu es un garçon costaud, tu vois, tu es plus grand que moi et que ton père, tu vas pouvoir le maîtriser, n'est-ce pas ?»

Assaf voulait savoir ce qu'il fallait faire si le chien ne le conduisait pas chez ses maîtres, combien de temps il devait le suivre ainsi (trois sandwichs l'attendaient dans un tiroir du bureau pour le déjeuner), et ce qui arriverait si le chien s'était chamaillé avec ses maîtres et n'avait aucune intention de retourner chez eux…

Ces questions ne furent posées ni à ce moment-là ni plus tard. Assaf ne revint voir Danokh ni ce jour-là ni les suivants. Il est si facile parfois de pointer l'instant précis où quelque chose – la vie d'Assaf, par exemple – change et devient méconnaissable, jusqu'à un point de non-retour.

A peine la main d'Assaf s'était-elle refermée sur la corde que le chien fit un bond qui le propulsa en avant et entraîna le jeune garçon derrière lui. Effrayé, Danokh tendit la main et voulut s'approcher d'Assaf, mais en vain. Ce dernier avait déjà franchi la cour de la mairie, dévalé les marches, avait été projeté dans la rue, avait heurté une voiture en stationnement, une poubelle, des passants. Il courait…

La grande queue touffue remuait devant lui, balayait les gens et les voitures, Assaf la suivait, hypnotisé, parfois le chien s'arrêtait un instant, levait la tête et reniflait, puis il tournait dans une rue, courait à toute allure comme s'il savait parfaitement où il allait et que la course ne tarderait pas à prendre fin ; le chien retrouverait sa maison, Assaf le remettrait à ses maîtres et le problème serait réglé. Mais, tout en courant, il se demanda ce qui se passerait si les maîtres refusaient de payer l'amende. Assaf dirait alors : Monsieur, mes fonctions ne me permettent aucune souplesse en la matière. Soit vous payez, soit vous vous expliquez au tribunal ! L'homme commencerait à discuter, Assaf lui répondrait par des arguments décisifs, il courait et marmonnait dans sa tête, pinçait les lèvres d'un air déterminé, mais ça ne marcherait pas, les discussions n'avaient jamais été son fort, il préférait toujours céder, ne pas faire d'histoires, c'était ce qui se passait tous les soirs avec Roy au sujet de Daphi Kaplan, il pensait et voyait devant lui la grande et mince Daphi et se détestait pour sa faiblesse, et c'est alors qu'il vit un grand homme aux sourcils en bataille avec une toque de cuisinier lui poser une question.

Assaf regarde, plutôt confus. Le visage clair de Daphi avec son regard moqueur, ses paupières de lézard transparentes, se fond dans un autre visage boursouflé, en colère, Assaf se concentre et découvre, ébahi, une pièce étroite qui semble avoir été creusée dans le mur, un four brûle dans les profondeurs. Le chien s'est apparemment arrêté devant une petite pizzeria, le pizzaiolo se penche par-dessus le comptoir et redemande à Assaf, pour la deuxième ou la troisième fois peut-être, des nouvelles d'une jeune femme. « Où est-elle passée ? Elle a disparu depuis un mois », Assaf louche prudemment vers le côté, le pizzaiolo s'adresse peut-être à quelqu'un derrière lui. Mais non, c'est à lui qu'il parle, il veut savoir si elle est sa sœur ou son amie, Assaf bredouille, veut gagner du temps. Sa semaine de travail à la mairie lui a appris que les gens qui travaillent au centre-ville ont parfois des coutumes et une manière de parler bien à eux, et même un humour bizarre. Peut-être qu'à force d'avoir des clients bizarres, des touristes venus de pays lointains, ils ont pris l'habitude de parler un peu comme au théâtre, devant un auditoire invisible. Il a envie de repartir et de continuer la course, mais le chien s'assoit et regarde le pizzaiolo avec espoir, la langue pendante, l'homme lui adresse un sifflement amical et, d'un geste rapide, comme celui d'un joueur de basket – la main dans le dos et par-dessus la cuisse – il lui lance une grosse tranche de fromage, le chien l'attrape au vol et l'avale.

La tranche suivante aussi, puis encore une, et encore une autre.

Le pizzaiolo a d'épais sourcils en broussaille. Il dit qu'il n'a jamais vu la chienne aussi affamée. « La chienne ? » répète Assaf, étonné. A cause de la vitesse, de sa force, de son énergie, il avait plutôt pensé à un chien. Pendant cette course folle, il avait imaginé que le chien et lui faisaient équipe dans une espèce d'alliance virile, mais courir ainsi après une chienne est encore plus bizarre.

L'homme rapproche ses sourcils en bataille, observe Assaf avec méfiance et lui demande : « Alors quoi, elle a décidé de t'envoyer à sa place ? », puis il fait tournoyer en l'air une soucoupe volante faite d'une pâte très fine, la lance et la rattrape habilement. Assaf marmonne un oui ambigu, entre le oui et le non, il ne veut pas mentir, le pizzaiolo enduit la pâte de sauce tomate, pourtant il n'y a aucun autre client dans le magasin, il la parsème d'olives, d'oignons, de champignons, d'anchois, d'ail et d'origan, de temps en temps il lance des bouts de fromage par-dessus son épaule et la chienne les attrape au vol comme si elle les attendait.

Surpris, Assaf observe leur ballet si bien réglé, et se demande ce qu'il fait là. Il voudrait poser une question au pizzaiolo, c'est au sujet de la jeune dame qui d'habitude accompagne le chien, mais toutes les questions qui lui viennent à l'esprit lui paraissent ridicules, empêtrées dans des explications sur la manière de localiser des chiens perdus, de travailler à la mairie pendant les grandes vacances, Assaf commence soudain à comprendre la complexité de la mission qui lui a été confiée, doit-il demander aux passants s'ils connaissent les maîtres de la chienne ? Est-ce une partie de son travail ? Comment a-t-il accepté sans la moindre résistance que Danokh lui confie une telle mission ? Il passe en revue tout ce qu'il aurait dû lui dire lorsqu'ils étaient encore dans le chenil ; comme un procureur vif, acerbe et même arrogant, il aligne des arguments incisifs, son corps est comme d'habitude légèrement crispé, il rentre la tête entre ses larges épaules, et attend.

Toutes les petites et grandes colères accumulées en lui explosent et se transforment – sur son menton – en un furoncle brûlant de fureur contre Roy qui l'a persuadé pour la énième fois de sortir à quatre ce soir parce que

Daphi est vraiment le genre de fille qui convient à son monde intérieur. C'est ce que Roy avait dit en lançant à Assaf un long regard percutant, *dictatorial*. Assaf avait remarqué la lueur dorée qui brillait dans ses yeux et, le cœur gros, s'était dit qu'au fil des années leur amitié s'était transformée en une autre chose, mais comment appelle-t-on cette chose ? Pris de panique, il avait promis de sortir le soir, et Roy lui avait tapé sur l'épaule en disant : « C'est comme ça que je t'aime, mon frère. » Assaf était reparti sans avoir eu le courage de lancer au visage de Roy son fameux « monde intérieur », parce qu'en fait Roy avait besoin qu'Assaf et Daphi soient les spectateurs du couple léger et brillant qu'il formait avec Meital, quand ils s'embrassaient tous les deux pas, pendant qu'Assaf et Daphi les suivaient en silence, dans une détestation réciproque.

– Qu'est-ce qui t'arrive ? On te parle ! s'énerve le pizzaiolo.

Assaf voit la pizza posée dans une boîte en carton blanc, découpée en huit parts et l'homme lui dit en insistant comme s'il en avait assez de répéter :

– Regarde bien, c'est comme d'habitude : deux parts de champignons, une d'anchois, une de maïs, deux ordinaires, deux aux olives, dépêche-toi pendant que c'est chaud, ça fait quarante shekels.

– Où veux-tu que j'aille ? chuchote Assaf.

– T'as pas de vélo ? s'étonne l'homme. Ta sœur, elle le pose sur le porte-bagages. Tu vas pas l'emporter comme ça ! Donne-moi d'abord l'argent !

Il tend vers Assaf un long bras poilu. Paniqué, Assaf fourre la main dans la poche et se sent bouillir de rage : avant de partir, ses parents lui ont laissé suffisamment d'argent, mais il a prévu tous ses frais avec parcimonie et saute même ses repas de midi à la cantine de la mairie pour faire des économies et s'acheter un objectif supplémentaire pour le Canon que ses parents ont promis de lui rapporter des États-Unis, cette dépense inattendue l'énerve, il est furieux.

Mais il n'a pas le choix, l'homme a préparé la pizza spécialement pour lui, ou plutôt pour la personne qui vient d'habitude avec la chienne. S'il n'avait pas été aussi furieux, il aurait sûrement demandé qui est la jeune fille au chien, mais soit à cause de la colère ou de ce sentiment exaspérant que quelqu'un décide toujours à sa place, il paie et s'en va en tournant le dos, pour marquer son indifférence à l'argent qui vient de lui être extorqué malgré lui. Quant à la chienne, sans attendre que le sentiment précis prenne forme sur le visage d'Assaf, elle repart au galop en tirant sur sa corde. Il la suit, le visage grimaçant d'effort pour tenir en équilibre d'une main la grande boîte en carton et la corde de l'autre. Il se faufile miraculeusement sans heurter les gens qu'il croise, le bras tendu, la boîte brandie, semblable à ces livreurs des caricatures, tandis que l'odeur de la pizza commence à s'échapper de la boîte, Assaf n'a depuis le matin qu'un sandwich dans le ventre et, légalement, il est tout à fait autorisé à manger de la pizza qu'il porte à bout de bras, c'est lui qui a payé chaque olive, chaque champignon, mais il est conscient qu'elle ne lui appartient pas complètement, qu'un inconnu l'a achetée pour un autre inconnu, et que lui ne connaît ni l'un ni l'autre.

C'est ainsi qu'il traverse rues et avenues, grille des feux rouges. Jamais il n'a tant couru dans les rues, jamais il n'a tant commis d'infractions, jamais on n'a tant klaxonné à cause de lui, on ne l'a tant bousculé, grondé, injurié. Mais il finit par ne plus rien sentir et même la colère le quitte, si bien que, de manière tout à fait inattendue, il est soudain libre, loin du bureau étouffant, débarrassé des petits et gros soucis qui l'assaillaient, dérivant comme une étoile qui aurait dévié de sa trajectoire et traversé le ciel de part en part en laissant derrière elle une traînée d'étincelles. Puis il cesse de penser, cesse d'entendre la rumeur du monde autour de lui et n'est plus que le martèlement de ses pas sur la chaussée, les battements de son cœur, le rythme de son souffle, et lui qui n'est pas du tout aventu-

rier se sent soudain envahi d'un sentiment neuf et mystérieux, celui du plaisir de la course vers l'inconnu, une certaine allégresse se met à rebondir en lui comme un ballon
et il prie pour que cette chose ne s'achève jamais, jamais.

Un mois avant la rencontre d'Assaf et de la chienne
– pour être plus précis, trente et un jours plus tôt –, sur
une des routes écartées et sinueuses qui surplombent les
vallées autour de Jérusalem, une jeune fille descendit d'un
autobus. Une jeune fille petite et frêle. Une crinière de
boucles brunes cachait presque tout son visage. Elle descendit les marches, croulant sous le poids d'un énorme sac
à dos. Le conducteur lui demanda d'une voix hésitante si
elle avait besoin d'aide et elle, effrayée par la voix, se raidit un peu, serra les lèvres et hocha la tête : Non.
Puis elle attendit devant la station déserte que l'autobus
s'éloigne. Il disparut à un tournant, mais elle attendit
encore. Immobile, elle lançait des regards furtifs à droite,
à gauche, et un éclat de soleil couchant jouait avec sa
boucle d'oreille bleue.
Un baril d'essence rouillé et criblé de trous était posé par
terre devant la station. Une vieille pancarte en carton accrochée au poteau électrique indiquait : « Pour le mariage de
Siggi et Motti », et une flèche désignait le ciel. La jeune
fille regarda une dernière fois autour d'elle et vit qu'il n'y
avait personne. Aucune voiture non plus sur la route
étroite. Elle se retourna lentement et contourna l'abribus.
Puis elle regarda la vallée à ses pieds en veillant à ne pas
tourner la tête, mais ses yeux furetaient vers les côtés,
fouillaient le paysage.
A la voir ainsi, on aurait dit une jeune fille qui s'apprêtait
à faire une promenade. C'était l'impression qu'elle voulait
donner. Mais si une voiture était passée, le conducteur se
serait demandé pendant une fraction de seconde comment

une jeune fille pouvait descendre seule dans cette vallée, pourquoi une jeune fille qui descend se promener dans une vallée si proche de la ville porte un si gros sac à dos, comme si elle partait pour un long voyage. Mais il n'y avait aucun chauffeur à l'horizon, ni personne dans la vallée. Elle descendit à travers les moutardiers jaunes, les rochers chauffés par le soleil et disparut dans l'enchevêtrement des térébinthes et de la pimprenelle épineuse.

Elle marchait vite, trébuchait souvent à cause du sac à dos qui la secouait d'avant en arrière. Sa chevelure en désordre flottait autour de son visage. Sa bouche restait pincée avec cette même expression dure et déterminée qu'elle avait prise pour dire « non » au conducteur d'autobus. Au bout de quelques minutes, elle était essoufflée. Son cœur battait à tout rompre et ses mauvaises pensées lui donnaient le vertige. C'est la dernière fois que je viens seule ici, se dit-elle, la prochaine fois, la prochaine fois…

A condition qu'il y en ait une.

Elle atteignit le lit du wadi. De temps en temps, elle regardait distraitement les pentes comme pour admirer le paysage, suivait le vol du geai, fascinée par sa trajectoire qui embrassait l'horizon. Sur cette portion de sentier, elle était complètement à découvert. S'il y avait eu quelqu'un là-haut sur la route, à la station d'autobus, il aurait pu l'apercevoir.

Il aurait même pu remarquer que, la veille et l'avant-veille, elle avait emprunté ce même chemin.

Au moins dix fois au cours de ce mois.

La fois suivante, il aurait même pu la guetter et la surprendre…

Il y aura une prochaine fois, se répéta-t-elle avec effort et essaya de ne pas penser à ce qui se passerait d'ici là.

Puis elle s'assit, fit semblant de rajuster la boucle de sa sandale et resta immobile pendant deux longues minutes, inspectant chaque rocher, chaque arbre, chaque buisson.

Puis, comme en un tour de passe-passe, elle disparut. Évanouie. Même si quelqu'un l'avait suivie, il n'aurait pas compris ce qui s'était passé : elle était là un instant plus tôt, elle venait de déposer son sac à dos, de s'adosser et de respirer, mais il ne restait plus que le vent dans les buissons et la vallée déserte.

Elle courait au fond d'un ravin dissimulé aux regards, essayait de rattraper le sac à dos qui roulait devant elle comme un rocher mou et écrasait sur son passage chardons et épis d'avoine. Le tronc d'un térébinthe le stoppa dans sa course, l'arbre secoué laissa tomber ses fruits secs qui volèrent en éclats d'un brun rougeâtre.

Elle tira une torche électrique d'une poche latérale du sac à dos et, avec des gestes habiles, écarta quelques branches sèches arrachées et découvrit une petite ouverture comme celle d'une maison de nains.

Elle fit quelques pas, accroupie. L'oreille aux aguets, les yeux aiguisés, prêts à surprendre un bruit, une ombre. Elle reniflait comme une bête aux abois, tous les pores de sa peau en alerte, prêts à lire l'obscurité : quelqu'un était-il passé par là depuis la veille ? Une ombre allait-elle se détacher et s'abattre sur elle ?

Le repaire s'élargissait brusquement, il était plus haut et plus vaste, on pouvait y tenir debout et même faire quelques pas d'un mur à l'autre. Une lueur pâle filtrait d'une ouverture au plafond couverte d'un enchevêtrement de branches.

Elle déversa rapidement le contenu du sac sur une natte. Des boîtes de conserve. Un paquet de bougies. Des gobelets en plastique. Des assiettes. Des allumettes. Des piles. Un pantalon et une chemise rajoutés au dernier moment. Un Thermos en polystyrène. Des rouleaux de papier hygiénique, des cahiers à petits carreaux. Des tablettes de chocolat. Des cigarettes Winston… Le sac n'en finissait pas de se vider. Elle avait acheté les conserves dans l'après-midi. Elle était allée jusqu'à Ramat-Eshkol pour ne rencontrer personne, mais avait tout de même croisé une femme qui avait travaillé avec sa mère dans la bijouterie de l'hôtel King David. La femme était sympathique, elle lui avait demandé pourquoi elle achetait tant de provisions, et Tamar lui avait répondu sans rougir qu'elle partait en excursion le lendemain.

Ses gestes étaient rapides. Elle rangeait et inspectait ce qu'elle avait apporté. Comptait pour la centième fois les bouteilles d'eau minérale. Les Thermos en polystyrène. Le plus important était l'eau. Elle en avait stocké plus de cinquante litres. Ça suffirait, ça devait suffire pour toute la période. Jour et nuit. Les nuits seraient les plus difficiles, elle aurait besoin de beaucoup d'eau. Elle balaya une dernière fois le sable sur le sol rocheux, essaya de s'y sentir comme à la maison. Autrefois, il y a un million d'années – le mois précédent –, c'était sa cachette préférée. En ce moment, elle avait les tripes nouées à l'idée de ce qui l'y attendait.

Elle étala un épais matelas plus près du mur et s'allongea dessus pour voir s'il était confortable. Mais, même dans cette position, elle n'était pas détendue. Sa tête bourdonnait. Comment serait-ce quand elle le conduirait ici, dans sa forêt perdue, dans son restaurant du bout du monde. Que vivrait-elle dans cet endroit. Avec lui, seule.

Sur le mur au-dessus de sa tête, l'équipe de Manchester United rayonnait de joie autour de la coupe du monde qu'elle avait gagnée. Petite surprise pour lui faire plaisir. A condition qu'il le remarque. Elle ébaucha un sourire distrait et, avec le sourire, les mauvaises pensées l'assaillirent aussitôt, elle sentit la peur comme un poing serré dans son ventre.

Et si je faisais une affreuse erreur, se dit-elle.

Elle se leva et marcha d'un mur à l'autre, les bras serrés autour de la poitrine ; il se coucherait sur ce matelas. Et elle s'assiérait sur cette chaise pliante en plastique. Elle avait prévu un matelas léger pour se reposer, mais elle ne se faisait pas d'illusions : elle ne pourrait pas fermer l'œil. Pendant trois, quatre, cinq jours. C'est ce que lui avait prédit l'homme édenté du parc de l'Indépendance : « Un seul instant d'inattention, et il t'échappera. » Affligée, elle avait regardé la bouche vide, ricanante, les yeux qui dévoraient son corps et surtout le billet de vingt shekels qu'elle tenait sous ses yeux. « Expliquez-moi, avait-elle insisté en essayant de dissimuler le tremblement de sa voix, que veut dire il m'échappera ? Pourquoi il s'échappera ? » Et lui, vêtu de sa longue robe rayée et crasseuse, avec la couverture en fourrure effilochée dont il s'enveloppait malgré la chaleur, avait gloussé devant sa naïveté : « T'as jamais entendu parler de ce magicien, ma sœur ? Celui qui s'échappait de tous les endroits où on l'enfermait ? C'est exactement ce qui va se passer avec lui. Tu peux l'enfermer dans une boîte avec cent cadenas, dans un coffre-fort à la banque, dans le ventre de sa mère, il s'enfuira. Il n'y a rien à faire ! C'est plus fort que lui, et le tribunal ne servira à rien ! »

Comment ferait-elle pour tenir, elle n'en savait rien. Quand elle serait ici avec lui, des forces inconnues s'éveilleraient peut-être en elle. Mais elle ne pouvait pas compter sur des espoirs aussi faibles. Tout était si incertain et improbable que la seule idée lui faisait perdre d'avance tout espoir. Dans la petite grotte, le désarroi la paralysait. Ne pas penser. Surtout ne pas penser avec sa raison. Surtout être un peu folle. Comme un soldat qui ne pense pas à ce qui risque de lui arriver avant une action suicide. Elle inspecta pour la énième fois les provisions, calcula pour voir s'il y en avait assez pour tous les jours et toutes les nuits, s'assit sur la chaise pliante devant le matelas et essaya d'imaginer comment ce serait, ce qu'il dirait, comment il la détesterait d'heure en heure, ce qu'il essaierait de lui faire. Cette seule idée la fit bondir. Elle courut vers la petite niche à l'extrémité de la grotte et inspecta les pansements, le sparadrap, la teinture d'iode. Mais rien ne l'apaisait. Elle déplaça une grosse pierre qui cachait une plaque de bois. Au-dessous, dans un trou creusé dans la terre, elle avait entreposé l'un à côté de l'autre un petit appareil à décharges électriques contre les agresseurs et des chaînes, le tout acheté dans un magasin de matériel de camping.

Je suis complètement folle, se dit-elle.

Avant de sortir, elle s'arrêta et lança un dernier coup d'œil à cet endroit qu'elle avait soigneusement équipé pendant tout un mois. Des gens l'avaient peut-être habité des siècles auparavant. Il y avait des traces. Les animaux aussi y venaient. Désormais ce serait leur maison, à elle et à lui. Et une maison de fous, un hôpital, une prison. Assez. Il fallait partir.

Un mois plus tard, un adolescent et une chienne couraient dans les rues de Jérusalem, étrangers l'un à l'autre, liés par une même corde. Ils commençaient à apprendre des choses l'un sur l'autre, la manière de dresser les oreilles, le martèlement des chaussures sur l'asphalte, l'odeur de transpiration, tout ce qu'une queue sait exprimer, toute la force de la poigne qui tient la corde, tous les désirs contenus dans le corps qui tire la chienne en avant, toujours plus loin… Ils finirent par échapper à l'encombrement de la rue principale et s'engagèrent dans un dédale de rues étroites et sinueuses, mais la chienne ne s'arrêtait toujours pas. Assaf la sentit attirée par un puissant aimant et, curieusement, il se dit que s'il pouvait faire taire en lui toute pensée, toute volonté, il pourrait se laisser entraîner avec elle vers l'endroit où elle allait ; et, une ou deux minutes plus tard, il se réveilla surpris, la chienne s'arrêta devant un portail vert aménagé dans un grand mur de pierre, elle se dressa gracieusement sur ses pattes arrière, appuya avec celles d'avant sur une poignée de fer et ouvrit le battant. Assaf regarda à droite, à gauche. La rue était vide. La chienne haletait et tirait en avant, il la suivit et fut aussitôt pris dans un silence profond, un silence de fonds marins.

Une grande cour.

Couverte de gravier blanc.

Des rangées d'arbres fruitiers.

Une grande maison de pierre, massive.

Assaf avançait lentement, avec prudence. Ses pas faisaient crisser le gravier. Comment un endroit aussi vaste et beau se cachait-il si près du centre-ville ? Il passa près d'un puits circulaire. Un seau reluisant pendait à une corde et quelques gobelets en terre cuite étaient posés sur une souche, comme pour accueillir le visiteur. Assaf se pencha au-dessus du puits, lança un gravier à l'intérieur et entendit au bout d'un long moment le léger clapotement de l'eau. Un peu plus loin, une tonnelle couverte d'une vigne abondante abritait cinq rangées de bancs et, devant chaque banc, cinq grosses pierres taillées en forme de coussins pour y poser les pieds fatigués.

Il s'arrêta et regarda la maison de pierre. Un arbuste couvert de fleurs mauves couvrait les murs, grimpait sur une tour qui dominait l'ensemble et retombait au pied d'une croix qui se dressait au sommet de la tour.

C'est une église, se dit-il surpris, la chienne appartient sans doute à l'église. C'est une chienne d'église, se répéta-t-il pour se convaincre, et il imagina un instant les rues de Jérusalem grouillant d'une foule de chiens d'église déchaînés.

Comme si elle était vraiment chez elle, la chienne le tira sans la moindre hésitation vers l'arrière de la maison. Au sommet de la tour, une petite fenêtre en ogive était enchâssée comme un œil ouvert dans le bougainvillier. La chienne leva la tête au ciel et émit quelques aboiements brefs et sonores.

Au début, il ne se passa rien. Puis une chaise grinça en haut de la tour. Quelqu'un avait bougé. La petite fenêtre s'ouvrit, une voix de femme ou d'homme – difficile à distinguer car elle était enrouée comme si elle n'avait pas servi – poussa un cri ému, c'était peut-être un mot, le nom de la chienne, l'animal aboya, la voix l'appela de nouveau, surprise et aiguë comme si elle n'en croyait pas ses oreilles. Assaf se dit qu'ainsi s'achevait son petit voyage avec la chienne. Elle revenait chez elle, chez la personne qui habitait au sommet de la tour. Et voilà, c'était fini. Il attendit que quelqu'un regarde par la fenêtre et l'appelle pour qu'il monte, mais à la place d'un visage, une main fine et osseuse – on aurait dit celle d'un petit garçon – dépassa de la fenêtre, puis un petit panier en bois attaché à une corde, la corde se déroula, le panier se balança comme un petit moïse aérien et s'immobilisa juste devant lui.

La chienne était comme folle. Pendant tout le temps où la corde descendait, elle ne cessa d'aboyer, de gratter la terre, d'aller et de venir entre l'église et Assaf. Le panier contenait une grande et lourde clé en fer. Il hésita un instant. Une clé signifiait une porte : qu'est-ce qui l'attendait de l'autre côté ? (D'une certaine manière, il était la personne indiquée pour traiter ce genre de problème : des centaines d'heures d'entraînement l'avaient parfaitement préparé à cette situation : une grande clé de fer, une haute tour, un château mystérieux. Et bien sûr : une épée magique, un anneau ensorcelé, une cassette, un dragon avide pour la garder, et presque toujours : trois portes entre lesquelles il fallait choisir la bonne, parce que derrière les deux autres vous guettent mille morts des plus atroces.) Mais comme il n'y avait qu'une seule clé et une seule porte, Assaf suivit la chienne et introduisit la clé dans la serrure.

Il se trouva sur le seuil d'une grande salle sombre et espéra que le maître des lieux descendrait de la tour à sa rencontre, mais il n'y avait ni bruit de pas, ni âme qui vive. Il entra et la porte se referma lentement derrière lui. Il attendit. La salle émergea peu à peu de la pénombre : de grandes armoires, des buffets, des tables et des livres. Des milliers de livres. Le long des murs, sur des rayonnages, au-dessus des armoires, sur les tables, empilés sur le sol. Des piles de journaux attachées avec une ficelle et marquées d'une date inscrite sur une feuille, 1955, 1957, 1960… La chienne tira de nouveau et Assaf la suivit. Sur un des rayons, il reconnut des livres d'enfant. Des livres d'enfant chez des moines, dans un cloître, quelle étrange chose.

Une grande dalle se dressait au centre de la salle, c'était peut-être un ancien tombeau ou un autel. Il la contourna. Au-dessus de sa tête, il crut entendre des bruits de pas légers, affairés et le cliquetis de couteaux et de fourchettes. Aux murs, des tableaux d'hommes en robe de bure, la tête auréolée et rayonnante, fixaient Assaf avec des yeux pleins de reproches.

Le vaste espace vide résonnait, amplifiant leurs moindres mouvements, le halètement, le grattement des griffes de la chienne sur le sol. Elle le mena vers une porte en bois à l'autre bout de la salle, mais il résista et la tira en arrière. C'était le moment ou jamais de faire demi-tour, et d'échapper à la suite des événements. La chienne n'avait plus de patience, elle reniflait un être aimé, l'odeur n'allait pas tarder à prendre corps, puis devenir un contact dont elle avait une nostalgie canine. La corde se tendit et vibra. Elle arriva devant une porte, se dressa et la gratta de ses griffes en poussant des gémissements. Dressée sur ses pattes arrière, elle était presque aussi grande qu'Assaf, et sous la crasse et la fourrure râpée, il vit combien elle était belle et souple, son cœur se serra, il avait tellement envie d'avoir un chien, mais c'était impossible à cause de l'asthme de sa mère, et maintenant, le temps de cette course brève, c'était comme si elle lui avait appartenu.

Que faisait-il là ? Il appuya sur la poignée. La porte s'ouvrit sur un long couloir qui s'incurvait et semblait faire le tour de l'église. Je n'ai rien à faire ici, se dit-il, tout en courant derrière la chienne qui s'était élancée en avant, il traversa trois portes, passa en coup de vent entre des murs épais chaulés de blanc, puis se trouva devant un grand escalier de pierre. S'il m'arrive quelque chose, se dit-il, personne au monde n'aura l'idée de venir me chercher ici.

En haut des marches, il y avait une autre porte, petite et bleue cette fois. La chienne aboyait, gémissait, *parlait* presque, reniflait et grattait sous la porte, de l'autre côté des exclamations joyeuses retentirent, plutôt semblables à des gloussements, puis une voix déclara dans un hébreu bizarre et avec un accent vieillot :

– Voilà-voilà, ma gracieuse, tantôt le portail s'ouvrira !

Une clé tourna dans la serrure, la porte s'entrebâilla à peine, la chienne se précipita à l'intérieur et se jeta sur cette personne qui était derrière la porte. Assaf resta dehors, la porte se referma. C'est toujours comme ça, se dit-il amèrement, c'était toujours lui qui finissait par rester derrière une porte fermée. Et, pour une fois, il osa pousser un peu le battant. Il aperçut un dos courbé, une longue natte qui dépassait d'un bonnet de laine noir et crut un instant que c'était un petit garçon avec une natte, ou plutôt une petite fille, un être tout petit et sec vêtu d'un long sarrau gris, puis il comprit que c'était une femme petite et vieille, qui riait et enfouissait son visage dans le cou de la chienne, l'entourait de ses bras minces et lui parlait dans une langue inconnue.

– Assez, assez, petite *scandaliarissa*, laisse-moi enfin saluer Tamar !

Puis elle se retourna et le sourire qui illuminait son visage se figea.

– Mais qui es-tu ? dit-elle en reculant effrayée, les mains autour du col de son sarrau, l'air à la fois déçu et méfiant. Que cherches-tu ici ?

Assaf réfléchit un instant :

– Je ne sais pas, dit-il.

La religieuse recula encore et se colla au mur, le dos contre les étagères d'une bibliothèque. La chienne se tenait entre les deux et regardait tantôt l'un tantôt l'autre en se passant la langue sur les babines d'un air malheureux…

– Pardon, heu… je ne sais vraiment pas ce que je fais

ici, répéta Assaf, désireux d'apaiser la religieuse dont le front ridé et la respiration bruyante trahissaient un grand émoi. C'est une pizza, dit-il gentiment en montrant la boîte dans l'espoir de l'apaiser, parce qu'une pizza c'est simple, sans ambiguïté.

Mais elle se colla encore plus aux livres, Assaf sentit son corps grandir et devenir menaçant, chacun de ses gestes était mal venu ; blottie contre la bibliothèque, la religieuse était aussi touchante qu'un oisillon apeuré qui gonfle son plumage pour menacer son prédateur.

La table était mise : deux assiettes et deux tasses. Deux grandes fourchettes en fer. La nonne attendait un invité. Mais comment expliquer cette peur, cette déception, ce chagrin.

– Bon, je vais repartir, dit-il prudemment.

Il y avait aussi le problème du formulaire et de l'amende. Il ne savait pas comment l'annoncer. Comment demander à quelqu'un de payer une amende.

– Quoi, partir ? s'écria la femme. Où est Tamar ? Pourquoi n'est-elle pas venue ?

– Qui ?

– Tamar, Tamar ! Ma Tamar, *sa* Tamar !

Et d'un geste impatient, elle montra trois fois la chienne qui suivait le dialogue, ses yeux ronds allaient de l'un à l'autre comme dans un match de ping-pong.

– Je ne la connais pas, murmura Assaf qui craignait de s'engager plus loin. Je ne la connais vraiment pas.

Il y eut un long silence. Assaf et la religieuse se regardèrent comme deux étrangers qui auraient un urgent besoin de traducteur. Soudain la chienne aboya. Une pensée nébuleuse prit lentement forme dans la tête d'Assaf : Tamar était sans doute « la jeune dame » dont parlait le vendeur de pizzas, celle qui avait le vélo. Peut-être faisait-elle des livraisons pour les églises. Tout est clair, se dit-il, en sachant pertinemment que rien n'était clair, mais ce n'était plus son problème.

– Voilà, c'était juste pour la livrer... juste pour la pizza...

Il posa la boîte en carton blanc sur la table pour qu'elle comprenne bien qu'il n'avait aucune intention de s'attabler avec elle.

– La pizza, la pizza ! explosa la nonne, furieuse. Assez avec cette pizza ! Je l'interroge sur Tamar, il me parle de pizzas ! Où l'as-tu rencontrée ? Parle enfin !

Assaf restait debout, la tête entre les épaules, et la religieuse, enfin libérée de toute crainte, faisait pleuvoir sur lui ses questions comme si elle le frappait de ses petites mains :

– Comment peux-tu dire « je ne la connais pas » ? N'es-tu pas de ses amis, un proche, un parent ? Regarde-moi donc dans les yeux !

Sous son regard perçant, Assaf se sentait presque menteur.

– Elle ne t'a pas envoyé pour m'égayer un peu ? Pour que je ne m'inquiète pas trop ? Un instant ! Une lettre ! Suis-je bête, une lettre, bien sûr !

Elle se jeta sur la boîte en carton, l'ouvrit et se mit à fureter, souleva la pizza pour regarder en dessous, lut avec une étrange nostalgie la publicité de la pizzeria, comme si elle cherchait une allusion entre les lignes, son petit visage soudain livide.

– Même pas une petite lettre, rien ? murmura-t-elle.

Et elle rentra d'un geste nerveux des mèches argentées qui s'étaient échappées du bonnet de laine noir, autour des oreilles.

– Alors, peut-être un message oral ? Des mots qu'elle t'a demandé de te rappeler ? Essaie, je t'en prie, ç'est très important : elle t'a sûrement demandé de me transmettre quelque chose, non ?

Les yeux rivés sur les lèvres d'Assaf, elle semblait vouloir lui faire articuler les mots tant souhaités :

– Peut-être a-t-elle dit que tout était en place là-bas ? Est-ce vrai que le danger est passé ? C'est ce qu'elle t'a dit, n'est-ce pas ?

Assaf savait que lorsqu'il prenait ces airs, sa sœur Rély

disait de lui : « Quand tu fais cette tête, tu peux être sûr de mettre les gens dans ta poche. »

– Un instant ! dit la religieuse en plissant les yeux. Et si tu étais l'un d'eux, Dieu nous en garde, un de ces méchants ? Parle enfin, es-tu l'un d'*eux* ? Sache que je n'ai pas peur, jeune homme !

Elle tapa du pied, Assaf recula.

– Quoi, tu as avalé ta langue ? Vous lui avez fait quelque chose ? Si tu as touché au moindre cheveu de la petite, je te mettrai en pièces de mes propres mains !

A cet instant précis, la chienne poussa de brusques gémissements et Assaf, paniqué, s'agenouilla et la caressa. Mais elle continuait de gémir et de sangloter, comme un enfant tiraillé entre ses parents. Assaf s'étendit tout contre elle et se mit à la gratter, la caresser, l'embrasser, il lui parla à l'oreille comme s'il avait oublié l'endroit où il se trouvait et la nonne, pour déverser toute sa tendresse sur la chienne triste et apeurée. Stupéfaite, la nonne regarda ce grand adolescent au visage d'enfant sérieux, avec les mèches noires qui retombaient sur son front, l'acné juvénile sur ses joues, et elle se sentit émue.

Les paroles prononcées atteignirent enfin les oreilles d'Assaf, il leva la tête et demanda :

– C'est une fille ?

– Qui ? quoi ? Ah, oui, non, c'est une jeune fille. Comme toi à peu près…

Elle s'éclaircit la voix, tapota son visage du bout des doigts, et le regarda consoler la chienne, lisser délicatement les vagues de sanglots qui l'agitaient et ramener l'étincelle qui éclairait ses yeux bruns. « Voilà, tu vois, tout va bien », dit Assaf à la chienne en se relevant.

– Mais explique-toi au moins, soupira la nonne sur un ton où se mêlaient chagrin et déception. Si tu ne la connais point, comment as-tu fait pour apporter jusqu'ici la pizza du dimanche ? Comment la chienne s'est-elle laissé conduire par toi au bout d'une corde ? Mis à part Tamar, elle n'autorise personne au monde à l'attacher ainsi ! Ou bien es-tu donc une espèce de dauphin du roi Salomon, et initié au langage des bêtes ?

Elle leva son petit menton pointu dans l'attente d'une réponse et Assaf répliqua en hésitant que non, que ce n'était pas le langage des bêtes. C'était, comment dire… en réalité il n'avait pas compris tout ce qu'elle disait. Elle parlait dans un hébreu véhément et étrange, accentuait les lettres gutturales à la manière des anciens hiérosoly-mitains, insistait sur d'autres qu'Assaf ne prononçait jamais, n'attendait même pas de réponses et le bombardait de questions.

– Mais, ouvre donc la bouche, s'écria-t-elle, impatiente, *panaghia mou !* Pourquoi ce silence ?

Assaf reprit enfin ses esprits et lui raconta brièvement, à sa manière télégraphique, qu'il travaillait à la mairie et que ce matin-là…

– Mais interromps-toi un instant, le coupa-t-elle, tu galopes. Je ne comprends point : n'es-tu pas trop jeune pour travailler ?

Assaf sourit et expliqua que c'était un travail de vacances.

– Vacance ? l'interrompit-elle, tu as vraiment une vacance là-bas ? Raconte-moi vite où se trouve ce mer-veilleux endroit !

Assaf lui expliqua qu'il s'agissait des grandes vacances et ce fut au tour de la nonne de sourire :

– Ah, je comprends, les vacances d'été, c'est bien, continue, mais conte-moi d'abord comment tu as accédé à un travail aussi intéressant ?

Elle tira une petite chaise à bascule, s'assit et, les jambes légèrement écartées, les mains posées sur les genoux, elle lui demanda tout en se balançant s'il aimait beaucoup son travail. Pas vraiment, avoua Assaf : il était censé enregistrer les plaintes des usagers au sujet des fuites d'eau dans les canalisations des routes et des lieux publics, mais la plupart du temps il restait assis à rêver.

– Rêver ? sursauta la nonne comme si elle venait de ren-contrer un ami parmi une foule d'étrangers. Tu restes vrai-

ment assis et tu rêves ? Avec un salaire de surcroît ? Voilà
que tu parles ! Qui a dit que tu ne savais pas parler ? A
quoi rêves-tu ? Conte donc.

Et elle frotta gracieusement ses genoux l'un contre
l'autre. Embarrassé, Assaf lui expliqua qu'il ne rêvait pas
vraiment, mais restait éveillé et pensait à des tas de
choses…

– Mais quelles choses, c'est bien la question !

La nonne ouvrit ses petits yeux plissés animés d'une soudaine lueur mutine, son visage exprimait un intérêt si grave
et profond qu'Assaf redevint muet, que pouvait-il lui
raconter, qu'il rêvait de Daphi et de la manière de se détacher d'elle sans se fâcher avec Roy ? Les yeux noirs de la
religieuse étaient suspendus à ses lèvres dans l'attente de
ses mots, et un instant il fut tenté de lui raconter des choses,
pour s'amuser, de toute façon elle n'y comprendrait rien,
des années-lumière séparaient leurs deux mondes, alors
elle dit :

– Oui ? Tu es de nouveau silencieux, ami ? Ta parole
s'est encore tarie ? Gare à celui qui fait taire une histoire
qui vient de naître !

Assaf bredouilla que c'était une histoire stupide.

– Non non non, protesta la petite femme en tapant des
mains. Il n'y a pas d'histoire stupide. Sache que toute histoire se rattache dans les profondeurs à une grande vérité
qui peut-être nous échappe !

– Mais c'est vraiment une histoire stupide, insista
Assaf, sérieux, puis il sourit à la vue des lèvres de la religieuse qui se plissaient dans une moue malicieuse.

– Bon, dit-elle, puis elle soupira et croisa les bras sur la
poitrine. Si c'est ainsi, conte-moi ton histoire stupide,
mais pourquoi restes-tu debout ? A-t-on jamais vu une
telle chose ? dit-elle en prenant les murs à témoin. L'hôtesse est assise et l'hôte debout !

Elle se leva aussitôt et lui apporta une chaise au dossier
raide.

– Prends la peine de t'asseoir et j'apporterai une cruche

d'eau et une petite collation, que dirais-tu de quelques rondelles de concombre et de tomate pour nous deux ? Ce n'est
pas tous les jours qu'il nous arrive un invité de marque de
la mairie ! Assieds-toi et reste tranquille, Dinka ! Tu sais
bien que tu en auras aussi.

– Dinka ? C'est son nom ? demanda Assaf.

– Oui. Dinka. Tamar l'appelle Dinkouche. Et moi…

Elle se pencha vers la chienne et frotta son nez contre le
sien.

– … je l'appelle rebelle, fille débauchée, objet de mon
amour, fourrure dorée, *scandaliarissa*, et cent vingt et un
autres noms, n'est-ce pas, prunelle de mes yeux ?

La chienne la regardait avec amour et ses oreilles
remuaient chaque fois que son nom était évoqué. Une sensation inconnue, une espèce de chatouille très légère et
lointaine frémit à l'intérieur d'Assaf : Dinka et Tamar, se
dit-il, Dinka de Tamar et Tamar de Dinka. Il les imagina
toutes deux enlacées dans une douce harmonie. Mais ce
n'est pas mon affaire, pensa-t-il en se rappelant sévèrement à l'ordre, et il s'empressa d'effacer l'image.

– Et toi, quoi ?

– Quoi moi ?

– Comment tu t'appelles ?

– Assaf.

– Assaf, Assaf, gloire et louange à son nom, psalmodia-
t-elle…

Elle se dirigea prestement vers le coin cuisine. Il l'entendit remuer et fredonner derrière le rideau fleuri, puis elle
revint et posa sur la table un grand bol de verre plein d'eau
où flottaient des rondelles de citron et des feuilles de menthe,
une assiette avec un concombre et une tomate coupés, des
olives, des rondelles d'oignon, des cubes de fromage, le tout
arrosé d'huile épaisse. Elle s'assit face à lui, s'essuya les
mains sur le tablier qu'elle avait enfilé et lui tendit la droite :

– Théodora. Fille de l'île de Lyksos en Grèce. La dernière des enfants de cette malheureuse île partagera ce
repas avec toi. Mange, mon fils.

Tamar resta un long moment avant d'oser entrer dans le petit salon de coiffure du quartier de Rehavia. C'était vers le soir, à la fin d'une longue et paresseuse journée de juillet débutant. Elle avait passé près d'une heure à faire les cent pas sur le trottoir, devant la boutique, à voir son reflet sur la vitrine et à regarder le vieux coiffeur couper, l'un après l'autre, les cheveux de trois hommes âgés. Coiffeur pour vieux, se dit Tamar. Ça me convient. Personne ne me reconnaîtra ici. Deux individus attendaient leur tour. L'un d'eux lisait un journal et l'autre, presque chauve – que faisait-il chez un coiffeur –, les yeux globuleux et aqueux, bavardait avec le coiffeur. Sa chevelure à elle s'agrippait à son dos comme s'il y allait de sa vie, et de la vie de Tamar. Elle ne les avait pas coupés depuis l'âge de dix ans, c'était il y a six ans. C'était tantôt un écran bien pratique, tantôt une tente sous laquelle se cacher et tantôt, quand la chevelure sauvage et aérienne tournoyait autour d'elle, son cri de liberté. Tous les quelques mois, dans un soudain accès d'ordre et de rangement, elle les tressait en nattes épaisses, les enroulait autour de son crâne et se sentait adulte, féminine et réservée, presque belle.

Elle finit par pousser la porte et entra. Les effluves de savon, de shampooing, d'alcool à désinfecter, les regards des clients la frappèrent de plein fouet. Il y eut un grand silence. Elle s'assit courageusement en les ignorant, posa à ses pieds le grand sac à dos et installa sur une chaise à côté d'elle l'énorme magnétophone noir.

– Alors, tu m'écoutes, dit l'homme aux yeux globuleux, tu sais ce que ma fille me dit ? La petite-fille qui vient de naître, ils ont décidé de l'appeler Beverly. Pourquoi ? Comme ça. C'est ce que veulent les sœurs.

Vidés de leur substance, les mots restèrent suspendus

dans l'espace. Le vieux se tut et passa la main sur sa calvitie comme si quelque chose avait coulé dessus. Les hommes lancèrent des regards furtifs à la jeune fille, puis échangèrent des coups d'œil. Ce n'est pas bien, disaient leurs regards, elle n'est pas à sa place. Le coiffeur travaillait en silence et, de temps en temps, levait la tête vers le miroir. Il vit ses yeux bleus tranquilles et ses doigts se détendirent.

– Shimek, ça suffit, dit-il sur un ton soudain las à l'homme qui était depuis un moment silencieux. Tu me le diras plus tard.

Tamar ramena ses cheveux sur son nez et sa bouche, les renifla, les goûta, leur fit un baiser d'adieu, elle avait déjà la nostalgie de cette masse chaude, chatouillante, de son poids, de l'impression d'exister avec sa chevelure, d'avoir une matérialité dans le monde.

– Coupez-moi tout ça, dit-elle au coiffeur quand ce fut son tour.

– Tout ?!

– Tout.

– C'est dommage.

– Je vous ai demandé de tout couper.

Deux hommes âgés qui étaient arrivés après elle se redressèrent. Le troisième, Shimek, s'étrangla dans une quinte de toux.

– *Méida'lé*, soupira le coiffeur dont les lunettes s'embuèrent, et si tu rentrais chez toi pour demander l'avis de papa et maman ?

– Dites donc, explosa-t-elle avec l'agressivité d'un boxeur, vous êtes coiffeur ou conseiller d'éducation ?

Leurs regards se croisèrent dans le miroir. C'était une dureté nouvelle, qu'elle n'aimait pas, mais qui était efficace dans les endroits qu'elle fréquentait ces derniers temps.

– … je vous ai demandé de tout enlever, compris ? C'est moi qui paie, non ?

– Mais c'est un coiffeur pour hommes, essaya de protester le coiffeur.

– Alors vous n'avez qu'à me *raser* la tête, dit-elle, furieuse.

Elle croisa les bras sous la poitrine et ferma les yeux.

Le coiffeur lança un regard de désarroi vers les hommes assis sur des chaises derrière lui. Comme s'il les prenait à partie : « Vous êtes témoins que j'ai bien essayé de la persuader de ne pas se les faire couper », et les hommes l'approuvèrent du regard. Il passa la main sur ses cheveux clairsemés et haussa les épaules. Puis il prit ses grands ciseaux, les agita une ou deux fois en l'air, estima que le frottement des lames n'était pas assez performant. C'était un son creux, faiblard. Il les agita plus énergiquement jusqu'à obtenir le ton juste, celui de la joie du travail. Alors il prit entre le pouce et l'index une boucle épaisse, noire comme le charbon, poussa un soupir et commença à couper.

Elle ne rouvrit les yeux ni quand il prit de plus petits ciseaux, ni quand il mit en marche le rasoir électrique, ni même à la fin, quand il prit une tondeuse affûtée pour faire disparaître les dernières mèches. Elle ne vit pas les regards aiguisés des hommes. Les uns après les autres, ils avaient laissé tomber leurs journaux et, légèrement penchés, ils regardaient avec un mélange d'attirance et de répulsion le crâne nu et rose de poupon qui émergeait peu à peu des vagues noires. Les boucles immolées reposaient encore sur le sol, et le coiffeur veillait à ne pas marcher dessus. L'air était chaud et oppressant mais autour de sa tête, il faisait soudain frais. Après tout, ce n'est peut-être pas si terrible, se dit-elle avec un sourire fugitif, en pensant à Halina, son vieux professeur de chant qui la grondait parfois pour son laisser-aller : « Il n'est pas interdit d'utiliser un peu de démêlant, un peu de crème, être belle n'est pas un péché, tu sais… »

« Voilà », murmura le coiffeur et il alla désinfecter la tondeuse avec un coton imbibé d'alcool, puis s'affaira avec l'étui à ciseaux en veillant à bien lui tourner le dos quand elle ouvrirait les yeux.

Elle les ouvrit brusquement, et vit une petite fille laide, terrorisée. Une enfant des rues, une folle. Avec des oreilles trop pointues, un nez trop long, des yeux énormes, bizarrement écartés l'un de l'autre. Elle n'avait jamais remarqué combien ils étaient bizarres. Et ce regard acerbe et nu qui lui faisait peur. On aurait dit son père, avec ses traits qui avaient commencé à vieillir au cours de cette dernière année. Avec les vêtements appropriés pour brouiller les pistes, ses parents ne la reconnaîtraient pas s'ils la croisaient dans la rue.

Dans la boutique, personne n'avait encore bougé. Elle se regarda longuement, impitoyablement. Sa tête nue lui faisait l'effet d'un moignon. Comme si désormais on pouvait lire dans ses pensées.

– Tu t'habitueras, murmura la voix lointaine et compatissante du coiffeur. A ton âge, ça repousse vite.

– Ne vous en faites pas, protesta-t-elle, pour ne pas s'apitoyer sur son sort.

Sans les cheveux, sa voix avait une sonorité différente, plus aiguë, divisée en plusieurs tonalités qui émanaient d'un endroit inhabituel.

Quand elle paya le coiffeur, il prit l'argent du bout des doigts. Comme s'il avait peur qu'elle le touche. Elle avança lentement, très droite, on eût dit qu'elle portait une cruche sur la tête. Chacun de ses mouvements éveillait en elle des sensations nouvelles, c'était agréable. L'air qui l'entourait se livrait à une danse étrange autour d'elle, s'approchait pour l'inspecter, reculait, puis s'approchait de nouveau pour toucher.

Elle chargea le sac à dos sur son épaule, prit le magnétophone et sortit. Devant la porte, elle s'arrêta un instant, consciente du spectacle qu'elle leur offrait et, cédant à la tentation, elle se redressa, rejeta la tête en arrière et, dans un geste pathétique et grandiose comme celui de la Tosca avant de sauter dans le vide, elle leva le bras, le laissa en l'air, et sortit en claquant la porte.

– Des champignons ou des olives ?

Il ne pouvait pas dire à quel moment c'était arrivé : à quel moment Théodora ne s'était plus méfiée de lui, mais il était assis en face d'elle et se préparait à manger la pizza. Le regard de Théodora avait changé, comme si une petite porte s'était ouverte pour lui à l'intérieur.

– Tu es encore dans tes rêves ?

Assaf dit qu'il rêvait d'oignons et de champignons. Elle rit :

– Tamar aime les olives, toi les champignons ; elle, le fromage, toi, les oignons. Elle est petite, et toi Og, roi de Basan. Elle parle, toi tu te tais.

Il rougit.

– Mais raconte, raconte-moi tout maintenant ! Tu étais assis et tu rêvais.

– Où ?

– A la mairie ! Où ! Mais tu ne m'as pas dit à qui tu rêvais.

Il la regarda, ahuri. Son front était couvert de rides comme une écorce d'arbre, et le menton aussi, elles s'étiraient autour de sa bouche dont la lèvre inférieure était légèrement proéminente ; mais ses joues étaient lisses, rondes et pures et, sous le regard d'Assaf, elles se couvrirent d'une légère rougeur.

Embarrassé, il se redressa et dirigea la conversation vers une direction plus impersonnelle :

– Alors je peux vous laisser la chienne pour que vous la donniez à Tamar ?

Elle attendait autre chose, qu'il lui parle de ses rêves éveillés, par exemple.

– Non, non, c'est impossible !

– Pourquoi pas ? demanda-t-il, surpris.

– Non, non. J'aurais tant aimé pouvoir. Ne questionne pas les mystères qui te dépassent ! Obéis.

L'expression déçue d'Assaf la radoucit :

– J'aurais volontiers gardé auprès de moi ma gracieuse Dinka. Mais ne faut-il pas tantôt la sortir ? Ne faut-il pas la faire cheminer un peu dans le jardin et dans la rue ? Elle voudra sûrement repartir à la recherche de Tamar, et moi que ferai-je ? Je ne sors pas d'ici.

– Pourquoi ?

– Pourquoi ?

Elle hocha lentement la tête :

– Tu veux vraiment savoir ?

Il fit oui de la tête. Peut-être avait-elle la grippe, ou bien ne supportait-elle pas le soleil.

– Que se passera-t-il si soudain arrivent des pèlerins de Lyksos ? Que se passera-t-il à ton avis si je ne suis pas là pour les accueillir ?

Assaf se souvint du puits, des bancs de bois, des gobelets en terre cuite et des pierres pour y poser les pieds.

– As-tu vu sur ton chemin la salle de sommeil pour ceux qui sont las ?

– Non.

C'était à cause de Dinka qui courait et le tirait de toutes ses forces.

Maintenant, c'était le tour de la religieuse, Théodora. Elle se leva, le prit par la main, une main fine et forte, et l'entraîna à sa suite, Dinka les suivit et ils dévalèrent ensemble l'escalier, c'est alors qu'Assaf aperçut la grande cicatrice cireuse qu'elle avait dans la paume de la main.

Elle s'arrêta devant une porte large et haute :

– Reste ici. Attends. Clos les yeux, s'il te plaît.

Il les ferma et se demanda qui lui avait appris cet hébreu venu d'un autre siècle. Il entendit le bruit de la porte.

– Ouvre maintenant.

C'était une salle étroite et circulaire avec des dizaines de lits de fer hauts, alignés sur deux rangées qui se faisaient face. Chaque lit était garni d'un gros matelas sur lequel étaient soigneusement pliés et posés un drap, une couverture et un oreiller. Et tout au sommet, comme un point à la fin d'une phrase, reposait un petit livre noir.

– Tout est prêt pour leur venue, chuchota Théodora.

Assaf se sentit attiré vers l'intérieur de la salle. Il avança entre les lits en soulevant un léger nuage de poussière. La lumière filtrait par des fenêtres hautes. Il ouvrit un des livres et vit des lettres d'une langue inconnue. Il essaya d'imaginer la salle bourdonnant de pèlerins, mais il faisait encore plus humide et glacial que dans la chambre de la religieuse, et Assaf se sentit soudain mal à l'aise.

Il leva les yeux, vit Théodora près de la porte et, pendant une fraction de seconde, il eut l'étrange impression que, même s'il avançait vers elle, il ne l'atteindrait jamais. Qu'il était pris dans un temps figé, coagulé, immobile. Il se précipita vers elle avec une question urgente :

– Ces pèlerins…

Mais il comprit qu'il devait peser ses mots :

– … en fait, quand doivent-ils venir ? Je veux dire, pour quand les attendez-vous ? aujourd'hui ? dans une semaine ?

Glaciale, elle se détourna de lui :

– Viens mon ami, rentrons. La pizza refroidit.

Troublé et perplexe, il la suivit dans l'escalier.

– Et ma Tamar, dit-elle, tandis qu'ils montaient l'escalier et que ses espadrilles claquaient, elle nettoie la salle de sommeil, elle vient une fois par semaine, elle fonce et récure. Mais tu as vu maintenant… la poussière.

Ils se rassirent à table, mais quelque chose avait changé entre eux, et Assaf ne parvenait pas à mettre le doigt dessus. La religieuse aussi était distraite et ne le regardait pas. Quand elle se refermait ainsi sur elle-même, ses pommettes devenaient plus saillantes, ses yeux s'étiraient et elle ressemblait à une vieille Chinoise. Ils mangèrent un long moment en silence, ou du moins firent semblant de manger. Assaf lançait par intermittence des coups d'œil autour de lui : il y avait là un petit lit entouré de piles de livres. Dans un coin, sur une table, un vieux téléphone noir au cadran circulaire. Un autre coup d'œil, et Assaf remarqua un objet qui avait la forme d'un âne, une sculpture faite avec des fils de fer rouillés et enroulés.

– Non, non et non ! bondit soudain la nonne en frappant des deux mains sur la table. Comment est-ce possible ? manger sans parler ? mâcher comme deux vaches sans parler cœur à cœur ? Sans conversation, quel goût a votre pizza ? !

Et elle repoussa l'assiette posée devant elle.

Assaf avala rapidement sa bouchée sans trop savoir comment s'en sortir :

– Et avec Tamar…, il s'étrangla un peu en prononçant son nom, vous parlez avec elle, oui ?

Il avait l'impression de parler trop fort, d'avoir une voix artificielle.

Elle le fixa avec un regard moqueur. Les conversations mondaines n'avaient jamais été son fort (parfois, quand il était avec Roy, Meital et Daphi et qu'il fallait faire preuve de légèreté, de malice, ou se livrer à de joyeux et vains bavardages, il avait l'impression d'avoir à manœuvrer un tank dans une chambre).

– Alors elle… Tamar vient vous voir toutes les semaines, c'est ça ?

– Un an et deux mois déjà qu'elle vient ici, chez moi, dit-elle en lissant sa tresse avec une certaine fierté. Elle travaille un peu parce qu'elle a besoin d'argent, et ces derniers temps, de beaucoup d'argent. De ses parents, elle ne prend rien, bien sûr…

Assaf remarqua la légère grimace qui accompagnait l'évocation des parents de Tamar, mais il ne posa pas de questions, ce n'était pas son affaire.

– … et chez moi, il y a du travail en abondance, tu l'as vu : honorer la salle de sommeil, dépoussiérer les lits, et à la cuisine faire briller toutes les semaines les grandes casseroles…

– Mais pour quoi faire ? l'interrompit-il brusquement, tous ces lits, et les casseroles, quand viennent-ils ici les pèlerins, quand…

Aussitôt la sagesse le fit taire. Il sentait qu'il devait attendre. C'était une sensation familière : dans la chambre

obscure, il aimait cet instant où la photo émergeait lentement du bain, où les traits commençaient à se dessiner. Ici
aussi, ce qu'il entendait ou devinait commençait à se relier
et à prendre forme. Encore un instant ou deux et il comprendrait.

– Après le travail, nous nous asseyons ensemble, nous
enlevons nos tabliers, nous procédons à l'ablution des
mains et nous mangeons la pizza – elle rit – la pizza !
C'est grâce à Tamar que j'ai appris à affectionner la
pizza… Puis nous conversons, bien sûr, avec aisance. La
petite, elle parle avec moi du monde et de ce qui le rem-
plit.

Cette Tamar, une fille de son âge, que pouvait-elle bien
avoir pour que Théodora soit si fière d'être son amie.

– Parfois aussi nous nous heurtons, comme le feu et le
soufre, mais toujours en bonnes amies – elle aussi ressemblait soudain à une adolescente –, deux très bonnes amies.

– Mais de quoi parlez-vous ?

La question lui avait échappé, il était embarrassé, une
jalousie sourde lui pinça le cœur, peut-être au souvenir de
ce que Daphi lui avait dit deux jours plus tôt, que lorsqu'il
commençait à raconter une histoire elle avait toujours
envie de regarder l'heure.

– De Dieu ? demanda-t-il avec un certain espoir.

Si elles parlaient de Dieu, c'était encore concevable,
supportable.

– Dieu ? s'étonna Théodora, mais… bien sûr… pourquoi… il arrive que Dieu soit mentionné dans la conversation, c'est permis, non ?

Elle croisa les bras sur la poitrine et lança à Assaf un
regard surpris.

– A vrai dire, mon ami, je n'aime pas parler de Dieu…
lui et moi, nous ne sommes plus amis comme autrefois.
Il est à son affaire et moi à la mienne. Mais on peut encore
parler des êtres humains, non ? et de l'âme ? et de l'amour ?
Est-ce que l'amour ne compte plus pour toi, jeune
homme ? Ou as-tu déjà dénoué toutes ses énigmes ? – Assaf

protesta énergiquement en secouant la tête – que crois-tu
donc, nous débattons de philosophie aussi, en mangeant
la pizza, ici même ! – un petit cri lui échappa, peut-être en
grec, elle fit un signe de sa main légère –, puis nous nous
heurtons de nouveau, si fort que la tour en tremble ! Tu
veux savoir de quoi ? – oui, oui, acquiesça aussitôt Assaf
qui avait compris que c'était à lui de poser la question –
De tout, du bien et du mal, de la liberté, de la vraie, la
grande liberté – elle lui lança un sourire provocant –, celle
de choisir notre voie, ou bien nous est-elle dictée d'avance
et ne faisons-nous que la suivre ? Et nous parlons aussi de
Yehouda Poliker, Tamar m'apporte tous ses enregistre-
ments, chaque nouvelle chanson ! Tout est registré chez
moi, sur le Sony ! Ou bien, s'il y a un très beau film au
cinéma, je dis aussitôt : Tamar ! Vas-y pour moi, s'il te
plaît, prends cet argent, emmène une amie si tu le veux, et
reviens vite tout me raconter, image par image, elle est
ravie, et moi aussi.

Une idée lui traversa l'esprit :

– Et vous-même, avez-vous jamais vu un film ?

– Non. Et cette nouvelle chose non plus, la télévision.

Les morceaux du puzzle commençaient à se mettre en
place.

– Vous disiez aussi que vous ne sortiez pas, n'est-ce
pas ?

Elle hocha la tête et sourit à la vue de l'embryon de pensée qui prenait forme dans la tête d'Assaf.

– Ce qui veut dire... que vous ne sortez jamais d'ici,
répéta-t-il stupéfait.

– Depuis le jour où j'ai été conduite en Terre sainte,
confirma-t-elle fièrement. J'ai été conduite ici, tendre che-
vreau de douze ans. C'était il y a cinquante ans.

– Vous êtes ici depuis cinquante ans !

Sa voix avait soudain des accents enfantins.

– Et vous n'êtes jamais... ? même pas dans le jardin ?

Elle acquiesça de nouveau. Brusquement, l'endroit
lui parut insupportable. Il eut envie de se lever, d'ouvrir

une fenêtre, de s'échapper vers la rue animée. Ahuri, il regarda la religieuse et se dit qu'elle n'était pas si vieille. Pas tellement plus âgée que son père. Elle paraissait ainsi à cause de son enfermement. Comme une enfant qui aurait instantanément vieilli sans être passée par la vie.

Elle attendit tranquillement qu'il ait épuisé ses pensées sur elle. Puis elle dit doucement :

– Tamar a trouvé pour moi une très belle phrase dans un livre : "Heureux celui qui peut rester enfermé avec lui-même dans une chambre." Selon ce dire, je suis quelqu'un d'heureux – ses lèvres se plissèrent légèrement –, de très heureux.

Assaf s'agita sur sa chaise. Son regard cherchait la porte. Ses pieds le démangeaient. Il pouvait parfaitement passer des heures tout seul dans une chambre. Mais à condition qu'il y ait un ordinateur performant, de nouveaux jeux et personne à ses côtés pour lui souffler des solutions trop rapides. Oui, il pourrait tranquillement y passer quatre à cinq heures, et même sans manger. Mais vivre toujours comme ça ? Toute la vie ? Jour et nuit, semaine après semaine, année après année ? Pendant *cinquante* ans ?

– Merci de ne rien dire, le silence est d'or…, dit la religieuse.

Assaf hésitait entre l'envie de poser une question et celle de passer pour un garçon raisonnable.

– Et maintenant, dit-elle en remplissant ses poumons d'air, c'est ton tour. Histoire pour histoire. Mais ne t'interromps pas à chaque pas, et ne sois pas si prudent. *Panaghia mou !* Pourquoi as-tu si peur de parler de toi ? Es-tu quelqu'un de si important ?

– Mais que raconter ? demanda-t-il, désemparé.

Il ne voulait pas parler de Dieu, ne savait pas grand-chose sur Yehouda Poliker, sa vie était des plus ordinaires et, d'une manière générale, il n'aimait pas parler de lui-même. Que pouvait-il bien lui dire ?

– Si tu me racontes une histoire de ton cœur, soupira-t-elle, je t'en raconterai une de mon cœur.

C'est ainsi qu'elle parla, avec un sourire un peu douloureux. Et soudain, ce fut possible.

Vingt-huit jours avant qu'Assaf ne rencontre Théodora, quand il ne travaillait pas encore à la mairie, ne savait même pas que Théodora existait, et n'avait pas deviné Tamar, l'adolescente sortit dans la rue. Comme tous les jours pendant les grandes vacances, Assaf avait dormi jusqu'à midi. Puis il s'était levé et s'était préparé un repas léger, trois quatre sandwichs et une omelette avec deux œufs, il avait parcouru le journal, expédié du courrier électronique à un supporter hollandais de *Houston*, participé pendant une heure à un forum de discussion passionné du *Quest of Glory*. Pendant ce temps, Roy l'avait appelé, ils avaient essayé d'organiser une sortie pour le soir puis, découragés, avaient décidé d'en reparler plus tard. Sa mère aussi avait appelé de son travail pour lui demander de décrocher le linge, vider le lave-vaisselle et aller chercher Mouky à deux heures, au centre aéré. Entre deux activités, il avait regardé la chaîne du *National Geographic*, avait fait sa gymnastique quotidienne, s'était remis à l'ordinateur, et le temps était passé dans la nonchalance, sans événement notable.

Au cours de ces mêmes heures, Tamar s'enferma dans les cabinets aux inscriptions grossières des toilettes publiques de la gare routière d'Egged. Elle enleva en vitesse son Levi's et la tunique indienne que ses parents lui avaient rapportée de Londres. Puis elle défit ses sandales et posa ses pieds dessus, en slip et soutien-gorge, dégoûtée par l'air visqueux qui collait à sa peau. Elle sortit de son grand sac à dos un plus petit sac, ainsi qu'un maillot en coton et une vieille salopette tachée, déchirée, au contact rugueux. Tu t'habitueras, se dit-elle en glissant ses jambes à l'intérieur. Puis elle hésita un instant et enleva le mince bracelet d'argent qu'elle avait reçu pour ses douze ans. Il était dangereux : son nom était gravé dessus en toutes lettres. Elle enfila une paire de baskets, malgré sa préférence pour des sandales ; c'était une intuition : dans les semaines à venir, elle aurait un besoin urgent de chaussures, à la fois pour avoir une assise plus solide, et pour courir plus vite si on la poursuivait.

Et il y avait le journal. Six cahiers à la couverture rigide, enveloppés dans un sac en papier. Le premier, celui de ses douze ans, était plus mince que les autres et décoré de motifs coloriés d'orchidées, de bambis, d'oiseaux et de cœurs percés de flèches. Les autres avaient une couverture lisse, ils étaient bien plus épais et remplis d'une écriture serrée. Ils alourdissaient considérablement le sac à dos, mais il avait fallu qu'elle les emporte pour que ses parents ne les lisent pas dès qu'elle aurait le dos tourné. Elle les avait enfouis au fond du grand sac à dos mais au bout d'un moment, incapable de résister, elle sortit le premier dont elle feuilleta les pages noircies d'une écriture enfantine. Elle sourit et s'assit sur la lunette des cabinets. Ça, c'était en cinquième, sa première fugue de la maison, quand elle était allée écouter un groupe funk avec deux amies. Une nuit folle. Elle tourna les pages, « Liatt est venue à la soirée en robe noire pailletée, elle était si belle que j'avais envie de pleurer ». Les vieilles cicatrices ne se refermaient jamais, prêtes à se rouvrir à tout instant (mais il fallait qu'elle sorte de cet endroit). Elle prit un autre cahier, c'était il y a deux ans et demi : « elle est stressée de se voir grandir ». « Se développer » (elle *déteste* ! ! ! leurs mots !). Pourquoi avait-elle écrit à la troisième personne ? Puis elle eut un sourire chagrin. C'était l'époque des exercices pour s'endurcir, se blinder. Elle s'entraînait à résister aux chatouilles, enlevait son pull, son manteau – quand il faisait très froid – et même sa chemise ; ou bien marchait pieds nus dans la rue, dans les champs. L'écriture à la troisième personne faisait partie de cet ensemble : « Elle aime les endroits petits, exigus, par exemple la distance entre l'armoire et le mur de sa chambre où, il y a à peine un mois, elle pouvait se glisser et se blottir pendant des heures. C'est fou de ne plus jamais pouvoir le faire ! ! ! »

A la page suivante, elle avait écrit exactement cent fois, comme un pensum : « Je suis une fille vide et creuse, je suis une fille vide et creuse. »

Bon Dieu, se dit-elle, en posant la tête sur la chasse d'eau, j'avais oublié que j'étais si complexée.

Mais aussitôt après, elle tomba sur la première rencontre avec les poèmes de Yehouda Amihaï, « Le poing était aussi une main ouverte avec des doigts », et elle éprouva de la compassion pour la fillette qui avait écrit : « Les petits poissons naissent avec une poche de protéines pour se nourrir. Ce livre sera ma poche de protéines pour toute la vie. » Et une semaine plus tard, dans un élan décisif : « Pour avoir de grands yeux, à partir d'aujourd'hui et jusqu'à la fin de mes jours, je fais le vœu de toujours regarder le monde avec étonnement. »

Elle eut un sourire amer. Ces derniers temps, le monde la forçait à le regarder avec étonnement, avec colère, et enfin avec un désespoir absolu. Après tout, elle ne devait ses grands yeux qu'à sa coupe de cheveux.

Elle feuilleta rapidement le cahier tantôt en riant, tantôt en soupirant. Quelle chance d'avoir eu l'idée de relire le journal avant de se mettre en route. Elle se voyait étalée, mise à nu, comme des instantanés de chaque jour de sa vie. Il était temps de partir, Léah l'attendait au restaurant pour un repas d'adieux, mais elle ne pouvait pas aller dans la rue, s'exposer aux regards. Cette façon qu'ils avaient de la regarder depuis qu'elle s'était fait raser le crâne. Ici, seule entre les murs, elle était protégée. Dans ce passage elle avait quatorze ans et écrivait parfois à l'envers, pour lire dans le miroir ce qu'elle voulait dissimuler : « Pauvre maman, elle désirait avoir une fille pour tout partager avec elle, lui révéler les mystères de la féminité, et combien c'est merveilleux et divin d'être une femme. Qu'a-t-elle eu à la place ? Moi.»

Ma mère. Mon père. Elle ferma les yeux, les rejeta loin d'elle, ils revinrent à la charge. Il y a des situations où c'est chacun pour soi, avait dit son père au cours de leur dernier affrontement. Assez, partez maintenant. Quand tout serait fini, elle penserait à eux ; pour moi l'affaire est close, avait-il dit, je ne bouge plus le petit doigt, et il l'avait regardée d'un air faussement détaché, à l'exception de son sourcil droit qui frémissait comme s'il était doué d'une vie indépendante. Elle se concentra et s'appliqua à les effacer de sa tête. Ne plus s'occuper d'eux. Ils ne faisaient que l'affaiblir et la décourager. Fébrile, elle sortit un autre cahier. C'était il y a un an, quand Idan et Adi étaient entrés dans sa vie et tout se passait bien. Comment avait-elle pu écrire ces futilités ? Il y avait eu ce voyage au festival de musique d'Arad, on leur avait volé le sac à dos qui contenait leurs trois porte-monnaie. Ils s'étaient retrouvés avec dix shekels pour trois ; Idan s'était imposé comme chef ; il avait acheté dans une papeterie un carnet à souches pour neuf shekels et avait envoyé les deux filles collecter de l'argent pour la «Ligue contre le trou dans la couche d'ozone».

Ravie à l'idée d'une telle escroquerie, elle lui avait apporté l'argent qu'elles avaient gagné, ils s'étaient offert un repas plantureux et il était même resté de l'argent pour acheter de l'herbe, elle avait fumé mais rien senti, Idan et Adi avaient simulé un trip décoiffant, et dans l'autobus qui les ramenait, assis deux rangées devant elle, ils avaient éclaté de rires hystériques pendant tout le trajet.

Parmi ces bêtises, il y avait aussi des remarques sur des événements en apparence anodins, semblables à de légers chuchotements qui finissaient par prendre l'ampleur de cris : le père et la mère avaient découvert que le tapis afghan accroché derrière la porte avait disparu. Ils avaient aussitôt renvoyé la femme de ménage qui travaillait chez eux depuis sept ans. Puis quelques centaines de dollars avaient disparu du tiroir du père, et le jardinier arabe avait été renvoyé. Ensuite, ce fut le compteur de la voiture qui, pendant l'absence des parents à l'étranger, indiquait un long voyage kilométrique. Et d'autres ombres semblables qui se glissaient le long des murs de la maison et que personne n'avait vraiment osé pointer du doigt.

Quelqu'un frappa fort à la porte. C'était la dame des toilettes qui lui criait qu'elle était enfermée là depuis une heure. Tamar lui répondit avec des cris aussi aigus qu'elle y resterait autant que ça lui plairait.

En lisant le dernier cahier, elle découvrit stupéfaite que tout y était déjà décrit dans les moindres détails : le plan, la grotte, la liste de tout ce qui était nécessaire, les dangers prévus et imprévus. Il fallait immédiatement faire disparaître ce cahier. Ne pas le laisser dans la cachette. Elle tourna rapidement les pages, nota le moment à partir duquel elle ne s'était plus autorisé de sentiments – la rencontre fugitive et nocturne près du Rif-Raf avec l'adolescent bouclé au regard doux et noir, qui lui avait montré ses doigts cassés et s'était enfui comme si elle risquait de lui faire aussi mal –, c'est alors qu'elle s'était blindée et était devenue avare de ses mots.

Elle referma le cahier. Son regard se figea à la vue du dessin grossier griffonné sur la porte. Elle aurait tant aimé emmener son journal *là-bas*. Que ferait-elle sans lui ? Comment se comprendrait-elle sans écrire ? Ses doigts devenus insensibles arrachèrent la première page et la jetèrent entre ses jambes dans les cabinets. Puis encore une page, et encore une. Un instant, qu'est-ce que c'est ? « Autrefois, je pleurais beaucoup, j'étais pleine d'espoir. Maintenant, je ris beaucoup, je ris et je suis désespérée. » Dans la cuvette. « Je serai toujours amoureuse de quelqu'un qui en aime une autre. Pourquoi ? Parce que je suis bonne pour les situations sans issue. Chacun est bon pour quelque chose. » Déchirer. « Mon art ? Comment, tu ne le savais pas ? Mourir l'instant. » Elle déchira et déchira avec rage, puis se leva, saisie de vertige. Il ne restait plus que les pages des derniers jours.

Les discussions interminables avec ses parents, ses cris, supplications, quand elle avait pris conscience qu'ils ne pouvaient rien faire, ni l'aider ni l'empêcher d'aller là-bas ; qu'ils étaient annihilés, paralysés par la catastrophe, que c'était comme un sort qui les avait vidés de leur être. Il ne restait plus de ses parents que l'écorce, elle était la seule à pouvoir faire quelque chose. A condition d'oser.

Mais, là où elle voulait aller, elle risquait d'être fouillée ; le moment viendrait où on chercherait sur elle, dans ses affaires, on essaierait par tous les moyens de savoir qui elle était. Qui suis-je ? Que reste-t-il de moi ? Elle tira la chasse, regarda les lambeaux de papier tourner, être aspirés et disparaître : rien.

Sans son journal et Dinka, le découragement la saisissait.

Puis elle se mêla à la foule qui se pressait à la gare routière. Elle vit son reflet sur la vitrine du restaurant, sur le comptoir du marchand de saucisses, dans le regard des gens. Les lèvres se plissaient à sa vue. La veille encore, on la regardait autrement. Tamar le savait : elle avait l'audace extrême des grands timides. Une audace qui s'échappait d'elle comme un hoquet : comme la chemise transparente qu'elle portait à la fête du certificat d'études. Ou les incroyables chaussures rouges, celles de Dorothy dans *Le Magicien d'Oz,* qu'elle avait portées au grand récital du conservatoire. Des périodes de coquetterie exagérée, narcissique, qui alternaient avec le laisser-aller, et avec des périodes bleue, jaune, noire…

Elle déposa à la consigne son grand sac à dos et serra contre elle le plus petit. Désormais, il serait sa maison. Le garçon de la consigne lui lança un regard et, comme le coiffeur, évita que leurs doigts entrent en contact. Elle prit sur le comptoir le petit jeton en métal qui identifiait le sac à dos qu'elle avait déposé.

Elle n'avait pas pensé à ce détail : et si l'un d'*eux* allait chercher son sac à dos à la consigne et fouillait dans son porte-monnaie et son journal ? Espèce d'idiote minable et mégalomane.

Elle s'en alla. Ravie de se flageller pour endurcir sa peau. Mais comment savoir ce qui l'attendait, quelles autres choses imprévues et inimaginables lui réservait cette nouvelle vie, quelles autres surprises de la réalité qu'elle s'empresserait, comme d'habitude, de tromper ?

Alors, Assaf lui raconta : il reprit depuis le début, le travail à la mairie que son père lui avait trouvé grâce à Danokh, lequel Danokh devait un peu d'argent à son père qui avait fait des travaux d'électricité chez eux, mais Théodora l'interrompit aussitôt d'un geste de la main et lui ordonna, le pria, de lui parler d'abord du père et de la mère, Assaf s'arrêta et raconta ses parents et sa petite sœur qui étaient peut-être en train d'atterrir en Arizona, ils étaient partis précipitamment parce que sa sœur aînée, Rély, leur avait demandé de venir immédiatement. La religieuse s'intéressa à Rély, pourquoi se trouvait-elle si loin, et Assaf, surpris, parla d'elle aussi. Il la décrivit à grands traits, c'était une fille si spéciale et fantastique, une artiste, orfèvre, créatrice d'une gamme de bijoux en argent qui commençaient à marcher très bien là-bas ; il répéta ses mots et ses concepts qui lui étaient si étrangers, peut-être parce que sa récente réussite lui était étrangère, ou que chaque voyage de sa sœur là-bas avait pour lui quelque chose d'effrayant ; il ajouta aussi avec une pointe d'hostilité que parfois Rély pouvait être insupportable, il parla de ses *principes* dans chaque domaine, depuis la nourriture qu'elle mangeait, ou plutôt *ne* mangeait *pas*, jusqu'à ses idées sur les Juifs et les Arabes, sur la manière dont le pays devait être gouverné, il évoqua ainsi longuement sa sœur, qui s'était enfuie un an plus tôt parce qu'elle avait besoin de son *espace*, mot qu'il détestait et qu'il s'empressa de changer, il expliqua que Rély se sentait *étouffer*, Théodora eut un léger sourire, un bruissement de conni-

vence, parce qu'il y avait ceux qui passaient cinquante ans
dans une chambre sans étouffer, et d'autres auxquels tout
un pays ne suffisait pas ; puis elle lui demanda de parler de
Mouky qui avait accompagné ses parents parce qu'il était
impossible de la laisser seule, Assaf parla d'elle en souriant et en rougissant, ce qui estompa légèrement son
acné, parce qu'en disant « Mouky » il avait senti dans ses
narines l'odeur de ses cheveux, celle du shampooing et de
l'après-shampooing, pourtant sa chevelure était douce
comme un voile de brume et si blonde entre les doigts – il
rit, et Théodora sourit – elle passait des heures devant le
miroir cette petite, elle s'admirait, sûre d'être aimée du
monde entier, et quand Assaf ou Rély s'énervaient de ce
culte de la personnalité, la mère leur disait de la laisser
tranquille pour qu'il y en ait au moins une qui s'aime dans
cette maison, et Assaf s'interrompit et dit : « Voilà, une
famille ordinaire, rien de spécial », et Théodora dit : « Tu
as une famille magnifique, mon ami, vous devez être très
très heureux », et il la vit se refermer de nouveau comme
si une lumière s'éteignait en elle, c'était peut-être parce
qu'elle était si seule ici, que depuis longtemps elle n'avait
pas vraiment parlé avec quelqu'un, cœur à cœur, et lui, se
demanda-t-il, depuis quand n'avait-il vraiment parlé avec
quelqu'un ?

Puis il se souvint de ce qui l'attendait ce soir-là avec Roy
et Daphi, elle se pencha vers lui et lui demanda : « Vite, à
quoi penses-tu en ce moment, parce que ton visage, mon
ami, s'est soudain assombri ! » « Peu importe », marmonna
Assaf. « Mais si, c'est important ! », elle était si curieuse de
ses histoires stupides, ou peut-être n'étaient-elles pas aussi
stupides qu'il le croyait. « Des bêtises… » dit-il avec un rire
embarrassé, et il s'agita en riant sur sa chaise. Il n'avait
aucune envie d'aborder ce sujet, la religieuse et lui se
connaissaient à peine, à croire qu'un démon s'était emparé
de lui et le manipulait, mais elle renversa la tête en arrière
avec un rire joyeux qui lui donnait des airs d'adolescente, et
Assaf la trouva sympathique, solitaire, digne de confidences.

C'est ainsi qu'il lui raconta Daphi Kaplan, puis Roy et sa Meital, la religieuse l'écoutait attentivement, regardait sa bouche et répétait ses mots en silence. Au bout de cinq phrases, elle avait compris que Daphi n'était pas le sujet principal de l'histoire. Assaf en était surpris : « Mais laisse donc cette pauvre enfant, dit-elle avec un geste impatient de la main, c'est une fleur sans parfum. Je veux savoir l'essentiel : parle-moi du garçon, de ton Roy. » Elle venait de toucher un point douloureux, et Assaf ferma un instant les yeux. Il inspira profondément et raconta son amitié avec Roy depuis l'âge de quatre ans, ils étaient comme deux frères, dormaient l'un chez l'autre, et la cabane sur l'arbre. A l'époque, Roy était petit et faible, Assaf le protégeait des grands, les maîtresses disaient qu'il était son garde du corps, tout avait continué ainsi jusqu'en cinquième, dit rapidement Assaf en survolant les huit années auxquelles il fut délicatement mais fermement ramené : « *Comment* ça a continué ? » Alors il raconta l'école primaire, comment Roy ne le quittait pas, lui interdisait d'avoir d'autres amis, et la panoplie de punitions quand il soupçonnait Assaf de trahir leur amitié, la pire étant celle du silence. Il refusait de lui parler pendant des semaines mais continuait de rester collé à lui ; il y avait aussi ses terribles accès de colère. Les choses ont continué comme ça jusqu'en sixième, reprit Assaf après une pause, puis tout a changé, peu importent les détails. « Ils importent beaucoup », dit la religieuse. Assaf s'en doutait. Elle alla vers le coin cuisine mettre de l'eau pour le café et lui cria de continuer. Il y a environ trois ans, en cinquième, reprit Assaf, les filles ont commencé à remarquer Roy qui avait brusquement grandi et devenait beau, elles étaient toutes amoureuses de lui, lui aussi les aimait toutes, il jouait avec leurs sentiments, et dans la cuisine la religieuse adressa un sourire au papier peint bleu et rouge. Mais les filles ne lui en voulaient pas, au contraire, elles parlaient longuement de lui pendant les récréations, de sa coupe de cheveux, de sa manière de bouger son corps en jouant au basket ; un jour où il était assis par hasard derrière l'arbre des filles, Assaf n'en avait pas cru ses oreilles : elles parlaient de Roy comme si c'était un *dieu* ou une star de cinéma. Une des filles disait qu'elle avait l'intention de rétrograder en maths pour changer de groupe et se trouver dans celui de Roy ; une autre racontait que parfois elle priait pour qu'il soit un peu malade et qu'elle puisse aller au dispensaire, s'étendre sur le même lit que lui !

Assaf attendait que la religieuse rie avec lui de cette histoire stupide, mais Théodora ne rit pas, elle lui demanda de continuer et lui, incapable de contenir ce flot de paroles, continua comme une bobine qui se dévide ; c'était sûrement à cause de ce monastère, se dit-il confusément, ou à cause de cette chambrette, un peu comme ce confessionnal qu'il avait aperçu autrefois dans une église d'Ein Kerem, après il redeviendrait lui-même et oublierait sa visite au sommet de cette tour et les bêtises qu'il avait racontées à une religieuse inconnue, « J'attends ! » dit Théodora, et Assaf raconta qu'en quatrième Roy était devenu une espèce de roi de la classe. Il voulut lui expliquer ce que ça voulait dire, mais elle fit un geste impatient, Assaf en déduisit qu'apparemment elle connaissait les histoires de filles et de garçons par Tamar. En pensant à elle, il ressentit une espèce de chatouille chaude et imagina Tamar présente et invisible dans la pièce. Assise par terre, à côté de Dinka endormie dont elle caressait doucement la tête. Peut-être qu'en ce moment lui aussi s'adressait à Tamar, il lui racontait comment Roy et Rotem étaient devenus le couple royal de la classe et, depuis, Roy avait eu quatre ou cinq copines dont la dernière était Meital, qui voulait qu'Assaf aime Daphi, ce que Roy aussi exigeait de lui sous peine de rompre leur amitié. Bon, ça suffit, tout ça c'est des bêtises, des détails. « C'est important, très important, *agori mou*, dit Théodora affectueusement, tu ne comprends toujours pas ? Comment te connaîtrais-je sans ces petits détails ? Comment te raconterais-je des histoires du fond de mon cœur ? » Et comme il ne paraissait pas convaincu, elle le força à la regarder dans les yeux : « Au début, Tamar non plus ne voulait pas tout raconter, et moi je lui ai appris à grand-peine que rien n'est plus important que ces babioles ; et sache qu'elle est encore plus têtue que toi ! » Assaf cessa aussitôt de lui résister, sa voix changea, et il parla tout de même de Daphi chez qui tout était mesuré et pensé, l'argent, les honneurs, la réussite, et à mesure qu'il parlait il comprit pourquoi il n'aimait pas cette fille toujours en compétition avec les autres, qui mesurait le poids des réussites et des échecs, des bénéfices et des pertes. « Il y a des gens comme ça, dit la religieuse qui sentait Assaf s'épuiser un peu, mais il y en a d'autres aussi, n'est-ce pas ? Et ne vaut-il pas mieux vivre plutôt pour ces autres ? » Assaf sourit comme si, en quelques mots, la religieuse avait dissipé un problème qui le tracassait depuis longtemps, puis il ajouta que même si Daphi était différente, il ne serait tombé amoureux ni d'elle ni de personne d'autre, du moins jusqu'à la fin du service militaire. Jamais jusqu'alors il n'avait parlé de ces choses à personne d'autre qu'à Rhinocéros, le copain de Rély, pourtant il connaissait la religieuse depuis à peine une heure, que lui arrivait-il donc ?

Brusquement il se tut, ils se regardèrent tous les deux comme s'ils émergeaient ensemble d'une vision. Théodora passa les mains sur sa tête comme si elle voulait y faire entrer quelque chose. La grande brûlure jaune brilla dans la paume de sa main. Il y eut un instant de silence total dans la pièce. On n'entendait que la respiration de Dinka qui dormait.

– Et maintenant, murmura Théodora en souriant faiblement, tu pourrais peut-être me raconter comment tu es arrivé jusqu'à moi.

Assaf lui fit alors le récit bref de la matinée, de Danokh qui l'avait conduit au chenil, du formulaire 76, de la pizza, de cette course folle sans savoir où il allait, et soudain tout lui parut comique. Il commença à sourire, Théodora aussi, ils se regardèrent et éclatèrent de rire, la chienne se réveilla, redressa la tête et se mit à bouger la queue.

– Mais c'est merveilleux, dit Théodora. La chienne t'a conduit jusqu'à moi… – elle le regarda longuement comme si elle le voyait sous un nouveau jour – … tu es venu ici comme un messager innocent, un coursier malgré lui… – son regard rayonnait – … qui d'autre irait ainsi après une chienne impulsive, qui donnerait son argent pour une pizza en soumettant sa volonté à celle d'un animal ? Quel cœur tu as, *agori mou*, quel cœur chaud et valeureux…

Assaf était gêné. A vrai dire, pendant tout le temps où il avait couru derrière la chienne, il s'était senti plutôt bête, et cette nouvelle interprétation de son comportement le surprenait un peu.

La religieuse entoura son petit corps de ses bras dans un frisson de plaisir :

– Maintenant, tu comprends pourquoi je t'ai demandé de me raconter toute l'histoire ? Je suis enfin plus tranquille, et mon cœur me dit que s'il y a bien quelqu'un qui peut retrouver ma gracieuse, c'est toi.

Assaf précisa que c'était exactement ce qu'il essayait de faire depuis le matin, et si elle voulait lui donner l'adresse de Tamar, il la retrouverait aussitôt.

– Non, dit-elle en se levant brusquement. Je le regrette. Mais cela m'est impossible.

– Non ? Pourquoi ?

– Parce qu'elle m'a fait prêter serment, Tamar.

Il eut beau l'interroger, essayer de comprendre, elle refusa de répondre. Crispée, elle traçait des cercles dans la chambre, faisait des bruits avec sa bouche, hochait la tête, non non non, écartait les bras dans un geste d'impuissance, « Crois-moi, mon ami, si cela ne dépendait que de moi, j'aurais même l'espoir que tu… non ! silence ! », elle se frappa les doigts avec colère, « Silence, vieille femme ! Ne dis rien ! ». Un autre tour dans la chambre, un soupir, une pirouette, et elle se planta devant lui :

– Car Tamar a bien insisté, écoute-moi, ne te rengorge pas ainsi, je ne peux rien te dire de plus : la dernière fois où elle était ici, elle m'a priée et même fait jurer que si quelqu'un venait ici et me demandait où elle habitait, quel est son nom de famille, qui sont ses parents, bref si quelqu'un enquêtait sur elle, fût-ce le plus charmant des garçons – elle ne l'a pas dit ainsi, c'est moi qui le dis – il m'était sévèrement interdit de lui répondre !

– Mais pourquoi ? fulmina Assaf. Pourquoi a-t-elle dit une telle chose ? Que peut-il donc bien lui arriver qui…

La religieuse continua de hocher la tête, tous deux élevèrent la voix, dressés face à face, mais la religieuse mit un doigt autoritaire sur la bouche :

– Maintenant, silence.

Assaf se rassit, abasourdi.

– De grâce, écoute-moi. De parler d'elle, je n'en ai pas le droit. Ma langue est liée par un serment. Mais laisse-moi te raconter une histoire et peut-être qu'ainsi une chose t'en fera comprendre une autre.

Il tapota son genou de la main. L'idée de recommencer toutes ses recherches depuis le début l'énervait. Mieux valait repartir aussitôt sans perdre de temps. Mais le mot « histoire » avait toujours sur lui un effet de baguette magique, et l'idée même de *l'écouter* raconter, avec son visage si expressif et l'éclat lumineux de ses yeux…

– Oh ! tu as souri, mon ami ! Tu ne me tromperas pas, la vieille dame connaît la signification d'un tel sourire ! Tu es un enfant à histoires, je l'ai su du premier coup d'œil, exactement comme ma Tamar ! Si c'est ainsi, je te raconterai mon histoire en échange de celle que tu m'as racontée.

– Alors, on boit à la santé de qui ? demanda Léah en essayant de sourire.

Tamar regarda son verre et se dit que, si elle formulait son souhait à voix haute, les mots lui feraient peur. Ce fut Léah qui le dit à sa place :

– Buvons à ta réussite et à votre retour sains et saufs. Tous les deux.

Elles trinquèrent, puis burent en se regardant dans les yeux. Au plafond, les ventilateurs tournaient en silence et rafraîchissaient l'air, mais le *hamsin* qui venait de se lever se faufilait à l'intérieur.

– J'ai très envie que ça commence, dit Tamar, parce que tous ces jours d'attente…

Sous son crâne rasé, ses yeux paraissaient soudain plus grands :

– … je ne dors plus depuis une semaine, je n'arrive pas à me concentrer. Cette tension me tue.

Léah tendit ses bras robustes au-dessus de la table et elles croisèrent leurs doigts.

– Tami, ma mie, tu peux encore changer d'avis, personne ne t'en voudra, et tu peux être sûre que je ne raconterai jamais une idée aussi folle que la tienne.

Tamar hocha la tête énergiquement, pas question d'y renoncer.

Samir s'approcha et murmura à l'oreille de Léah.

– Fais le service dans les grandes cocottes, lui indiqua-t-elle, et pour le vin, conseille-leur le chablis. Maintenant, tu peux nous servir le poulet au thym.

Samir adressa un sourire à Tamar et repartit vers les cuisines.

– Qu'est-ce que tu leur as dit, aux potes de la cuisine ? demanda Tamar.

– Que nous fêtions un événement. Que tu allais faire un grand voyage. Attends de voir la surprise qu'ils t'ont préparée.

– Ils vont me manquer, soupira Tamar.

– La cuisine aussi.

– Écoute maintenant – le visage de Tamar s'assombrit –, je te laisse les lettres ici, dans l'enveloppe. J'ai déjà mis l'adresse et les timbres.

Léah fit une moue offensée.

– Ce n'est pas une question d'argent, Léah. Je voulais

que tout soit prêt et que tu n'aies pas besoin d'aller en acheter.

Léah hocha la tête d'un air désespéré devant cette petite obstinée.

– Tu voulais tout faire toute seule comme d'habitude !

– Assez, Léah, laisse tomber. Pour les lettres, tu te souviens, n'est-ce pas ?

Léah roula de gros yeux comme un élève obligé de répéter une matière détestée :

– Chaque mardi et vendredi. As-tu mis des numéros dessus ?

– Ici, sur le côté, sur les autocollants. Et avant de les envoyer...

– ... décoller les autocollants, récita Léah. Dis, pour qui tu me prends, pour une idiote ? une demeurée ? C'est ça, oui !

Tamar ignora l'autodérision habituelle.

– Il est très important que tu les envoies dans l'ordre parce que j'ai inventé une histoire et des anecdotes sur toutes sortes de gens que je rencontre, c'est un peu débile, mais c'est pour qu'ils ne soient pas inquiets et me laissent tranquille. J'ai vraiment fabriqué une histoire à rebondissements, dit-elle avec une moue moqueuse.

– Incroyable. Tu as même eu la tête à ça ?

En disant « tête », le regard de Léah glissa sur le crâne rasé qu'elle trouvait affreux, mais elle ne fit aucune remarque et Tamar lui en sut gré.

– D'une manière générale, il faudrait que ça les occupe pendant un mois, c'est le temps dont j'ai besoin. Jusqu'à la mi-août, dont deux semaines qu'ils passeront forcément à l'étranger. Les sacro-saintes vacances qui, cette année, se justifient par le principe : « Il faut que la vie continue malgré tout. »

Tamar eut un sourire en coin, les deux femmes se regardèrent, et Tamar ajouta :

– L'essentiel est qu'ils ne me dérangent pas, qu'ils ne se lancent pas à ma recherche.

– Je n'ai pas l'impression qu'ils soient pressés d'agir, murmura Léah.

Elle lut sur les enveloppes l'adresse et le nom des parents de Tamar.

– Avner et Telma… de jolis noms, comme une série de la télévision éducative…

– … ou comme une série télévisée de ma vie ces derniers temps.

– Ça me rappelle un graffiti que j'ai vu sur un mur, dit Léah : « Si ma mère me remet au monde, je la tue. »

– C'est à peu près ça.

Samir et Aviva rapportèrent de la cuisine le plat principal. Tamar souleva la cloche d'argent et vit des feuilles de vigne farcies entourées de son nom écrit avec des griottes.

– C'est de la part de nous tous dans les cuisines, pour que tu ne nous oublies pas, dit Aviva, les joues rougies par la chaleur des plats.

Elles mangèrent en silence en faisant semblant d'éprouver du plaisir, mais aucune des deux n'avait faim.

– Voilà ce que j'ai pensé, dit Léah en repoussant son assiette. Tu connais mon petit dépôt à provisions, celui qui est à deux pas d'ici ? Je vais y installer un matelas pour toi, et ne me dis surtout pas non !

Tamar se taisait.

– La clé sera sous le deuxième pot. Si tu en as marre de dormir dans le parc de l'Indépendance, ou disons, si le service des chambres ne te convient pas, tu peux venir dans mon dépôt et passer une nuit convenable, ça te dit ?

Tamar passa en revue les éventuels dangers. On pouvait la voir entrer dans le dépôt et découvrir à qui il appartenait. Léah ne la trahirait sûrement pas, mais quelqu'un des cuisines pouvait laisser échapper une information, on découvrirait alors son identité, et son plan serait déjoué. Léah vit avec chagrin le front lisse de Tamar se plisser. Elle réprima un soupir, que lui arrivait-il ces derniers temps ?

Poser un matelas dans le dépôt était une bonne idée, se dit Tamar. Une très bonne idée même. Il faudrait juste qu'elle veille à ce que personne ne la suive. Il ne lui arriverait aucun mal si elle y passait une nuit et reprenait forme humaine. Elle sourit. Son visage tendu, aux aguets, se radoucit. Pendant un bref instant, il exprima une si grande douceur que Léah se sentit fondre :

– Tami, mon cœur, tu peux aller dormir là-bas, il y a même un robinet et un petit lavabo. Tu pourras te laver, mais il n'y a pas de toilettes.

– Je me débrouillerai.

– Ça me fait du bien de pouvoir t'aider un peu.

Léah était émue, elle savait d'avance que tous les matins elle se précipiterait au dépôt pour voir si Tamar y avait dormi. Elle lui laisserait des petits mots pour la soutenir.

– Mais promets-moi, dit Tamar en voyant les yeux humides de Léah, que si tu me vois dans la rue en train de travailler, ou assise dans un coin, de ne pas t'approcher de moi. Même si tu es sûre que je suis seule, ne montre pas que tu me connais. D'accord ?

– Tu es intraitable, dit Léah. Mais je te le promets. Comment passer à côté de toi sans t'embrasser ? sans t'apporter quelque chose à manger ? Et si Noa est avec moi à ce moment-là ? Comment faire pour qu'elle ne se précipite pas dans tes bras ?

– Elle ne me reconnaîtra pas.

– C'est vrai, dit doucement Léah.

– C'est si affreux que ça ? demanda Tamar en implorant une consolation.

Tu… tu as l'air si nue que ça me fend le cœur, pensait Léah, mais à la place elle dit :

– Pour moi, tu es toujours belle. Ma mère disait que lorsqu'on est belle, on le reste même si on se déguise en épouvantail.

Tamar eut un sourire de reconnaissance, posa la main dans sa paume large et la serra affectueusement. Le chagrin qui les unissait se déplaça : la mère de Léah n'avait sans doute pas dit cette phrase au sujet de sa fille.

– Mais si tu passes avec Noykou, je ne sais pas si je

pourrai me retenir. Ce sera la première fois que je la quitte pour si longtemps, dit Tamar.

– Je t'ai apporté une photo, tu pourras l'emporter si tu veux.

– Léah… je ne peux rien emporter là-bas.

Elle prit la photo, son visage se radoucit :

– Mon poussin… j'aurais bien aimé prendre la photo, je l'aurais reniflée cent fois par jour, tu le sais bien.

Samir vint enlever leurs plats et leur reprocha de n'avoir pas tout fini. Il jeta un coup d'œil inquiet sur le crâne nu de Tamar. Plongées dans la contemplation attendrie de la photo, elles ne l'avaient même pas remarqué.

– A la crèche, raconta Léah, quand on lui a demandé si elle avait des frères et sœurs, que crois-tu qu'elle a répondu ?

– Que c'était moi, dit Tamar avec un sourire fier.

Elles regardèrent encore un long moment la frêle petite fille aux yeux en amande. Tamar se souvenait mot pour mot de ce que Léah lui avait confessé un jour : dans une vie précédente et dans le monde où elle avait vécu jusqu'à l'âge de trente ans, elle n'était presque pas une femme. «Là-bas, on me traitait avec respect, avait raconté Léah, mais comme si j'étais un homme. De mon côté, je n'avais pas de sentiments de femme. Rien. C'était comme ça depuis l'enfance, je n'ai été ni fillette, ni jeune fille, ni femme, ni mère. Je n'avais rien d'une femme. Mais à présent, à quarante-cinq ans, grâce à Noa… »

Un homme corpulent, aux cheveux blancs et au visage congestionné protesta bruyamment à une table du restaurant. Il était en colère contre Samir qui avait servi un vin pas assez frais à son goût et le traitait d'imbécile et d'ignorant. Léah se précipita aussitôt comme une louve prête à défendre ses petits.

– Qui es-tu ? dit le type. Je voudrais parler au patron !

– Le patron c'est moi. Quel est le problème, monsieur ? dit Léah en croisant ses bras robustes sur sa poitrine.

– Tu te moques de moi ?

— Pourquoi, que se passe-t-il ? dit Léah calmement, mais ses lèvres et ses longues cicatrices sur la joue blanchirent. Vous désirez peut-être commander un patron à la carte ?

L'homme rougit encore plus. Les poches sous ses yeux devinrent violacées. Une femme bien en chair, affublée de colliers dorés, posa une main apaisante sur son bras. Avec une force qui faisait défaut à Tamar, Léah reprit ses esprits, expédia Samir aux cuisines pour qu'il change le vin, et précisa au client qu'il ne lui serait pas compté dans l'addition. L'homme ronchonna un peu, puis se tut.

— Quel chameau, dit Tamar une fois Léah revenue.

— Je le connais, c'est un gradé de l'armée, un ancien général. Il croit avoir tout le pays dans sa poche, il se bagarre sans cesse et cherche la querelle à tout prix.

Elle se versa un verre de vin, et Tamar vit que sa main tremblait.

— On ne s'habitue pas à ces choses-là, reconnut Léah en soupirant.

— Ne l'écoute surtout pas ! la consola aussitôt Tamar. Pense à tout ce que tu as fait dans la vie, comment tu t'en es sortie, tu as vécu seule en France, puis les trois ans d'apprentissage dans un restaurant…

Léah l'écoutait avec un mélange d'enthousiasme et de désespoir, les longues cicatrices de sa joue palpitaient comme si le sang y affluait.

— … et cet endroit que tu as créé toute seule, la manière dont tu élèves Noykou, tu es la meilleure maman du monde, alors n'écoute pas un nullard comme celui-ci.

— Des fois, je me dis que si j'avais un homme ici, quelqu'un pour attraper ce sac de merde par le collet et l'envoyer au diable. Une espèce de Bruce Willis…

— Ou un Nick Nolte, dit Tamar en riant.

— Mais tendre à l'intérieur ! Un nounours, dit Léah en levant l'index.

— Une espèce de Hugh Grant qui t'aime et te gâte.

— Non, lui, je ne lui fais pas confiance. Méfie-toi des beaux garçons, tu as un faible pour eux. Je l'ai déjà remarqué. Moi, j'aurais plutôt besoin – dit Léah en riant et Tamar se sentit heureuse d'avoir pu dissiper sa mauvaise humeur – d'un Stallone farci d'un Harvey Keitel, celui qui jouait dans *Smoke*.

– Ça n'existe pas, soupira Tamar.

– Ça doit bien exister, tu en aurais besoin aussi, dit Léah.

– Moi ? Non, ce n'est pas du tout mon truc en ce moment.

Elle n'avait aucune envie de parler de ça. La seule allusion à l'amour, aux sentiments, était dangereuse dans l'immédiat. Léah la regarda. Pourquoi Tamar s'infligeait-elle cette situation ? Pourquoi se détruisait-elle ainsi à son âge ? Soudain elle sursauta, mon Dieu, elle aurait seize ans cette semaine ! Elle compta dans sa tête, mais oui, c'était cette semaine, et Tamar n'en disait rien, elle serait seule dans la rue, c'était insupportable, insupportable… elle allait faire une remarque quand Tsion leur servit le dessert.

– Qu'est-ce qui se passe aujourd'hui ? dit-elle. Vous défilez à tour de rôle.

– C'est en l'honneur de Tamar, dit Tsion.

Tamar se régalait avec la glace au miel et à la lavande, et regrettait de ne pas avoir une armoire à provisions dans son corps pour déguster toutes ces bonnes choses pendant le mois à venir. Elle lécha la dernière cuillerée et Léah imita distraitement ses mouvements de lèvres.

– Quand vas-tu aller pour la première fois dans la rue ?

– Tout de suite après le repas, je crois, dit Tamar avec un léger frisson. Ça commence tout de suite.

– C'est pas vrai ! dit Léah en laissant échapper un gros soupir. Et quand vas-tu me téléphoner ?

– Pour commencer, je ne téléphone à personne pendant tout ce mois, dit Tamar en croisant les doigts. A la fin de ce mois, vers la mi-août, si tout va bien, je t'appellerai et te dirai de venir avec la « Coccinelle ».

– Où faudra-t-il te conduire ?

– Je te le dirai le moment venu, dit Tamar avec un sourire crispé.

– Tu es un sacré numéro, dit Léah en hochant la tête, pressée de retrouver *l'autre* Tamar.

Elles se levèrent et allèrent aux cuisines. Tamar remercia tout le monde pour le repas de fête, elle embrassa le chef, la chef, les apprentis et les serveurs. Léah proposa de trinquer à la santé de Tamar et du grand voyage qu'elle s'apprêtait à faire. Tout le monde but, mais on la regardait avec suspicion. Elle semblait plutôt à la veille d'une opération que d'un voyage.

Enivrée par le vin, Tamar regarda la cuisine embuée, les visages aimés qui l'entouraient. Elle pensa aux heures passées dans cet endroit, les mains plongées jusqu'au coude dans le persil haché ou en train de farcir des feuilles de vigne avec du riz, des pignons et de la viande. Deux ans plus tôt, à l'âge de quatorze ans, elle avait décidé de quitter l'école et d'être apprentie cuisinière chez Léah. Au bout de quelques semaines, son père avait découvert qu'elle n'allait plus à l'école. Il avait crié, tempêté et menacé de faire venir des inspecteurs du travail si elle remettait les pieds au restaurant. Tamar avait presque la nostalgie de cette scène humiliante : son père avait été si catégorique qu'elle avait repris le chemin détesté de l'école et ne voyait plus Léah que chez elle, quand elle s'occupait de Noa, sa préférée. Mais elle n'avait pas renoncé à l'idée d'apprendre le métier de chef, à défaut d'envisager son autre carrière.

Léah l'accompagna dehors. La ruelle embaumait le jasmin. Un couple enlacé les dépassa. Ils tanguaient un peu et riaient. Ils se regardèrent puis haussèrent les épaules. Léah lui avait appris un jour que chaque couple partageait un secret intime et que s'il n'y avait pas de secret, il n'y avait pas de couple.

– Écoute-moi, lui dit-elle, je ne sais pas comment le formuler, mais ne te fâche pas, d'accord ?

– Parle d'abord et on verra bien.

– Si tu le voulais, dit Léah en croisant les bras sur la

poitrine, je pourrais t'éviter toutes ces complications, attends, laisse-moi finir...

Tamar avait haussé les sourcils, mais elle devinait.

– Il suffit d'un coup de fil à une de mes relations de cette époque-là, ça ne me pose aucun problème.

Tamar leva la main pour la faire taire. Elle connaissait la force qu'il avait fallu à Léah pour s'arracher à ce monde, pour être sevrée de cette dépendance – celle des gens et celle de la came –, elle se souvenait aussi de ce que Léah lui avait dit un jour : que tout contact avec ce monde risquait de la remettre dans le pétrin.

– Non, merci, dit Tamar, émue par la proposition.

– Il me suffit d'appeler quelqu'un, reprit Léah en essayant de paraître enthousiaste. Je suis sûre que celui auquel je pense connaît toute cette racaille. En une heure, il fait une descente avec une vingtaine de ses gars, il les surprend et te le fait sortir de là.

– Merci, Léah.

La tentation était forte, mais il ne fallait pas y penser.

– Il y a des gens qui n'attendent que ça, que je leur demande quelque chose, dit Léah d'un air affligé, tête basse.

– Tu as un cœur énorme.

Tamar la serra dans ses bras, sa tête arrivait à peine à sa poitrine.

– C'est vrai ? dit Léah d'une voix un peu étranglée, mais j'aurais préféré des nénés énormes.

Elle enveloppa de ses bras le petit corps mince, effleura avec compassion les omoplates saillantes. Elles restèrent un moment ainsi enlacées. C'était le dernier geste d'affection avant le grand départ, et Léah essaya d'y mettre tout son grand cœur, d'être à la fois maternelle et paternelle.

– Fais attention à toi, murmura-t-elle en silence pardessus la tête de Tamar, parce que tu sais bien que là-bas personne ne te protégera.

Avant de s'engager dans l'artère principale, Tamar s'arrêta. Devant le dernier immeuble qui faisait le coin, elle eut un mouvement de recul et inspecta le futur théâtre des événements. Elle n'avait pas encore le courage de s'élancer. Comme une actrice ou une chanteuse qui, juste avant la générale, jette un coup d'œil dans la salle par une fente du rideau pour voir *ce qui l'attend*.

Brusquement, la peur, la solitude, la pitié s'abattirent sur elle et, contrairement à tout ce qu'elle avait soigneusement, scrupuleusement préparé pendant des mois, elle prit l'autobus et, en plein jour, tête rasée et en haillons, elle arriva devant le jardin de sa maison et y entra en se disant que même si elle croisait les voisins ou la jardinière qui y travaillait ce jour-là, ils ne la reconnaîtraient pas.

Dès qu'elle ouvrit le portail, elle sentit l'air autour d'elle se réchauffer, fourmiller de vie, une grosse boule dorée, débordant d'amour et d'enthousiasme bondit vers elle, une grande langue chaude et rugueuse lécha une fois, deux fois son visage, un instant de surprise, d'embarras, puis le soulagement, une sensation de délivrance : la chienne avait aussitôt reconnu son odeur, son être même.

– Viens, Dinkouche, je ne peux pas vivre ça toute seule.

« Un jour... », commença Théodora en riant, parce qu'Assaf était surpris par sa voix de conteuse. Elle s'installa confortablement, suça une tranche de citron pour s'humecter la gorge et commença avec force gestes et étincelles dans les yeux le récit qui lui était cher, son histoire à elle, celle de l'île Lyksos, et celle de Tamar.

... Un jour, il y a près d'un an, Théodora faisait avec délices sa sieste dominicale quand elle sursauta en entendant une voix tonner devant sa fenêtre, puis siffler, gémir, s'éclaircir doucement et devenir celle d'une adolescente qui l'appelait avec insistance à la fenêtre.

Ou plutôt qui appelait «monsieur le moine qui habite la tour».

Elle se leva aussitôt, s'approcha de la fenêtre encadrée de bougainvilliers et aperçut de l'autre côté de la clôture du monastère, dans la cour qui faisait partie de l'école, un baril sur lequel se dressait une petite adolescente aux cheveux noirs en bataille, qui tenait à la main un mégaphone avec lequel elle s'adressait à la religieuse.

«Cher moine, dit poliment l'adolescente qui soudain s'interrompit en voyant se montrer à la fenêtre le visage ridé d'une femme. Chère religieuse, corrigea-t-elle en hésitant, j'aimerais vous raconter une légende que vous connaissez peut-être.»

Et Théodora se souvint : c'était l'adolescente qu'elle avait aperçue une semaine plus tôt, à cheval sur une grande branche de son beau figuier, en train d'écrire dans un gros cahier tout en se gavant distraitement de figues par poignées. La religieuse qui faisait le guet avait visé le jeune amateur de figues avec la fronde qui lui servait à chasser les oiseaux, et lui avait lancé en guise de projectile un noyau d'abricot bien lisse.

Et fait mouche. De se voir toujours aussi habile à manier la fronde depuis son enfance dans l'île, quand elle surveillait avec ses sœurs les corbeaux avides qui s'attaquaient aux vignes, elle avait éprouvé un instant de fierté. Puis elle avait entendu le cri de surprise et de douleur de l'adolescente qui avait été touchée au cou. Elle avait levé la main pour la poser sur la partie douloureuse, avait perdu l'équilibre et était tombée de branche en branche jusqu'à terre. Théodora était confuse. Elle avait voulu voler à son secours, s'excuser de tout cœur et supplier la jeune fille et ses amis de ne plus piller les fruits de son arbre. Mais, prisonnière à vie entre ces murs, elle était restée clouée à sa place et avait vu l'adolescente se relever en boitant, lui lancer un regard rageur, lui tourner brusquement le dos, baisser son pantalon et lui montrer son postérieur.

« Il était une fois dans un pays lointain un petit village près duquel habitait un géant – c'est ainsi qu'une semaine après l'incident fâcheux l'adolescente commença son récit au mégaphone, et la religieuse écouta, surprise, le cœur ému par une joie étrange en voyant que la jeune fille était revenue. Le géant avait un grand jardin planté de nombreux arbres fruitiers : abricots, poires, pêches, goyaves, figues, cerises, et citrons. »

Théodora jeta un coup d'œil à ses arbres. La voix de l'adolescente lui plaisait. Elle était dénuée de toute hostilité. C'était au contraire une invitation au dialogue et Théodora le sentit aussitôt. Mais ce n'était pas uniquement une invitation : la jeune fille lui parlait comme on raconte une histoire à un enfant, la voix douce et apaisante s'insinuait dans les profondeurs de la mémoire de la nonne, s'y répandait par ondes successives.

« Les enfants du village aimaient jouer dans le jardin du géant, grimper aux arbres, se baigner dans le petit ruisseau, se rouler dans l'herbe… Pardon, madame la religieuse, je ne vous ai même pas demandé si vous compreniez l'hébreu ? »

Théodora émergea de sa douce rêverie. Elle prit une feuille de papier sur sa table, la roula en forme de porte-voix et, de sa voix un peu rauque dont elle ne s'était pas servie depuis des années, elle lui annonça haut et fort qu'elle parlait, écrivait et lisait l'hébreu couramment, elle l'avait appris dans sa jeunesse auprès de M. Eliassaf qui enseignait dans une des célèbres écoles de la ville et qui, pour arrondir ses fins de mois, donnait des cours particuliers à ceux qui le souhaitaient. Lorsqu'elle acheva son petit discours, elle crut voir un premier sourire se dessiner sur le visage de la jeune fille.

« Tu ne l'as jamais vue sourire, chuchota Théodora à Assaf, avec une petite fossette, ici », elle effleura la joue du garçon soudain désarmé, comme s'il avait senti sur sa propre joue la chaleur de cette Tamar avec laquelle il n'avait rien à voir, encore moins avec sa fossette. Théodora dit en silence : tu as rougi, jeune homme ! et à voix haute : « Le cœur s'envole quand elle sourit, non, ne ris pas ! Je n'exagère point ! Le cœur s'envole et bat de l'aile ! »

« Mais le géant ne voulait pas que les enfants jouent dans son jardin, reprit la jeune fille sur son tonneau, ni qu'ils profitent des fruits de ses arbres, ou cueillent ses fleurs, ou se baignent dans son petit ruisseau. » Elle regarda la religieuse droit dans les yeux. C'était un regard concentré, pénétrant, plus mûr que son âge, et Théodora se sentit agitée par une douce nostalgie.

Assaf aussi l'écoutait, captivé. Il souriait inconsciemment comme s'il voyait la scène devant lui : la petite religieuse qui regardait par la fenêtre, le grand jardin luxuriant et, de l'autre côté de la clôture, la jeune fille perchée sur son tonneau. A vrai dire, il avait un peu peur des filles capables de monter sur des tonneaux et faire de telles choses (quelles choses ? des choses radicales, spéciales, provocantes, bref, *originales*). Oui, il savait les reconnaître de loin et les évitait prudemment, des filles avec des idées, décidées et sûres d'elles ; de ces filles qui pensent que le monde leur appartient, que tout n'est pour elles que jeux et amusements. De celles qui dédaignent les garçons comme lui, un peu gauches et lents, un peu ennuyeux.

Théodora regardait la jeune fille sur son tonneau et d'autres idées la traversaient. Elle tira vers la fenêtre la chaise en bois qui n'avait plus servi depuis des années, celle qui était prévue pour guetter et attendre les pèlerins. Des livres s'empilaient dessus, elle les posa sur le lit. Puis, raide et crispée, elle s'assit sur le bord de la chaise. Au bout de quelques minutes, son dos s'allongea vers la fenêtre et s'arrondit pour ne laisser dépasser que les yeux au-dessus du rebord, le menton posé dans ses paumes réunies.

Le jardin de Théodora était entouré d'un mur de pierre côté rue, mais un simple grillage inélégant le séparait de l'école voisine, lequel grillage était parfaitement inefficace contre la gloutonnerie des élèves que l'odeur des fruits de saison rendait fous. Le matin, c'étaient les enfants de l'école, l'après-midi le chœur qui venait répéter. Le jardinier arménien, Nassrian, qui faisait aussi office d'intendant, de peintre, menuisier, serrurier, messager et facteur des nombreuses lettres de la religieuse, réparait inlassablement les trous du grillage, et chaque matin il en découvrait de nouveaux. Au point que ce jardin, autrefois source de plaisir pour Théodora, était devenu une vraie torture et, dans des moments de désespoir, il lui arrivait d'envisager sérieusement d'abattre tous les arbres : comme ça il n'y en aura ni pour eux ni pour moi.

Mais, en écoutant l'adolescente parler, elle oublia sa tristesse. Elle ne connaissait pas cette légende, et la voix jeune et claire la plongeait dans une étrange rêverie : elle pensa à sa mère, toujours lasse et affairée, toujours avec un nouveau bébé attaché dans le dos, qui n'avait jamais le temps de consacrer un moment à Théodora. Et pour la première fois de sa vie, elle se dit que sa mère ne lui avait jamais raconté d'histoires ni chanté de chansons ; puis ses pensées l'entraînèrent doucement vers le petit village de l'île de Lyksos, les maisons chaulées, les filets de pêcheurs, les sept moulins à vent, les minuscules cabanons aux lucarnes symétriques construits spécialement pour les pigeons de l'île, les poulpes qui séchaient au vent, accrochés à des cordes... depuis des années, elle n'avait pas revu son village avec une telle clarté, les maisons, les jardins, les ruelles étroites pavées de pierres rondes que les gens de l'île appelaient « têtes de singes ». Cela faisait cinquante ans qu'elle ne s'était pas remémoré cette expression. Cinquante ans qu'elle s'était interdit de se retourner, fût-ce un instant, qu'elle avait barré le passage et entouré de murailles ce lieu tant aimé, parce qu'elle le savait, la douleur de la nostalgie et de la perte lui briserait le cœur.

– Sers-toi de raisins, dit-elle à Assaf à voix basse, des sultanines bien sucrées, parce que l'histoire sera bientôt amère.

Soixante-dix ans avant la naissance de Théodora, le chef du village, Panarios, homme d'une grande richesse, érudit et voyageur, décida de consacrer une somme colossale à fonder une maison pour les gens de l'île dans la ville sainte de Jérusalem. Panarios avait lui-même fait le pèlerinage en Terre sainte en 1871 et avait séjourné avec des centaines de paysans russes dans une caserne malpropre que la Russie avait fait bâtir pour ses propres pèlerins. Il avait passé des semaines difficiles en compagnie de ces gens qui ne comprenaient pas sa langue et dont les coutumes et la nourriture lui répugnaient ; il avait été victime de guides despotiques qui maltraitaient les pèlerins naïfs, les dévalisaient, et lorsqu'il était tombé malade, il n'avait trouvé aucun médecin qui comprenne sa langue pour pouvoir le soigner. Revenu dans l'île, agonisant et délirant de fièvre après avoir attrapé le typhus, il avait dicté sur son lit de mort ses dernières volontés à son secrétaire : la construction d'un bâtiment dans la Ville sainte pour y accueillir les pèlerins de l'île de Lyksos ; une maison où ils puissent poser la tête, laver leurs pieds meurtris par la route, où on parle leur langue avec l'accent particulier des Cyclades. Il posa aussi une ultime condition : que la maison soit gardée à vie par une religieuse, une des filles de l'île qui serait tirée au sort. Elle consacrerait toute sa vie virginale à cette maison, ne la quitterait jamais, fût-ce pour une heure, et ses jours seraient entièrement dévolus à l'attente des pèlerins et aux soins qu'ils exigeaient.

L'adolescente continuait de raconter sur son tonneau, mais Théodora était emportée par des courants souterrains qui l'inondaient de toutes parts. Elle se souvenait du jour où les anciens de l'île s'étaient réunis dans la maison du petit-fils de Panarios pour le troisième tirage au sort après la construction du bâtiment dans la Ville sainte. Deux filles de l'île y avaient déjà séjourné depuis la mort de Panarios : la première avait perdu la raison au bout de quarante-cinq ans, elle avait été remplacée par Amarilia, une

fillette aux tresses d'or. Il fallait remplacer d'urgence cette
dernière qui était malade aussi, et la rumeur disait que la
maladie n'était pas physiologique. Au même moment, la
petite Théodora à peine âgée de douze ans, nue et dorée
comme un brugnon, était étendue sur un rocher plat, dans
une anse de l'île dont elle avait le secret. Les yeux fermés,
elle pensait à un garçon qui la suivait partout où elle allait,
se moquait de son visage triangulaire, de ses jambes toujours écorchées et l'appelait «poltronne» ou «fillette». La
veille, en revenant de la mer, il lui avait barré le passage et
exigé qu'elle se prosterne devant lui pour la laisser passer.
Elle s'était jetée sur lui, ils avaient longtemps lutté en
silence, on n'entendait que leurs soupirs et gémissements,
elle l'avait griffé, mordu, puis craché sur lui comme une
chatte et juré de le combattre jusqu'à la mort. Il était sur le
point de la faire céder, quand ils avaient entendu les roues
d'une charrette s'approcher. Il s'était levé et s'était enfui
en hâte, non sans lui avoir laissé un souvenir qu'elle avait
trouvé en se relevant : un ânon qu'il avait sculpté en pliant
un long fil de fer.

Étendue sur son rocher plat et chaud, pendant qu'elle
rêvait à ce qu'il lui rapporterait ce jour-là en revenant
de la mer, et sentait dans ses narines l'odeur âcre et
bizarre de sueur qui émanait de son corps au moment où
ils avaient lutté, elle avait entendu des voix lointaines. Au
sommet de la montagne, une silhouette minuscule courait
vers elle en criant : au début, elle n'avait pas compris le
sens des cris. Puis il lui avait semblé entendre une chose
familière. Elle s'était dressée sur ses genoux, le petit personnage venait de la maison du petit-fils de Panarios,
c'était un garçon à moitié nu sur la ligne d'horizon, qui
dévalait la pente et criait son nom en agitant les bras.

En trois jours, on l'avait expédiée. Sans le moindre
recours ni la moindre protestation. Le souvenir de l'humiliation la faisait bouillir de rage. Son père et sa mère
étaient aussi malheureux qu'elle, mais il ne leur serait pas
venu à l'idée de s'opposer à la décision des anciens de

l'île. Théodora se souvenait de la fête des adieux organi-
sée en son honneur, de l'ânesse blanche parée de fleurs,
du sucre candi en forme de tours de Jérusalem. Et du serment qu'elle avait prêté de ne jamais, jamais quitter l'hostellerie dont la fenêtre était orientée vers l'ouest, vers la
mer.

Elle ne se souvenait plus de la formulation exacte du
serment, mais elle voyait comme dans un cauchemar le
visage à la barbe noire du chef du village, les lèvres charnues du pope qui lui avait pris la main et, devant tous les
gens du village réunis, l'avait posée sur une plaque de fer
chauffée à blanc. Elle savait qu'il lui suffisait de laisser
échapper un cri de douleur ou le moindre gémissement
pour racheter sa liberté. Mais en levant les yeux, elle avait
aperçu au loin sur un rocher, au sommet de la falaise, les
yeux fiévreux de l'adolescent, et sa fierté lui avait fait
ravaler son cri.

L'adolescente continuait de parler sur son tonneau. Théodora inspira profondément, un frémissement la parcourut,
elle sentit presque dans ses narines l'odeur du large et de la
mer – ça avait été son premier et dernier voyage –, l'arrivée
au misérable port de Jaffa, puis la longue route jusqu'à
Jérusalem dans un vieil autobus qui gémissait comme un
être humain, et la stupeur en se retrouvant pour la première
fois dans un endroit qui n'était pas une île.

Et lorsque, tard dans la nuit, un cocher de Boukhara
l'avait déposée avec ses paquets devant le portail du
monastère, elle avait senti que sa vie prenait fin. Sœur
Amarilia lui avait ouvert les portes et Théodora avait été
frappée par le visage rétréci et blafard comme celui d'un
enterré vivant.

Pendant les deux ans passés en compagnie de sœur
Amarilia, pas un pèlerin n'était venu à l'hostellerie de
Jérusalem. Théodora grandissait et embellissait tandis
qu'Amarilia lui renvoyait l'image, trait pour trait, de ce
qu'elle serait en vieillissant. Assise sur une chaise haute,
devant une fenêtre orientée vers l'ouest, dans la direction

présumée du port de Jaffa, Amarilia passait le plus clair de sa journée à guetter les pèlerins. Au fil des dizaines d'années passées dans cette prison, elle avait fini par oublier sa famille, les lettres de l'alphabet, les habitants de Lyksos qui l'avaient expédiée à cet endroit, et n'était plus qu'un mince trait, la cicatrice d'un regard blanc.

Un mois après sa mort et son enterrement dans le jardin du monastère, la mauvaise nouvelle était arrivée : un terrible tremblement de terre, celui de 1951, avait secoué la mer Égée. L'île avait été coupée en deux et un gigantesque raz-de-marée avait en quelques secondes englouti tous ses habitants.

Mais ce n'est pas ce à quoi elle veut penser en ce moment, alors qu'en dehors, par-delà les arbres fruitiers, la voix claire, audacieuse, mélodieuse, l'entraîne vers son enfance ensevelie sous les eaux et les cinquante années passées. Elle ignore pourquoi elle s'abandonne à la tentation de cette voix qui, même en parlant, semble chanter. Elle pressa ses poings contre les yeux comme pour fuir la vision de la jeune fille sur son tonneau et, à travers des éclats lumineux, aperçut Théodora, la petite fille insolente et sauvage qui gambadait avec ses deux meilleures amies, où es-tu Alexandra la rieuse, léger cabri des montagnes, et toi, Catarina, qui connaissais tous mes secrets ? Surgissant des profondeurs, les gens du village se pressaient derrière ses paupières closes, la suppliaient de se souvenir d'eux : ses sœurs, ses frères aînés, ses petits frères jumeaux qui avaient perdu la vue du jour au lendemain en regardant une éclipse solaire. Eux aussi avaient disparu. Tout comme le grand adolescent beau et bête.

Elle essuya ses yeux humides avec la manche de son sarrau et laissa flotter son regard du côté de l'adolescente et des arbres fruitiers, puis elle se dit qu'elle se comportait comme une folle ou même une femme méchante. Les arbres croulaient sous le poids des fruits qu'elle était seule à consommer. Même après les expéditions gourmandes

des écoliers, il restait encore des fruits qui pourrissaient sur les branches. Elle pourchassait les enfants parce qu'ils volaient, et ça lui était insupportable ; mais si elle les autorisait à en cueillir une certaine quantité, cette guerre indigne cesserait…

Le silence l'arracha à ses pensées. L'adolescente avait fini de parler et attendait sans doute une réponse.

Sans le gros mégaphone qui lui masquait le visage, elle était jolie à croquer : un visage ouvert, au regard effronté, timide et provocant à la fois, franc et audacieux, qui fit fondre dans le cœur de Théodora les couches accumulées de l'âge, du temps et de la solitude. Elle prit son porte-voix en papier et annonça, d'une voix qui se voulait sérieuse, qu'elle était prête à négocier avec la jeune fille.

– Et c'est ainsi que tout a commencé, dit Théodora en riant tandis qu'Assaf s'étirait comme s'il émergeait d'un rêve étrange. Le lendemain, ils sont venus ici, dans ma chambre, Tamar avec une fille et un garçon, ses deux meilleurs amis, et ils m'ont présenté un plan parfaitement cohérent.

Une liste des arbres du jardin, celle des enfants de chœur qui voulaient bien participer au programme et une grille indiquant, selon les semaines, les arbres dont on pouvait cueillir les fruits…

– En un jour, dit Théodora, la guerre était finie.

Et voilà le moment, se dit Tamar, où aucune fuite n'est plus possible. Elle traîne les pieds et ne trouve aucun endroit où se poser, l'asphalte brûle sous ses semelles. Pour se calmer un peu, elle se dit qu'au cours de ces derniers mois elle a eu tant de « moments » comme celui-ci : la première fois où elle a osé s'adresser à quelqu'un dans un de ces cafés sombres du marché pour lui demander s'il connaissait celui qui était sur la photo ; la première fois qu'elle a acheté de la drogue chez un marchand de la place Tsion – une espèce de nabot aux grosses fesses, avec un bonnet de laine en couleur, comme le lutin d'un conte de fées au théâtre –, elle avait vraiment marchandé, son cœur battait à tout rompre mais elle ne laissait rien voir, argent et marchandise avaient changé de main, elle l'avait gardée dans un sac enveloppé dans un bas, c'était une quantité suffisante pour les premiers jours…

Mais le moment le plus difficile était celui-ci. Être là, en pleine ville, dans la rue piétonne de Ben-Yehouda qu'elle avait arpentée des millions de fois comme quelqu'un de normal, de libre…

… du temps où elle flânait avec Idan et Adi, ils léchaient un «Magnum» après la chorale, ou bien allaient boire un capuccino et se moquaient du nouveau ténor, un jeune Russe qui osait se mesurer au solo d'Idan. «Encore un de ces bouseux descendus de l'Oural», avait marmonné Idan en bougeant les narines, le nez dans sa tasse, et les deux filles avaient ri aux larmes ; Tamar aussi avait ri et même plus fort qu'Adi, peut-être pour ne pas entendre ce qu'elle en pensait au même instant. Elle avait ri ainsi pendant toute cette période, surprise de faire partie pour la première fois d'un petit clan uni, trois jeunes artistes, précieuse alliance fraternelle dont les membres étaient fidèles les uns aux autres. C'est du moins ce qu'elle croyait.

Et maintenant, il faut que toute seule elle se trouve un endroit à bonne distance du vieux joueur d'accordéon russe et, en pleine animation de la rue, qu'elle s'arrête et se poste à un point précis ; aussitôt, un individu la regarde, intrigué, la dépasse d'un air impatient, elle se sent comme une feuille qui aurait décidé de remonter le courant. Mais elle n'a plus le droit d'hésiter, de se dire que quelqu'un peut la reconnaître, s'approcher d'elle et lui demander pourquoi cette folie. Quelle naïveté d'avoir cru que le crâne rasé et la salopette suffiraient à la rendre méconnaissable. D'ailleurs, si quelqu'un avait des doutes, il lui suffirait de voir Dinka pour la reconnaître. Quelle sottise de l'avoir emmenée avec elle ! Brusquement, une cascade d'erreurs lui saute aux yeux. Regarde donc ce que tu as fait ! Pour qui te prends-tu, tu n'es qu'une gamine et tu te prends pour James Bond. Elle s'arrêta, accablée. Comme si elle amortissait des coups de l'intérieur : n'as-tu pas imaginé qu'à l'heure de vérité toutes les coutures et les raccords se verraient, parce que c'est toujours comme ça. Il arrive un moment où tes fantasmes finissent par se heurter à la réalité, et tu explores comme un ballon de baudruche... les gens la dépassaient de part et d'autre, s'énervaient, la bousculaient. Dinka émit un léger aboiement. Tamar se redressa. Elle se mordit les lèvres. Assez, cesse de t'apitoyer sur ton sort, trop tard pour faire marche arrière. Obéis aux ordres. Pose le magnétophone sur le muret de pierre, appuie sur la touche, monte le volume, encore, encore, ce n'est pas une chambre ici, c'est la rue Ben-Yehouda, oublie ta personne, désormais tu n'es plus qu'un instrument au service d'une mission et rien d'autre, écoute les sons aimés, ceux de sa guitare, la guitare de Shaï, vois ses longs cheveux dorés tomber sur sa joue quand il jouait pour toi dans sa chambre, laisse-le t'envelopper, te faire fondre, et au moment voulu, précis...

> *Suzanne takes you down*
> *To her place near the river*
> *You can hear the boats go by*
> *You can spend the night beside her*
> *And you know that she's half crazy*
> *But that's why you want to be there...*

Elle avait hésité pendant des jours avant de choisir la chanson par laquelle elle commencerait sa carrière de rue. Il fallait la programmer aussi, comme la quantité d'eau stockée dans la grotte, le nombre de bougies, les rouleaux de papier toilette. Elle avait d'abord pensé à un tube israélien, Yehoudit Ravitz ou Nurith Galron. Quelque chose

de chaleureux, de rythmé, d'intime, qui ne lui demanderait pas d'effort et serait adapté avec la rue. Mais elle
ressentait cet aiguillon, cette tentation de les surprendre
avec un air inattendu, celui de Chérubin, par exemple, et
annoncer d'entrée de jeu ses intentions, pour qu'on sache
aussitôt qu'elle était différente de tous les autres…

En imagination, elle avait un courage sans bornes. Sa
voix se déployait dans la rue, emplissait tout l'espace,
imprégnait les gens comme une substance adoucissante,
purifiante ; en imagination, elle choisissait de chanter sur
un registre suraigu pour les surprendre d'emblée par la
hauteur du son, puis de s'abandonner sans vergogne à
cette ivresse narcissique qui la plongeait dans un léger
brouillard, un vertige de plaisir qui la faisait décoller du
plus profond d'elle-même jusqu'à des hauteurs vertigi-
neuses. Mais elle avait fini par choisir *Suzanne* à cause de
la voix chaude, désarmée et triste de Leonard Cohen, et
parce qu'il lui serait plus facile, du moins au début, de
chanter dans une langue étrangère.

Mais très vite la voix se casse : elle a attaqué trop faiblement, avec hésitation. Sans charisme, jugerait Idan.
Que se passait-il ? Pourtant, dans son plan si élaboré, le
chant était la seule chose dont elle était sûre. Mais c'était
plus difficile qu'elle ne l'avait imaginé. Chanter dans la
rue, c'était se montrer jusqu'au fond d'elle-même. Elle
fait un effort pour surmonter le trac, mais c'est encore si
loin de ses rêves fous, quand la rue retient son souffle dès
le premier son, que le laveur de vitres de Burger King
interrompt ses tristes mouvements circulaires et le marchand de jus de fruits arrête sa machine en plein beugle-
ment de carotte pressée…

Attends, ne te décourage pas si vite. Regarde, tu vois cet
homme devant le magasin de chaussures, il s'arrête et
te regarde. Il garde ses distances, ne s'engage pas trop,
mais t'écoute tout de même. Tamar reprend courage et se
redresse :

… And she feeds you tea and oranges
That came all the way from China
And just when you mean to tell her
Then she gets you on her wavelength
And she lets the river answer…

Et comme dans un fleuve, ou dans la rue, quand une branche est coincée, d'autres se pressent autour de l'homme. C'est une loi, la physique du mouvement dans un courant. Devant le magasin de chaussures, à côté de celui qui l'écoutait sans trop s'engager, il y a maintenant un autre homme. Puis un autre, et encore un autre. Six ou sept déjà. Huit, maintenant. Elle règle sa respiration et réprime le vertige qui soudain entraîne sa voix, elle ose lever les yeux, jeter un coup d'œil au petit rassemblement, une dizaine de personnes autour d'elle…

That you've always been her lover
And you want to travel with her
And you want to travel blind

« Léger, léger, sans forcer, respirer depuis le bas, depuis les doigts de pieds ! dit Halina, cruelle et admirée, gare à toi si tu chantes en forçant de la gorge, comme la Cecilia Bartoli… » Tamar sourit intérieurement, son professeur lui manque, elle gravit pour elle des marches imaginaires depuis la gorge jusqu'à l'oiseau secret au centre du front ; et Halina, elle-même semblable à un oiseau, s'écarte d'un bond du piano dans un bruissement de sa jupe trop étroite, une main continue de jouer et l'autre, sur le front de Tamar : « Voilà ! bravo maintenant ça s'entend ! Tu pourras le refaire à l'audition ? »

Mais Halina l'a préparée à chanter dans une salle de concerts, à des récitals ou des *masterclasses*, avec des chefs d'orchestre célèbres ou de grands metteurs en scène d'opéra ; ou bien à des concerts de fin d'année avec le chœur, devant des mécènes, sous le regard fier de la mère (le père se laissait traîner contre son gré, et une fois elle l'avait surpris avec un livre sur les genoux) ; parfois les parents viennent accompagnés d'amis dont le visage s'éclaire quand elle chante, ils la connaissent depuis sa naissance, elle avait poussé un cri si puissant que la sage-femme avait prédit qu'elle serait « chanteuse d'opéra », et sur une photo à l'âge de trois ans, on la voit chanter en brandissant la prise du fer à repasser...

Et maintenant la chute, dommage, trop vite. Mais c'était prévisible, car n'oublions pas, chers parents et amis, que rien en elle n'est prévisible ; et qu'elle se dérobe au moment le plus critique. Pas de chance, ma petite, tu ne peux compter sur personne, et encore moins sur toi-même.

Après la panique vient la lucidité, la petite souris de la lucidité trottine vers le ventre dont elle mord les parois. Tamar chante encore, on ne sait comment, mais les mauvaises pensées s'agglutinent en vitesse autour d'autres mots, autour d'hymnes noirs et familiers.

Ne pas s'arrêter ! La voix commence à trembler, le cœur s'accélère. Le corps est tendu, les muscles se verrouillent. En quelques secondes, tout va s'effondrer, elle le sait, non seulement ce pauvre spectacle, mais tout ce qui l'a précédé, tout ce qui est précaire et branlant, suspendu à un fil. Bravo, petite sotte, bien fait pour toi, tu commences enfin à comprendre ce que ton cerveau dérangé a inventé ? le piège dans lequel tu es tombée ? Tu es perdue, perdue. Et maintenant, ramasse tes morceaux et rentre gentiment chez toi. Non, continue de chanter, supplie-t-elle, continue. Si seulement elle avait un instrument pour s'accompagner, une guitare, un tambourin, ou même un mouchoir comme celui de Pavarotti, une chose à laquelle s'accrocher, où cacher tout son corps recroquevillé. Les battements du cœur deviennent un roulement de tambour, une créature satanique rassemble en elle tout ce qui peut la démolir de l'intérieur : les regards méchants, les chuchote-

ments, les hontes, les humiliations, les fautes passées. Une
cohorte de souris défile en procession. La rue a vite fait
de démasquer ton imposture. Non : c'est la *réalité* qui t'a
démasquée, non, pas tes fantasmes et tes illusions, mais *la
vie*, ma petite, la vraie vie, palpable, celle dans laquelle tu
veux être admise comme une égale et qui te rejette sans
cesse comme le corps rejette un élément étranger. « Tu
respires encore avec ta poitrine et non avec le diaphragme… – dit sèchement Halina en refermant son sac à
main noir, prête à partir – … ta voix tombe dans la gorge,
je te l'ai répété cent fois : ne force pas avec la gorge ! Ne
sois pas comme un Mussolini à son balcon ! » – et que lui
aurait dit Idan s'il était passé devant elle ? Mais il est en
Italie, Idan et Adi et tout le chœur sont en tournée pendant
un mois dans la pétillante Italie. Aujourd'hui ils chantent
au Teatro de la Pergola, en ce moment ils sont en train de
répéter avec l'orchestre symphonique de Florence. N'y
pense pas, concentre-toi, dis-toi que tu le fais pour gagner
ta vie. Hier, ils étaient à la Fenice de Venise, comment
était le concert, sont-ils allés ensuite au pont des Soupirs,
puis manger une glace aux fruits sur la place Saint-Marc ?
Ils avaient passé six mois ensemble à préparer ce voyage,
mais comment prévoir le bouleversement qui l'attendait.
Ne pense pas à Venise, reste avec Suzanne. Et si Adi et
Idan s'étaient arrangés pour dormir ensemble à Venise,
c'est-à-dire chez le même logeur, c'est-à-dire… dans deux
chambres contiguës ?

Cette seule idée lui serre la gorge, elle s'interrompt au
milieu d'un mot, et reste muette. Sur le magnétophone, la
guitare continue sans elle, accompagne Suzanne sans
Suzanne. Tamar éteint l'appareil et s'assoit sur le rebord
de pierre, la tête entre les mains. Les gens la regardent
encore un moment. Ils haussent les épaules, commencent
à se disperser, se revêtent aussitôt de l'écorce de distance
et d'indifférence de la rue. Seule une femme âgée, pauvre-
ment vêtue, s'approche d'elle, inquiète, compatissante :
« Tu es malade, petite ? Tu as mangé aujourd'hui ? »,

Tamar esquisse à grand-peine un vague sourire : « Je vais bien, c'était juste un vertige. » La femme fouille dans son porte-monnaie, parmi les tickets d'autobus usagés. Tamar ne comprend pas ce qu'elle cherche. Elle sort quelques pièces, les pose sur le rebord de pierre. « Tiens, prends, achète-toi à manger, ne reste pas comme ça. » Tamar regarde l'argent. La femme a l'air tellement plus pauvre qu'elle. Elle se sent comme un imposteur, un escroc, c'est dégoûtant.

Soudain elle se souvient de sa mission : elle fait partie d'un spectacle dont elle est l'auteur, le metteur en scène et l'acteur. Il faut absolument que quelqu'un la regarde et voie exactement ce qu'elle veut lui montrer. Et dans ce spectacle, la petite fille doit prendre les pièces posées sur le rebord, les compter, les fourrer dans le sac à dos et avoir un sourire de soulagement parce qu'elle aura de quoi s'acheter à manger.

Dinka pose la tête sur ses genoux et la regarde dans les yeux. Avec sa grosse tête de chien, maternelle. Oh, ma Dinka, gémit Tamar en silence, je n'ai pas le courage. Je ne suis pas capable de me livrer comme ça, devant des étrangers. Tu te racontes des histoires, pense Dinka en soufflant dans la paume de Tamar, rien ne t'est impossible, dis-moi un peu, n'étais-tu pas la seule à enlever ta chemise devant tout le monde, dans la dernière chanson de *Hair*, au spectacle de fin d'année ? Tamar est embarrassée. Dinka hausse un peu les sourcils, l'air étonné et moqueur, Tamar s'énerve : mais enfin, tu ne comprends pas ? Là-bas, c'était le courage des poltrons, la fanfaronnade des timides, la provocation de ceux qui ont peur de leur ombre. C'est toujours comme ça, les passages que Shaï appelle des « slaloms » et dont je n'ai plus envie… alors, tu n'as qu'à le faire ici aussi, tranche Dinka, montre-leur la fanfaronnade des timides, fais-leur un slalom ; et s'ils se moquent de ma chanson, supplie Tamar, que va-t-il se passer si j'ai de nouveau le trac ?

Et si elle réussit ? Si son plan marche et qu'il la conduit pas à pas vers ceux qui sont censés la faire tomber dans le piège, que se passera-t-il ?

« Viens, dit soudain Tamar, frémissante d'audace. Montrons-leur qui nous sommes. »

Quatre semaines après la première du spectacle raté de Tamar, Assaf quitta le monastère à deux heures de l'après-midi. Le soleil s'abattit sur lui comme s'il avait séjourné longtemps dans un autre monde. Théodora l'accompagna jusqu'aux marches qui conduisaient à sa porte et le pressa de retrouver Tamar au plus vite. Il avait encore beaucoup de questions à lui poser, mais il comprit qu'elle ne lui dirait rien de plus, d'ailleurs il n'avait plus la patience de rester enfermé dans cette chambre.

Son corps était tendu et traversé d'étranges fourmillements. Dinka marchait à ses côtés et lui lançait par moments des regards étonnés. Les chiens ressentaient peut-être ces choses-là, cette espèce de nervosité. Il se mit à courir. La chienne l'imita. La course l'apaisait et l'aidait à penser tout en courant. Son professeur d'éducation physique avait souvent essayé de le convaincre de participer à des compétitions, son souffle, son pouls, et surtout son endurance étaient bons, autant de qualités nécessaires à la course. Mais Assaf n'aimait pas la tension qui accompagnait les compétitions, la rivalité avec des garçons qu'il ne connaissait pas, et encore moins l'exhibition en public. Dans les courses de soixante mètres, il arrivait toujours parmi les derniers (parce qu'il avait « un temps de retard », selon son professeur), mais il était imbattable sur les parcours de deux mille ou cinq mille mètres : « Avec toi, une fois que c'est parti, c'est parti et tu ne lâches plus », lui avait dit un jour son professeur, admiratif. Assaf conservait cette phrase comme une médaille dans son cœur.

Peu à peu, il commença à sentir que toute son agitation du matin se muait en une course juste, bien réglée. Le rythme qui lui convenait. Plus il courait, plus ses idées devenaient claires. Apparemment, il était tombé dans une zone de turbulence pas vraiment dangereuse mais réelle, concentrée, chargée d'électricité.

Ils couraient l'un à côté de l'autre d'un pas calme et léger. La corde qui les reliait était lâche, et Assaf fut presque tenté de la défaire. C'était la première fois qu'ils couraient ainsi, comme un adolescent avec sa chienne. Elle avait la langue pendante, les yeux brillants, la queue dressée. Il adapta son pas à celui de la chienne et ressentit une chaleur, une aisance, une harmonie inconnues qu'elle semblait partager aussi. Consciente d'être la coéquipière d'une même expédition. Il sourit. C'était une chose dont il avait oublié le goût, celui de l'amitié.

Mais dès qu'il pensa à Tamar, ce calme momentané disparut, il pressa le pas. La moindre information à son sujet, le moindre détail prenaient des proportions démesurées, se chargeaient de significations cachées (Dinka aussi venait d'accélérer le pas); en fait, dès le matin, dès l'instant où il avait entendu parler d'elle, c'était comme si une nouvelle existence forçait son chemin dans sa vie, essayait de s'y accrocher à tout prix, de s'y enraciner. Tout compte fait, Assaf n'aimait pas ce genre de surprises. La vie quotidienne était suffisamment imprévisible, il jeta un coup d'œil à sa montre et se rappela qu'il devait consacrer un peu de temps à ses affaires privées, à se décharger du poids de Roy, ce n'était pas le moment de se disperser ni de traverser la moitié de la ville sur les traces d'une inconnue dont il n'avait ni n'aurait que faire, sa vie avait croisé la sienne par hasard, Daphi lui était plus familière, il n'avait pas besoin de s'habituer à ses défauts, alors que cette Tamar avec sa gentille chienne qui aimait la pizza au fromage et aux olives...

Soudain, Dinka le dépassa et se mit à courir plus vite. Il leva la tête et ne vit personne. Il était seul dans la rue.

Mais il fallait faire confiance à l'instinct de la chienne, elle avait sans doute vu ou reniflé quelqu'un qu'Assaf ne voyait pas. Elle prit des virages secs, tourna à un coin de rue, mue par une force intérieure, se précipita dans le parc de l'Indépendance, traversa buissons et gazons comme une flèche, ses grandes oreilles rejetées en arrière, Assaf la suivit au même rythme, surpris par cet odorat qui captait quelqu'un d'invisible. Mais que dirait-il à ce quelqu'un au moment où il finirait par le rattraper ?

– Je t'ai attrapé, dit une voix en se jetant de toutes ses forces sur son dos, ce qui le fit tomber.

Assaf était tellement abasourdi qu'il resta un moment à terre sans bouger ni penser. L'homme qui était au-dessus de lui prit son bras et le tordit comme s'il allait le casser, Assaf poussa un cri.

– Tu peux crier, dit l'homme assis sur son dos. Tout à l'heure, tu vas pleurer.

– Qu'est-ce que tu me veux ? Qu'est-ce que je t'ai fait ? dit Assaf en gémissant de douleur.

L'homme lui colla de force la face contre terre. Assaf sentit la poussière entrer dans sa bouche et ses narines, son front éraflé saignait. Deux doigts forts pressèrent ses joues pour lui faire écarter les mâchoires, d'autres doigts s'introduisirent dans sa bouche pour y chercher quelque chose et ressortirent aussi vite. Assaf était sonné, il voyait devant lui des fourmis s'agiter, un mégot, le tout d'une taille démesurée.

On lui mit sous le nez un papier ou un document. Assaf louchait. Il ne voyait rien. C'était trop près. Ses yeux étaient brouillés par les larmes. Celui qui était assis sur son dos le prit par les cheveux, lui souleva la tête de force et lui remit le papier sous le nez. Assaf crut que ses yeux allaient sortir de leurs orbites. Il vit dans un brouillard la photo d'un garçon brun, souriant, et l'insigne de la police. Il en éprouva un soulagement très momentané.

– Allez, debout. T'es arrêté.

– Moi ? Qu'est-ce que j'ai fait ?

L'autre bras aussi fut tordu en arrière et il entendit un cliquetis qu'il connaissait par les films. Des menottes. On lui avait passé des menottes. Si sa mère le voyait, elle en mourrait.

– Ce que t'as fait ? Tu vas pas tarder à raconter *exactement* ce que t'as fait, espèce de petit merdeux. Allez, debout.

Assaf rentra autant qu'il le pouvait la tête entre les épaules et se tut. Il avait les intestins en compote et craignait d'avoir la diarrhée. D'un coup, ses forces l'abandonnaient. (C'était toujours comme ça ; quand on était grossier avec lui ou un autre, il perdait momentanément tout désir de vivre. Tout son être se rétractait, il n'avait plus envie d'exister dans un endroit où les gens parlaient comme ça.) En revanche, Dinka était d'humeur guerrière, elle aboyait furieusement, mais n'osait pas s'approcher.

– Debout, j'ai dit ! rugit l'homme en le prenant de nouveau par les cheveux.

Il fallait qu'il se lève. Il sentait la racine de ses cheveux se décoller et une douleur aiguë lui fit monter des larmes aux yeux. L'homme palpa rapidement ses poches, fouilla sa chemise, palpa le dos, entre les jambes. Peut-être cherchait-il une arme, ou autre chose. Épouvanté, Assaf n'osait pas poser de questions.

– Allez, bouge ton cul et fais tes adieux au monde. Et si tu me fais des histoires, je t'écrabouille sur place, compris ?

Il sortit un appareil de transmission, demanda un car de police et poussa Assaf vers la sortie du parc.

Menottes aux poings, Assaf traversa les rues de Jérusalem. Il baissa la tête et pria pour que personne ne le reconnaisse ou ne l'identifie comme le fils de ses parents. Si ses bras avaient été liés devant, il aurait rabattu sa chemise sur son visage comme le font les suspects à la télévision. Dinka les suivait et, de temps en temps, poussait des aboiements furieux auxquels l'homme répondait par des jurons ou en la menaçant d'un coup de pied. Il se comportait avec une telle haine et une telle violence qu'Assaf avait du mal à croire que ce fût un policier.

Mais c'était un inspecteur de police et il le conduisit ainsi, comme un forçat, jusqu'au car de police qui l'attendait sur le parking de la rue Agron. Puis ils allèrent jusqu'au commissariat du quartier russe : « Je l'ai reconnu immédiatement à cause du clébard, dit l'inspecteur d'un air fanfaron aux deux policiers qui l'accompagnaient. Grâce à la laisse orange. Ils croyaient qu'ils pouvaient me faire marcher. »

Arrivés au commissariat, le policier le conduisit vers une pièce à l'écart sur la porte de laquelle on avait marqué au feutre bleu « Dealers ». C'était une pièce aux murs épais et Assaf se dit que c'était fait exprès, pour ne pas entendre les cris qu'il pousserait quand on le torturerait. Mais l'inspecteur le fit entrer avec Dinka et verrouilla la porte en partant.

Une table en métal, deux chaises et un banc le long du mur. Assaf se laissa tomber dessus. Il avait envie d'aller aux toilettes, mais il n'y avait personne à l'horizon. Un grand ventilateur tournait lentement au plafond. Assaf se força à penser au petit garçon juché sur un chameau dans le Sahara. Les pensées essayaient de s'envoler, de s'éparpiller, mais Assaf les rassembla de toutes ses forces autour du petit garçon monté sur un chameau dans le Sahara : en ce moment précis, dans le vaste désert du Sahara, sur des espaces sans bornes, s'ébranle lentement un énorme convoi de chameaux (en général, il empruntait ces idées aux émissions du *National Geographic*). A l'extrémité du convoi, un petit garçon se balance au rythme du chameau, son visage est couvert pour se protéger des tempêtes de sable, et on ne voit que ses yeux qui scrutent le désert. Que voit-il, à quoi pense-t-il ? Enveloppé dans le silence du désert, Assaf se balançait avec lui sur le chameau. C'est ce qu'il faisait quand il était chez le dentiste, avec le bruit de la fraise. Ou bien il était avec le petit moussaillon islandais qui navigue en ce moment sur un grand chalutier gris de la

mer du Nord. Il a passé sa matinée à laver le pont et nettoyer les restes de poissons morts. Et maintenant, appuyé
au parapet de fer, il regarde les icebergs qui se dressent
comme des montagnes au-dessus du chalutier. Aime-t-il
ces longues traversées, craint-il le maître de quart, quand
va-t-il revoir sa maison ? Assaf se concentra sur eux. Sans
qu'il sache trop comment, ça finissait toujours par le calmer. Un peu comme les groupes de discussion sur le web.
Comme si tous les solitaires dispersés dans le monde formaient ensemble une chaîne mystérieuse et secrète, et se
transmettaient de la force les uns aux autres. Peu à peu, ses
intestins en effervescence se turent. Il se redressa un peu.
Ça ira. Sa mère lui caressa le dos, lui fit des petits mas-
sages, lui rappela que dans le contrat secret passé avec Dieu
il était expressément stipulé que tout irait toujours bien
pour lui. Il parvint même à sourire à Dinka. Tu verras, ça
ira. Dinka se leva et, dans un geste archaïque aussi vieux
que l'amitié entre l'homme et le chien – mais la leur débu-
tait à peine –, elle s'approcha et posa la tête sur ses genoux
en le regardant dans les yeux.

Les mains attachées dans le dos, il ne pouvait même pas
la caresser.

Pensive et silencieuse, Tamar se releva du rebord de
pierre, ses pensées l'avaient entraînée loin, ses yeux agran-
dis fixaient le vide, et seuls ceux qui croient aux phéno-
mènes surnaturels auraient compris qu'elle venait d'avoir
l'étrange et obscure prémonition que d'ici quatre semaines
elle perdrait Dinka, qu'on retrouverait la chienne errant
dans les rues de la ville, et qu'un adolescent qu'elle ne
connaissait pas la suivrait pas à pas d'un bout à l'autre de
Jérusalem.

Un instant de brouillard traversé d'un éclair fulgurant,
puis Tamar cligna des yeux, sourit à Dinka et oublia. A

présent, elle espérait que personne ne lui rappellerait ces minutes embarrassantes qu'elle venait de vivre. Elle rembobina la cassette, trouva l'accompagnement qu'elle cherchait, écouta en silence les notes du début et positionna l'appareil de manière à augmenter le volume du son.

C'était le moment, il fallait que ça arrive maintenant, qu'elle se détache de la masse, s'arrache à l'anonymat, au flux quotidien, trépidant et protecteur de la rue. Alors tu verras : des dizaines d'indifférents autour de toi, l'odeur de la viande de mouton coupée dont la graisse tombe dans le feu, les cris des vendeurs du marché, l'accordéon grinçant du Russe qui avait peut-être été un enfant comme toi dans un conservatoire de Moscou ou de Leningrad, et dont le professeur avait peut-être demandé aussi à voir ses parents et n'avait pas eu de mots pour exprimer son émotion.

Elle lève la tête et choisit le point qu'elle va fixer dans l'espace. Ce n'est pas le Renoir accroché dans la salle de répétitions du chœur, ni le lustre et les dorures du Teatro de la Pergola ; mais une petite pancarte indiquant « traitement des varices, garanti trois mois », l'idée lui plaît, elle ferme les yeux et chante en direction de ce point.

> *Ailes blanches dans le bleu du ciel*
> *j'ai vu l'oiseau de la paix,*
> *il m'a vu aussi,*
> *je ne l'oublierai jamais.*

Sans même ouvrir les yeux, elle sent la rue partagée en deux : celle d'avant qu'elle chante et celle d'après, avec une assurance inébranlable, une confiance totale en elle-même. Inutile de regarder, elle le sent sur sa peau : les gens s'arrêtent, certains se retournent et reviennent en hésitant vers l'endroit d'où vient la voix. Debout, ils écoutent, s'abandonnent à la voix.

Il y a aussi tous ceux qui ne s'arrêtent pas, ne remarquent même pas ce qui a changé dans la rue. Ils vont et viennent, l'air préoccupé, amer. Le système d'alarme d'un magasin se déclenche. Une mendiante pousse devant elle une vieille poussette aux roues grinçantes. Au deuxième étage du Burger King, le laveur de vitres continue de faire ses mouvements circulaires. Pourtant de minute en minute le cercle s'élargit, l'enveloppe, une autre rangée se forme et Tamar se sent au centre d'une double accolade qui bouge dans un mouvement imperceptible et inconscient, comme une gigantesque créature aux mille pattes. Les gens tournent le dos au bruit, la protègent de la rue. Ils se tiennent un peu penchés en avant. Quelqu'un lève la tête et croise le regard de son voisin. Ils sourient, et tout un dialogue passe dans ce sourire instantané. Tamar les perçoit à travers un brouillard. Elle connaît ce regard de sa place à la chorale, dans leurs meilleurs concerts : c'est celui des yeux qui se souviennent d'une chose qu'ils ont perdue et dont ils aimeraient de nouveau être dignes.

> *Mon corps frissonnait de soleil*
> *Ma bouche disait des paroles de paix.*
> *Elle les disait hier soir*
> *elle ne les dira plus aujourd'hui.*

Elle finit sur des sons presque inaudibles qui s'étirent et s'effilochent dans l'agitation de la roue qui tourne autour d'elle, de la rumeur de la vie qui s'amplifie à mesure que le chant s'éteint. Le cercle applaudit très fort, quelques-uns poussent un profond soupir. Tamar ne bouge pas. Son cou est rouge, ses yeux éclairés d'une lueur tranquille, lucide. Elle est debout, les bras relâchés le long du corps. Elle a envie de sauter de joie, soulagée d'avoir réussi. Mais elle n'est pas là pour chanter. Et cette idée la déprime : le chant n'est qu'un moyen, un appât. Non, erreur : c'est Tamar qui est l'appât. Elle lance autour d'elle des regards brillants, pleins de gratitude, mais aussi scrutateurs. Elle fouille. A première vue, personne parmi les dizaines d'individus qui l'entourent n'est celui qui est censé mordre à l'appât.

Une fois l'émotion du spectacle dissipée, elle se rappelle qu'elle a oublié de mettre par terre un chapeau pour l'argent. Sous les regards de tous, il faut qu'elle se courbe avec sa grosse salopette et qu'elle fouille dans son sac à dos d'où débordent vêtements et linge de corps, Dinka fourre sa truffe et renifle l'intérieur, mais le temps que Tamar retrouve son béret – elle aimait porter des chapeaux jusqu'au jour où Idan avait exprimé son avis sur la question –, les gens se sont dispersés.

Quelques-uns s'attardent, ils s'approchent, les uns avec assurance, d'autres timidement, et déposent des pièces dans le béret froissé.

Tamar hésite, elle ne sait pas si elle doit en rester là, ou bien chanter une autre chanson. Elle en a le courage et l'envie. Vers le milieu de la chanson, elle a éprouvé ce sentiment familier de conquête, mais avec une intensité jamais éprouvée dans les salles couvertes. Qui pouvait savoir, en effet, qu'elle avait une voix si ample ?

Quant à l'homme tant attendu ou un de ses acolytes, s'il était dans les parages, elle le sentirait. Il serait là, à la périphérie du cercle, en train de l'observer comme on observe une proie paisible et innocente ; de calculer avec prudence comment il allait la capturer.

Debout, au centre du faisceau de chaleur dorée, Tamar eut soudain des frissons, elle ramassa vite l'argent déposé dans le béret et s'éloigna avec Dinka. Quelques personnes essayèrent de lui parler. Un jeune garçon éveilla ses espoirs, il ne la quittait pas des yeux et avait autour de la bouche un pli vulgaire et cruel, elle s'arrêta un instant pour l'écouter mais quand elle comprit qu'il voulait la draguer, elle lui tourna le dos et s'en alla.

Ce jour-là, elle chanta cinq fois. Une fois, sur l'esplanade devant le grand magasin Hamashbir, deux fois devant le centre Gérard-Bahar et deux autres fois sur la place Tsion. De temps en temps, elle ajoutait une chanson à son répertoire, mais veillait à ne pas en chanter plus de trois et, malgré les applaudissements nourris et les réactions enthousiastes, s'en tenait à ce qu'elle s'était fixé. Quand elle avait fini de chanter et que rien ne s'était passé, elle éteignait le magnétophone, fourrait l'argent dans le sac à dos et essayait de disparaître. Parce que l'essentiel était fait : se faire remarquer, faire parler d'elle. Se répandre comme une rumeur, espérer que la rumeur parvienne aux oreilles de son prédateur.

Il ferma les yeux, s'adossa au mur et frotta la jambe contre la tête de Dinka. Le ventilateur du plafond continuait de grincer régulièrement, il entendait des gens aller et venir à l'extérieur, policiers, délinquants, simples citoyens. Assaf ne savait pas combien de temps on le laisserait ainsi, ni si on finirait par s'intéresser à lui. Dinka était couchée à ses pieds, sur le carrelage froid. Il se laissa glisser du banc de bois et, adossé au mur, s'assit par terre à côté d'elle. Tous deux fermèrent les yeux.

Aussitôt la voix de Théodora se mit à résonner dans sa tête, il l'écouta pour y chercher une consolation. Son récit entre les pays et les îles, les allers et retours dans le temps, était encore un peu confus. Après avoir fini de raconter son histoire, elle était restée repliée sur elle-même, noueuse comme une vieille souche. Saisi d'une compassion soudaine, il avait pensé que si elle avait été sa grand-mère, il l'aurait serrée dans ses bras.

« Pourtant, j'ai vécu, lui avait-elle dit comme si elle avait senti cette compassion. Malgré tout, cher enfant, j'ai vécu cette vie ! » et, voyant son regard dubitatif, elle avait frappé sur la table et explosé : « Non, monsieur, effacez ce regard, s'il vous plaît ! », la fureur l'avait légèrement soulevée de son siège et elle avait articulé mot pour mot : « Dès la première nuit, aussitôt après l'annonce de la nouvelle funeste de Lyksos, au lever du jour, voyant que je n'étais pas morte de chagrin et de solitude, j'ai décidé de vivre ! »

A peine âgée de quatorze ans mais très lucide, elle ne s'était surtout pas apitoyée sur son sort. Le passé s'était effacé, et aucun avenir concevable ne se dessinait. Elle ne connaissait personne au monde et ignorait tout de ce pays dont elle ne parlait pas la langue. Assaf se dit que la foi en Dieu l'avait peut-être aidée, mais la piété n'avait jamais été son fort, et elle l'était encore moins après cette catastrophe, avait précisé Théodora. Elle disposait d'une grande maison vide, d'une rente généreuse qui lui était versée tous les mois par une banque grecque, et elle était liée par un serment implacable que jamais elle ne briserait, par respect pour tous les morts qui l'avaient expédiée dans ce monastère.

« Telle était la situation, poursuivit-elle, sèche et réservée. Il n'appartenait qu'à moi de décider de ce que serait mon destin jusqu'à la fin de mes jours. » Elle se leva, arpenta la pièce, s'arrêta derrière le siège d'Assaf et posa la main sur le dossier : « Alors, j'ai décidé une fois pour toutes, m'entends-tu, que s'il m'était interdit de sortir de cette maison pour aller vers le monde, eh bien, je ferais entrer le monde dans la maison. »

Ainsi fut fait. A l'époque, le domestique du monastère était le père de Nasriyan à qui elle demanda de lui acheter chaque livre grec qu'il trouverait sur son chemin. Mais c'étaient surtout de vieux livres saints entreposés dans les caves des églises grecques, et ils ne l'intéressaient pas. Alors, elle s'octroya un cadeau le jour de ses quinze ans : un professeur particulier d'hébreu qui commença à lui enseigner l'hébreu ancien et moderne. Elle avait l'esprit vif, une soif d'apprendre et après quatre mois d'études auprès de M. Eliassaf, elle commença à acheter chez Hans Fluger des livres sur ce pays où on l'avait expédiée contre son gré, et sur Jérusalem où elle était confinée. Elle apprit tout ce que les livres pouvaient lui apprendre sur les Arabes, les juifs et les chrétiens qui, tout proches et invisibles, habitaient avec elle dans cette ville. A l'âge de seize ans, elle prit aussi un professeur privé d'arabe littéraire et

parlé, et lut avec lui le Coran et *Les Mille et Une Nuits*. Les
librairies ultra-orthodoxes du quartier de Mea Shearim
commencèrent à lui expédier des caisses pleines de
volumes de la Michna, du Talmud et des exégètes. Ce
n'était pas ce qui l'intéressait, mais il lui arrivait de trouver
au fond d'une caisse un livre mis à l'index, qui traitait
d'une découverte scientifique, de la vie des fourmis ou
d'un peintre célèbre du XVIe siècle, qu'elle dévorait alors
avec appétit. Quand ces restes ne lui suffirent plus, elle
commença à acquérir de vieux exemplaires déchirés de
la bibliothèque sioniste de Hugo Bergman ; pour ce faire,
elle payait généreusement le courtier Eliezer Weingarten
pour qu'il lui réserve en priorité tout livre sur des sujets
récents susceptibles de l'intéresser : guerres napoléoniennes,
découvertes et inventions, astronomie, préhistoire, journaux de bord des grands explorateurs.

Ce n'était évidemment pas facile : il fallait qu'elle
apprenne à mettre des noms sur une multitude de choses
qu'elle n'avait jamais vues : « télescope », « pôle Nord »,
« microbes », « opéra », « aéroport », « basket-ball ». Imagine un peu : je n'ai appris New York et Shakespeare qu'à
l'âge de dix-huit ans ! Son visage se plissa, puis elle murmura comme pour elle-même : « Et cela fait cinquante ans
que je n'ai pas vu un arc-en-ciel de mes propres yeux. »

A l'âge de dix-neuf ans, elle acheta une encyclopédie
pour la jeunesse, puis d'autres, en trois langues, et comprenant des dizaines de volumes. Mais Théodora n'oubliait jamais l'ivresse qui l'avait saisie jour et nuit,
pendant six mois de bonheur, quand elle avait étudié
rubrique après rubrique tous les êtres de la Création.

C'était aussi l'époque où elle s'était découvert une passion pour l'actualité, et surtout pour la politique mondiale.
Elle envoyait tous les matins le père de Nasriyan lui acheter un journal en hébreu et un autre en arabe qu'elle
déchiffrait à grand-peine à l'aide du dictionnaire. C'est
ainsi qu'elle découvrit David Ben Gourion et Gamal Abd
el Nasser, apprit que la cigarette provoquait le cancer des

poumons, suivit avec émoi en même temps que tous les habitants de la planète les étapes de l'éducation de Radjib, le petit garçon indien élevé par les loups jusqu'à l'âge de neuf ans. Peu à peu, au prix d'un effort surhumain, elle commença à se frayer un chemin dans l'enchevêtrement des faits et des noms, à dessiner une image du monde, à défricher son ignorance, celle d'une enfant des Cyclades, d'une des plus lointaines et minuscules îles qui entouraient Délos.

« Pourtant, dit-elle à Assaf en pressant ses sourcils de ses doigts comme pour refouler un mal de tête débutant, malgré toute la joie et l'allégresse, j'étais triste et insatisfaite parce que tout n'était que des mots, rien que des mots ! »

Assaf la regardait et ne comprenait pas ce qu'elle voulait dire, alors elle frappa la table du plat de la main comme chaque fois qu'elle s'impatientait : « Mais enfin, comment expliquer à un aveugle ce qu'est le vert, le bleu et le vermeil ? As-tu compris maintenant ? » Il acquiesça, mais ne paraissait pas convaincu : « J'étais pareille, *agori mou* : j'avais sucé l'écorce sans mordre au fruit… comment connaître l'odeur d'un bébé après le bain ? Que ressent le visage devant un train rapide qui passe devant lui ? Comment battent ensemble les cœurs des spectateurs devant un merveilleux spectacle ? » Assaf commençait à comprendre : le monde de Théodora était exclusivement composé de mots, de descriptions, de personnages écrits, de faits objectifs. Il eut un sourire surpris : c'était exactement ce que sa mère lui disait quand elle le voyait passer trop de temps devant l'ordinateur.

« C'est aussi à la même époque que j'ai fondé, ici, dans cette chambre, la république des postes. » Et elle lui raconta les rapports épistolaires qu'elle entretenait depuis quarante ans avec des érudits, des philosophes et des écrivains du monde entier. Au début, elle leur posait des questions simples, honteuse de son ignorance, s'excusant de son effronterie ; mais peu à peu, ses lettres prirent une dimension plus profonde, plus vaste, les réponses aussi étaient plus détaillées, personnelles, affectueuses. « Sache aussi que, mis à part mes professeurs, je corresponds avec quelques autres condamnés à la prison à perpétuité comme moi », et elle lui montra la photo d'une Néerlandaise qui, à la suite d'un grave accident, était alitée à vie et ne voyait de sa place que quelques branches de marronnier et un bout de mur de pierre ; celle aussi d'un Brésilien si gros qu'il ne pouvait plus franchir la porte de sa chambre et ne voyait de sa fenêtre que les bords d'un lac (mais pas l'eau du lac) ; et d'un vieux paysan du nord de l'Irlande dont le fils était emprisonné à perpétuité en Angleterre, et qui s'était lui aussi enfermé dans une chambre jusqu'à ce que son fils soit libéré, etc.

« Je corresponds régulièrement avec soixante-douze personnes dans le monde, dit-elle avec une fière modestie, les lettres vont et viennent, j'écris au moins une fois par mois à chacun d'eux, ils me répondent, me parlent d'eux-mêmes et même de leurs plus grands secrets... – elle rit avec une lueur malicieuse dans les yeux – ... ils se disent : c'est une vieille petite nonne au sommet d'une tour à Jérusalem, à qui le raconterait-elle ? »

Un beau jour, après des années d'études et de lecture, elle s'aperçut qu'elle n'avait encore jamais lu de livre d'enfants. Le jeune Nasriyan (qui, entre-temps, avait remplacé son père dont les jambes ne le portaient plus) partit faire le tour des librairies et c'est ainsi qu'à l'âge de cinquante-cinq ans elle lut pour la première fois *Pinocchio*, *Winnie l'Ourson*, *Loubangoulou, roi des Zoulous*. Ce n'était pas son enfance, ni des paysages familiers, mais la sienne avait sombré dans les profondeurs de la mer, et elle n'avait pas la force de la faire remonter à la surface. Un soir, elle referma *Zozo la tornade* et murmura avec joie et étonnement : « Ça y est, j'ai enfin une enfance. »

« Sache aussi, dit-elle en riant, que jusqu'à ce jour-là je n'avais pas la moindre ride ! Avant d'avoir lu tous ces livres, j'avais un visage de bébé. »

Dès l'instant où elle eut une enfance, il lui fallut grandir. Elle lut des romans, *David Copperfield*, *Les Hauts de Hurlevent*. La porte de fer, qui un jour dans l'île s'était refermée sur elle, se rouvrit et Théodora, vieille enfant assoiffée de connaissances, pénétra dans ses chambres endormies, couvertes de toiles d'araignée. L'âme, le corps, les passions, les nostalgies, l'amour. Tout se réveilla grâce aux histoires dans lesquelles elle avait plongé. Parfois, après une nuit de lecture fiévreuse, elle lâchait son livre qu'elle lisait et sentait sa respiration monter et enfler comme du lait dans une casserole. «Alors, dit-elle dans un murmure à Assaf, j'implorais presque pour qu'un aiguillon salvateur vienne enfin percer l'oppression, la maudite croûte de mots qui m'enveloppait.»

– C'était Tamar ? demanda Assaf, remarque involontaire qu'il regretta aussitôt parce que Théodora frissonna comme si elle avait été atteinte dans les profondeurs de son être.

– Comment, que disais-tu ? – elle le regarda longuement – Tamar ? Oui, peut-être, qui sait, je n'y avais pas pensé…

Mais quelque chose se referma en elle comme si Assaf lui avait dit : Vous avez fait venir dans votre chambre tout ce qu'on peut apprendre avec les livres, les lettres, les mots, et brusquement cette adolescente a fait irruption dans votre vie avec sa jeunesse et sa fougue.

– Bon, nous avons assez parlé, mon ami, dit-elle en se ressaisissant, tu dois peut-être repartir ?

– Il y a quelque chose que je ne comprends pas : elle…

– Va, retrouve-la, et tu comprendras tout.

– Mais expliquez-moi ! que pensez-vous qu'il lui soit arrivé ? dit-il avec une envie de frapper sur la table comme elle.

Théodora respira profondément, hésita, puis :

– Comment le dire sans le dire…, murmura-t-elle en se levant, agitée.

Elle parcourut la chambre, l'examina comme pour s'assurer qu'il était digne de savoir et d'entendre :

– Écoute-moi, s'il te plaît, ce ne sont peut-être là que les tourments d'une vieille sotte, dit-elle en soupirant, mais les dernières fois où elle est venue, elle disait d'autres choses, des choses pas très bonnes.

– Quoi, par exemple ? demanda Assaf en pensant que c'était peut-être un début.

– Que le monde est mauvais, dit-elle en rentrant la main dans son giron. Que par essence il n'est pas bon. Qu'on ne peut croire personne, même pas nos plus proches. Que tout n'est que violence et peur, intérêt et méchanceté. Et qu'elle n'est pas faite pour cela.

– Elle n'est pas faite pour quoi ?

– Pour ici. Pour ce monde.

Assaf ne dit rien. Il pensa à l'adolescente audacieuse sur son tonneau, elle était sûrement arrogante et moqueuse. Peut-être un peu comme moi, se dit-il étonné, et il la fit descendre délicatement de son piédestal.

– Et moi, je lui racontais que sa vie serait bonne et belle. Elle aimerait quelqu'un, il l'aimerait aussi, ils auraient de beaux enfants, elle voyagerait dans le monde, rencontrerait des gens intéressants, chanterait sur les grandes scènes, dans les salles de concert, et tout le monde l'applaudirait…

Les mots se figèrent dans sa bouche, elle se referma. Que sait-elle, songea Assaf avec compassion, elle ne connaît même pas toutes ces choses qu'elle souhaite pour Tamar. Cinquante ans qu'elle est enfermée ici, que peut-elle savoir.

Quelle déception quand elle lui avait ouvert la porte et avait vu que ce n'était pas Tamar. L'adolescente semblait lui importer comme l'eau et le pain, comme le goût de la vie.

– Ces derniers temps, je ne sais plus ce qui se passe. Elle ne m'ouvre pas son cœur comme autrefois. Elle vient, elle travaille, reste assise, se tait, soupire beaucoup, garde un secret dans son cœur. Je ne sais pas ce qui lui arrive, Assaf…

Ses yeux et le bout du nez rougirent brusquement :
– Elle est maigre et éteinte. Ses beaux yeux ne sont plus lumineux.

Théodora tourna son visage vers lui et il vit avec effroi une mince trace de larmes dans ses rides.
– Qu'en penses-tu, mon ami ? La retrouveras-tu ?

Le soir, à neuf heures, elle acheta deux sandwichs et un Coca et s'assit à l'entrée d'un immeuble de bureaux. Elle en donna un à Dinka et dévora l'autre sans reprendre son souffle, toutes les deux se pourléchaient, à la fin elles poussèrent un soupir d'aise et de satiété. Tamar se lécha les doigts en se disant que ce repas acheté avec l'argent de ses chansons avait un goût particulièrement délicieux.

Puis le train de ses pensées la reprit. Les gens passaient rapidement devant elle, et elle essayait de se faire toute petite et anonyme. Comme la Tamar qu'elle était un an plus tôt. Couchée sur le ventre, entourée de ses peluches, l'oreille collée au téléphone, les jambes en l'air – comme les adolescentes des films – en train de jacasser avec Adi au sujet de Galit Edlitz qui avait embrassé Tom avec la langue, ou de Liana, la fille de la chorale qui avait accepté de sortir avec un garçon du lycée Boyer. Tu imagines un peu ! Et il n'est pas un artiste ! Scandalisées comme il se doit, elles marquaient leur fidélité commune à l'art, c'est-à-dire à Idan.

Un vieil homme appuyé sur sa canne, vêtu avec une élégance désuète, passa lentement devant elle et la regarda. Étonné, il arrondit les lèvres comme celles d'un poisson, l'air de dire : une adolescente, à une heure si tardive, dans un lieu si inadéquat.

Tamar se fit encore plus petite. Cette première journée dans la rue avait été longue et épuisante, mais il fallait se lever et faire encore quelques tours de piste, si quelqu'un l'avait aperçue et suivie de loin, il pourrait ainsi l'aborder à la faveur de la nuit.

En fait, ils étaient nombreux à l'aborder. On lui parlait, on l'interpellait, on lui faisait des propositions. Jamais elle ne s'était sentie aussi étrangère, écorchée, souillée par tant de grossièretés. Il ne fallait pas répondre. Pas le moindre mot. Serrer contre elle son sac à dos et le gros magnéto-phone et avancer. Dinka l'aidait aussi à tenir les impor-tuns à distance, et dès qu'elle poussait son cri du ventre, du fond des tripes, même les plus courageux des petits mâles prenaient la poudre d'escampette.

Mais celui qu'elle attendait et qu'elle craignait le plus n'était pas au rendez-vous.

Elle descendit vers la place animée et se faufila entre les étalages éclairés par des projecteurs, irrésistiblement attirée par les cintres surchargés de pantalons bouffants et de che-mises indiennes. Idan et Adi avaient décrété que c'était un pseudo-Piccadilly, mais elle aimait s'y promener et quand elle passait devant les étalages de narguilés, d'huiles essen-tielles et de pierres multicolores, sa démarche devenait plus coquette, plus dansante. Elle essaya les calottes brodées de Boukhara, et le marchand d'huiles la taquina sur sa tête pointue d'ashkénaze. Un adolescent qui se disait grand spé-cialiste mondial lui proposa d'inscrire son prénom sur un grain de riz, elle se présenta comme Brunehilde. Un autre, assis par terre en short et turban, tenait entre les mains une jambe fraîche de jeune fille et dessinait délicatement dessus un tatouage au henné. Tamar les regarda avec une certaine envie et s'éloigna à regret. Elle passa une ou deux fois devant des échoppes, huma le léger parfum d'encens mêlé, ici et là, à celui de la marijuana. Fit semblant de s'attarder devant les bougies aux formes et couleurs variées, ces der-niers temps il lui arrivait d'éprouver un léger frisson quand elle se sentait observée. Mais elle se retourna, et il n'y avait personne.

Dans la rue Yoël Moshé Salomon toute proche, il y avait un petit spectacle : une fille de son âge, coiffée d'un bonnet de laine d'où s'échappaient des boucles dorées, tenait entre les mains deux cordes au bout desquelles étaient accrochés deux lambeaux de tissu enflammés ; elle dansait avec eux, les croisait, les faisait glisser l'un contre l'autre en esquissant d'amples mouvements circulaires. Une autre fille derrière elle, les yeux écarquillés, à moitié couchée, adossée contre un mur de magasin, battait le rythme au son désordonné d'un tambourin.

La fille était concentrée sur les mouvements qu'elle faisait avec les cordes et Tamar la regardait, incapable de poursuivre son chemin, fascinée par cette concentration qu'elle connaissait si bien. Elle voulait voir comment c'était de l'extérieur, ce que voient les autres quand on a plongé en soi, ce qui s'expose aux regards. La fille avait de beaux yeux bleus qui suivaient avec dévotion les deux petites torches, les sourcils se haussaient et s'abaissaient avec un étonnement enfantin, et Tamar remarqua ce point commun parce qu'elle aussi chantait avec les sourcils. Les deux torches qui dansaient dans le ciel nocturne avaient quelque chose de touchant, d'audacieux et de désespéré. Mais brusquement elle se souvint de la raison pour laquelle elle était là. Prudente et méthodique, elle inspecta les environs du regard sans bouger de sa place. Elle ne connaissait pas celui qu'elle cherchait. Un homme sans doute, plutôt jeune. C'est ce qu'elle avait pu comprendre des rumeurs recueillies ces derniers mois : il s'agissait d'un groupe d'hommes jeunes, des durs. L'un d'eux allait l'aborder dans la rue et lui proposer de le suivre, à condition qu'elle surmonte l'épreuve du feu, à savoir qu'elle prouve sa capacité à captiver un auditoire : Tamar savait qu'elle l'avait surmontée, c'était même sa grande et unique réussite de la journée.

La bouche de la danseuse était entrouverte dans une expression d'abandon et laissait voir ses dents blanches. Elle accéléra le rythme, le tambourin la suivit. Tamar inspectait les visages. Les hommes jeunes étaient nombreux. Impossible de savoir si l'un d'eux la regardait d'un air particulier. Deux petits voyous, les cheveux dressés en l'air à la Simpson, bondirent soudain devant l'artiste du feu et lui crièrent quelque chose en plein visage, ce n'étaient pas des mots, mais une espèce de glapissement grossier, bestial. Momentanément déconcertée, la fille laissa s'enrouler les deux cordes qui retombèrent par terre, honteuses. Elle enleva tristement son bonnet de laine, et ses boucles blondes se répandirent. L'air absent comme si elle émergeait d'un rêve, elle épongea sa sueur. Les spectateurs poussèrent en chœur un soupir de déception et se dispersèrent sans lui laisser la moindre pièce pour le numéro interrompu. Tamar s'approcha et posa dans le bonnet une pièce de cinq shekels, de celles qu'elle avait gagnées, la jeune fille lui adressa un sourire fatigué.

Plus loin dans le prolongement de la rue, la place Tsion était joyeuse et animée. Sur l'esplanade, au-dessous de la banque, des jeunes faisaient de la planche à roulettes. Il n'était pas question de chanter, les hassidim de Bratslav s'étaient emparés de l'endroit, de puissants haut-parleurs hissés sur leur voiture diffusaient leurs chansons. Tamar s'assit dans le coin à côté de la banque, elle serra Dinka contre elle, se fit toute petite et ouvrit grand les yeux. Des filles et des garçons par dizaines s'agitaient dans tous les sens en émettant un bourdonnement désagréable, une espèce de grésillement mécanique comme sur des lignes de tension ou des rails invisibles. Ils allaient, venaient, cherchaient fiévreusement quelqu'un. Certains échangeaient quelques mots avec un barbu planté devant les rampes de fer. Elle aperçut le nain aux fesses plantureuses et au bonnet de laine vive, entouré d'un groupe qui le cachait presque complètement. Des mains effleuraient les poches. Des doigts se refermaient sur une chose qu'ils cachaient. Un grand garçon avec une salopette en jean comme la sienne, des bretelles et des agrafes sur un torse nu, un anneau accroché à son téton, s'approcha d'elle et lui dit, en s'agenouillant à hauteur de son visage : « Ma sœur, t'as besoin de shit ? », elle secoua énergiquement la tête, non, non – elle avait ce qu'il fallait pour une première semaine – il la laissa tranquille et repartit. Elle se crispa, choquée non pas par sa proposition, mais par la manière dont il l'avait appelée.

Elle ferma les yeux, et les rouvrit, la place était toujours là. Les hassidim de Bratslav dansaient au centre. Sept hommes grands, cheveux longs, barbe au vent, tout de blanc vêtus et coiffés de grandes calottes blanches. Elle les avait déjà vus danser comme ça jusqu'à minuit les soirs d'avant, en faisant inlassablement des bonds sauvages et endiablés. Deux filles bras-dessus, bras-dessous, poitrine généreuse et petits maillots au-dessus du nombril, s'arrêtèrent pour les regarder : « T'as vu comment ils sont, dit l'une d'elles. Ce n'est pas de l'ecstasy, c'est la foi qui leur fait ça. » Dinka, qui souffrait du bruit, se colla à Tamar. Elle tourna le dos à la place, se mit en boule contre sa poitrine et essaya de s'endormir. La pauvre, se dit Tamar, elle ne comprend pas ce qui m'arrive. On dirait un cauchemar.

Une jeune femme s'approcha d'elle. Elle tenait à la main un Thermos et des verres en plastique jetable, et lui demanda si elle voulait boire un peu de thé. Cette douceur soudaine. Comme si on lui parlait une langue étrangère. La femme s'accroupit à côté d'elle sur le trottoir. « Il y a aussi des petits gâteaux », dit-elle en souriant. Tamar se redressa soudain, les sens en alerte. Son cœur battait fort. Et si son prédateur était une prédatrice ? Selon la rumeur, il y avait des filles aussi dans cette histoire. Mais cette femme voulait vraiment l'aider. Elle lui dit qu'elle faisait partie d'un groupe de volontaires qui venaient vers ceux de la place. Pour garder le contact. Elle lui versa du thé chaud, Tamar entoura le verre de ses mains froides et sentit monter en elle une vague de gratitude envahissante. Elle prit un biscuit, mais refusa de parler. La femme caressa Dinka, la gratta exactement comme elle l'aimait et lui donna aussi un petit biscuit. « Je t'ai aperçue ici ces derniers temps, lui dit-elle, c'était il y a une quinzaine de jours, n'est-ce pas ? » Tamar acquiesça. « J'ai vu aussi que tu avais acheté chez le type, celui qui est petit, et que le policier t'a suivie. Dis, tu ne chercherais pas à rencontrer quelqu'un qui a déjà vécu tout ça ?» Tamar se referma. Ce n'était vraiment pas ce qu'elle voulait, qu'on vienne la tirer de la rue où elle n'avait pas encore réussi à pénétrer.

«Je te laisse notre numéro de téléphone, dit la femme en l'inscrivant sur une serviette en papier, si tu as envie de parler, de demander quelque chose, de rencontrer des proches de chez nous, nous sommes là.» Tamar la regarda et se perdit un instant dans ses bons yeux verts. Elle faillit lui demander si elle avait aperçu sur la place un garçon qui jouait de la guitare, cheveux longs, couleur miel, qui retombaient sur ses yeux. Un garçon maigre, grand, et très malheureux. Mais elle se tut. La femme acquiesça comme si elle avait à moitié compris. Puis elle effleura le bras de Tamar, lui fit un vrai sourire et s'en alla. Tamar resta seule, encore plus seule qu'auparavant.

Un groupe de jeunes vint s'asseoir assez près d'elle. Ils avaient des canettes de bière et étaient tous vêtus de maillots de corps légers. Comment faisaient-ils pour ne pas avoir froid. Un jeune garçon massif et robuste s'approcha d'eux.

– Salut, mon frère.
– Quoi de neuf, mon frère.
– Ça va. Je cherche du shit.
– Y en a chez l'Arabe, à côté du billard.

Ils se tapent main contre main, se penchent pour s'embrasser, les mains donnent deux tapes dans le dos. Tamar regarda et le grava dans sa mémoire. Il vivait sans doute depuis un an avec ces gestes, c'est ainsi qu'il parlait. Quelle langue allait-il lui parler. Comment allait-il se comporter avec elle.

Pourquoi n'allait-elle pas rejoindre un des groupes. Pourquoi restait-elle ainsi paralysée, à l'écart, dans la partie la plus reculée de la place. Selon ses plans, il était temps d'aller rejoindre un groupe ou l'autre et, à travers eux, d'atteindre l'endroit souhaité. Ça paraissait si simple de l'extérieur. Surtout pour les filles. Il suffisait de traîner un peu dans le coin, de se faire remarquer, puis on parlait, on riait un peu, on flirtait, on tirait quelques taffes ensemble et c'était fait, on était pris dans le cercle, on dormait dans leur planque, dans un jardin public ou sur un des toits.

Mais ce n'était pas encore arrivé. Du moins pas aujourd'hui. Peut-être demain. Ou jamais. Elle était encore incapable d'aller les rejoindre. Elle remonta les genoux contre le ventre. Les pensées se chevauchaient, éperonnaient, heurtaient les points douloureux. C'était peut-être sa crainte des étrangers, lui chuchotèrent ses pensées, toujours cette maudite difficulté à se lier, à se mêler aux autres, à négocier une langue commune. «Tu peux appeler ça du snobisme, murmura-t-elle dans la fourrure de Dinka, mais la vérité est que c'est une espèce de malheur. Tu crois que je n'en ai pas envie ? Mais c'est comme ça qu'on m'a faite, je n'arrive à m'attacher à personne. Tu vois bien. Comme s'il me manquait cette partie de l'âme qui s'emboîte à l'autre dans un jeu de Lego. Mais qui s'emboîte vraiment. Chez moi, tout finit par se défaire. Retour à la case départ. Famille, amis, et tout le reste.»

L'homme aux pommes rouges enrobées de sucre passa pour la dixième fois devant elle et lui en proposa une. Sans se décourager. Un vieil homme avec une calotte et un sourire fatigué. «Prends, ça ne coûte que trois shekels et c'est bon pour la santé.» Elle dit merci, mais n'en prit pas. Il s'attarda un instant et la regarda. Que voyait-il, que voyaient les autres, une fille tondue, en salopette, sac à dos, un grand magnétophone et une chienne. Près des poubelles, le casino s'animait : un homme maigre, en pantalon de pêcheur et jambes arquées de marin, avait retourné une boîte en carton sur les poubelles et agitait des dés dans un verre en plastique jetable : «Qui met le paquet sur le sept ? qui veut tripler sur le sept ?», elle se retranchait de plus en plus dans sa solitude. Tu n'appartiens plus à aucun lieu, se dit-elle pour se faire mal, ni à la maison, ni à la chorale, ni à tes amis les plus proches, bientôt tu

disparaîtras et personne ne le ressentira. Non, ne pas aborder ce sujet en ce moment. Écoute, Dinkouche, je ne dis
pas qu'il ne fallait pas qu'ils partent en Italie à cause de
moi, ce n'est pas ça, qu'auraient-ils pu faire s'ils étaient
restés ici ? Elle gloussa à l'idée de voir Idan assis sur les
rampes de fer de la place, donner une tape dans le dos :
« Hé, mon frère, hé man », mais la manière dont ils se sont
comportés, dès que j'ai essayé de leur en raconter un bout,
et brusquement tous les deux...

Ils m'ont effacée. C'étaient les mots qu'elle étouffa dans
son gosier. Les hassidim de Bratslav changèrent de cassette. C'était maintenant une musique de transe qu'ils
dansaient comme des boucs sauvages, en lançant dans
toutes les directions les bras, les jambes et la barbe. Le
rythme faisait vibrer le sol sur lequel elle était assise. La
place se mit à tournoyer. Quelques filles et garçons se joignirent à la danse. Ils parlaient cette musique. Elle essaya
de se rappeler le petit cours que lui avait fait le vieil albi-
nos – il avait au moins quarante ans – qu'elle avait rencontré, deux semaines plus tôt, au « Sous-marin » : « la
transe ça marche avec les chimiques, avec le LSD, tu vois
ce que je veux dire », sa chemise ouverte jusqu'au nombril
dénudait un torse lisse et rouge, comme s'il avait été
échaudé, « house music, ça marche avec l'ecstasy, c'est
pour un public plus class, plus chichiteux, et la techno, ça
va avec... », elle ne savait plus avec quoi allait la techno,
mais elle se souvenait surtout de sa main spongieuse couverte de bagues en argent, qui se voulait *freak* et s'obstinait à vouloir grimper vers sa cuisse.

Les enfants des hassidim de Bratslav couraient tout excités parmi les danseurs. Une fille s'approcha de Tamar et
s'assit à côté d'elle en tailleur, sans rien dire. Elle portait un
jean, un pull blanc tricoté maison, mais des tennis déchirés
et ses pupilles étaient dilatées. Tamar attendait. Et si c'était
elle ? C'était peut-être le moment. « Tu permets ? » finit par
dire la fille d'une voix fine, elle caressa Dinka, et Tamar sut
aussitôt qu'elle ne faisait pas partie d'*eux*. Elle caressa lon-

guement Dinka, aspira son odeur, émit de petits roucoule-
ments et s'enroula à la chienne pendant quelques minutes
sans parler. Puis elle se leva péniblement et dit «merci» à
Tamar. Ses yeux brillaient, c'étaient peut-être des larmes
ou de la joie. Elle fit quelques pas, puis revint en arrière :
«Moi, une fois, j'ai fait le trottoir pour sortir mon chien du
chenil – elle parlait d'une voix lente, enfantine, en étirant
les syllabes –, je me suis fait cent balles, je suis allée le
chercher à Shouafat, une semaine plus tard on me l'a
écrasé. Comme ça. Sous mes yeux.» Elle s'éloigna.

Tamar serra anxieusement Dinka contre elle. Elle était
incapable de rester un instant de plus dans cet endroit. Elle
se leva et se mit à marcher lentement et, une fois arrivée au
centre de la place, s'immobilisa un instant de manière à se
faire remarquer. Ça arriverait maintenant, peut-être. Quelqu'un s'approcherait d'elle et lui dirait de le suivre. Elle
ne demanderait rien, ne discuterait pas et le suivrait docilement vers ce qui l'attendait. La place grouillait de monde,
mais personne ne s'approcha. Près de la rampe de fer se
tenait un garçon aux cheveux bouclés, légèrement voûté, il
marmonnait tout seul, c'était le guitariste d'autrefois
auquel on avait brisé les doigts. Elle se souvenait de lui du
temps où il était accompagnateur à des récitals de l'acadé-
mie de musique. Maintenant, il venait là presque tous les
soirs et traînait autour des groupes. Selon la rumeur, il y a
un an et demi, il était le chouchou de l'endroit où elle voulait arriver, un excellent musicien qui remplissait leurs
caisses, mais il avait voulu faire le malin et s'était enfui. Il
sentit le regard de Tamar sur lui et s'en alla, les épaules
remontées jusqu'aux oreilles, elle gémit en silence à l'idée
que c'était sans doute Shaï qui avait pris sa place.

Elle quitta le cercle bruyant et lumineux de la place, et
respira profondément. Dans une cour où on avait entreposé des échafaudages, elle s'accroupit et urina. Dinka
montait la garde. Elle renifla les vapeurs chaudes qui
s'échappaient d'entre ses jambes. La lune projetait une
lumière blanche sur les planches et la tôle des poubelles.

Le bruit de la place arrivait jusque-là. Elle se releva, se rhabilla et se laissa aller un instant à l'étrangeté de l'endroit. La machine à couper le fer et la bétonnière ressemblaient à deux insectes géants. Comment une poltronne comme moi peut-elle faire ce que je fais, se demanda-t-elle, ébahie.

Elle n'avait qu'une envie, se coucher et dormir. Disparaître à ses propres yeux. Si seulement elle avait un endroit où se laver, se nettoyer de cette journée. Elle hésita un instant : Léah lui avait préparé un coin avec des gâteries, un délicieux plat chaud, du chocolat, sûrement une lettre amusante et un dessin de Noykou. Des choses qui lui rendraient sa forme humaine. Mais elle avait décidé de ne pas y aller. Il fallait que tout soit fait par elle. Pourquoi ? C'était comme ça. Que disait Théo : n'interroge pas ce qui te dépasse. Elle accéléra le pas, ses lèvres remuaient, elle discutait avec Théo : explique-moi pourquoi tu ne veux pas aller dans le dépôt de Léah ? Je ne sais pas. Pour ne pas la mettre en danger ? Pas de réponse. Ou pour te prouver que tu ne peux faire confiance à personne d'autre qu'à toi-même ?

Elle traversa la rue King George et fit le tour du grand immeuble décrépi où se trouvait le bureau de son père. La rue était déserte, elle marchait comme un robot. Elle entra, descendit les marches qui menaient au sous-sol et trouva la clé qu'elle avait cachée au-dessus du montant. Elle ouvrit la porte de fer derrière laquelle l'attendaient un mince matelas, une couverture, et ce qu'elle avait rapporté la semaine précédente : l'ourson brun à l'oreille arrachée avec lequel elle dormait depuis sa naissance.

Une clé tourna dans la serrure, Assaf se releva d'un bond et se rassit sur le banc. L'inspecteur entra et eut le temps de le voir bondir avec effroi, Assaf se sentit aussitôt

coupable. Il était accompagné d'une jeune femme en uni-
forme qui se présenta : elle s'appelait Sigal ou Sigalit, une
inspectrice spécialisée dans l'interrogatoire des jeunes.
Elle demanda à Assaf s'il souhaitait avoir un proche à ses
côtés pendant l'interrogatoire et l'adolescent, pris de
panique, cria presque non.

« Alors, nous allons commencer », dit-elle avec une
sorte de douceur. Elle consulta le dossier ouvert devant
elle, lui posa quelques questions d'ordre général, inscrivit
ses réponses et l'informa en détail sur ses droits. Ses
phrases étaient ponctuées d'un sourire pointu, et Assaf se
demanda si elle avait reçu cette consigne.

L'inspecteur, qui affichait une moue ouvertement dédai-
gneuse devant les minauderies de la policière, s'assit
bruyamment de l'autre côté de la table, allongea les jambes
et rentra les pouces dans sa ceinture :

– *Yallah*, rugit-il, déverse ton sac, qui sont les trafi-
quants, les dealers, la quantité, la marchandise, les noms,
les destinataires, je veux tout, sans détours, tu m'entends ?

Assaf regarda la femme. Il ne comprenait rien.

– Réponds-lui, s'il te plaît, dit-elle en allumant une cigarette, prête à inscrire dans le dossier ce qu'il allait dire.

– Mais qu'est-ce que j'ai fait ? demanda Assaf d'une
voix pleurnicharde dont il eut honte.

– Écoute-moi, espèce de petit morpi…

Mais la femme se racla la gorge, le policier passa la
langue sur sa lèvre supérieure et serra les mâchoires.

– Écoute-moi bien, reprit-il au bout d'un moment, ça
fait sept ans que je suis dans le métier, et tout le monde le
sait, j'ai une mémoire photographique. Ton chien puant,
je l'ai repéré il y a un mois, il suivait une fille de quinze
ou seize ans, cheveux bouclés, noirs, abondants, taille un
mètre soixante environ, une jolie petite bouille.

Il s'adressait surtout à l'inspectrice, pour l'impressionner avec sa mémoire.

– Je la tenais, la main dans le sac, en train d'acheter
chez le nain de la place Tsion, et si ce putain de chien…

Raclement de gorge, lèvres léchées, inspiration.

– Regarde bien, maintenant…

Il retroussa son pantalon et dénuda un mollet musclé et poilu sur lequel on distinguait des traces de morsure, de points de suture et d'iode.

– Jusqu'à l'os. On m'a fait dix points de suture à cause de ce clébard de merde, à cause de ton chien puant.

Dinka émit un aboiement de protestation.

– Ta gueule, puanteur, lança l'inspecteur.

– Mais qu'est-ce que j'ai fait ? demanda de nouveau Assaf.

Soudain, il n'était plus du tout concentré : un mètre soixante ? Elle lui arrivait à l'épaule, cheveux noirs, bouclés, une jolie bouille.

– Qu'est-ce que j'ai fait ? l'imita l'inspecteur en lui assénant une gifle. Tu ne vas pas tarder à savoir ce que tu as fait : ou plutôt vous, toi, elle et le chien. Vous êtes comme ça ensemble !

Le policier croisa ensemble trois doigts :

– Tu nous prends pour des imbéciles ? Tu vas nous donner son nom immédiatement !

Il frappa la table de toutes ses forces, Assaf fit un bond.

– Je ne sais pas.

– Tu ne sais pas, hein ?

L'inspecteur se leva et se mit à arpenter la pièce en tournant autour de lui, Assaf le suivait du regard.

– Comme ça, tu marchais dans la rue, tu as vu un grand chien de luxe, et il a accepté de te suivre ?

Il se jeta sur Assaf, le saisit au collet et le secoua :

– Vas-tu parler, nom d'un chi…

– Motti ! cria la femme.

L'inspecteur le lâcha, lui lança un coup d'œil amer et ravala sa colère qu'on sentait bouillir à l'intérieur.

– Écoute, Assaf, dit la femme d'une voix surfaite, si tu n'as vraiment rien fait, pourquoi tu t'es enfui ?

– Je ne me suis pas enfui. Je ne savais même pas qu'il me courait après.

Motti émit un rire sifflant :

— Je cours après lui dans la moitié de la ville, et il me dit qu'il ne savait pas.

— Alors peut-être que tu pourrais nous raconter avec précision comment la fille t'a donné le chien, qu'en penses-tu, Assaf ? dit l'inspectrice en interrompant le détective qui bouillonnait.

— Elle ne me l'a pas donné. Je ne la connais même pas ! s'écria Assaf avec un tel cri du cœur que la femme plissa les lèvres dans une moue hésitante.

— Mais comment est-ce possible ? Dis-le-moi : tu m'as l'air d'un garçon raisonnable. Tu ne vas tout de même pas nous faire croire que ce chien est venu te voir et t'a laissé lui passer la corde au cou ? Tu crois qu'il aurait fait ça avec moi ? Ou avec Motti ?

Elle fit un petit geste en direction de Dinka qui se mit à gronder furieusement.

— Tu vois ? Mieux vaut que tu dises la vérité.

La vérité ! Comment n'y avait-il pas pensé ? C'était à cause des menottes, de la peur, de l'humiliation. Et surtout à cause de ce sentiment familier d'être puni pour une raison confuse, même s'il n'était pas coupable, pour une chose qu'il avait sans doute faite, et dont le moment était venu de l'expier…

— Dans la poche de ma chemise, dit-il d'une voix étranglée, dans la poche de ma chemise, il y a un papier. Regardez-le.

Elle consulta le policier qui lui donna son accord d'un signe de tête, fouilla dans la poche et trouva le papier.

— Qu'est-ce que c'est ?

Elle lut, relut, puis le tendit au détective.

— Qu'est-ce que c'est ?

— Le formulaire 76, dit Assaf en puisant de la force dans les mots. Je travaille à la mairie pendant les vacances. On a trouvé ce chien, il fallait que je cherche ses maîtres.

La femme se tourna vers Motti qui se mordait énergiquement les lèvres.

– Appelle la mairie, sur ce téléphone ! lui ordonna-t-elle.

Assaf leur donna le numéro et le nom d'Avram Danokh. Il y eut un silence, puis on entendit la voix aiguë de Danokh dans le récepteur.

L'inspecteur dit qu'il était de la police de Jérusalem, qu'ils avaient arrêté Assaf qui traînait avec le chien au centre-ville. Danokh émit son rire amer et réservé, puis il dit quelques mots incompréhensibles. Motti écouta, siffla un « merci », raccrocha et se mit à fixer le mur, les lèvres serrées, l'air furieux.

– Alors, qu'est-ce que tu attends ? s'impatienta la policière. Libère-le !

Motti fit pivoter d'un geste brusque Assaf qui entendit dans son dos le cliquetis tant espéré des menottes qu'on défaisait.

Il se frotta les poignets comme dans les films, en comprenant enfin la raison de ce geste.

– Un instant, dit Motti. Tu as trouvé quelqu'un qui la connaît ?

– Non.

Assaf mentait avec légèreté. Quel que fût son délit, il n'avait aucune intention de la trahir.

– Nous sommes vraiment désolés de ce malentendu, dit la policière sans le regarder. Tu veux peut-être boire quelque chose ? Ou téléphoner à quelqu'un ? A tes parents ?

– Non… ah… oui, je voudrais téléphoner à quelqu'un.

– Vas-y, il faut faire le neuf, dit-elle, cette fois avec un vrai sourire.

Assaf composa un numéro. L'inspecteur et la femme chuchotaient à l'écart. Dinka s'approcha d'Assaf, la tête contre sa jambe. Il la caressa de sa main libre.

A l'autre bout du fil, quelqu'un décrocha.

– Allô, cria la voix.

– Rhinocéros ? cria Assaf.

L'inspecteur sortit, la policière regarda le mur comme si elle n'écoutait pas.

– Qui c'est ? Assaf, c'est toi ? cria Rhinocéros par-
dessus le bruit des machines. Comment ça va, mec ?

C'est à ce moment-là, en s'entendant appeler « mec »
qu'Assaf faillit craquer.

– Hé, Assaf, on n'entend rien ! Assaf ! Tu es là ?

– Rhinocéros, je… je suis… écoute, il est arrivé un
truc… il faut qu'on parle.

– Attends un instant.

Assaf l'entendit crier à Rami d'interrompre l'affiloir.

– Où es-tu ? demanda Rhinocéros.

– Au commiss… peu importe. Il faut que je te voie. Tu
peux venir chez Sima ?

– Maintenant ? Mais j'ai déjà mangé pour midi.

– Pas moi.

– Attends. Je vais voir.

Assaf l'entendit donner des ordres aux ouvriers. Apparemment Rhinocéros était pressé, c'était un jour de cou-
lage. Assaf écouta et sourit. Une tête de Herzl, une femme
sur un cygne, trois grands bouddhas, six statuettes pour
l'Oscar israélien.

– OK, lui dit Rhinocéros. T'en fais pas, je suis là dans
un quart d'heure. Fais pas de bêtises, j'arrive.

La grosse pierre qui pesait sur le cœur d'Assaf se
déplaça un peu.

– C'est ton copain ? demanda affectueusement la femme.

– Oui… pas vraiment. Le copain de ma sœur. Peu
importe.

Il n'avait pas envie de lui raconter toute l'histoire. Elle
le raccompagna, et lorsqu'il passa en homme libre et innocent devant les policiers et les gradés, Assaf apprécia la
différence.

– Dis-moi, lui dit la femme juste avant de le laisser partir, l'inspecteur a dit que la bande en question faisait des
affaires. C'est juste par curiosité, tu as une idée de ce
qu'ils font ?

Elle serra contre elle le dossier en carton, regarda à
gauche, à droite, puis se tut. Maintenant qu'il était libre,

Assaf remarqua qu'elle était belle. Après tout, ce n'était pas de sa faute, elle faisait son métier.

– Je ne sais pas si je dois le dire, finit-elle par avouer avec un sourire d'excuse.

– Ça m'importe, dit Assaf doucement et fermement. J'aimerais savoir de quoi il me suspectait.

Elle fixa le bout pointu de ses chaussures noires, puis finit par dire :

– C'est lié à la drogue. Elle a acheté de la drogue au centre-ville. Apparemment, une quantité importante. Mais tu ne sais rien, OK ?

Elle lui tourna le dos et partit.

Assaf passa devant la guérite du planton et descendit dans la direction de la rue Jaffa. Il marchait lentement, au rythme de pensées lentes. Tout était immobile et figé : la course du matin, l'histoire de Théodora, les petites émotions, les minces espoirs qui s'étaient éveillés en lui. Toutes ses stupides illusions. C'était comme s'il avait reçu un coup de poing en plein ventre. Des fois, la même chose lui arrivait lorsqu'il prenait des photos : il photographiait un homme assis sur un banc, sans remarquer qu'au loin, derrière lui, se dressait un poteau électrique. Et ce n'est qu'en développant la photo qu'il voyait un énorme poteau surgir de la tête de l'homme.

Dinka s'approcha de lui et se frotta prudemment contre son genou. « Dinka, lui dit-il doucement, pour que personne d'autre ne l'entende. Quel rapport entre elle et tout ça... Pourquoi est-ce qu'elle s'occupe de... ? »

Les mots lui serraient la gorge. Il envoya de toutes ses forces un coup de pied dans une canette de bière vide. Dans sa classe, les fumeurs étaient nombreux, on en avait surpris cinq en train de fumer des pétards dans les toilettes. Des rumeurs couraient aussi sur ceux qui savaient ne pas se faire prendre ; ceux qui allaient à des rave parties dans la forêt de Ben Shemen ou sur la plage de Nitzanim, qui parlaient avec des mots nouveaux, Assaf avait l'impression que plus ou moins tout le monde y avait goûté.

Peut-être même Roy qui fumait depuis deux ans. Mais Assaf n'aimait pas les rumeurs, il faisait toujours la sourde oreille, il n'aimait pas l'idée que cela puisse arriver à des copains d'enfance. Et voilà que cette Tamar aussi qu'il ne connaissait pas, ou si peu.

Dinka marchait tête basse, la queue entre les jambes. A les voir ainsi sur le bord de la chaussée, on eût dit deux orphelins. La corde traînait par terre entre eux. Assaf écarta les doigts et la laissa tomber, Dinka s'arrêta, effrayée et surprise par l'intention sous-jacente, et Assaf se baissa aussitôt et ramassa la corde.

Le pas traînant, il se dirigea vers le restaurant Sima. En chemin, il essaya d'imaginer cette Tamar debout sur son tonneau, en train de raconter «Le potager du géant». Mais plus il s'efforçait de la comprendre, plus il la sentait devenir une énigme, et moins il voulait avoir affaire à elle.

Cette pensée l'attrista. Peut-être à cause du regard de Dinka au moment où il avait lâché la corde. S'il laissait tomber toute cette histoire, retournait à la mairie, remettait Dinka dans le chenil, racontait à Danokh qu'il avait essuyé des coups, s'était même fait arrêter, s'il disait qu'il en avait assez de tout ça, qu'il renonçait à tout, non seulement il ratait l'occasion de rencontrer cette Tamar, mais d'une certaine manière ne l'abandonnait-il pas?

Rien ne se passa le deuxième jour non plus. Elle chanta trois fois dans la rue piétonne, une fois devant l'entrée du bâtiment Klal, et deux fois sur la place Tsion, presque riante pendant le jour. Des visages commencèrent à émerger de la foule : des commerçants qu'elle connaissait déjà ; le marchand de jus de fruits qui lui offrit un grand verre de pêche-mangue, parce que les fruits devenaient plus juteux quand elle chantait ; les soldates qui patrouillaient lui sourirent, le Russe à l'accordéon vint lui raconter son histoire et la supplia d'attendre qu'il ait fini de jouer pour commencer à chanter, sans quoi elle lui prenait son gagne-pain.

Au bout d'une douzaine de spectacles, elle savait non seulement comment chanter mais aussi que chanter. *I am sixteen, going on seventeen* de *Sound of Music*, qu'elle trouvait plutôt guimauve, recueillait des applaudissements et des pièces de monnaie. Idem pour une vieille et belle chanson de Peter, Paul et Mary, *Leaving on a jet plane*. Alors elle les chantait souvent en les faisant alterner avec d'autres chansons qu'elle préférait. En revanche, lors-qu'elle osa chanter l'air de Barbarina des *Noces de Figaro*, une de ses meilleures auditions, certains se disper-sèrent, d'autres lui rirent au nez, et quelques adolescents se mirent à la singer dans le dos. Elle persévéra jusqu'au bout, vit les gens se détacher du groupe : comme les rai-sins d'une grappe, et chaque départ lui pinça le cœur comme si elle n'était pas assez bonne pour eux ! C'étaient des moments où elle avait de vives altercations avec elle-même (ou plutôt avec Idan), fallait-il rester à tout prix fidèle à elle-même, ou s'adapter au goût du public – « se soumettre à la populace » corrigeait Idan – et elle décida qu'au nom de sa mission elle avait le droit d'être plus souple et même, pourquoi pas, d'éprouver du plaisir.

Le soir, elle dormit de nouveau dans l'abri. Cette fois, elle se laissa presque tenter par le dépôt de Léah qui lui fit l'effet d'un palais plein de mets raffinés, de cascades d'eau pour se laver et de draps de soie pour y dormir. Mais il y avait une chance infime que son prédateur soit sur ses traces, ou du moins un de ses émissaires. Ils l'avaient sans doute vue chanter le matin et en avaient informé le patron qui leur avait dit de vérifier qui elle était, avec qui elle parlait ou traînait, et si elle n'était pas de la police.

C'est pourquoi elle retourna dormir pour la deuxième fois dans l'abri puant et grouillant de cancrelats. Elle resta longtemps éveillée et songeuse, parcourut de ville en ville la carte d'Italie, compta les jours sur les doigts et décida que le lendemain serait son jour. Elle écouta le frottement des pattes minuscules sur les murs et le plancher et se dit avec amertume qu'il y avait dans la vie des moments où on était irrémédiablement seul. Et elle resta ainsi sans fermer l'œil jusqu'au petit matin.

– L'abandonner ? rugit Rhinocéros, la bouche pleine. Ça veut dire quoi, l'abandonner ? Tu ne la connais même pas !

– Je la connais un peu…

Assaf piqua du nez dans son assiette pleine de légumes farcis pour que Rhinocéros ne le voie pas changer de couleur.

– Incroyable, il suffit que tes parents aient le dos tourné pour que tu commences aussitôt à draguer des filles.

– C'est pas vrai !

Les gens de la table à côté cessèrent un instant de parler politique et les regardèrent.

– C'est pas vrai ! chuchota de nouveau Assaf avec colère.

Rhinocéros s'adossa en arrière et observa longuement Assaf d'un regard admiratif.

– Dis donc, Assaf, tu vas pouvoir bientôt te raser.

– Mais non, dit Assaf en effleurant le duvet qui lui couvrait la joue. J'ai encore le temps.

– Bon, qu'est-ce qu'on fait ? demanda Rhinocéros en commençant à manger ses brochettes.

Assaf le regarda manger, pensa à la théorie de Rély selon laquelle il était inutile d'ingurgiter plus de six bouchées par repas, après quoi l'estomac était plein et le reste pure gourmandise superflue. A voir Rhinocéros descendre joyeusement un deuxième repas de midi, Assaf eut des doutes sur cette théorie.

– Je vais continuer à marcher avec la chienne et nous finirons peut-être par la trouver.

– Mais c'est une fille qui se drogue.

Rhinocéros a une grosse voix. Il pose chaque mot comme un sac de ciment.

– Je sais, mais…

– Et c'est pas une fille qui tire une taffe ici et là…

– Oui, mais…

– C'est une fille qui achète en ville, chez un dealer. T'as dit que c'étaient des cachets ?

– J'en sais rien, comment veux-tu que je sache ? J'y connais rien.

– Que vas-tu faire quand tu vas la retrouver ? Tu vas lui dire d'arrêter et elle va arrêter ?

– Je n'ai pas pensé à tout ça ! dit Assaf pour s'esquiver. Je veux juste lui donner le chien. Ça fait partie de mon boulot, non ?

Il essaya de paraître sérieux, n'y parvint pas, Dinka était couchée à leurs pieds, la langue pendante, les yeux fixés sur eux, le regard tendu allant de l'un à l'autre.

– Écoute, dit Rhinocéros en se penchant en avant avec un quart de pita à la main. Dans mon atelier, il y en a deux qui s'en sont sortis. Tu sais ce que ça veut dire, « qui s'en sont sortis » ? Ça veut dire qu'ils s'y sont repris à trois fois au moins. A chaque fois avec des complications, des périodes de sevrage, la police, les institutions, et je ne peux pas dire qu'ils sont tirés d'affaire à cent pour cent.

Le quart de pita suivait les gestes de persuasion de la main. Assaf se frotta les tempes. Il avait chaud. Rhinocéros avait raison. Il fallait tirer son épingle du jeu. Mais la fille sur son tonneau. Comment renoncer à elle ?

– Écoute-moi, Assaf, oublie-la, arrête de rêver. Quand on est drogué, on met du temps à s'en défaire, tu ne connais pas tout ça.

Rhinocéros posa la pita et sa fourchette et frotta ses grosses mains.

– Les histoires de drogue, je connais ça depuis mon enfance. Chez nous, dans le quartier, la moitié des gens en prenaient régulièrement. Être en manque, tu sais ce que c'est ?

– J'en ai entendu parler, mais je ne sais pas vraiment.

Assaf était découragé par ce que lui disait son copain, et surtout par un discours auquel il n'était pas habitué. Rhinocéros parlait peu dans la vie. Il défit sa ceinture pour faire place au repas et inspira profondément :

– La crise, c'est ce qui se passe les premiers jours du sevrage, quand le corps crie de douleur parce qu'il n'a pas eu sa dose.

Le buste penché en avant, les yeux plissés, il parlait doucement :

– C'est comme si on te laissait sans manger ni boire pendant un mois, ça te déchire carrément de l'intérieur. Tu ne les as jamais vus devenir gris, trempés de sueur, bras et jambes tétanisés ?

Pendant tout le temps où Rhinocéros parlait, Assaf hochait la tête comme pour nier ou éloigner de lui tout ce qu'il entendait.

– Tu piges maintenant, t'es d'accord pour laisser tomber ?

Assaf but de grandes gorgées de Coca. Il reposa le verre sans regarder Rhinocéros. Il lui était absolument impossible d'arriver à dire le mot.

Rhinocéros le regarda :

– J'ai compris, dit-il en poussant un soupir, il y a des complications.

Il mordilla une bouchée et s'arrêta. Entre ses gros doigts, la fourchette ressemblait à celle d'un enfant. La mère d'Assaf, qui était une spécialiste des doigts, disait de Rhinocéros qu'il avait les doigts les plus virils qu'elle connaisse.

– Et toi, tu as déjà pris de la drogue ? osa demander Assaf.

– Jamais de ma vie, dit Rhinocéros en s'adossant à la chaise qui grinça. J'en étais à un doigt, mais je n'en ai jamais pris. Moi, j'étais accro à autre chose, tu le sais bien.

Et il raconta pour la centième fois, mais c'était une histoire familière et apaisante, comment quand il avait six ans, il allait à la synagogue avec son père, s'enfuyait aussitôt, courait jusqu'à l'arbre qui était à côté du patronage anglican, le YMCA, grimpait dessus et y restait de neuf heures du matin jusqu'au commencement de la partie de foot, à deux heures et demie.

– Je suivais la partie, revenais à la maison, mon père me rossait et j'attendais le samedi suivant pour recommencer.

Assaf l'imagina entre les branches de l'arbre, petit, excité et impatient, il sourit.

– Quand j'y repense aujourd'hui, dit Rhinocéros en riant, ce n'est pas tant la partie qui m'intéressait que l'attente. Je restais là pendant cinq heures à me dire ça va pas tarder, bientôt ça va être l'heure, la drogue c'était ça pour moi. Aussitôt après la partie, je me sentais vidé, jusqu'à la semaine suivante. Mais pourquoi je parle de tout ça ?

– Comme ça, dit Assaf en souriant.

– Bon, ça suffit. Je te tombe dessus comme le type qui t'a passé les menottes. T'as eu ta dose pour la journée.

Assaf sentit que son ami changeait de tactique. Ils se remirent à manger en silence. Assaf finit tout ce qu'il avait dans son assiette. Peu à peu, la polémique s'apaisa, ils se regardèrent, rassasiés et repus, puis sourirent. En général, les choses se réglaient entre eux en silence.

– Alors, que racontent les vieux ? demanda Rhinocéros.

Assaf dit qu'ils n'avaient pas appelé la veille, mais qu'ils appelleraient sûrement aujourd'hui.

– Je voulais savoir si ta mère s'était débrouillée avec…

– … la porte des toilettes de l'avion, acheva Assaf.

Et tous deux rirent. Elle s'était exercée à la maison avec la poignée du lave-vaisselle, Rhinocéros lui avait dit que c'était le même principe, et sa peur de rester bloquée dans les toilettes était devenue une blague familiale.

– Tu veux dire que tu n'as pas encore eu de leurs nouvelles, insista-t-il en regardant Assaf au fond des yeux.

– Non, vraiment pas.

– Ah !

Rhinocéros n'aimait pas l'idée de ce voyage. Il les sus-pectait de ne pas lui raconter toute la vérité.

– Et Rély, alors ? demanda-t-il d'un air faussement déta-ché.

– Je pense que tout va bien.

Assaf regrettait de ne plus avoir devant lui une assiette pleine dans laquelle enfouir son visage.

– Elle rentre avec eux ou non ?

– J'espère bien… je ne sais pas… peut-être.

Cette fois, Rhinocéros scrutait son visage pour y cher-cher des signes, mais Assaf n'avait rien à lui cacher. Lui-même craignait qu'on lui dissimule quelque chose à cause de son amitié pour Rhinocéros. Ses parents avaient trop facilement décidé de ne pas l'emmener en voyage, et de lui offrir en échange un Canon.

– Parce que moi, dit Rhinocéros en tirant voluptueuse-ment une bouffée sur la cigarette qu'il venait d'allumer, j'ai l'impression que…

– Mais non, se hâta Assaf, tu verras que ça ira…

Il se souvenait de l'époque où Rhinocéros avait arrêté de fumer parce que Rély le lui avait demandé. La cigarette était un autre mauvais signe.

– T'en fais pas. Ils vont y aller et lui parler. Elle va nous revenir.

Le « nous » désignait aussi Rhinocéros. Surtout lui.

– Elle a trouvé quelqu'un là-bas, dit-il en soufflant sa fumée, l'air abattu. Un Américain à la noix, et elle va res-ter là-bas. C'est moi qui te le dis. Ces choses-là, je les sens dans mes os.

– Pas elle, dit Assaf.

– Je me raconte des histoires.

Il écrasa rageusement la cigarette dont il n'avait fumé que le quart. A en juger par la quantité de paroles débitées pendant le repas, Assaf devina que son ami était d'une humeur inhabituelle. Il était soudain si vulnérable, si exposé et incapable de se protéger qu'Assaf en était gêné.

– Ça fait combien d'années que je me fais des illusions, dit doucement Rhinocéros, comme s'il prenait plaisir à se faire mal. Et dire que c'est ça l'amour.

Tous deux se turent, embarrassés. Assaf sentait le mot lancé par son ami le brûler à l'intérieur, peut-être parce qu'il n'avait jamais été prononcé entre eux.

Et brusquement il était là, il palpitait comme une créature vivante, un oisillon tombé du giron de Rhinocéros, et qu'il fallait recueillir.

– Cette fille, murmura Assaf presque inconsciemment, elle a une amie, une religieuse qui, depuis cinquante ans…

Puis il se tut, honteux de son manque de tact devant le chagrin de son ami.

– Tu verras qu'elle reviendra, répéta-t-il faiblement. Où va-t-elle trouver un homme comme toi ? Mes parents le disent aussi, tu le sais bien.

– Si ça ne dépendait que de tes parents…

Il hocha lentement la tête, s'étira, regarda tour à tour le plafond, les murs et soupira :

– Regarde, elle dort ta chienne.

En effet, Dinka dormait. Pendant tout le repas, Assaf l'avait gavée de frites et de brochettes. Les deux amis continuèrent de bavarder pour se distraire de ce qui les préoccupait. Rhinocéros raconta la nouvelle sculpture qu'il venait de couler le jour même, celle d'un célèbre sculpteur fou qui s'était fâché avec toutes les fonderies du pays, et même avec Rhinocéros ils en étaient arrivés aux mains, la même histoire se répétait avec chaque sculpture, mais l'année suivante il revenait avec une nouvelle œuvre et un sourire en coin, et Rhinocéros était incapable de lui refuser.

– C'est comme ça avec les artistes, dit-il en riant. C'est des gens sans Dieu. Ils ne reçoivent d'ordres que de l'intérieur. Alors, c'est même pas la peine de discuter.

Son rire s'effaça à l'idée que peut-être la bijouterie aussi était un art.

Les gens de la table à côté se levèrent.

– Café turc, monsieur Tsahi ? demanda le serveur.

Rhinocéros en commanda deux, et une fois les petites tasses arrivées :

– Non, dit-il, c'est pas comme ça. Il faut boire comme ça, et il aspira le café bruyamment.

Assaf l'imita, mais n'aspira que de l'air. Son ami sourit. Un sourire à faire fondre toutes les femmes, déclarait sa mère, sauf notre Rély qui reste de glace, cœur de pierre.

– Bon, qu'est-ce qu'on fait ? dit Rhinocéros en montrant le chien. Si je comprends bien, tu n'as pas l'intention de la laisser tomber ?

– Je vais traîner encore un peu jusqu'au soir, on verra bien.

– Et demain aussi, jusqu'à ce que tu la retrouves, hein ?

Assaf haussa les épaules. Pendant la guerre du Golfe, pour les distraire un peu durant les alertes nocturnes, Rhinocéros avait offert à Rély et à ses parents un puzzle de dix mille pièces qui représentait les Alpes suisses. Rély avait déclaré forfait dès le premier soir, deux jours plus tard la mère d'Assaf avait jeté l'éponge en disant : Plutôt les missiles de Saddam que cette torture suisse. Le père avait continué une semaine de plus, Rhinocéros un mois et il s'était arrêté sous prétexte qu'il commençait à confondre les couleurs, surtout les diverses nuances de bleus. Quant à Assaf, qui avait à peine huit ans à l'époque, il avait achevé le puzzle une semaine après la fin de la guerre.

– Écoute-moi, dit Rhinocéros en jouant avec son matricule militaire accroché au cou.

Les bords de son maillot de corps étaient verts, teintés par la poussière de bronze oxydé.

– J'aime pas l'idée de te voir traîner comme ça. S'il arrivait la moindre chose à un poil de ton crâne, tes parents m'arracheraient les yeux. J'ai raison ou non ?

– Oui, dit Assaf.

S'il lui arrivait quelque chose, Rhinocéros ne se le pardonnerait jamais.

– T'as eu de la chance d'avoir été arrêté par un flic sadique. La prochaine fois, ce sera peut-être pire.

– Mais il faut que je la retrouve, répéta Assaf, obstiné. Et il ajouta en silence :

– Il faut que je la trouve.

– Écoute ce qu'on va faire.

Rhinocéros tira de sa salopette tachée un marqueur rouge dont il se servait pour marquer les sculptures.

– Je marque le numéro de mon portable et ceux de la maison et du travail.

– Je connais ceux de la maison et du travail.

– C'est pour qu'ils soient tous ensemble. Écoute-moi bien, et ne me dis pas ensuite que tu n'avais pas compris : si tu as le moindre problème, si quelqu'un se jette sur toi, ou te suit pendant trois pas, ou si une tête ne te revient pas, va vite à la cabine téléphonique la plus proche. Promis ?

Assaf fit une grimace qui voulait dire « tu me prends pour un bébé ou quoi ? », mais il se laissa faire.

– T'as une carte téléphonique ?

– Mes parents m'en ont laissé cinq. Non, sept.

– Et sur toi, t'en as une ?

– Non, elles sont à la maison.

– Tiens. Ne me fais pas faire d'économies. Et maintenant, qui c'est qui paie le repas ?

– Comme d'habitude, non ?

Ils firent de la place sur la table et posèrent leurs coudes face à face. Assaf était robuste, il faisait tous les jours – en deux fois – cent vingt pompes et cent quarante abdominaux. Pendant quelques minutes, il grinça et gémit, mais impossible de se mesurer à Rhinocéros.

– C'est de plus en plus difficile, dit son ami, chevaleresque.

Et il paya l'addition. Puis ils se levèrent et partirent. Dinka marchait entre les deux, et Assaf éprouvait une sympathie secrète pour le trio qu'ils formaient avec le chien. Une fois sortis du restaurant, Rhinocéros mit soudain un genou à terre sur le trottoir sale, et regarda la chienne dans les yeux. Elle lui rendit son regard et le détourna aussitôt comme s'il était trop près.

– Si tu ne trouves pas la fille, tu peux m'apporter la chienne. Elle est intelligente. Elle va se trouver des copains chez moi dans la cour.

– Mais il y a le formulaire, l'amende…

– Mon œil. Tu veux que le vétérinaire de la mairie lui fasse une piqûre ?

Dinka allongea la langue et lui lécha le visage.

– Hé, doucement, nous venons seulement de faire connaissance.

Il enfourcha sa moto et mit son casque qui lui aplatit le visage.

– Où vas-tu, maintenant ? demanda-t-il à Assaf.

– Là où elle me conduira.

Rhinocéros le regarda et rit du fond du cœur.

– Que veux-tu que je te dise… quand j'entends une phrase pareille, j'en déduis que cette chienne a réussi là où tes parents et Rély ont échoué. A croire que le messie est arrivé !

Le moteur vrombit, la moto fit vibrer l'asphalte, il prit appui sur un pied, salua de la main et disparut.

Assaf et la chienne se retrouvèrent seuls.

– Bon, qu'est-ce qu'on fait, Dinka ?

Elle accompagna Rhinocéros du regard jusqu'à ce qu'il disparaisse, puis elle renifla l'air. Peut-être attendait-elle que les vapeurs d'essence se dissipent. Puis elle leva la tête et pointa le museau. Ses oreilles se dressèrent. Elle semblait viser un point au-delà des maisons qui entouraient la rue du marché. Assaf commençait à connaître son langage.

« Ouaf ! » fit-elle en s'élançant.

Au troisième jour, fatiguée, traînant le pas après une nuit sans sommeil dans l'abri, Tamar sortit dans la rue avant l'ouverture des bureaux de l'immeuble où elle se cachait. Elle acheta pour elle et Dinka un petit déjeuner qu'elles allèrent manger dans une cour déserte. A la vue de sa chienne dont la fourrure avait perdu son lustre, Tamar eut le cœur serré. Ma pauvre Dinkouche, je t'ai entraînée ici sans demander ton avis, regarde de quoi tu as l'air, si seulement je savais ce que je fais et où je vais.

Mais, une fois devant son auditoire, elle reprenait ses esprits.

Elle chanta dans la rue Luntz, les gens réunis autour d'elle ne la laissaient pas partir, ils la rappelaient encore et encore : de spectacle en spectacle, elle sentait se renforcer en elle cette envie de les entraîner à sa suite dès la première note. Mais aussitôt, elle entendait Idan et Adi s'écrier : une œuvre a besoin de mûrir, il n'y a pas d'art instantané ! Mais ils ne savaient pas de quoi ils parlaient, parce qu'il n'y avait dans la rue ni lustres ni tentures en velours, et personne n'attendrait qu'elle mûrisse : pour les passants, le trottoir était jalonné de tentations au moins aussi séduisantes qu'elle ; tous les vingt mètres, il y avait un violon, une flûte, des torches enflammées lancées en l'air, tous avaient au moins aussi soif qu'elle d'être écoutés, découverts, aimés ; il y avait aussi des centaines de commerçants, marchands ambulants, vendeurs de fallafels, de chawarmas, boutiquiers, saisonniers au marché, garçons de café, employés du Loto, mendiants qui, tous, criaient sans cesse dans un chuchotement désespéré et muet : « Venez chez moi, chez moi ! Rien que chez moi ! »

Dans la chorale aussi, il y avait de la compétition, des jalousies, la lutte pour les plus beaux airs, et chaque fois que la chef de chœur confiait un solo à quelqu'un, trois autres présentaient leur démission. Mais, comparé à la rue, c'était comme un jeu d'enfants, et la veille, à la vue des Irlandaises aux flûtes argentées et du cercle de spectateurs plus grand que le sien, elle avait eu un pincement de jalousie plus cuisant encore que ce jour où Atalia, une fille de la chorale, avait été admise à la Manhattan School of Music de New York.

Mais dans la rue, quand elle s'inclina avec grâce sous les yeux d'un public enthousiaste qui l'applaudissait chaleureusement, elle comprit qu'il fallait jouer le jeu, se battre pour son public, le séduire, être audacieuse, provocante, digne du lieu. Le trottoir était une arène où le combat était permanent, où la lutte pour l'existence était une affaire de chaque instant et, sous des apparences joyeuses, bigarrées, populaires, il fallait survivre, se libérer de sa sensibilité et agir comme un guérillero urbain. C'est pourquoi elle fit cinq grands pas, se planta au centre de la rue piétonne et adressa un clin d'œil secret à Halina qui lui reprochait toujours de ne pas avoir l'ambition nécessaire à tout artiste, de faire la fine bouche, de refuser de se battre pour sa place, et maintenant regardez-moi, au centre de l'univers, vous ne l'auriez pas cru, hein ?

Elle chanta *God bless the child* de Billie Holiday, d'une voix pure et riche acquise dans la rue, mais au moment où elle s'apprêtait à passer à la chanson suivante, l'accordéoniste russe entonna à tue-tête *Happy birthday to you*, les flûtistes irlandaises se joignirent à lui depuis le bas de la rue, le violoniste aveugle de la rue Luntz joua une pseudo-musique tzigane à laquelle répondirent les trois Paraguayens énigmatiques avec leurs instruments mélancoliques. Ils arrivèrent tous, l'entourèrent et jouèrent pour elle. Et elle, le cœur battant, oublieuse de toutes les consignes de prudence, sourit de bonheur au public qui l'entourait, aux visages étrangers qui soudain rayonnaient d'une sympathie vraie, au Russe qui lui faisait la révérence, et chassa loin d'elle les mauvaises pensées…

Après ce petit concert improvisé, elle ne chanta pas d'autre chanson, s'excusa auprès du public et écouta le Russe lui raconter ce qu'elle devinait déjà. Une femme était venue le voir la veille – grande, forte, avec plein de boutons sur le visage, c'est ça ? Elle a donné cinquante

shekels pour que nous jouer pour toi cette chanson aujour-
d'hui. Cinquante pour chaque, alors on ne pose pas de
questions, on joue. Il la regarda d'un air soucieux : qu'est-
ce que c'est, Tamarouchka, je n'ai pas bien joué ?

– C'était super, Léonid, extra.

Le monde était tout de même bon, du moins potentielle-
ment, tant qu'il y avait des êtres comme Léah.

Perdue dans ses pensées, elle arriva devant l'esplanade
du grand magasin Hamashbir. C'était un endroit où elle
n'aimait pas se produire : à cause de la circulation, des marchands ambulants, des manifestes à signer, du bruit des
autobus. Elle fit un tour, eut envie de rebrousser chemin et
de retourner dans la rue piétonne, mais quelque chose la
retint. Elle était soudain nerveuse, agitée. Peut-être à cause
de son anniversaire ou de remous intérieurs encore illi-
sibles. Elle était en colère contre Léah qui avait fêté son
anniversaire en pleine rue. Qu'arriverait-il si les choses se
compliquaient, si on essayait de savoir qui était la femme
aux cicatrices qui avait payé Léonid et les autres ? Elle marcha sans but, dans un état de colère croissante.

Elle décida à contrecœur de chanter une dernière chanson
et de s'en aller. C'est alors, au moment où elle s'y attendait
le moins, que la chose se produisit : elle qui s'était tant préparée à cet instant, qui l'avait guetté, avait fait mille sup-
positions sur l'identité de son prédateur, ne comprit rien
quand la chose arriva vraiment.

Elle avait fini de chanter et ramassait les pièces. L'auditoire s'était dispersé. Avec ce mélange bizarre de fierté et
de vacuité, elle se retrouvait seule dans la rue, après avoir
livré à des étrangers une part intime d'elle-même.

Un homme et une femme âgés qui étaient restés assis
sur un banc de pierre pendant tout le spectacle se levèrent
et s'approchèrent d'elle à pas lents. Ils se tenaient serrés
par le bras, l'homme s'appuyait sur la femme. Ils étaient
petits et portaient des vêtements trop épais pour une journée aussi chaude. La femme adressa un sourire édenté et
timide à Tamar, et lui dit : « On peut ? », Tamar dit oui sans

comprendre ce qu'on pouvait ou non. Elle était touchée par ce vieux couple serré l'un contre l'autre.

– Oïe, oïe ! comme tu chantes bien ! Comme à l'opéra ! Comme un chantre ! dit la femme en lui tapotant la joue, la poitrine gonflée d'émotion.

Elle caressa le bras de Tamar qui n'aimait pas se laisser toucher par des étrangers, mais qui se sentit émue par ce contact.

– Et Joseph, dit la femme en montrant son mari des yeux, il est presque sourd et aveugle, je suis ses yeux et ses oreilles, mais toi, il t'a très bien entendue, n'est-ce pas, Joseph ?

Elle le poussa un peu de l'épaule :

– N'est-ce pas que tu l'as entendue chanter ?

L'homme adressa à Tamar un sourire inexpressif que soulignait une moustache jaune.

– Excuse-moi de te poser la question, dit gentiment la dame, son visage grassouillet contre celui de Tamar. Mais est-ce que tes parents savent que tu es, comme ça, toute seule dans la rue ?

Tamar ne se méfiait toujours pas. Elle avait quitté la maison « parce que c'était un peu difficile », dit-elle en souriant comme pour s'excuser d'avoir à raconter des choses de la vie, des choses difficiles, à une femme si douce. « Mais je vais bien, ne vous en faites pas. » La vieille femme lui lança un regard pénétrant, elle saisit le poignet de Tamar avec une force inattendue pour cette main grassouillette, Tamar pensa en un éclair à la sorcière qui palpait le bras de Hans pour voir s'il avait bien grossi, mais l'image disparut aussitôt à la vue de la rondeur affectueuse du visage.

– Ce n'est pas bien, murmura la femme en jetant des coups d'œil rapides autour d'elle. Ce n'est pas bien, toute seule, comme ça. Il y a toute sorte de gens ici, il n'y a personne pour te protéger ? Et si on voulait voler ton argent ? Ou pire encore ?

– Je sais me débrouiller, madame, dit Tamar en riant.

Elle eut envie de partir, cette sollicitude lui pesait un peu, jouait sur ses cordes sensibles.

— Tu n'as pas des amis ou des frères pour veiller sur toi ? chuchota la femme. Où dors-tu la nuit ? Ça ne va pas comme ça !

C'est à ce moment précis que Tamar éprouva un premier doute, un léger tressaillement dans le ventre l'avertit de ne pas trop parler. Mais ces vieux avaient l'air si gentils, si innocents, elle eut tout de même un rire forcé, leur répéta de ne pas se faire de souci pour elle et s'apprêta à repartir. La vieille s'accrocha, Tamar s'étonna de la violence de ces doigts déformés, mangeait-elle à sa faim, elle était si maigre, pauvre chérie, la peau et les os, et Tamar, soudain vigilante à cause du «pauvre chérie», dit : «Je me débrouille, merci», la vieille se tut, et c'est alors que la chose tomba comme un couperet : «Dis, chérie, tu ne veux pas qu'on veille sur toi pendant que tu es ici ?»

Tamar avait déjà fait un pas, ils commençaient à être pesants. Mais ils s'approchèrent, la pressèrent, l'entourèrent, et cette dernière question était différente. Tamar s'arrêta et les regarda avec une profonde surprise, l'idée commençait à poindre dans son cerveau que ça y était, c'étaient eux, les émissaires du prédateur.

Impossible ! Elle rit de sa sottise, regarde-les donc, pauvres petits vieux. Pourtant, ils avaient posé la bonne question. Non, impossible, un papy et une mamie pleins de bonne volonté et de sollicitude, quel rapport auraient-ils avec cet homme si terrible.

— Attendez, je ne comprends pas, dit-elle en ouvrant les yeux encore plus grand que d'habitude.

Il lui fallait être lucide et vigilante. Ni trop effrayée ni trop enthousiaste. Seul son cœur la trahissait par ses battements perceptibles même au travers de la salopette.

— Parce que Joseph et moi, on connaît un très bon endroit, un endroit comme une maison où tu pourrais habiter, tu aurais de la bonne nourriture et de bons amis, un endroit toujours gai, n'est-ce pas, Joseph ?

– Quoi ? dit Joseph réveillé par les bourrades répétées de sa femme.

– N'est-ce pas qu'on mange bien chez nous ?

– Bien sûr, c'est très bon. C'est Hénia qui fait la cuisine, dit-il en montrant sa femme. Alors, la cuisine est bonne, il y a à boire, où dormir, tout est bon.

Tamar attendait. Quelque chose en elle refusait de croire. Ou avait peur de croire. Son regard les suppliait de lui prouver qu'elle se trompait. Parce que si c'était ça, s'ils étaient vraiment ses émissaires, tout allait commencer, elle n'aurait plus aucun pouvoir sur ce qui se passerait, et soudain elle n'en avait plus le courage.

– Alors ma cocotte, qu'est-ce que tu en penses ? demanda la femme, les lèvres tremblantes, avides.

– Je ne sais pas, articula Tamar. Où est-ce ? loin d'ici ?

– Ce n'est pas en Amérique, gloussa la vieille en agitant les mains. C'est ici, tout près. Mais nous allons prendre un taxi, ou bien quelqu'un nous conduira. Il suffit que tu dises oui ou non. Le reste, on s'en occupe.

– Mais je… je ne vous connais pas, dit Tamar en criant presque de peur.

– Il n'y a rien à connaître. Moi, c'est mamie et lui, c'est papy. Des vieux ! Et un fils, Pessah, qui est le directeur là-bas. Il est très bien, crois-moi ma cocotte, c'est un fils en or !

Tamar les regarda, désespérée. C'était ça. Le nom que Shaï lui avait dit quand il avait téléphoné de là-bas. Pessah. L'homme qui l'avait roué de coups, presque tué. La vieille continuait :

– Il a cet endroit, juste pour des enfants comme toi.

– Un endroit ? des enfants ? dit Tamar en feignant l'ignorance.

– Mais bien sûr ! Tu croyais, que tu serais seule ? Il y a là-bas des enfants qui sont des acteurs extra ! Ceux qui font de la gymnastique comme au cirque, et des musiciens avec des violons et des guitares, et un qui fait des spectacles sans parler, comme celui de la télévision, et un autre qui mange du feu, et une fille qui marche sur les mains, il y a de tout ! Tu auras des copains là-bas, ça va être joyeux du matin au soir !

– Ça a l'air sympa, dit Tamar en haussant les épaules, mais ses lèvres n'émirent aucun son.

– Alors, on y va ?

La bouche de la vieille tremblait, son visage était rouge d'impatience, on aurait dit une grosse araignée en train de tisser à la hâte sa toile autour de la pauvre fourmi qu'elle était.

La vieille passa le bras sous celui de Tamar et elles descendirent ensemble la rue piétonne. Elles marchaient lentement à cause de Joseph l'aveugle. La vieille parlait sans cesse, comme si elle essayait de submerger Tamar par un flot de paroles pour qu'elle ne comprenne pas ce qui se passait. Tamar sentait la plante de ses pieds brûler. C'était si facile de se détacher de ce bras et de partir. De s'en aller pour de bon et de n'avoir plus jamais à sentir cette peau froide et molle, de ne pas s'empêtrer dans la toile que cette femme tissait autour d'elle.

De ne jamais arriver dans cette maison dont elle cherchait le chemin depuis des mois.

Elle regarda autour d'elle avec chagrin, comme si jamais plus elle ne marcherait dans cette rue, ni ne verrait les magasins, les gens, la vie quotidienne.

– Le chien est indispensable ? caqueta la vieille, mécontente, quand elle comprit soudain que la grande chienne qui les suivait appartenait à Tamar.

– Oui, elle vient avec moi ! s'écria Tamar avec le secret espoir qu'on le lui interdise et qu'elle reparte avec Dinka.

– Le chien, c'est une femme, une femelle ? dit la vieille en faisant une moue. Et si elle tombe enceinte et fait des petits, ça va être du propre !

– Elle est… âgée, elle ne peut plus mettre bas, murmura tristement Tamar.

– Alors laisse-la ici, dit la femme sur un ton persuasif. Pourquoi t'encombrer d'elle, avoir à la nourrir, après elle va être malade et elle va contami…

– La chienne vient avec moi ! trancha Tamar.

Les yeux dans les yeux, elles s'affrontèrent un instant, et Tamar vit soudain ce qui se cachait sous les grands sourires et les plis grassouillets et maternels : un regard aigu, gris acier, mais la vieille baissa les yeux la première.

– T'as pas besoin de crier comme ça. Après tout, qu'est-ce que j'ai dit ? Quel culot de nous crier dessus alors que nous essayons de t'aider…

C'était ça, c'était bien ça.

Ils marchèrent encore quelques instants en silence. Une voiture bleue se mit à les suivre sans bruit, elle était sale et cabossée de toutes parts. Au début, Tamar ne remarqua rien. Puis elle se demanda pourquoi la Subaru roulait si près d'eux et sentit sa gorge se serrer d'épouvante. La voiture s'arrêta, la vieille regarda vite de part et d'autre.

Le conducteur, un jeune homme brun avec une ride profonde au milieu du front, sortit de la voiture. Il lança à Tamar un regard avide, méprisant, puis ouvrit la portière avant pour la vieille, comme s'il était un chauffeur de Rolls Royce. La vieille attendit que son mari se glisse sur la banquette arrière, puis elle poussa Tamar à l'intérieur.

– Tout droit chez Pessah, ordonna-t-elle.

Le conducteur desserra le frein à main et la voiture bondit vers son objectif. Tamar tourna la tête en arrière et vit la rue rétrécir derrière elle et se refermer en vitesse comme une fermeture Éclair.

*« Quand la musique
est bonne »*

L'homme corpulent, en maillot de corps noir et cure-dents au coin des lèvres, parlait dans deux téléphones à la fois. A celui qui était posé sur la table, il criait : « Je te l'ai répété cent fois, vérifie tous les matins dans le sac qui est à l'arrière de la voiture pour voir s'il a bien pris les couteaux ! », et à l'autre, qui était un portable, il disait : « Où veux-tu que je trouve une caisse de verre, où, dis-moi ? » Il leva la tête, aperçut Tamar et, sans la quitter des yeux, passa lentement le cure-dents du coin gauche au coin droit des lèvres.

Tamar était médusée, les mains agrippées aux coutures de sa salopette. Au cours de ces dernières semaines, elle avait rencontré une quantité de types douteux, louches, mais chaque fois qu'elle avait eu peur elle s'était dit qu'ils étaient un préambule à sa rencontre avec *lui* et qu'il valait mieux garder sa peur pour le moment décisif. Et maintenant, elle trouvait presque inoffensif cette espèce de gros nounours en sueur.

Il portait une grosse bague noire à un doigt, Tamar était fascinée par l'ongle griffu de l'auriculaire. La conversation qui l'avait conduite jusqu'ici s'était peut-être déroulée sur ce téléphone de table, dans cette pièce où des coups de poing avaient arraché le terrible cri.

Le vieux et la vieille, père et mère de l'homme, le serrèrent dans leurs bras et, pendant qu'il continuait de parler, ils lui montrèrent en souriant Tamar qu'ils encadraient de part et d'autre, comme si elle était une surprise, un cadeau

141

précieux acheté pour leur fils. Une fois assis, l'homme était plus grand qu'eux, son corps remplissait tout l'espace et paraissait ridicule devant Tamar qui était si menue. Son torse large arborait une chaîne en or où pendaient les prénoms de Méir et Ya'acov – sans doute ceux de ses enfants – et un objet qui ressemblait à une dent d'animal. Il reparla dans un des téléphones, «*Dir balak*, fais gaffe à comment il les balance, parce que l'autre jour, à Akko, il a coupé quelqu'un», et il hurla dans l'autre téléphone : «Cette folle, on ne peut pas la caser dans une caisse en bois ou un carton de supermarché?»

Dinka était couchée aux pieds de Tamar. Par moments elle se redressait, changeait de position, et finit par se lever, aux aguets. Tamar inspecta prudemment la pièce : à sa droite, une grande armoire métallique, des fenêtres grillagées, une pancarte déchirée qui avait glissé du mur : «T'as voulu te shooter, t'as shooté dans ta vie.» L'homme finit de parler en disant : «Je te préviens : fais gaffe à ce qu'il n'y ait personne derrière lui qui se reçoive un coup de couteau sur la tête.» Il avait une calvitie rouge pardevant, une longue natte par-derrière, et de grosses poches sous les yeux. Il reposa un des combinés, et Tamar vit des muscles gros comme des miches de pain se contracter sous la peau de ses bras. Puis il parla dans le deuxième téléphone : «Vous n'avez qu'à aller lui acheter un aquarium chez un marchand d'animaux, il y en a sûrement au centre commercial, elle n'a qu'à se mettre dedans, on va voir ça, et n'oublie pas de m'apporter la facture!» Il souffla comme un phoque, regarda Tamar et lui demanda ce qu'elle savait faire.

Tamar ravala sa salive. Elle savait chanter.

– Plus fort, on n'entend pas!

Elle savait chanter. Elle avait chanté pendant trois ans dans un chœur. Elle était soliste, du moins jusqu'au voyage en Italie, corrigea-t-elle en silence.

– On m'a dit que tu chantais à Ben Yehouda, c'est vrai?

Elle acquiesça. Derrière lui, sur le mur, deux photos

142

éraflées : elles le représentaient, vingt ans plus jeune, presque nu, rouge, luisant, en train de lutter avec un autre homme, sans doute lors d'une compétition.

– Et c'est quoi ton histoire ? Tu t'es taillée de la maison ?

– Oui.

– Bon, t'as pas besoin de raconter. J'veux pas savoir. Quel âge ?

– Seize ans. Aujourd'hui.

– T'es venue ici de ton plein gré, c'est ça ?

– Oui.

– Personne ne t'a forcée à venir, c'est ça ?

– Oui.

Il ouvrit un tiroir bourré de papiers et de gros carnets, fouilla dans le tas et finit par trouver une feuille imprimée aux caractères flous. Une photocopie de photocopie. Elle lut : « Je, soussigné, confirme par la présente être venu de mon plein gré et sans aucune pression extérieure au club des artistes de monsieur Pessah Beit-Halevi. Et je m'engage solennellement par la présente à honorer le règlement du lieu et à obéir à la direction. »

– Signe là, lui ordonna-t-il de son gros doigt rouge. Prénom et nom.

Un instant d'hésitation. Tamar Cohen.

Pessah Beit-Halevi lut d'un œil torve :

– C'est quoi ça, tout le monde devient Cohen, ici. Fais voir ta carte d'identité.

– Je n'en ai pas.

– Alors un autre papier, fais voir.

– Je n'ai rien. Je me suis enfuie sans rien prendre.

Il inclina sa grosse tête d'un air dubitatif, puis fit mine de laisser la question de côté :

– OK, admettons pour le moment. Voilà, moi je te fournis le gîte et le couvert, deux repas par jour : le petit déjeuner et un repas chaud le soir. L'argent que tu gagnes en chantant, tu le donnes au club en guise de loyer et de nourriture. Moi, je te donne trente shekels par jour pour les cigarettes, la boisson et un peu d'argent de poche. Mais je te préviens gentiment, gare à toi si tu me fais marcher. Demande-moi pourquoi ?

– Pourquoi ? demanda Tamar.

Il rejeta légèrement la tête en arrière et lui sourit à travers son cure-dents.

– Tu m'as l'air d'une fille délicate, alors n'entrons pas dans les détails. Disons qu'on ne fait pas marcher Pessah, on s'est compris ?

Tamar vit en un clin d'œil ce que Shaï lui avait dit, l'alternance presque imperceptible de deux personnages totalement différents en lui.

– C'est pas qu'on n'a pas essayé…

Il élargit son sourire d'un millimètre et la fixa d'un regard froid qui pénétra jusqu'aux sombres recoins de son secret :

– Il y a toujours un malin qui croit être le premier à y arriver…

Elle se souvint du jeune garçon bouclé qui se traînait avec ses doigts cassés.

– Mais disons que ceux qui ont essayé n'ont pas recommencé. Ils n'ont même rien recommencé.

Ses yeux, se dit Tamar, effarée, quelque chose ne va pas avec ses yeux, ils ne sont rattachés à rien. Elle ne savait que faire pour arrêter le honteux tremblement de ses jambes.

– Tu trouveras matelas et couverture dans la dernière chambre, au bout du couloir, à côté des compteurs d'électricité, et après tu te chercheras une chambre. Il y en a beaucoup qui sont vides. A neuf heures, il y aura à manger dans la salle du premier étage. A minuit pile, on éteint les lumières. Au fait, c'est quoi ce chien ?

– Elle est à moi.

– Alors, il faut qu'elle reste avec toi, tout le temps. Je ne veux pas qu'elle morde quelqu'un. Elle est vaccinée ?

– Oui.

– Et pour manger ?

– Je m'en occupe.

– Bon. On t'a dit ce que tu devais faire.

– Non.

– Bon, plus tard. Chaque chose en son temps.

Il recommença à téléphoner, puis s'interrompit :

– Un instant, autre chose encore : tu en consommes ?

D'abord elle ne comprit pas, puis elle comprit.

– Non.

Pourvu qu'il ne fouille pas dans le sac à dos. Il risquait d'y trouver le paquet de cinq barres enveloppé dans du plastique.

– Pas question d'en consommer ici. Si je te surprends une seule fois, je t'emmène tout droit au commissariat.

La mère qui se tenait à ses côtés approuva énergiquement.

– Je n'en prends pas.

Mais c'était sûrement pour l'embrouiller. Ici, tout le monde en consommait. C'est ce que Shaï lui avait dit au téléphone en lui parlant de cet endroit, et il l'avait suppliée de venir le sauver.

– Parce que chez nous, dit Pessah en haussant soudain la voix, c'est de l'art pur, sans la crasse. On veut pas de ça chez nous, compris ?

Soudain Tamar eut l'impression que ce n'était pas à elle qu'il s'adressait, mais à quelqu'un d'autre qui se cachait peut-être dans la pièce, ou écoutait de l'autre côté de la vitre.

– Attends, j'ai pas fini…

Il reposa le récepteur et l'examina :

– T'es toujours comme ça ?

– Comment comme ça ?

– Tu pipes pas un mot.

Tamar écarta les bras, intimidée.

– Si tu causes pas, comment veux-tu chanter ?

– Je chante, je chante.

Elle éleva la voix, essaya de se montrer pleine de vitalité.

– Fais voir comment tu chantes.

Il allongea ses grandes jambes.

– Ici ? Tout de suite ?

– Ben quoi ! Tu crois que j'ai le temps d'aller au concert, moi ?

Surprise et vexée, elle se raidit : une audition ? Ici ? Mais elle se souvint aussitôt de sa mission, ferma les yeux et se concentra.

– *Yallah*, ma cocotte, t'as besoin d'être réchauffée ? J'ai pas le temps, moi.

Alors elle chanta pour lui. Sur-le-champ. *Ne m'appelle pas chérie* de Corinne Elal. Ce n'était pas ce qu'il fallait chanter, mais ça lui avait échappé dans un mouvement impulsif, sans même avoir eu le temps d'y penser. Peut-être à cause du « ma cocotte » méprisant. Elle n'aurait jamais chanté une telle chanson sans accompagnement. Mais, emportée par la colère, elle chanta parfaitement dès le premier instant, et les trouées de silence qui ponctuaient les phrases l'accompagnaient aussi bien qu'un orchestre ; elle chanta avec emportement, fit les bons gestes, respira bien et sut dans un désespoir absolu qu'elle faisait sa première grave erreur, si elle s'arrêtait elle risquait de perdre toute possibilité de rester dans cet endroit ; elle n'aurait pas dû chanter une chanson aussi provocatrice. *Ne m'appelle pas chérie, ça me donne des boutons, je me sens comme un poisson en chocolat* : leurs regards se croisèrent comme si elle lui déclarait la guerre, et quand elle chanta qu'il ne lui restait rien d'autre que l'intelligence des petites fleurs, ce fut comme si elle lui révélait qu'elle n'était pas cette petite fille délicate qu'il voyait devant lui ; qu'elle avait un double fond. Pourquoi avoir choisi cette chanson pour se présenter, pourquoi n'avoir pas chanté d'une voix sourde et triste *La nuit tombe sur les cyprès* ? Ou bien *Un simple manteau*, cette chanson si docile et dévouée ? Pourquoi attirer son attention ? Toujours cette vantardise des timides, ce courage hâtif des poltrons. En l'appelant « ma cocotte », il l'avait réduite à néant comme si elle était n'importe qui, et elle avait voulu lui montrer que le chant l'enflammait comme une torche, que la chanteuse en elle, celle qui n'avait pas peur, prenait le dessus…

Et c'est ce qui arriva, elle cessa de s'accuser, s'abandonna à l'impulsion du chant, à sa puissance amère, dansa, ondula, ardente, les yeux fermés, les bras écartés, les genoux battant un rythme sauvage, les pieds vissés au sol ; elle rentra au plus profond d'elle-même, loin de cet homme gros et rouge qui se détendit sur sa chaise avec un léger sourire surpris, le cure-dents à la bouche, puis s'adossa en arrière et s'étira, les mains sur la nuque.

Quand elle acheva sa chanson, elle s'éteignit aussitôt. Comme on éteint une lumière.

– Pas mal…, dit Pessah Beit-Halevi, il tira le cure-dents fiché entre ses lèvres et se mit à le sucer tout en observant Tamar avec un mélange de méfiance et de respect amusé.

Puis il regarda sa mère qui, pendant ce bref spectacle, hochait la tête et souriait de sa bouche édentée :

– Qu'en penses-tu, *mama'lé*, un vrai numéro cette petite, hein ?

Le père était endormi sur un banc. Tamar essayait de ne pas écouter la conversation. Elle espérait se trouver un endroit où prendre une douche. Ce n'est qu'un petit escroc, se répétait-elle pour se donner du cœur, Shaï le lui avait dit au téléphone, depuis cette pièce même. Un petit escroc qui s'est fait son petit trou dans le monde de la pègre, mais qui a fait de grands dégâts dans le mien, avait gémi Shaï tout en parlant.

– Bref, conclut Pessah, nous verrons demain matin où nous te mettrons.

– Pardon, je ne comprends pas.

– T'en fais pas. Va, installe-toi, repose-toi. C'était la récré jusqu'à présent, dès demain tu vas travailler dur, et on va te dire où tu seras, dans quelle ville.

– Pas à Jérusalem ? dit-elle, paniquée.

Elle n'avait pas pensé à cette éventualité.

– Tu iras là où on va te dire d'aller. Compris ?

De nouveau ses yeux vides. Des yeux de mort. Elle se tut.

– *Yallah*, cocotte, l'entretien est terminé.

Il la chassa de son regard, de sa pensée et recommença à composer des numéros dans les deux téléphones.

Tamar quitta le bureau de Pessah, suivie de Dinka. Elle ne savait toujours pas où elle se trouvait. Le sol du couloir était couvert de carrelage cassé, la terre était découverte par endroits, il y poussait de l'herbe et des ronces. Dès que les humains se retirent d'un lieu, la nature reprend ses droits, Tamar se dit que la même chose était arrivée à ses parents. C'était un couloir qui n'en finissait pas. Des panneaux indiquaient sur le mur : «Consultations externes», «Urgences», «Chirurgie», «Maladies internes infantiles». Elle jeta un coup d'œil par une porte entrouverte et aperçut un lit de fer garni d'un matelas et d'une pile de couvertures de laine. Quelqu'un dormait dessus peut-être. Le sol gardait la trace des pieds rouillés de nombreux lits. Des tuyaux et des fils électriques pendaient du plafond. Une pancarte indiquait «Oxygène» à côté d'un poster déchiré de Madonna. Elle trouva la chambre au fond du couloir, lutta avec la porte derrière laquelle des matelas étaient entassés. A l'intérieur, l'air était poussiéreux et confiné. Elle tira du tas un épais matelas rayé, maculé de grosses taches, essaya de le remettre à sa place et d'en prendre un autre, mais c'était une manœuvre impossible. Au sommet des matelas, il y avait des couvertures. Elle grimpa sur le tas et tira deux couvertures en essayant de ne pas trop les sentir. Le moindre mouvement soulevait des nuages de poussière et des relents d'urine. Il n'y avait pas de draps. Il fallait s'envelopper directement avec les couvertures. Leur odeur collerait à sa peau. Peu importe, se dit-elle avec désespoir, l'essentiel est de *le* sortir d'ici.

Elle traîna le matelas le long du couloir. Il était presque aussi lourd qu'elle et, pliée en deux sous le poids, elle le portait derrière elle comme une traînée de misère. Mais il avait au moins l'avantage de lui servir de paravent au cas où elle tomberait sur Shaï sans s'y être préparée. Dinka sautillait autour d'elle, essayait de se glisser sous le matelas qui la repoussait de tout son poids, et la chienne poussait un gémissement. Par moments, Tamar s'arrêtait, ouvrait une porte et jetait un coup d'œil à l'intérieur. Chaque chambre contenait un ou deux lits, en général occupés. Dans l'une d'elles, elle entrevit une guitare contre un mur et sentit son cœur bondir dans sa poitrine. C'était peut-être sa chambre. Elle était vide et, sur un des murs, quelqu'un avait marqué au charbon : « Le monde n'est pas monde s'il ne me comprend pas. » Ça lui ressemblait. Mais le jean qui traînait par terre lui parut trop court pour ses longues jambes. Elle referma la porte et ouvrit la suivante. Des canettes de bière vides, et des dizaines de mégots de cigarette. Sur le mur, deux écharpes vertes du Maccabi Haïfa accrochées en croix. Quelqu'un était assis et lui montrait son dos nu. Le dos maigre et blanc d'un adolescent qui jouait à la Game Boy et ne sentit même pas la porte s'ouvrir et se refermer.

Ça t'aspire si fort, lui avait dit Shaï pendant cette conversation au téléphone, c'est une force anormale, on a vraiment envie d'être aspiré, réduit à néant, écrasé. Comme si on avait envie de se voir tomber au plus bas, une pulsion qui s'empare de toi, et tu n'as plus de volonté, plus rien, tout s'écrase à une telle vitesse, Watson. Quand il avait prononcé son surnom secret, Tamar avait éprouvé un plaisir indescriptible, et tout ce qu'il avait dit un instant plus tôt s'était effacé. Puis elle avait entendu la première gifle, les coups, les poings, et le gémissement.

Elle referma la porte. Au moment où elle s'apprêtait à repartir, toujours ployant sous le poids du matelas, elle vit devant ses yeux baissés une grande paire de pieds nus et bronzés de fille, avec des orteils longs et des ongles peints en bleu brillant. Une grosse voix rieuse dit :

– Mais tu es complètement écrasée, viens, on va le porter ensemble.

Elle ne voyait pas le visage. Quelqu'un derrière elle se
baissa et prit une partie du poids, aussitôt elle se sentit
soulagée.

– Où allons-nous ? demanda Tamar.

– Deuxième étage.

Ses pieds sentirent les marches, elle en monta une puis
deux, le matelas sur le dos et, tanguant avec la fille
d'avant en arrière, elles débouchèrent sur un couloir et
s'arrêtèrent pour souffler. Puis de nouveau la montée, et
Tamar entendit derrière elle un éclat de rire :

– Il y a deux ans, nous avons joué *Don Quichotte* à
l'école, moi et deux autres filles nous étions le cheval,
nous marchions courbées, chacune avec la tête dans les
fesses de l'autre, brusquement le drap s'est ouvert et tout
le monde nous a vues.

La fille rit de plus belle, c'était contagieux, le matelas
glissa en arrière, les deux adolescentes tombèrent, le
matelas s'affaissa sur elles. Elles rampèrent pour se déga-
ger et se couchèrent dessus, épaule contre épaule, sans se
regarder, à bout de souffle à force de rire.

– Sheli, dit la fille en essuyant des larmes du dos de la
main et en se frottant le bras contre celui de Tamar.

– Tamar.

– Salut, Tamar.

– Et elle, c'est Dinka.

– Salut, Dinka.

Tamar aperçut à son côté un grand visage rieur, avec des
traces de varicelle, des cheveux filasse d'un vert vif, des
dents écartées et un sourire plein de charme.

– Viens, on essaie de nouveau.

Sheli portait quatre anneaux d'argent à chaque oreille,
et un point argenté brillait à une de ses narines. Un autre
gros anneau était accroché au-dessus d'un œil et, quand
elle se leva, Tamar vit un arc et une flèche tatoués sur sa
cuisse. Elle tendit une main forte à Tamar et la tira pour la

lever. Une fois debout, Tamar avait une tête et demie de moins qu'elle.

– Bon, c'est moi, dit-elle en haussant les épaules comme pour s'excuser. Au complet. Sans rabais ni abréviations. *Yallah*, au boulot !

Elles se glissèrent de nouveau sous le matelas et le soulevèrent ensemble.

Tantôt prises de fous rires, tantôt s'écroulant en larmes puis se relevant, elles mirent une bonne dizaine de minutes à le monter. Une fois arrivées à l'étage, elles étaient à bout de forces.

Sheli ouvrit la porte. C'était une chambre plus petite que les précédentes. Comme à l'étage du dessous, le carrelage était cassé ou absent, tuyaux de caoutchouc et fils électriques pendaient du plafond, mais près de la fenêtre il y avait un lit avec des couvertures soigneusement pliées, un tissu mexicain coloré était tendu sur le mur et un livre ouvert posé sur le lit ; sous la fenêtre, des briques rouges soutenaient une étagère sur laquelle s'alignaient quelques pierres en couleur, une grosse bougie rouge et des livres adossés les uns aux autres. Tamar leur lança un regard avide.

– Les chambres vous plaisent-elles ? demanda Sheli en souriant.

– La vérité ? Les chambres ne me plaisent pas, lui répondit Tamar en citant du tac au tac le même livre posé sur le lit, ce qui alluma une lueur d'allégresse dans les yeux de Sheli.

– Si c'est ainsi, tu ne resteras pas avec nous ?

– Je resterai volontiers ! dit Tamar en souriant, car les habitants me paraissent bons.

Sheli lui répondit par un sourire grand comme une accolade.

– Bienvenue en enfer. Fais comme chez toi. Depuis quand tu n'es plus ?

– Plus quoi ?

– Plus à la maison.

Tamar hésita un instant. Sheli paraissait si généreuse qu'elle faillit s'ouvrir à elle et lui dire la vérité.

– Bon, d'accord, je ne suis pas la police. Tu n'es pas obligée de raconter.

Mais Tamar remarqua que les yeux brillants de joie s'étaient un peu voilés.

Elle avait tellement envie de raconter. Le poids du secret l'étouffait, mais elle n'avait pas le choix.

– Ne te vexe pas, Sheli. J'ai besoin d'un peu de temps.

– *Take your time, baby.* Je pense que nous sommes ici pour un bon moment. A mon avis, pour toute la vie.

Tamar qui étalait une couverture sur son matelas s'interrompit :

– Pourquoi toute la vie ?

Sheli s'assit sur le lit, alluma une cigarette et posa les pieds sur une petite échelle de fer qui pendait au bout du lit.

– Pourquoi ? pourquoi ?

Elle plissa les lèvres en levant les yeux vers le plafond fissuré de long en large.

– Notre auditrice, Tamar, de Jérusalem, demande « pourquoi » ? En effet, pourquoi ? Pourquoi ma mère a décidé à l'âge de quarante-cinq ans d'épouser ce type dégoûtant ? Pourquoi mon vrai père est mort quand j'avais sept ans ? Tu trouves ça bien ? Pourquoi les puces aiment vivre dans les matelas ? dit-elle en tapant sur sa cuisse bronzée.

– Pour de vrai, dit Tamar en s'approchant de son lit. Pourquoi... pourquoi dis-tu que c'est pour la vie ?

– Tu as peur, hein ? dit Sheli doucement, d'une voix compatissante. C'est pas grave, au début tout le monde est comme ça. Moi aussi. On croit être venu pour une semaine ou deux. Comme une colonie de vacances. Une colo artistique. Tous les gentils petits enfants qui ont un peu fui les jupes de leur petite maman. Et ensuite, on reste. On reste et on reste, et même quand on s'enfuit on finit par revenir. Cette affaire, ça vous aspire, difficile de l'expliquer à quelqu'un qui vient d'arriver. C'est comme un cauchemar auquel il est impossible d'échapper.

Tamar retourna s'asseoir sur son lit.

– Je ne t'envie pas, dit Sheli en s'asseyant jambes écartées. Tu es encore à l'étape où ça fait mal. Où on a la nostalgie. Où, brusquement, il y a une odeur dans l'air, et on se souvient de l'œuf au plat de maman, accompagné de salade émincée. C'est ça, non ?

Tamar baissa la tête. Pour elle, ce n'était pas vraiment la salade. Quand avait-elle vu sa mère à la cuisine ? Quand l'avait-elle entendue dire une phrase qu'elle ne connaissait pas d'avance, une de ces répliques de feuilleton télévisé ? Quand était-elle vraiment *là*, présente, sans s'apitoyer sur son sort, sans se plaindre du regard et du geste du sort que lui faisait subir sa famille, quand avait-elle franchement tenu tête à Tamar, au père de Tamar, quand avait-elle vraiment été une *mère* pour «toutes ces Tamar» comme elle le disait avec un soupir faussement affectueux, oui, *toutes ces Tamar* nostalgiques l'une de l'autre, fâchées l'une avec l'autre ? Et Tamar éprouva un frisson de nostalgie inattendue pour son père – elle avait encore des comptes importants à régler avec lui –, mais l'espace d'un instant elle revit leurs promenades nocturnes, tous deux silencieux, marchant vite pendant une heure ou deux avant qu'il commence à se défaire de sa cuirasse d'arrogance infantile, tortueuse, qu'il cesse de la vexer et de la contredire avec ses sarcasmes cinglants, et c'est alors seulement qu'elle rencontrait fugitivement l'homme qu'il avait cruellement et méthodiquement enterré tout au fond de lui ; il y a un an environ, il l'avait arrêtée de la main avant de rentrer à la maison et lui avait dit en vitesse : «Parler avec toi, c'est comme parler avec un homme», un grand compliment de sa part, et elle n'avait pas osé lui demander pourquoi il n'avait pas un seul ami, un homme à qui se confier.

– Dieu merci, j'ai dépassé tout ça, dit Sheli. Je les ai effacés. La totale. Si ça ne tenait qu'à moi, je les enterrerais tous les deux. Je suis mes propres père et mère. Une réunion de parents à moi toute seule !

Elle rejeta la tête en arrière et éclata de son rire cristallin qui, après ces paroles, sonna un peu trop fort. Elle fouilla nerveusement dans l'une de ses besaces et en sortit un paquet neuf de Marlboro.

– La cigarette te dérange ?

– Non. La chienne te dérange ?

– Pourquoi veux-tu qu'elle me dérange ? Elle s'appelle Dinka ? Va pour Dinka. C'est comme le chat d'*Alice au pays des merveilles* ?

– Tu es vraiment la deuxième personne au monde qui l'a deviné, dit Tamar en souriant.

Le premier étant évidemment Idan.

– Ne me regarde pas comme ça. Si j'avais passé le bac cette année, j'aurais sûrement approfondi la littérature.

Elle appela la chienne. Dinka se leva et s'approcha de Sheli comme si elles se connaissaient de tout temps.

– Regarde ces yeux, chuchota-t-elle, elle comprend tout.

Puis elle enfouit le visage dans la fourrure de la chienne et, pendant de longues minutes, rien ne bougea plus dans la chambre, sauf ses épaules qui tremblaient un peu. Dinka était immobile. Aristocratique et belle. Tamar tourna la tête vers la fenêtre. Des rayons lumineux obliques pénétraient à travers les grilles déchirées, des milliers de grains de poussière dansaient à l'intérieur. Sheli s'assit sur le lit, le dos tourné vers la chambre.

– C'est contagieux, finit-elle par dire d'une voix légèrement cassée. Quand quelqu'un arrive avec l'odeur de la maison encore sur la peau, ça vous tombe dessus, et ça bousille toutes les défenses.

Assise sur son lit, Tamar jouait avec la pointe de ses pieds. Puis elle s'étendit dessus et sentit les creux et les bosses du matelas grossier et la couverture qui piquait.

– Sois la bienvenue, dit Sheli, c'est le moment le plus difficile. Comme lorsqu'on entre dans l'eau et qu'on la sent monter là où tu sais.

– Dis-moi, pourquoi il n'y a presque personne dans les chambres ?

– Parce que chacun fait son spectacle.

– Où ?

– Aux quatre coins du pays. Tard le soir, tout le monde va commencer à rentrer. Certains passent un ou deux jours à l'extérieur, mais ils finissent par rentrer. Et le vendredi soir, tout le monde est là. Comme une grande famille unie.

Elle sourit à travers un rond de fumée.

– Ah, dit Tamar en digérant l'information. Comment sont les gens, ici ?

– Ça dépend qui. Il y en a qui sont bien, vraiment bien, surtout ceux qui jouent, et d'autres, n'en parlons pas. Ils sont fous. Ils ne parlent pas, ne te voient pas, sont tout le temps camés, et quand ils ne le sont pas – elle fit un geste de la main avec sa cigarette – mieux vaut garder ses distances. Tu leur en apportes et ils te mangent toute crue.

– Camés ? Mais je croyais que… Pessah a dit que…

– … la drogue était interdite, ici. Mon œil ! – elle ajouta d'une voix grossière – c'est pour protéger son gros cul.

– C'est vrai ?

– « C'est vrai ? » Tu es vraiment un bébé – Sheli regarda Tamar avec insistance – on se demande ce que tu fais… Ici, ce n'est pas comme…

Elle chercha le mot et Tamar, vexée, compléta dans sa tête : « … comme dans tes livres ». Mais Sheli ne voulait pas lui faire mal, un sourire éclaira son visage et elle évita habilement la gaffe.

– A ton avis, qui leur vend la came au double du prix, hein ? Qui veille à ce qu'on ne manque jamais ici de bangs et de timbres ? C'est lui ! Lui et ses bouledogues !

– Qui sont les bouledogues ? demanda Tamar d'une voix faible.

– Ceux qui nous transportent et nous surveillent pendant les représentations. Tu ne vas pas tarder à les connaître de près. Mais lui, il n'en sait rien, tu piges ? Il a les mains propres. Il est trop occupé par l'art, à nous protéger de la rue, à fournir un repas chaud par jour à ces pauvres orphelins, un vrai Janusz Korczak, pédagogue et bienfaiteur. Il ne se passe pas de jour sans qu'ils essaient de m'en vendre. Avec toi aussi, ils vont essayer.

Elle inclina légèrement le cou et regarda Tamar.

– Bon, peut-être qu'au début ils vont repérer qui tu es, ce que tu fais. Au fait, tu en prends ?

– Non.

Elle en avait fumé une fois, en allant au festival de musique d'Arad, et c'était tout. Même quand on lui en proposait, elle disait non, sans pouvoir expliquer la raison de son refus. Comme une contradiction entre l'intériorité des sentiments et ces substances étrangères.

– Tu as de la chance. Moi non plus. Je suis forte. Je n'y touche pas. Une fois par semaine de l'herbe, histoire de se changer les idées. Et parfois, quand c'est vraiment la merde, un peu de coke, et c'est tout. Mais l'héroïne ? On mettrait un million de dollars devant moi que je n'y toucherais pas. Ni de près, ni de loin. *Nada*, *niet !* Ma vie est déjà un paquet de merde, alors j'ai envie d'être lucide pour voir la descente aux enfers.

Tamar avait envie de l'interroger sur Shaï. L'avait-elle croisé, savait-elle comment il allait ? Était-il seulement vivant ? Elle fit un effort pour ne pas poser de questions ; Sheli était très gentille, mais Tamar était torturée par l'idée que Pessah l'avait peut-être envoyée pour l'espionner. C'était déraisonnable et dégoûtant d'être aussi méfiante, mais, pour éviter toute erreur, elle s'était exercée à se méfier de tout ces derniers temps.

– Il y a une chose que je ne comprends pas, dit Tamar après un long silence. Pourquoi il a créé cet endroit, qu'est-ce que ça lui rapporte ?

– L'art, dit Sheli en soufflant vers le plafond une bouffée de mépris. Ça lui fait l'effet d'une société de production privée, avec ses propres artistes. Il organise, planifie les spectacles, transporte, couvre tout le pays, téléphone partout, c'est le big boss, le big imprésario de mes deux. Il aime ça. Sans compter que toute la journée, la planche à billets marche bien pour lui.

– C'est-à-dire ?

– L'argent.

Sheli palpa des billets imaginaires en avalant une salive tout aussi imaginaire :

– *Money*, *denaros, massari, geld…*

Elle avait le don de faire rire avec le moindre geste, et Tamar ne put s'en empêcher malgré sa mauvaise humeur.

– Mais ce n'est pas… il y a sûrement une autre raison, tu ne crois pas ? Sinon, pourquoi tout ça – Tamar montra la chambre, l'hôpital abandonné –, c'est impossible qu'il fasse tout ça pour les quelques shekels que nous gagnons dans la rue, tu ne crois pas ?

Même si Pessah préférait être « un petit escroc prospère », il manquait une pièce au puzzle. Elle n'aurait pas pu dire laquelle, mais c'était lié au travail et au bénéfice. Une certaine contradiction entre l'importance de l'effort qu'elle sentait autour d'elle – toute cette organisation, cette énorme maison, les transports dans les diverses villes – et la quantité d'argent que Pessah pouvait recueillir dans les divers chapeaux posés sur les trottoirs.

Sheli resta un moment silencieuse, puis elle fit une moue :

– Maintenant que tu le dis…, murmura-t-elle.

Mais soudain Tamar douta de ce que Sheli disait.

– Tu n'y avais jamais pensé ?

– Je n'en sais rien. Pensé ou pas, qu'est-ce que ça change ? Peut-être au début. Sûrement même. Au début, on pense beaucoup. La tête fait des heures supplémentaires. Après, je te l'ai déjà dit, on est aspiré – elle remonta les genoux vers le ventre et se pelotonna – tu te réveilles le matin, on t'emmène au spectacle. Deux spectacles, dix spectacles, tu passes dans une même journée de Tel-Aviv à Holon, puis à Ashkélon, Nes Tsiona, Richon. Tu essaies de ne pas écouter ceux qui sont assis à l'avant, tes chiens de garde. Rien qu'à les entendre, tu as envie de téléphoner à Darwin et de lui dire, monsieur, vous vous êtes planté, ce n'est pas l'homme qui descend du singe, mais le singe qui est une dégénérescence de l'homme…

Elle imita à la perfection le singe qui se gratte la poitrine, en tire un pou, le regarde attentivement et l'écrase entre ses lèvres retroussées.

– … Une ou deux fois par jour, on t'achète une pita, tu la manges dans la rue, dans une arrière-cour, dans la voiture, entre deux spectacles. Tu dors, on te réveille, tu fais ton spectacle. Tu ne sais pas si c'est Bat-Yam ou Netanya. Partout la même merde. Toutes les rues et les places se ressemblent. Les publics sont les mêmes, tous les garçons s'appellent Dean, les filles Eifat, sauf les Russes pour qui c'est Evgueni et Machinka. Et tous les autres, c'est des radins. L'autre jour, un type, une vraie infection, il me met un billet de vingt shekels dans le chapeau et se baisse pour prendre la monnaie, quinze shekels, tu imagines un peu. Je me suis retenue pour ne pas lui donner un coup de pied au cul. Au bout de quelques jours à ce régime, tu ne sais plus si c'est le matin ou le soir, si tu arrives ou tu repars. Tu finis de travailler, on t'applaudit, très bien, tu ramasses les sous, tu vas au point de rendez-vous, la voiture t'attend, ou bien elle attend quelqu'un d'autre dans une autre ville et, pendant ce temps, tu cuis au soleil – à mesure qu'elle parlait, son visage devenait hostile, paraissait plus âgé –, puis la voiture finit par arriver, ta limousine, ta Lamborghini, une Subaru pourrie, tu entres, tu te fais aussi petite que possible et tu dors encore une heure pour ne pas avoir le moral à zéro en parlant de théorie de la relativité avec l'espèce de patate qui te transporte. En fin de journée, tu ne sais plus où tu étais, ce que tu as fait, qui tu es, et lorsqu'on te ramène la nuit, c'est à peine si tu as la force de manger la purée brûlée de la *mama'lé* de Pessah et de monter à quatre pattes te coucher. Tu vois ? – un sourire lumineux éclaira son visage – je te l'avais bien dit : la vie de superstar, la bohème, les paillettes !

Elle cligna trois fois des yeux et fit une petite révérence pour marquer la fin du spectacle. Tamar demeura un long moment silencieuse. Ses muscles se contractèrent, comme pour amortir les chocs des jours à venir.

– Comment se fait-il que tu sois ici aujourd'hui ?

– J'avais la visite de l'officier de contrôle, dit Sheli en riant. Une pouffiasse diplômée qui se prend pour la meilleure invention de Dieu après le grille-pain. Moyennant quoi, j'ai au moins un jour de congé par mois pour entendre : «Mais, dis-moi, Sheli, pourquoi refuses-tu de nous aider à t'aider ? »

– Pourquoi ? qu'est-ce que tu as fait ?

– Demande-moi plutôt ce que je n'ai pas fait – elle hésita un instant, puis elle rit –, *wallah*, on voit bien que tu es nouvelle… Ici, on ne pose pas de ces questions. On attend qu'on te dise. Si on ne te dit rien, tu ne demandes rien. Mais puisque tu m'as demandé, je te réponds : je n'ai tué personne, c'est juste quelques paquets de Marlboro que je me suis appropriés sans payer. Tu tombes de ta chaise ?

– Non. Tu as volé des cigarettes ?

– On m'a piqué mon porte-monnaie le jour où j'ai quitté la maison. A la gare routière de Holon. Je suis restée sans le sou, et moi il me faut des cigarettes. Comment est-ce que je pouvais savoir qu'ils avaient là des caméras et des détectives ?

Dinka aboya. Une ombre se projeta dans la chambre. C'était Pessah qui bloquait l'entrée de tout son corps. Il baissa la tête pour franchir le seuil et lança un regard hostile aux deux filles assises sur leur lit, l'une en face de l'autre, les bras autour des genoux.

– Ça y est, vous vous croyez dans un club ? aboya-t-il.

– Pourquoi, c'est interdit ? protesta Sheli.

Il renifla l'air :

– Toi, ferme ta grande gueule, et fais gaffe à ne pas brûler le matelas.

– Pourquoi ? Tu as besoin des puces ? Tu vas en faire quelque chose ? Ça y est, j'ai trouvé ! Peut-être un cirque de puces, comme Charlie Chaplin ?

Elle imita à la perfection une puce sautant d'une main sur l'autre.

– Toi… – il s'adossa au mur et se frotta le dos d'un mouvement presque imperceptible – … rien ne te sert de leçon, hein ? – il parlait très lentement, comme s'il épelait les mots – Ma chère petite Sheli, un de ces jours, tu vas dépasser ma ligne rouge et ce ne sera plus du tout rigolo. Mais vraiment pas.

Tamar vit la chose arriver : elle vit le gros nounours se transformer imperceptiblement en ours sauvage couvert de longues cicatrices. Sa peau, se dit-elle, surprise, la peau de son visage se dessèche.

– Alors pourquoi tu ne le fais pas tout de suite ? dit Sheli en lui tournant le dos, sous le regard admiratif de Tamar.

– Crois-moi, j'en suis très près, très très près. Un de ces jours, tu vas me taper sur les nerfs et on va voir combien tu es courageuse. Comme l'autre fois, tu te rappelles ? Quand tu étais revenue la nuit, couverte de sang et de coups, et que tu avais pleuré pour qu'on te ramène. Tu te rappelles, ou tu as oublié ?

Sheli se concentra sur sa cigarette et suivit les ronds de fumée qu'elle envoyait au plafond.

– Alors, tiens-toi tranquille, et ne touche pas à la nouvelle. Allez plutôt aux cuisines pour aider à préparer le dîner.

– Tu veux dire la purée, corrigea Sheli.

Pessah lui lança un regard assassin et sortit.

– Tu n'as pas peur de lui ?

– Que veux-tu qu'il me fasse ? Il a besoin de moi. Il ne peut pas me laisser tomber.

– Pourquoi ?

– Tu sais ce que je lui rapporte par jour ? Environ cinq cents shekels.

– Cinq cents ! Rien qu'en chantant ?

– Je ne chante pas, dit Sheli en riant. J'imite les chanteuses : Rita, Yehoudit Ravitz, ce genre de filles.

– Mais pourquoi tu ne travailles pas pour ton compte ? Pourquoi tu lui rapportes l'argent ?

– Parce qu'être seule dans la rue, ce n'est pas une affaire. Deux ou trois jours, ça va, on t'observe de loin pour voir si tu es une infiltrée ou quoi. Après, c'est la vraie merde. J'ai essayé. Tu as entendu ce qu'il a dit. Je suis revenue à plat ventre.

Tamar réfléchit à ce qu'elle venait d'entendre. Un instant plus tard, elle lui demanda :

– Fais Rita.

– Pour toi toute seule ? En spectacle privé ? *No problem !*

Elle se dressa sur le lit et respira à pleins poumons. Tamar commença à sourire. Sheli imita Rita, puis Madonna et enfin Tsipi Shavit. Elle ne savait pas chanter, Idan en aurait eu des frissons de dégoût, mais elle avait une joie pétillante et une espèce de vulgarité franche et saine, Tamar en riait aux larmes, alors qu'avec Idan et Adi le rire était toujours différent, cérébral.

Aussitôt après l'énergie de Sheli retomba, elle rentra dans sa coquille. Puis elle s'allongea, dit « 'nuit », tira la couverture au-dessus de sa tête et, une seconde plus tard, elle ronflait.

Surprise par ces rapides adieux, Tamar resta assise au pied de son lit. Puis elle adressa un signe de tête à Dinka et murmura : « Viens. » Elle décida de descendre à la cuisine pour aider, à la fois par peur de Pessah, mais aussi pour explorer les lieux, mieux les connaître et mieux se préparer à ce qui l'attendait.

Le lendemain matin, on la réveilla à six heures. Un garçon maigre avec de grosses rouflaquettes la secoua sans ménagement : « *Yallah*, debout. On part dans une demi-heure. »

C'était comme si elle n'avait pas dormi de la nuit. Elle

avait consulté sa montre jusqu'à trois heures du matin et tendu l'oreille, puis entendu la porte extérieure s'ouvrir. Peut-être rentrait-il tard, peut-être avait-il un spectacle dans une ville lointaine. Elle s'habilla avec des gestes fatigués, s'arrêta soudain et regarda son sac à dos, à l'endroit où elle l'avait déposé la veille. Il y avait un léger changement. Elle fouilla précautionneusement l'intérieur. La pièce d'un shekel qu'elle avait cachée la veille entre deux chaussettes avait disparu. Elle tâtonna et la sentit au fond du sac, quelqu'un l'avait prise pendant qu'elle dormait et y avait cherché des indices. Heureusement qu'elle avait caché dans sa culotte les barres de cinq enveloppées de plastique et avait pensé à laisser à la consigne le bracelet gravé à son nom.

Roulée en boule, Sheli dormait encore comme si elle rêvait qu'elle était toute petite et délicate. Tamar la regarda et pensa à son accueil de la veille, au naturel avec lequel elle l'avait conduite dans la chambre, avait parlé avec elle, l'avait amusée, sans se soucier de la méfiance de Tamar, ni de sa réserve habituelle devant des gens qu'elle rencontrait pour la première fois. J'aime les gens qui ont un contact facile avec moi, se dit-elle tout en nouant ses lacets.

Elle descendit avec Dinka au premier étage et reconnut quelques têtes qu'elle avait aperçues au dîner de la veille. Il y avait du mouvement dans le couloir. Pessah allait des uns aux autres comme un stratège avant la bataille. Il tenait à la main un grand carnet rouge qu'il feuilletait sans cesse.

– Toi, dit-il au garçon qui l'avait réveillée, le maigre aux rouflaquettes avec une coiffure à la Elvis, celui avec les bâtons, tu l'emmènes à Netanya. Une demi-heure dans la rue piétonne, tu vas à côté de l'ancienne poste, tu connais ? Là où il y avait le cinéma Sharon ? Bien. Après, vous, à toute vitesse à Kfar Saba, sur la place à côté du centre commercial, il finit son numéro là-bas, et presto à Herzlia, chez Shouss-mo… Maison du citoyen, là où il y a

la pelouse, près de la rue principale, tu vois ? Juste là.
Compris ? Vous arrivez là-bas à midi et demi pile. Bien.
Ensuite : toi, tu restes là avec lui vingt-cinq minutes, pas
une seconde de plus. Ça suffit pour des échasses, non ? De
là, presto, tu l'emmènes place Ordéa, à Ramat-Gan. Ça
t'en fait combien ? Quatre ? Il en faut encore. Attends
deux secondes.

Il prit son téléphone portable :

– Hémi, écoute-moi. Tu restes jusqu'à quelle heure
avec ta nana à Herzlia, à la Maison du citoyen ?
Combien ? Pourquoi ? Combien de temps il lui faut pour
tirer des mouchoirs de son nez ? J'ai compris. Écoute-moi,
je ne suis pas d'accord. Tour de magie ou non, vous foutez
le camp à midi pile, pas une minute de plus. Pourquoi ?
Parce qu'à la demie, je fais entrer quelqu'un d'autre et que
j'ai besoin d'un battement d'une demi-heure entre les
deux. Pourquoi ? T'as pas encore pigé pourquoi ? Ça y est,
le jeton est tombé ? Bravo. Alors ne discute plus, et vas-y !

Il allait, venait, organisait, expédiait les filles et les
garçons avec leurs conducteurs, rappelait aux uns et aux
autres ce qu'ils devaient emporter, courait après l'avaleur
de sabres qui oubliait comme d'habitude le sac plein de
couteaux, veillait à ce que la fille qui gonflait des ballons
de toutes les formes emporte un magnétophone pour distraire le public avec de la musique, tapotait l'épaule du
violoniste pâle en lui disant de sourire une fois par heure
parce que les gens n'aiment pas voir une tête d'enterrement. Le couloir se vida peu à peu, Tamar resta presque
seule, craignant d'avoir à passer toute une journée dans
cet endroit lugubre.

– A toi, maintenant. Toi, je vais t'envoyer à Haïfa. Viens
là, Miko. Je vais te confier une passagère de classe. Tu vas
d'abord l'emmener au Carmel, tu vas lui trouver une bonne
place, c'est sa première sortie hors de la ville. Et elle est de
luxe – il cligna de l'œil –, alors doucement avec elle,
compris ? Ensuite, tu l'emmènes à Neve Sha'anan, au centre
Ziv, tu vois où je veux dire ?

Il parlait mais Tamar n'écoutait plus, elle avait une méthode pour fermer les écoutilles quand le dehors l'écorchait. Sa mère en devenait folle, où est-ce que tu disparais quand tu es comme ça, comment comme ça, quand tu deviens de marbre et que tes yeux deviennent, comment dire, comme une croûte, comme ceux d'un perroquet.

– Et s'il vous reste du temps, arrêtez-vous sur le chemin du retour à Zichron, dans la rue piétonne, l'entendit-elle dire dans un nuage. Ton spectacle, il dure combien de temps, ma cocotte ? Eh, réveille-toi ! Où es-tu ?

– Environ une demi-heure, dit Tamar.

– Un quart d'heure, ça te suffit pas ? Bon, va pour une demi-heure aujourd'hui. Je veux que tu te sentes bien. On verra la suite demain. Voilà. Quatre spectacles. C'est assez pour commencer.

Miko était le type qui les avait conduits la veille, avec le père et la mère de Pessah. Sans dire un mot, il se dirigea vers la Subaru, elle le suivit. Où était-elle censée s'asseoir, à l'arrière, ou à côté du chauffeur ? Elle opta pour la première possibilité qui faisait de Miko un chauffeur de taxi, tant pis. Dinka sortit la tête par la fenêtre et renifla avec plaisir l'air frais.

Tamar était heureuse de quitter Jérusalem, d'être dehors, en route. Elle se sentait importante en quelque sorte, comme une artiste célèbre qui se fait conduire à son spectacle. Elle salua intérieurement la foule d'admirateurs qui s'alignait sur son chemin et leur lança des orchidées qu'elle retira de son bouquet.

Le voyage se déroulait en silence. Quand lui expliquerait-il ce qu'elle devait savoir ? Il ne disait pas un mot et pianotait sans cesse sur son téléphone portable. Des mélodies criardes se succédaient, il essayait les dizaines de sonneries proposées par l'appareil, Tamar sentait sa tête prête à exploser. Elle tenta une ou deux fois de lui poser des questions, mais il l'ignora. A l'âge de six ans, elle habitait près d'un chemin de fer et classait le monde en deux catégories : ceux qui agitaient la main pour répondre à son salut et ceux qui ne le faisaient pas. Parfois, Miko la regardait dans le rétroviseur. Il avait des yeux noirs, incandescents, qui la dégoûtaient pour une obscure raison.

— Écoute-moi maintenant, lui dit-il brusquement sur un ton grossier. Ça marche comme ça. Je gare la Subaru dans une rue près du centre. Tu traînes pendant une dizaine de minutes et tu commences ton spectacle. Si tu me vois parmi les gens, tu fais semblant de ne pas me connaître. Et le plus important, si quelqu'un te pose des questions, tu ne sais rien sur moi. Tu es arrivée à Haïfa hier soir, en car. Tu as dormi à la gare routière. Tu n'as parlé avec personne. Compris ?

Tamar fit oui de la tête sans le regarder.

— Tu finis de chanter… tu chantes, n'est-ce pas ?

— Oui.

— Tu finis de chanter, tu prends les sous, tu traînes encore cinq à dix minutes, mais uniquement dans les petites rues, surtout pas dans la rue principale, compris ?

— Oui.

— Au bout de dix minutes, tu t'approches de la voiture, *yallah*, pigé ?

— Pigé.

— Je répète : s'il y a un flic ou un truc suspect, tu ne t'approches pas de la voiture. Si tu me vois, tu fais comme si je n'existais pas. Du vent. Tu ne viens que si tout est *clean*. Compris ?

Ils arrivèrent dans une petite rue qui descendait vers la mer. Tamar aperçut des maisons basses et une avenue bordée de cyprès et de pins qui faisaient de l'ombre. Miko gara la voiture et prit un ticket de stationnement, sans doute pour éviter tout heurt avec la police.

— Bon : ça c'est la rue des Cyprès, n'oublie pas. Au coin, il y a un supermarché et une salle de musculation. N'oublie pas. *Yallah*, en route.

Et c'est ainsi, sans plus de ménagement ni un mot d'encouragement, qu'elle se lança dans la rue.

Au début, sa voix se cassa, elle s'interrompit quelques minutes. Ça y est, je gâche tout, pensa-t-elle, effrayée. Tout en s'éclaircissant la gorge, elle se dit qu'il ne fallait pas chanter sans s'échauffer la voix, ça pouvait être nocif à long terme. Mais les mots « à long terme » lui paraissaient vides de sens, pour le moment elle n'existait qu'à court terme. Elle chanta de nouveau, mais elle restait extérieure aux mots, le spectacle ne démarrait pas. C'était inquiétant. Miko risquait de le rapporter à Pessah qui la renverrait aussitôt. Dépendre ainsi du jugement professionnel de Miko la mettait en rage ! Elle connaissait la raison de son échec : à Jérusalem, la rue la stimulait et elle chantait dans la liberté et la jubilation ; mais ici, avec tout le dispositif mis en place par Pessah, elle se sentait comme un canari en cage.

En finale, elle chanta un fado portugais que le public connaissait bien, la chaleur simple de la mélodie la ranima un peu, les gens lui sourirent, une chaleur familière la réchauffa de nouveau, elle leur chanta hors programme *Les Marionnettes* de Léah Goldberg qu'elle connaissait par le répertoire de Noa, sa chanteuse préférée, sa voix dansait, faisait des pirouettes, « A l'ombre d'une lanterne distraite/ sur un balcon de carnaval/ se rencontrèrent par hasard/ Pierrot et Colombine… ».

Elle sourit des yeux à un jeune garçon, pieds nus, qui l'écoutait béatement, électrisé par son sourire. « Et si elle n'était pas Colombine, chanta-t-elle en faisant des yeux tout ronds, et si elle n'était qu'une poupée, une marionnette tirée par des ficelles… », on l'applaudit avec enthousiasme, on en redemanda, mais elle refusa de chanter un bis. Continuer le voyage, comprendre ce qui se tramait autour d'elle, sa fonction dans ce spectacle auquel elle participait malgré elle.

Après avoir fini, le garçon s'approcha, c'était un adolescent, frêle et délicat, vêtu d'une djellaba, avec des petites perles dans les cheveux et le regard incandescent. Il fallait absolument qu'il l'emmène en Galilée, insista-t-il, dans une grotte qui résonnait divinement, un parfait écrin pour sa voix qu'il voulait entendre là-bas. Le mot « grotte » lui rappela la sienne, avec le matelas, la chaise pliante et la guitare adossée au mur. Finirait-elle par y arriver un jour, accompagnée de Shaï... Elle sourit poliment à son admirateur et déclina l'invitation. Mais il ne la lâchait pas, « Viens – il la prit par le bras qu'il caressa avec insistance –, Dieu a créé cette grotte pour ta voix, viens ma fleur, viens me chanter une seule chanson là-bas... » Tamar repoussa sa main avec force. Les yeux bleu-gris devinrent soudain métalliques : « Je t'ai dit, laisse-moi tranquille ! » Il la regarda, aperçut quelque chose, la relâcha et partit.

Elle traîna quelques minutes dans les rues latérales, comme une prisonnière entre deux prisons. Autour d'elle les gens parlaient, les voitures roulaient, le quotidien était proche, à portée de main ; mais tout lui paraissait séparé d'elle par une vitre. Une fois dans la voiture, Miko ne la regarda pas. Elle lui tendit la sacoche pleine d'argent, il la soupesa :

– C'est tout ?

– C'est tout ce qu'ils ont donné.

Elle était en colère, pourquoi fallait-il qu'elle se justifie auprès de lui ?

– Parce que si tu en prends pour toi-même, sache que tu es foutue. Nous avons des moyens de le savoir.

– Je n'ai rien pris, dit-elle doucement en le regardant droit dans les yeux jusqu'à ce qu'il soit obligé de les baisser.

Il démarra. Ils roulèrent de nouveau en silence. Tamar essayait de comprendre ce qui se passait. Pendant son spectacle, elle l'avait vu traîner dans l'auditoire. De qui devait-il la protéger, pourquoi cette crainte de la police, pourquoi Pessah expliquait-il au téléphone qu'il lui fallait une demi-heure de battement entre chaque représentation ? Elle se concentra : quand le garçon s'était fait pressant avec sa grotte en Galilée, Miko n'était pas venu à son secours. Quelle était sa fonction pendant qu'elle chantait ? Elle n'y comprenait rien. On la conduisait à Haïfa, on la mettait en garde, on lui faisait peur, elle chantait, il ne se passait rien de particulier, puis ils repartaient pour le spectacle suivant. Pourquoi tout ça ?

Elle appela son père au secours. Le rapport entre l'investissement et la rentabilité, les bénéfices, c'étaient ses mantras, ses petites cuirasses. Elle pensa aux cinq cents shekels que Sheli gagnait tous les jours. Admettons que tout le monde n'en gagne pas autant. Disons que le revenu moyen par artiste est de… elle se mit à calculer, s'embrouilla, avec les chiffres elle s'embrouillait toujours. Elle avait des nausées chaque fois qu'autour d'elle on faisait ces calculs. Mais elle ne céda pas, ferma les yeux et calcula, multiplia par le nombre de filles et de garçons qu'elle avait aperçus le matin même dans le couloir, rouvrit les yeux : ça faisait dix mille shekels par jour. C'était beaucoup. Mais quelque chose manquait.

Le spectacle près du centre Ziv se passa lui aussi sans incidents. Préoccupée par toutes ces énigmes, elle chanta moins bien, mais le public était encore plus enthousiaste. Comment l'expliquer ? C'était toujours inattendu et déprimant : les applaudissements soulignaient l'immense écart entre ce qu'elle ressentait et la manière dont les choses étaient perçues par les autres. C'était un sentiment familier : cet abattement très particulier après les spectacles, quand l'amour se déversait sur elle et soulignait sa solitude, pire encore, le sentiment d'être incomprise.

Il y a deux ans, un jour où ils avaient cachetonné ensemble, Shaï lui avait dit : « Des fois c'est plus vexant d'être aimé pour de mauvaises raisons que d'être détesté pour de bonnes raisons. »

Comme d'habitude, les gens s'approchèrent pour lui serrer la main, lui poser des questions avec une sympathie qui lui était agréable.

Elle aperçut un policier à quelque distance. Il paraissait occupé avec un monsieur très élégant qui lui racontait avec force gestes une chose dont il avait été victime. Le policier écoutait et notait sans le regarder.

«C'était un peu mieux cette fois-ci», dit-elle malgré elle à Miko en lui tendant la sacoche, puis elle eut honte de son zèle.

Pendant tout le chemin, elle se tortura à cause de cette phrase : c'était un peu mieux cette fois-ci. Qu'est-ce qui était mieux ? Le fait qu'ils aient payé plus ? Pourtant le spectacle précédent était meilleur. Et alors ? Si on est moins payé, est-ce que ça veut dire que c'est moins bien ? Si on te paie moins que Sheli, est-ce que ça veut dire que tu vaux moins qu'elle ? Espèce de lécheuse, va.

Pour la première fois depuis qu'elle travaillait dans la rue, elle eut le sentiment de se vendre. Jamais plus elle ne s'excuserait de gagner moins. Ni devant Miko, ni devant Pessah, ni devant qui que ce soit. Elle se redressa sur son siège et releva le menton. Son geste lui rappela Théodora, elle y puisa de la force, et prêta serment : sa fonction et sa mission étaient de chanter. Tout le reste, c'était leur affaire.

Sur la belle promenade de Bat-Galim, elle chanta en portugais *Qu'il est doux de mourir en mer*. Elle ne l'avait presque pas travaillée, mais la chanson était venue spontanément en voyant la mer, Tamar se laissa entraîner par la mélodie et chanta librement, avec la maturité et le métier d'une vraie chanteuse, puis, en un brusque virage aussi grisant qu'un slalom, elle entama un rythme violent, lança les bras comme des flammes, dansa en se trémoussant comme elle n'avait jamais osé le faire à des soirées, on aurait dit Riki Gal sur scène, sauvage, volcanique, pleine de vie, le halo de ses cheveux blonds s'enroulant aux volutes de fumée bleue… Un garçon et une fille à peine plus âgés qu'elle, peut-être un soldat et une soldate en permission, se mirent à danser tout près avec entrain. Elle chanta pour eux, leur transmit le rythme, dansa devant eux ; elle comprenait enfin ce que Halina avait essayé de lui apprendre pendant des années : ne pas fuir les émotions, ne pas fixer le vide comme si elle était détachée de ce qu'elle suscitait chez les gens. Elle était plus audacieuse de spectacle en spectacle et ne craignait pas de regarder les gens dans les yeux, de sourire, de rayonner ; il lui arriva même de chanter pour quelqu'un qui l'inspirait, lui paraissait apte à comprendre sa chanson ; elle le regarda, se concentra, flirta un peu avec lui et sentit la gêne suscitée par son regard mûr et perçant.

Elle aimait sentir la curiosité de chacun, comment ils essayaient de deviner qui elle était, ce qu'elle faisait. C'était si différent des spectacles de la chorale avec ses filles bien sages habillées à l'identique. Dans la rue, elle sentait sa peau frissonner, les gens la regarder, fouiller en elle, l'habiller de leurs histoires et leurs fantasmes : tantôt elle était une orpheline maltraitée, contrainte de subvenir à ses besoins ; tantôt la vedette d'un groupe rock anglais, tantôt la dernière coqueluche d'un atelier de jeunes de l'Opéra de Paris, qui voyageait incognito dans des pays lointains pour se faire la main ; tantôt une jeune fille atteinte d'un cancer, qui voulait vivre sa dernière année dans l'animation de la rue. Ou bien une belle de nuit qui, le jour, chantait de cette voix pure...

Ce spectacle au bord de la mer avait quelque chose d'entraînant, il déliait sa voix, éveillait des images. Pour la première fois, elle était en nage, c'était une sensation si agréable qu'elle décida de chanter une autre chanson malgré les regards meurtriers de Miko qui lui faisait signe d'arrêter ; c'était un air d'Eti Ancry, une mélodie d'une douceur trompeuse qui dissimulait des mots perçants comme un dard, qui lui allaient droit au cœur.

Tamar dansait, enroulée sur elle-même, *nos voix ténues/*

*tes rêves fêlés/ que tu as élevés sur des champs étrangers/
et qui te vrillent le corps...*

Puis, tout le monde se dispersa, et elle vit une femme
âgée, corpulente et maladroite, qui s'agitait près de l'endroit où elle avait chanté, et cherchait quelque chose par
terre, entre les buissons, sous les bancs :

– Ici, moi être ici, dit-elle en croisant le regard de
Tamar. Peut-être tombé ? Peut-être ils pris ? Mais comment ? Dis, comment ? Moi, ici, une minute je écoutais
chanson, et maintenant, parti !

– Qu'est-ce qui est parti ? demanda Tamar, le cœur soudain lourd de pressentiment.

– Porte-monnaie, avec argent, avec papiers.

Elle avait un visage gros et rouge, des veinules autour
d'un gros nez, et des cheveux blonds platinés dressés en
une grosse tour au sommet du crâne.

– Moi, aujourd'hui, recevoir du boss trois cents shekels
pour mariage ma fille. Trois cents ! Jamais il donner beaucoup argent ! En route, moi écouter toi, une minute, *oï,
idiotka* ! Maintenant, parti, fini !

Sa voix s'éteignit de surprise et de chagrin. Tamar
lui tendit aussitôt tout l'argent amassé dans son chapeau.
«Prends.»

– Non, non ! interdit ! – elle recula, effleura avec compassion la main fine de Tamar. Interdit... il faut manger...
toi, petite oiseau... pas donner... pas bien...

Tamar lui fourra tout l'argent entre les mains et prit la
fuite. Elle marcha sur la plage comme un vent en furie.
Puis elle revint vers la voiture et dit aussitôt :

– Il n'y a plus rien. Il y avait environ soixante-dix shekels, j'ai tout donné à la femme.

– Quelle femme ? demanda Miko avec une noire étincelle dans les yeux.

– La femme, la Russe à qui t'as piqué l'argent.

Il y eut un silence. Puis Miko se retourna. Lentement,
jusqu'à ce que son visage soit en face de celui de Tamar.
Tout se passait au ralenti ; brusquement, il y eut un grand

silence. Elle remarqua une ride profonde sur son jeune front. Des cheveux courts et bouclés, des lèvres fines.

Alors, il la frappa. Une gifle, puis une autre. Elle s'envola à gauche, puis à droite. Dinka se réveilla et se mit à gronder d'un air menaçant. Tamar posa la main sur la tête de la chienne. Du calme, du calme. Le monde se mit à tournoyer autour d'elle, puis il s'affaissa en formant un gros tas. Elle entendit la voiture démarrer. Le paysage défilait. Elle vit le dos de Miko, musclé, ramassé, tendu, elle serra les lèvres de toutes ses forces et crispa les muscles du ventre, mais les larmes coulaient le long de ses joues et elle les reniait. Sotte, petite sotte, toute ta tendresse est balayée, se répétat-elle au point de n'entendre qu'un son continu comme celui d'une alarme, puis elle poussa un grand cri. Personne n'entendait rien de l'extérieur, mais elle s'était retirée en elle-même, avait pris la fuite et s'était réfugiée dans une grande pièce avec un piano et Halina. C'était l'abri dont elle avait besoin en ce moment. Halina, avec ses lunettes qui retombaient au bout de son long nez, et l'éclat de son regard aigu qui pointait par-dessus. Halina qui fermait sa menotte en coup de poing agressif et ordonnait à Tamar de diriger sa voix vers l'extrémité du pouce, vers l'ongle verni de rouge : « la-aa ! » chante Tamar dans sa tête avec une concentration extrême, « na-aa ! lui répond Halina, mon ongle ne te sent pas du tout ! », « la-aa… », « encore, plus de résonance… », ça l'aide, comme un massage du crâne vers lequel les sons affluent comme du sang chaud, ça l'apaise et lui rappelle ce à quoi elle appartient, ce qui réunit complètement tous ses morceaux.

Au bout d'un moment, elle sentit les yeux de Miko la transpercer dans le rétroviseur :

– C'est la dernière fois que tu prononces ce mot, compris ? La dernière fois que tu le penses dans ta tête. Tu dois soixante-dix shekels à Pessah, tu t'expliqueras avec lui. Mais tu répètes ça encore une fois, et t'es foutue. Je m'occuperai si bien de toi que même ta mère ne te reconnaîtra pas.

Ils roulaient dans un silence absolu. Les gifles lui faisaient mal à la tête, toute son âme criait, ses joues brûlaient de douleur et de honte. Personne ne l'avait giflée depuis au moins dix ans. Quand elle était petite, que sa mère s'énervait parfois et lui donnait une fessée, son père s'empressait de s'interposer entre elles. Une fois, sa mère avait perdu la tête (Tamar ne se souvenait plus pourquoi) et l'avait poursuivie dans la maison, son père avait crié depuis son bureau : « Pas le visage, Telma ! » et, tout en courant, Tamar avait éprouvé pour lui un élan de gratitude.

Elle se dit qu'il avait peut-être peur qu'on remarque des traces sur elle.

Se faire remarquer était ce qu'il craignait le plus.

Pour ne pas pleurer, elle se força à ne pas penser à ce qui venait d'arriver. Elle mobilisa ses énergies et fit des calculs fiévreux : si Miko subtilisait deux ou trois porte-monnaie par spectacle ; à raison de quatre à cinq spectacles par jour, avec des pics de dix ; si la résidence abritait trente ou cinquante jeunes ; si chaque porte-monnaie contenait cent ou deux cents shekels. Et parfois même mille. Elle fut saisie de vertige. Un petit escroc aux affaires florissantes. Peut-être pas si petit que ça. Son calcul approximatif s'élevait à des milliers de shekels par jour. Ça paraissait illogique, mais de nouveaux calculs donnèrent le même chiffre. Les mains moites, elle se dit que Pessah Beit-Halevi gagnait en une demi-heure plus que ce qu'elle gagnait en une année de travail chez Théodora.

Ils arrivèrent à Zikhron-Yaacov à cinq heures de l'après-midi. Tamar était brisée, les nerfs à vif. Elle s'extirpa de la voiture à grand-peine. Comment chanter devant des étrangers sans pleurer ?

Mais elle sortit. C'était un spectacle, il fallait y faire face. Ignorer Miko, Pessah, et la saleté dans laquelle elle baignait. Halina ne le lui pardonnerait pas : « Comment fait un acteur qui se dispute avec sa femme avant de jouer Hamlet ? Il joue tout de même, non ? »

Elle se traîna jusqu'à la rue piétonne, vit son image se refléter dans les vitrines, une mince petite fille chauve aux grands yeux, dont le sourire brisé ressemblait ce soir à un croissant renversé.

Elle marcha au milieu des gens, des familles petites et grandes. Une légère brise se leva. Les enfants s'excitaient, se poursuivaient, les parents leur demandaient mollement d'arrêter. Un jeune père séduisant et un petit garçon de cinq ou six ans étaient assis dans un café qui avait débordé sur le trottoir. Le petit garçon essayait de lire le journal du père, mais ne savait pas tourner les grandes pages qui s'emmêlaient et collaient à son visage, il riait aux éclats et le père lui montrait patiemment comment faire, répétait sans se lasser les bons gestes. Des fils d'amour étaient tissés entre eux, et Tamar alla presque vers le père pour lui proposer d'être la nourrice de l'enfant. Elle sentit monter en elle la nostalgie pour Noykou, pour sa joie de vivre contagieuse, ses joues de pêche, leurs jeux excités, l'état de la cuisine quand elles faisaient un gâteau surprise pour Léah. Aussitôt, elle inscrivit dans sa tête une question urgente à poser à Théodora, une de ces questions auxquelles seule Théo pouvait répondre : si quelqu'un décide de se blinder pendant un certain temps pour accomplir une mission difficile, peut-il redevenir lui-même après l'avoir accomplie ?

Elle arriva en retard à l'endroit qu'elle s'était fixé. Le trottoir en face de Beit Aharonson, devant l'énorme cruche en terre dans laquelle était plantée une vigne. Un endroit tranquille où Dinka pouvait somnoler et être à portée de son regard. Puis elle se mit au centre d'un cercle imaginaire. C'était difficile, presque aussi difficile que la première fois, un million d'années plus tôt, dans la rue piétonne de Jérusalem.

Alors elle chanta par surprise.

Elle chanta fort, plus fort que d'habitude. Sa voix lui était extérieure, et extérieure à tout ce qui lui était arrivé. Une voix pure et claire, intacte, miraculeuse. Elle chanta les deux premières chansons dans un état second. C'était une sensation étrange. Pour la première fois de sa vie, elle éprouvait de la rancune pour cette voix qui voulait rester pure, alors qu'elle, Tamar, se souillait. Sans préméditation aucune, elle modifia son programme et chanta Kurt Weil – Halina les appelait « les chants de la haine » –, elle chanta Jenny, la femme de chambre exploitée, la prostituée humiliée qui rêve d'un vaisseau aux huit voiles scintillantes, aux cinquante-cinq canons et aux dizaines de pirates, qui arrive devant sa ville, jette l'ancre devant l'hôtel borgne où elle travaille, et détruit dans une tempête de feu la ville, l'hôtel et tous ceux qui l'ont maltraitée. C'était la première fois qu'elle chantait cette chanson qui la prenait aux tripes, sa voix montait d'un point inconnu, des plis du ventre, de la terre. Elle avait appris *La Fiancée du pirate* avec Marianne Faithfull que Shaï admirait, surtout ses chansons de la période d'après la drogue ; ils écoutaient ensemble cette voix enfumée, roussie, et Shaï disait que seul un être qui avait vraiment brûlé pouvait chanter comme ça. A l'époque, Tamar pensait que jamais elle ne pourrait chanter ainsi, qu'il ne lui arriverait rien de bien grave dans la vie.

Ses bras bougeaient, son visage qui avait reçu les gifles redevenait expressif. Elle sentait sa voix circuler dans son corps comme le sang, ranimer par son flux les bras, le ventre, les jambes, sa poitrine oppressée. Des cercles chauds se répandirent dans son corps. Elle chanta pour elle-même, sans penser aux gens qui l'entouraient, ils n'étaient là que par hasard. Sa voix monta des profondeurs obscures et insoupçonnées de sa personne, jamais elle n'avait osé chanter avec cette voix rauque, disgracieuse, roussie, calcinée. Elle alla vers le public, se répandit avec sa voix, souillée, pleine de pleurs étouffés, de solitude et de poison, jusqu'au moment où elle la sentit s'élever doucement et entraîner à sa suite ce qu'elle était maintenant, ce qu'elle avait perdu pendant cette année passée, et ce qui avait grandi en elle, tout doucement, envers et contre tout.

Elle distingua dans un brouillard que des gens de plus en plus nombreux se réunissaient autour d'elle. Beaucoup de monde. Elle n'en avait jamais eu autant. Elle chantait depuis plus d'une demi-heure déjà, refusant de quitter ce point obscur qu'elle venait de découvrir.

Elle chanta en finale le solo qui lui avait été pris, son préféré, celui du *Stabat Mater* de Pergolèse. Ces sons purs et transparents comme du cristal. Cette fois personne ne rit, et elle ne fit plus qu'un avec le chant, unique et décisif, le sien. Sa voix était son unique lieu au monde. La maison d'où elle partait et où elle revenait, l'unique endroit où elle pouvait être elle-même, espérer être aimée pour tout ce qu'elle était et malgré ce qu'elle était. Si je devais choisir entre le bonheur et une bonne chanson – avait-elle écrit dans son journal quand elle avait quatorze ans – je sais d'avance ce que je choisirais.

Après cet instant de paix et de sérénité intérieure, elle se réveilla et se rappela où elle était. La tête bouclée de Miko circula lentement entre les rangées, aussitôt elle ferma les paupières, consciente que sa voix agissait sur un spectateur qui se laissait aller un instant et qu'aussitôt Miko en profitait.

A la fin de la chanson, emportée par le vertige et l'émotion, elle s'affaissa presque. Puis elle posa le chapeau par terre avec des gestes ralentis, s'agenouilla et se colla de tout son corps contre Dinka comme pour y puiser des forces. Les gens se pressaient autour d'elle, ils criaient : « Bravo ! » Le bonnet était plein de shekels et, pour la première fois dans sa carrière, quelqu'un y déposa même un billet de vingt shekels. Elle ramassa le tout, le fourra dans son sac à dos, mais on continua de l'applaudir et la bisser : « En-core ! En-core ! »

Elle était à bout de forces, le public en était conscient, mais il la réclamait tout de même, voulait recevoir son ultime cadeau, sa gelée royale. Elle était confuse et rougissante, scintillante comme si on l'avait aspergée de rosée. On l'acclamait et elle riait. C'était grisant, dangereux. Quand elle chantait avec la chorale, il y avait des salles où le rideau tombait et dissimulait au public cette ivresse qui suivait le spectacle. Mais ici, pas de rideau. Les gens se nourrissaient sans vergogne d'une chose qui était en elle et qu'elle ne ressentait que lorsqu'elle était ainsi aspirée par eux. C'était une force d'une telle ivresse qu'elle eut peur d'avoir trop donné d'elle-même.

En guise de bis, elle leur chanta une humble chanson française, une chanson pour enfants, sur un berger et une bergère, le berger trouve un seau dans la vallée et le rend à la bergère à condition qu'elle lui accorde un baiser sur la joue. C'était une chanson qui lui fit retrouver sa musique et revenir à elle-même. Elle vit Miko disparaître d'un pas léger, les poches de son pantalon pleines à craquer. Son regard parcourut la foule pour voir d'où viendrait le cri. La culpabilité lui pinçait le cœur. Mais elle avait une mission à accomplir. Un rôle à jouer. Elle se répéta ces mots tout en chantant la mélodie et puisa en eux la force d'être douce et apaisante.

– Pas mal, dit-il en gloussant lorsqu'elle lui tendit la sacoche du bout des doigts, comme si elle avait une maladie contagieuse. Ça t'aura servi de leçon, mais, la prochaine fois, abrège !

Il compta en silence, on voyait ses lèvres bouger. « *Wallah*, dit-il enfin en la regardant dans le rétroviseur, t'as fait cent quarante shekels. Reviens ici tous les jours. »

Sur le point de vomir, elle détourna la tête avec dégoût. Sur le siège à côté de lui, un portefeuille marron glissa et s'ouvrit. Elle entrevit une petite photo, celle du petit garçon qui avait essayé de lire le journal de son père.

Tamar commençait à perdre tout espoir de rencontrer Shaï. Une semaine après son arrivée dans l'ancien hôpital, elle commençait à comprendre ce que Sheli lui avait dit le premier jour : on se sentait aspiré. Souvent, elle ne se demandait même pas pourquoi et pour qui elle se trouvait là. Sa vie antérieure ne comptait plus : tel un funambule qui ne regarde surtout pas le précipice au-dessous de lui, elle chassait toute pensée sur ses parents, ceux qu'elle aimait, la chorale, et même Idan. Au cours de cette première semaine, elle avait fait des milliers de kilomètres, compté neuf chauffeurs différents qui l'avaient transportée à Beer-Sheva dans le sud, Safed et Afula dans le nord, puis Arad dans le désert, et Nazareth de nouveau dans le nord. Elle avait appris à manger dans la voiture sans avoir mal au cœur, à dormir à la commande, jetée comme un vieux vêtement sur la banquette arrière, à chanter cinq, six, et même sept fois par jour sans endommager sa voix, et elle avait surtout appris à se taire.

Miko avait commencé son éducation avec les deux gifles. Ensuite, elle avait appris à se méfier des autres jeunes du groupe, à ne pas parler devant eux, à esquiver les questions, comme Sheli le lui avait recommandé ; tous ceux qui se trouvaient là étaient des gens blessés. Chacun avait fui une catastrophe. Les questions sur la famille qu'on avait quittée ou dont on avait été chassé ravivaient des vagues de douleur, rouvraient des blessures qui commençaient peut-être à cicatriser. Les hypothèses sur l'après, sur ce qu'on ferait dans la vie, où on vivrait, suscitaient peur et désespoir. Très vite, elle sentit que le passé et l'avenir étaient « hors sujet » : le foyer de Pessah existait dans un présent continu.

La chose convenait parfaitement à Tamar. Elle aussi craignait d'être trahie par les questions superflues. Son amitié avec Sheli était empreinte de cette méfiance. Parfois, au petit matin ou tard le soir – avant que Sheli ne « s'écrase sur le lit comme une tomate » –, elles échangeaient quelques mots, se racontaient les menus événements de la veille, avaient envie d'en dire plus, de parler de choses plus vraies, mais s'arrêtaient à temps ; trahies comme les autres par leurs proches, elles en avaient tiré la leçon : il était des situations où on ne pouvait faire confiance à personne. Chacun pour soi, disait le dicton.

Dans ces moments-là, elles échangeaient des regards douloureux et éloquents : nous sommes des guérilleros solitaires qui essaient de survivre en terrain ennemi. Ici, chacun est étranger. Même s'il est adorable comme toi, Tamar, ou comme toi, Sheli. Un jour peut-être. Dans une autre vie…

Tous n'étaient pas aussi solitaires qu'elle. Elle repéra des amitiés, des couples, et même trois «chambres familiales» avec des groupes plus ou moins grands. A côté de la salle à manger, il y avait une pièce qui servait de club : on pouvait y jouer au ping-pong, au tric-trac, Pessah avait même acheté une machine à café et promis l'achat d'un ordinateur sur lequel on pourrait composer de la musique. Il y avait aussi des soirées dans les chambres, les gens fumaient, faisaient de la musique ensemble ; en les observant de l'extérieur, elle vit leur joie à se rencontrer le soir, dans la salle à manger. L'élan, l'accolade, les bras qui enlaçaient les corps, la tape amicale, «Salut, mon frère, quoi de neuf». Et il arrivait alors que, dans sa solitude, elle se mette à les envier.

Mais celui qu'elle recherchait était aussi loin et hors d'atteinte qu'au premier jour.

Quand elle était encore chez ses parents et qu'elle mettait au point son plan d'action, elle s'imaginait en train d'agir sans relâche, de réfléchir, d'interpréter, de recueillir des indices. Mais dès l'instant où elle avait mis les pieds dans cet endroit, son cerveau était devenu plus lent, pesant, hagard. Si hagard que parfois elle était prise de panique à l'idée de se laisser entraîner dans le cercle vicieux des spectacles de la rue, du sommeil abrutissant et, peu à peu, d'oublier la raison pour laquelle elle se trouvait là.

Il fallait s'arracher de force à ce sortilège hypnotisant et désespéré. Elle rassembla à grand-peine les pièces de la mosaïque : il y avait là des artistes, vingt, trente ou cinquante filles et garçons. Impossible de connaître le chiffre exact. Ils allaient et venaient, disparaissaient pendant plusieurs jours, puis réapparaissaient. Parfois, on se croyait dans l'effervescence d'une gare, ou dans un camp de réfugiés. Elle ignorait comment les autres étaient arrivés là, ou plutôt avait cru comprendre qu'ils avaient entendu parler du foyer et des « chasseurs de talents » de Pessah ; aux quatre coins du pays, on parlait de cet endroit unique, entouré d'une aura romantique d'artistes et de farfelus. Des gens de Tibériade, d'Eilat, de Kfar Gil'adi, de Taïbé et de Nazareth avaient tous entendu parler de ce foyer où, une fois admis, on se produisait des centaines de fois dans la rue, aux quatre coins du pays, où on acquérait de l'expérience, de l'assurance, on devenait « une vraie bête de spectacle », on était mieux préparé que dans une de ces écoles chic où il fallait passer quatre ans. Personne n'évoquait jamais à voix haute Miko, ses acolytes et leurs activités ; les artistes vivaient avec des malfaiteurs, passaient plusieurs heures par jour en leur compagnie, mangeaient et voyageaient avec eux, se produisaient tout près d'eux, et faisaient semblant de n'avoir rien vu, rien entendu, rien dit de ce qui s'y passait vraiment. Tamar sentait la chose lui arriver aussi. Un soir où elle rentrait d'un spectacle à Nes-Tsiona, affamée, pelotonnée sur le siège arrière de la voiture, elle pensa aux êtres qui vivent des dizaines d'années sous un régime tyrannique et répressif, et finissent par se détacher de la réalité pour ne pas mourir de honte.

Pour ne pas regarder Miko et ses acolytes, elle observa les artistes : mimes, magiciens, violonistes, flûtistes, une violoncelliste au visage triste, avec des lunettes et un mince bonnet rouge aux bords arrondis qu'elle ne quittait jamais ; Tamar se demanda comment on pouvait s'enfuir de chez soi avec un violoncelle ; un jeune Russe qui faisait des tours sur un vélo à une roue, Tamar se souvenait de l'avoir vu avant son arrivée au foyer, dans la rue piétonne à côté de chez elle ; deux frères de Nazareth qui faisaient de superbes numéros de prestidigitation sur des échasses ; un jeune Éthiopien qui dessinait sur les trottoirs de beaux rois mages et des licornes dorées ; un jeune Américain qui avait quitté sa yeshiva, s'était dévergondé, et dessinait au fusain des caricatures impitoyables des passants dans la rue, il poursuivait cette activité fiévreuse au foyer, et tout le monde s'était habitué à ses coups de crayon nerveux ; un jeune religieux rouquin au regard trouble, qui avait fait partie des extrémistes de Gush Etsion et savait avaler et cracher du feu ; deux filles de Beer-Sheva, sœurs ou jumelles, qui prétendaient lire dans les pensées, Tamar évitait soigneusement de se trouver dans leur voisinage ; une dizaine de jongleurs, lanceurs de balles, baguettes, boules de bowling, pommes, torches, couteaux ; un grand garçon avec des yeux de vendeuse de grand magasin, qui imitait le langage du corps, les mouvements et la démarche des passants : lorsqu'ils traversaient son aire de spectacle, il leur emboîtait le pas, les talonnait à leur insu et les singeait devant les spectateurs hilares. Un soir au dîner, Tamar repéra la fille qui faisait son numéro avec les deux cordes enflammées. Et une autre, la « fille en caoutchouc », qui avait un visage méchant et venait d'un kibboutz du nord ; un soir, après le dîner du vendredi soir, elle avait plié son corps et s'était nichée dans une caisse de Coca-Cola ; un très jeune garçon, presque un enfant, faisait des bulles de toutes tailles et de toutes formes ; un autre, qui habitait Jérusalem, avait un visage pâle et des cheveux noirs et graisseux, se faisait appeler « le poète de la rue » et inventait en quelques secondes des rimes à la commande à qui voulait bien le payer. Il y avait aussi, comme elle, des chanteurs et des chanteuses, elle avait échangé quelques mots avec l'une d'elles pendant un voyage à Ashkélon et découvert qu'elles chantaient les mêmes chansons. Et des rappeurs qui faisaient de la musique avec des bidons de peinture vides, avec une scie, un autre exécutait une œuvre complète sur des verres à vin en passant le doigt sur leur bord ; et des guitaristes, comme Shaï, mais aucun ne jouait comme lui. De temps en temps, quelqu'un évoquait son nom avec vénération, mais c'était comme s'il était mort et n'existait plus.

Quant à Shaï lui-même, elle ne l'aperçut pas.

Une nuit elle fut réveillée par des cris. Pendant un instant, l'esprit encore confus, elle se crut chez ses parents et essaya de relier les bruits aux objets familiers. Les cris devinrent plus forts, inquiète elle regarda l'heure : il était deux heures et demie. Soudain consciente de l'endroit où elle se trouvait, elle se leva aussitôt et courut à la fenêtre. Une voiture était arrêtée dans la rue et trois hommes essayaient de tirer quelqu'un qui ne voulait pas en sortir. Il s'accrochait avec ses mains à la portière, les hommes le tiraient et tapaient sur ses mains, l'un d'eux était Miko et l'autre Chico, qui ressemblait à Elvis. Elle colla le front contre la vitre et essaya de voir, mais les hommes entouraient la voiture et faisaient un paravent de leurs corps. Ils juraient à voix basse, envoyaient par moment leurs poings par la vitre pour essayer d'assommer celui qui était à l'intérieur. Tamar cria en silence et se mordit le poing au sang. Pessah sortit en courant du bâtiment, jeta un coup d'œil inquiet vers les étages et les fenêtres, revint à l'intérieur et éteignit la lumière qui éclairait l'entrée. Il était encore plus difficile de distinguer ce qui se passait. Il s'approcha de la voiture et resta un moment devant la portière ouverte, le front appuyé à la tôle. Tamar crut qu'il parlait à celui qui était à l'intérieur pour le persuader de sortir. Lentement, dans un mouvement presque nonchalant, le coude se déplaça en arrière et le grand avant-bras frappa un coup à l'intérieur. Le silence se fit aussitôt. Tamar tremblait de tous ses membres. Un des hommes tira une chose de la voiture, ça ressemblait à un tapis roulé. Il le chargea lestement sur le dos et pénétra à l'intérieur. Au moment où il entrait, Tamar aperçut les mains de celui qu'il portait sur le dos. Elle ne connaissait qu'un seul être au monde qui ait des doigts aussi longs.

Les jours passèrent. C'était la fin juillet, Assaf venait de commencer à travailler à la mairie. Il s'ennuyait ferme huit heures par jour dans un bureau vide, à côté du service des eaux, répondait au téléphone, transmettait les rares informations qu'il savait, s'amusait à composer une équipe idéale pour disputer les matches de la ligue nationale et ignorait que dans quelques jours une grande chienne perdue entrerait dans sa vie, une adolescente s'y engouffrerait à sa suite, elle aussi un peu perdue, et qu'à partir de cet instant il se demanderait sans cesse où était Tamar.

Un de ces soirs où Assaf traînait encore dans la rue avec Daphi Kaplan, souriait d'un air blasé aux blagues grossières de Roy et comptait les minutes avant la fin de la soirée, Tamar revint au foyer après l'heure du dîner. Elle revenait de Bat-Yam ou de Netanya, elle ne se souvenait plus très bien. Elle monta vite dans sa chambre pour se changer et y laisser Dinka : au cas où elle croiserait Shaï dans la salle à manger, il valait mieux que Dinka ne lui fasse pas la fête devant tout le monde.

Elle se lava le visage dans le lavabo rouillé et se regarda dans le bout de miroir cassé accroché au mur. Ses cheveux avaient un peu poussé, des petites épines noires germaient sur son crâne. Elle trouva que ça lui allait et, contrairement à son habitude, se soucia un peu de son apparence, eut envie d'un bain moussant, de crèmes onctueuses, et pensa à Halina qui voulait faire d'elle une belle femme. En entrant dans la salle à manger, un sourire imprudent flottait encore sur ses lèvres, et elle tomba dans le piège sans y être prête.

Dès qu'elle l'aperçut, un frisson la parcourut. Si maigre, si défait. Une pâle copie de lui-même. Elle avança tout droit, passa devant lui comme une automate, les yeux baissés, le visage blême. Shaï la regarda sans la voir. Était-il distrait ou drogué, une chose était sûre : *il ne l'avait pas reconnue*, c'était un choc inattendu, encore plus dur que les autres : la présence tant espérée de Shaï n'atténuait en rien son sentiment d'étrangeté. Replié sur lui-même, vêtu du chandail bleu qu'elle aimait bien mais qui était sale et déchiré, il bougeait comme s'il priait et jouait du bout de sa fourchette avec la purée. Tamar fit un grand effort pour manger le repas froid qu'on balança dans son assiette. Dans la salle soudain silencieuse, c'était comme si tous les regards s'étaient tournés vers eux.

Sheli arriva aussi, excitée, avec ses Doc Martens jaunes, ses cheveux vert fluo et son entrain qui ranima tout le monde. Elle s'élança vers Tamar avec la même joie que la première fois : « Fais-moi un peu de place, bouge d'un cran vers le nord, j'ai un truc dingue à te raconter. » Elle commença à parler, mais remarqua aussitôt le regard lointain de Tamar, se détourna d'elle avec un léger pincement au cœur, puis se tourna vers son voisin de droite avec la même allégresse débordante : ce jour-là, pendant le spectacle à Ashdod, un imprésario de la télévision locale l'avait abordée pour lui proposer un contrat de trois ans et l'éventualité d'un voyage à New York... Mais, tout en parlant, elle se demanda en quoi l'imitation d'artistes israéliens pouvait intéresser les Américains, et sa joie tomba un peu. Tamar s'appliquait à mastiquer la nourriture. Puis, elle leva prudemment la tête. Ses yeux lui lancèrent un appel. Il la regarda parce qu'elle était nouvelle. Et, très lentement, ses pupilles se dilatèrent et ses traits s'affaissèrent.

Tamar baissa aussitôt la tête. Il ne fallait surtout pas que quiconque remarque leurs échanges, ou devine qu'ils se connaissaient. Elle goûta à l'omelette froide et la repoussa vers le bord de l'assiette. A côté d'elle, Sheli fulminait contre sa propre bêtise et répétait qu'elle était la reine des imbéciles d'avoir cru un seul instant ce que cette pourriture lui avait dit. Mon œil, l'Amérique ! Zob ! Il lui avait montré une carte de visite avec des lettres dorées en relief, lui avait pris la tête avec un flot de paroles, et elle avait tout gobé. Puis elle avait passé une heure avec lui dans un hôtel borgne. Et maintenant, pour se punir, elle s'enfuirait de nouveau d'ici. Elle irait à Lifta, où elle finirait comme un chien, c'est tout ce qu'elle méritait. Le garçon qui était à côté d'elle essaya de la calmer. Il y avait beaucoup de bruit. A d'autres tables, des tranches de pain volaient en l'air. Les gens étaient plus joyeux que les autres soirs, peut-être parce que Pessah et les autres bouledogues étaient absents. A une table près de la porte, quelques jeunes se mirent à chanter faux à tue-tête *Pourquoi le zèbre porte un pyjama*, d'autres se joignirent à eux pour les accompagner avec les fourchettes et les cuillers sur les tables. *Mamma'lé* poussa des cris en menaçant de tout raconter à Pessah ; un grand garçon, celui qui imitait la démarche des uns et des autres, prit la mamma dans ses bras pour danser, il se pencha sur elle, colla sa joue à la sienne et finit par lui arracher un sourire. Tamar se toucha le front. Puis elle passa un doigt sur sa joue gauche, cligna de l'œil deux fois, toucha sa joue droite ; ensuite, elle leva un doigt en l'air et toucha le cartilage de l'oreille droite ; elle effleura deux fois le menton, fit cinq ou six autres gestes similaires, le tout très lentement, prudemment, sans rien laisser voir de son cœur qui battait la chamade.

Shaï ne la quittait pas des yeux. Ses lèvres bougeaient comme s'il lisait à voix haute. Et c'était vrai. Le premier miracle qu'elle avait espéré s'accomplissait : malgré le temps passé et tout ce qui lui était arrivé avec la drogue, il se souvenait encore de leur langue secrète.

« Je suis venue te sortir d'ici », disaient les doigts.

Il rentra la tête et l'inclina vers la table. Sa belle cheve-

lure était clairsemée et ses poignets d'une grande mai-
greur.

Il se redressa sur sa chaise et leva la tête vers le plafond.
Tamar vit qu'il essayait de se rappeler. Il toucha d'un
geste hésitant sa joue droite, puis le menton, et ensuite le
nez. Il s'embrouilla une fois, et plissa les lèvres en signe
d'annulation. Puis il lui écrivit lettre après lettre :

« Ils vont nous tuer tous les deux. »

Le type assis à la droite de Sheli, le joueur de scie,
explosa :

– Lifta ? Avec les Russes ? T'es dingue ? C'est les plus
camés.

– Pourquoi ? Qu'est-ce qu'ils ont de plus que ceux
d'ici ? demanda Sheli en riant.

Elle avait un comportement bizarre ce soir-là, excessif,
versatile. Mais Tamar était trop occupée pour le remarquer.

– Ils ont du *vind*, dit le garçon aux cheveux longs, avec
une lèvre supérieure un peu simiesque. Ça veut dire « vis »
en russe, parce que ça se visse droit dans ton cerveau, trrr,
comme une vis.

Sheli haussa la tête d'un air incrédule, ses cheveux verts
aussi frémirent, point lumineux dans l'espace qu'elle
occupait.

– Écoute-moi : c'est du phosphore, avec du sirop pour la
toux et de l'eau oxygénée. Une vraie saloperie de drogue,
l'héroïne c'est de l'herbe à côté, mais tu comprends c'est
de la défonce pour pas cher.

– Moi je ne touche jamais à ces trucs-là, dit Sheli en
riant bruyamment. Dans le pire des cas, je fais passer.

Tout occupée à communiquer avec Shaï, Tamar se rappela tout de même que, le jour de leur rencontre, Sheli lui
avait dit qu'elle ne touchait pas à l'héroïne et ne prenait
que de l'herbe.

« J'ai un plan », écrivit-elle avec ses doigts.

Il commença à lui répondre. Une fille remarqua leurs
gestes bizarres et poussa du coude son amie pour qu'elle

186

regarde. Tamar baissa le nez dans son assiette et fourra de l'omelette froide dans sa bouche ; Shaï fit semblant de jouer en imagination un morceau avec ses doigts.

« Moi j'en prends », dit-il.

Tamar lui répondit aussitôt, presque sans lever la tête de son assiette : « Tu as dit veux arrêter. » Tu as dit que tu voulais arrêter. Leurs phrases étaient brèves et directes. Malgré tout ce qui s'était passé, il était capable de la comprendre à demi-mot, c'était un autre signe encourageant. Comme dans leur enfance, quand on leur interdisait de parler à table. A cette époque, ils se contentaient de n'écrire que le début des mots : je veux dor(*mir*) ; ou bien, je dét(*este*) les épin(*ards*).

Shaï attendit deux bonnes minutes avant de répondre : « Peux pas seul. »

« Ensemble. »

Il se prit la tête entre les mains, c'était comme si elle pesait une tonne.

Tamar se souvint d'une chanson qu'elle chantait à la chorale, les paroles étaient d'Emily Dickinson : *« I felt a funeral in my brain. »*

Brusquement, ses doigts tremblaient si fort que Tamar eut peur de se faire remarquer. Il écrivit : « Tu peux pas seu. »

Elle répondit : « Moi, oui. »

Et lui : « Fuis ici. »

Elle : « Pas sans toi. »

Soudain, il poussa une plainte. Un gémissement profond et bruyant. Il se leva aussitôt et, en voulant se retenir à la table, il renversa un verre. Il y eut un grand silence. Il essaya de redresser le verre, mais ses doigts ne parvenaient pas à le saisir, le verre lui échappait comme s'il était enduit de graisse et qu'il essayait de glisser entre ses doigts. Il fallait qu'il le tienne des deux mains pour le remettre debout. Le tout dura trois secondes, mais ce fut comme une éternité. Les yeux étaient fixés sur lui. Très grand et mince, il se balançait comme une tige de roseau au vent. Son visage était inondé de sueur. Tout le monde avait cessé de manger et de bavarder. Il fit un pas en arrière, renversa sa chaise, fit un geste de la main, de désespoir, de découragement, et s'enfuit de la salle.

Tamar engloutit la purée, l'omelette, le pain. Tout pour ne pas lever la tête et croiser son regard.

Quelqu'un dit doucement : « Si on ne s'en sort pas maintenant, c'est foutu pour après. » Il y eut un silence pesant. Peut-être parce que l'avenir venait d'être évoqué, qu'il était interdit d'en parler, qu'il n'existait pas.

Une fille, sans doute une nouvelle, demanda qui était ce garçon, on lui dit qu'il était écorché vif, que c'était un écorché ambulant ; mais qui est-il, que faisait-il, insistat-elle, Tamar se figea sur sa chaise. Qui est Shaï. Qui était-il. On faisait déjà son éloge funèbre. Comment le décrire, comment résumer en deux phrases sa merveilleuse complexité, ses contradictions. « Mais il ne parle jamais, n'est-ce pas ? » demanda la nouvelle. Quelques voix lui répondirent, Tamar sentait que parler de lui les excitait, qu'il était pour eux une énigme fascinante ; oui, au début ils avaient cru qu'il était muet. Mais il jouait comme un démon. Et sans la came, il ne pouvait pas. Quand il en prenait et qu'il jouait, l'argent coulait à flots. On l'avait même demandé à la télé, Doudou Topaz en personne l'avait entendu en passant dans la rue et l'avait invité à son émission, mais Pessah s'y était opposé, il avait dit qu'il n'était pas encore mûr...

« C'est le Jimi Hendrix de Pessah », dit un instrumentiste. Tamar décela dans la voix la pointe de jalousie qu'elle connaissait bien quand on évoquait Shaï. « C'est aussi Jim Morrison, du talent jusqu'au bout des doigts, sauf qu'il est mort de trouille. »

Tamar était incapable d'avaler une bouchée de plus. Figée, immobile, elle priait pour que personne ne la regarde. Ce n'était pas tant le délabrement de Shaï, mais son refus catégorique de s'appuyer sur elle qui la bouleversait. Pourtant Léah l'avait mise en garde : il était possible qu'il ne soit pas prêt, ou ne soit pas en état de vouloir se faire aider par elle. Mais il m'a demandé de venir ! s'était fâchée Tamar, il a téléphoné et supplié pour qu'on vienne le sauver ! Léah le lui avait répété plusieurs fois : il aura la trouille folle d'introduire le moindre changement dans sa vie morcelée, de perdre la possibilité d'avoir toujours de la came sous la main. La terreur envahit peu à peu le cerveau de Tamar : voilà une chose qu'elle n'avait pas prévue. Comment le sortir de là s'il ne l'aidait pas, pire encore, s'il résistait ? Elle sentit quelque chose s'affaisser et choir dans les profondeurs de son ventre. Voilà, petite rêveuse qui croyais ton chemin tapissé de pétales de roses, voilà le talon d'Achille de ton plan mégalomane.

Elle qui avait tout planifié dans les moindres détails pendant des mois, qui avait essayé d'anticiper et de répéter avec une précision quasi obsessionnelle les diverses étapes, les problèmes qui risquaient de surgir jusqu'à son arrivée à l'endroit où il se trouvait ; qui avait prévu avec la même minutie sans failles de le soigner après l'avoir sorti de là, calculé le nombre de paquets de bougies et d'allumettes dont elle aurait besoin dans la grotte, sans oublier les ouvre-boîtes, la pommade contre les moustiques, les pansements pour les blessures, qui avait pensé à tout à un détail près : comment le sortir de là s'il n'en avait ni la force ni le courage !

Tamar était terrassée par son aveuglement. Comment était-ce arrivé ? Pourquoi avait-elle ignoré les mises en garde ? Elle se leva et posa son assiette dans l'évier. Dehors, dans le jardin, filles et garçons étaient assis par terre. Elle aperçut la crinière filasse et verte de Sheli posée sur l'épaule d'un grand garçon musclé. Un autre, avec un visage d'Indien et une longue natte, prit une guitare et commença à chanter. Elle ouvrit la fenêtre pour respirer un peu, la chanson l'enveloppa sans qu'elle puisse résister à son rythme triste et sombre : « Ecstasy pas cher/ le blanc pour le peuple/ LSD bleu/ cash et en liquide/ on fait l'anarchie/ on brise la routine/ libérons la folie/ allons à la police…»

Les filles et les garçons répétaient en chœur autour de lui : «c'est pas – possible – c'est pas – possible.»

Et le garçon chantait : «Y a plus de miracles/ plus d'espoir couleur de rose/ on meurt, on agonise/ on fait la révolution…» puis il reprenait depuis le début sur un rythme monotone, Tamar se balançait, elle détestait les mots mais puisait des forces dans la musique, battait le rythme du refrain sur son corps : c'est pas possible, c'est pas possible d'avoir oublié l'essentiel.

Une fois de plus, les forces qui la faisaient échouer, son armée de souris intérieures, sa cinquième colonne, avaient eu le dessus. Qu'allait-elle faire maintenant ? Devait-elle renoncer à tout, rentrer à la maison la queue entre les jambes ? Une autre petite souris noire trottinait, sautillait d'une étape familière à la suivante, se frottait le derrière contre les bornes du chemin, jubilait et gazouillait : Tu ne feras jamais rien de bon dans la vie ! Tête en l'air ! Amateur ! Il y aura toujours un défaut dans l'exécution, la réalisation, la rencontre entre tes fantasmes et la vraie vie… Le chœur au complet était maintenant réuni autour d'elle et piaillait en désordre : Tu ne feras jamais une vraie carrière de chanteuse, tu trébucheras toujours aux moments critiques, et tu brilleras tout au plus dans les rôles secondaires, Barbarina au début, Marcellina quand tu seras vieille, et avec un peu de chance Prouscita entre les deux. Malheureuse et solitaire, tu traîneras toute la vie dans les chorales et les ateliers d'amateurs. Au mieux, tu dirigeras un chœur. D'ailleurs, tu ne seras jamais vraiment amoureuse, tu peux en être sûre, à cause de cette pièce de Lego qui manque à ton être, et tu n'auras pas d'enfants, sache-le aussi, c'est moi qui te le dis…

Ce fut cette pensée qui lui fit reprendre ses esprits. Brusquement, elle interrompit la ronde des souris, fit appel à ce qui lui restait de forces et se lança dans le combat. Elle essaya de juger son erreur avec sa raison, sans autoflagellation, et finit par conclure que si elle avait pensé un seul instant au refus de Shaï, elle ne se serait pas lancée dans cette entreprise.

D'ailleurs, elle avait bien fait de ne pas y penser. Dans un certain sens, son cerveau l'avait *aidée* en lui dissimulant cet obstacle… Elle se redressa et respira profondément, fière d'avoir surmonté cet accès d'autocritique. C'était nouveau. Un frisson de bien-être la parcourut.

Mais, en attendant, elle était clouée dans cet endroit, seule, sans aucun allié, et il fallait qu'elle pense pour deux, qu'elle suscite une occasion de s'enfuir avec lui. Il fallait qu'elle le mette devant le fait accompli. Ces idées lui redonnèrent vie. Elle se sentait revivre après de longs jours de léthargie. Où était Shaï ? Dans quelle chambre ? Dans quelles toilettes obscures était-il agenouillé, en train de s'injecter une dose qui lui ferait passer la nuit ?

Sheli lui adressa un grand sourire depuis le jardin, un sourire trop large, et lui fit signe de venir s'éclater un peu. Ses yeux étaient fixes, sa joie avait quelque chose de tranchant, de vitreux. Tamar n'avait pas la force de voir du monde ce soir-là, ni de parler. Elle avait besoin d'être seule. Elle sentait confusément qu'il fallait aider Sheli à monter dans la chambre, la protéger, l'empêcher de se détruire et de s'exposer à la honte, mais elle n'en avait plus la force. Elle lui fit un signe qui voulait dire « je vais me coucher » et s'obligea à sourire. Elle se traîna jusqu'à son lit et, sans se déshabiller ni se laver après cette longue journée, sans même caresser Dinka, elle se laissa tomber sur son matelas.

Que se passe-t-il, pensa-t-elle faiblement, comment tout cela a-t-il commencé, comment toutes ces choses sont-elles devenues ma vie, mon quotidien ? Un beau jour, on fait un tout petit pas, on s'écarte d'un poil de l'itinéraire familier, puis l'autre pied est obligé de suivre, et soudain on se retrouve sur une trajectoire inconnue. En plein cauchemar.

Une heure s'écoula, puis encore une. Elle ne parvenait pas à s'endormir. De grandes vagues ébranlaient son cerveau. Tu es ici, tout à côté de moi, murmurait-elle comme si la fièvre la faisait délirer, je vais te sortir d'ici. Elle émettait des ondes silencieuses et priait pour qu'il lise ses pensées, je ne sais pas encore comment, mais je vais te sortir d'ici, que tu le veuilles ou non, je vais te sortir et veiller sur toi, te nettoyer et te rendre à ce que tu étais, mon frère, mon frère.

Le rapt

Après le repas avec Rhinocéros, Dinka conduisit Assaf derrière le marché, dans un quartier qu'il ne connaissait pas. Ils traversèrent des petites cours chaulées. Derrière une porte en bois entrouverte, il aperçut un énorme géranium flamboyant planté dans un vieux bidon et se dit qu'un jour, quand tout serait fini, il reviendrait ici : son œil expérimenté inspecta le jeu des taches d'ombre et de lumière, fit des cadrages, se déplaça vers un chat noir couché au milieu de débris de verre orangé fichés au sommet d'un mur comme des écailles de dragon. Dans les cours, de vieux fauteuils étaient alignés le long des murs, parfois même des matelas, et des bocaux de cornichons fermentaient sur le rebord des fenêtres. Assaf et Dinka passèrent devant une synagogue où des gens en tenue de travail disaient les prières de l'après-midi dans une mélopée qui lui était familière, celle de son père et de son grand-père. Ils longèrent un vilain bloc de béton – l'abri public couvert de dessins d'enfants en couleurs –, puis une autre synagogue, et une ruelle aussi étroite qu'un boyau, sur laquelle s'inclinait un saule pleureur vaste comme un dais.

A cet endroit précis, Dinka s'arrêta, renifla l'air et regarda le ciel comme quelqu'un qui veut savoir l'heure et n'a pas de montre.

Soudain, décidée, elle s'assit près d'un banc, sous le saule pleureur, posa la tête sur ses pattes et scruta l'horizon. Elle semblait attendre quelqu'un.

Assaf s'assit sur le banc. Lui aussi attendit. Il ne savait

pas qui, ni pourquoi, mais il commençait à s'habituer à cette situation. Quelqu'un viendrait, ou bien quelqu'une. Il y aurait du nouveau. Il découvrirait un nouveau détail sur Tamar.

Mais sur laquelle ? La Tamar de Théodora, ou bien celle de l'inspecteur ? Ou peut-être y en avait-il une troisième ?

De longues minutes s'écoulèrent, un long quart d'heure, une demi-heure, toujours rien. Le soleil déclina, lançant ses derniers feux d'un jour d'été brûlant, la brise se leva dans la ruelle étroite. Assaf sentit soudain la fatigue s'abattre sur lui. Il était debout depuis le matin et n'avait pratiquement pas cessé de courir. Mais ce n'était pas la course qui l'avait fatigué, l'effort physique ne l'épuisait jamais. C'était autre chose, une espèce d'émotion qui le brûlait de l'intérieur comme s'il avait de la fièvre. (Mais il ne se sentait pas malade. Bien au contraire.)

« Dinka », dit-il doucement, sans bouger les lèvres, des gens passaient dans la rue, il ne voulait pas qu'on le prenne pour un fou qui parle tout seul. « Tu sais quelle heure il est ? Presque six heures. Et sais-tu ce que ça veut dire ? » Dinka dressa l'oreille. « Ça veut dire que Danokh a fermé son bureau il y a deux heures, que le vétérinaire est rentré chez lui et que je ne peux plus te ramener là-bas. Ça veut dire aussi que tu dois dormir chez moi. » L'idée commençait à lui plaire. « Il y a juste un problème, ma mère est allergique aux poils de chien, mais tu as de la chance, mes parents sont en voyage à l'étranger, tu n'auras qu'à faire gaffe avec tes poils. »

La chienne aboya et se releva. Un homme jeune, maigre et voûté se détacha de l'ombre du saule pleureur et s'approcha. Assaf se redressa. Le jeune homme dit d'une voix fine : « Dinka ! » et courut vers elle en traînant une jambe. Son visage était bizarrement incliné, comme s'il tirait la tête en arrière, ou ne voyait que d'un œil. Il tenait à la main un grand sac en plastique qui portait la marque des Matsot Yehouda. Aussitôt qu'il aperçut Assaf, il s'arrêta et tous deux reculèrent.

196

L'un parce qu'il s'attendait à voir Tamar et trouvait à la place Assaf. L'autre parce qu'il venait d'apercevoir son visage. Toute la partie gauche en était couverte d'une énorme brûlure rouge violacé. La joue, le menton, la partie gauche du front. Une moitié des lèvres aussi paraissait plus fine, pâle et artificielle, comme si elle avait été redessinée par une opération esthétique.

– Pardon, marmonna-t-il en reculant à la hâte. J'étais persuadé que c'était une chienne que je connais.

Et il s'éloigna en titubant, le dos tourné, avec sa calotte noire satinée.

– Attends ! cria Assaf en courant après lui, Dinka lui emboîta le pas, le garçon accéléra sans se retourner, mais Dinka le dépassa et bondit sur lui en agitant la queue avec de joyeux aboiements, elle était si excitée qu'il s'arrêta, s'agenouilla devant elle, prit sa grosse tête entre les mains tandis qu'elle le léchait sur tout le visage et qu'il riait de cette voix bizarre, fine et morcelée.

– Mais où est Tamar ? demanda-t-il à voix basse, comme s'il s'adressait à la chienne. Assaf lui répondit qu'il la cherchait aussi. Alors le garçon revint vers lui avec cette même allure penchée, nasillarde et lui demanda ce que ça voulait dire.

Assaf lui raconta. Pas *toute* l'histoire évidemment, mais la petite, avec la mairie, Danokh et le chenil. Le garçon écouta. Pendant qu'Assaf parlait, il tourna très lentement, imperceptiblement, sur lui-même et finit par lui présenter son bon profil. Il resta dans cette position et regarda distraitement les branches du saule pleureur, comme on regarderait la nature pour mieux se concentrer avant de prendre une décision.

– C'est un coup dur pour elle, finit-il par dire. Que va-t-elle faire sans la chienne ? Comment va-t-elle se débrouiller ?

– Oui, dit Assaf avec une extrême prudence. Elle lui est sûrement très attachée.

– Très attachée ?

Il eut un rire bref comme si Assaf venait de dire une bêtise.

– Elle ne peut pas faire un pas sans la chienne !

Assaf lui demanda d'un air faussement détaché s'il savait où on pouvait la trouver.

– Moi ? Comment je le saurais ? Elle ne raconte rien… elle se contente d'écouter.

Il donna un coup de pied sur la pierre qui bordait le sentier.

– Elle… comment dire… on lui parle, et elle *entend*. Alors, on lui raconte tout. Des chapitres entiers.

Il avait une voix pleurnicharde, comme celle d'un enfant, se dit Assaf.

– On lui raconte des choses qu'on ne raconte jamais à personne. Et tu sais pourquoi ? Parce qu'elle veut vraiment t'écouter, parce que ta vie l'*intéresse*.

Assaf lui demanda où il l'avait rencontrée.

– Ici. Où veux-tu que je la rencontre ? Elle passait avec le chien, et moi j'étais assis ici, à peu près à la même heure. Je sors toujours de la maison vers le soir. C'est le meilleur moment. Supporte pas la chaleur.

Dans sa hâte, il avalait les mots. Assaf se taisait.

– Il y a quelque temps, peut-être trois mois, je viens ici, je la vois assise. Elle avait pris ma place, mais pas exprès. Elle ne savait encore rien à mon sujet. J'étais sur le point de repartir, elle m'appelle, elle me fait – il hésita –, elle me demande quelque chose, elle cherchait quelqu'un – il hésita de nouveau –, peu importe, un truc à elle. De fil en aiguille, on se met à parler. Et depuis, il ne se passe pas de semaine sans qu'elle vienne, parfois même deux fois dans la semaine. On s'assoit, on parle, on mange un morceau que maman prépare.

Il montra le grand sac en plastique qu'il tenait à la main.

– Il y en a aussi pour Dinka. J'en mets de côté toute la semaine. Je peux lui donner ?

Assaf se dit que Dinka ne mangerait rien après le restaurant, mais il ne voulait pas vexer le garçon qui tira du sac un plus petit sac et un joli bol. Il y versa un mélange de pommes de terre et d'os. Dinka regarda tour à tour la nourriture, puis Assaf qui cligna de l'œil en signe d'encouragement, elle inclina la tête et commença à manger. Assaf était sûr qu'elle comprenait.

– Tu veux un café ?

C'était le troisième de la journée, il n'avait pas l'habitude d'en boire autant, mais il espérait que le café serait accompagné d'informations supplémentaires. Le garçon sortit un Thermos et versa du café dans deux verres jetables, puis il étala une petite nappe fleurie sur le banc et posa dessus une soucoupe avec des gâteaux salés, des gaufrettes, et une autre avec des prunes et des nectarines.

– C'est devenu une habitude avec elle, dit-il en souriant comme pour s'excuser.

– Elle est venue la semaine dernière ?

– Non, ni il y a deux semaines, ni trois, ni il y a un mois. C'est pourquoi je m'inquiète. Parce que c'est pas le genre de fille à disparaître ou à te laisser tomber sans rien dire. Tu comprends ? Alors je me casse la tête à me demander ce qui lui arrive.

– Tu n'as pas une adresse ?

– Tu me fais rire. Même pas son nom de famille. Je lui ai demandé plusieurs fois, mais elle a ses principes d'intimité, ils sont comme ça, il n'y a rien à faire.

– Qui c'est « ils » ? demanda Assaf qui ne comprenait pas.

– Les gens comme elle. Dans sa situation.

La drogue, se dit Assaf, le cœur lourd. Il l'imagina dans une de ces « situations » décrites par Rhinocéros, mordit dans un gâteau salé et essaya d'éprouver de la compassion.

– Comme c'est drôle, dit le garçon en gloussant de plaisir. Elle aussi commence toujours par manger ces gâteaux.

Il paraissait complètement nu, comme un enfant qui n'aurait pas encore appris à garder ses distances avec les étrangers. Il hésita, puis tendit à Assaf une main maigre et molle :

– Réussi.

– Quoi ?

– Mon prénom, Matsliah[1]. Prends-en encore. C'est maman qui les fait.

Il disait « maman » avec chaleur et sympathie. C'était une situation bizarre, mais Assaf se sentait bien auprès de ce garçon, à l'ombre du saule pleureur. Il reprit un gâteau. Il n'aimait pas spécialement le salé, mais l'idée que Tamar les aimait, qu'elle en avait goûté aussi lui plaisait…

Dinka finit de lapper le bol et se coucha pesamment de tout son long. Assaf comprit soudain :

– Alors tu viens tous les jours ici avec le café et les gâteaux, et tu l'attends ?

Le garçon évita son regard et haussa les épaules.

– Pas tous les jours. Tu trouves que j'ai une tête à venir tous les jours ?

Il y eut un long silence. Puis il dit d'un air détaché :

– Après tout, est-ce que je sais, moi ? Peut-être tous les jours. Comme ça, si elle vient, je serai prêt.

– Et tu attends depuis un mois ?

– Et alors ? C'est pas plus dur qu'autre chose. Il se trouve que je ne bosse pas en ce moment et que je suis plutôt libre. Ça ne me fait rien de descendre un peu le soir et d'attendre. Ça fait passer le temps.

Un homme marchait sur le sentier à côté d'eux. Matsliah le vit s'approcher bien avant qu'Assaf – ou même Dinka – l'aperçoive. Aussitôt, il se retourna et pencha tout son corps en arrière de manière à tourner le dos au sentier. L'homme passa sans les voir, il était vieux, plongé dans ses pensées. Assaf attendit qu'il se soit éloigné :

– Tamar et toi vous parliez ?

– Si nous parlions ? Tu es sérieux ?

Matsliah étendit fièrement les bras de chaque côté, comme s'il montrait la vaste mer.

– Tu ne me croiras pas, mais avec personne au monde

1. Prénom suranné qui signifie « réussi ».

on ne peut parler comme avec elle. Parce que d'habitude les gens ils te regardent tout de suite de travers, vrai ou pas vrai ? Ils disent, il est comme ci, il est comme ça. Ils pensent à l'apparence extérieure. Prenons mon exemple. Moi, l'apparence extérieure ne m'intéresse jamais, jamais ! T'es bien d'accord avec moi que l'essentiel est ce qu'on a à l'intérieur ? Vrai ou pas vrai ? C'est pour ça que moi, je n'ai pas d'amis, et je n'en ai pas besoin.

Il fourra à la hâte deux gâteaux entre ses lèvres déchirées, recousues.

— Parce que moi, ce qui m'intéresse c'est la connaissance. C'est pour ça que j'étudie. Tu ne me crois pas ?

Assaf dit qu'il le croyait.

— C'est parce que tu m'as regardé d'un air... Moi, ce qui m'intéresse c'est les étoiles.

— Quelles étoiles ? Les stars ? demanda Assaf d'une voix hésitante.

— Quelles stars ? Elles sont dans ta tête, les stars.

Matsliah eut un long rire silencieux et dissimula de la main la moitié de ses lèvres.

— Dans le ciel ! Dis-moi la vérité, t'as jamais pensé aux étoiles ? Je veux dire, tu y as jamais pensé sérieusement ? T'as jamais pensé aux étoiles une fois dans ta vie ?

Assaf reconnut que non. Matsliah se frappa les hanches du plat des mains, comme s'il découvrait pour la centième fois la preuve de la désolante incompréhension des êtres humains :

— Est-ce que tu sais seulement qu'il existe peut-être un million d'autres soleils ? et de galaxies ? Sais-tu que dans l'univers il y en a un autre million ? Pas une pauvre étoile comme la nôtre, pas un système solaire comme le nôtre, mais des galaxies entières !

Tout en parlant, il s'échauffait et même son autre joue, celle qui était saine, avait rougi. Trois jeunes passèrent, excités par un match. Matsliah se retourna et baissa la tête comme s'il était plongé dans ses pensées.

— Hé, Matsliah, quoi de neuf ? lui lancèrent-ils.

– Ça baigne, répondit-il, toujours dans sa position de penseur.

– Comment vont les étoiles ? Et la Voie lactée ?

– Ça baigne, répéta Matsliah d'une voix sombre.

– Compte-les bien, dit un des jeunes en faisant rebondir un ballon tout près du pied de Matsliah. Compte-les bien, des fois qu'on te les vole.

Puis il s'approcha brusquement d'Assaf :

– Tu sais pourquoi Matsliah ne va jamais aux matchs de Wimbledon ?

Assaf se tut. Les coups ne tarderaient pas à pleuvoir.

– Parce qu'il a peur d'avoir à regarder des deux côtés ! dit-il en hurlant de rire.

Et les deux autres l'imitèrent. Le meneur tendit la main, prit une nectarine dans l'assiette, mordit dedans à pleines dents, puis les trois repartirent en riant.

– J'ai un abonnement à tous les journaux qui s'occupent de ces histoires ! dit aussitôt Matsliah à Assaf comme si leur conversation n'avait pas été interrompue.

Il se redressa un peu pour retrouver sa dignité bafouée.

– Même en anglais ! Tu ne me crois pas ? Pendant deux ans, j'ai appris l'anglais à l'Université populaire. Par correspondance. Mille cinq cents shekels. Maman me les a offerts, pour que je n'aie même pas à sortir de la maison. Il fallait juste aller se présenter aux examens, mais ça je ne l'ai pas fait. Qui a besoin de leurs examens et de leurs notes ? Mais si tu viens dans ma chambre, tu verras tous les numéros de *Science* et de *Galileo* rangés en ordre, j'ai déjà rempli deux étagères et demie ! Et l'an prochain, si Dieu le veut, maman a dit qu'elle m'achèterait un ordinateur, alors je vais m'abonner à l'Internet, et là, tu as toute la connaissance. T'as même plus besoin de sortir de la maison, tout vient chez toi au complet. C'est super, non ?

Assaf acquiesça. Il se dit que s'il n'y avait pas eu Tamar il serait passé devant Matsliah, aurait vu son visage et éprouvé du dégoût, de la pitié. Et c'est tout.

– Ces galaxies, tu en parlais avec Tamar ? lui demanda-t-il au bout d'un moment.

– Bien sûr ! répondit Matsliah avec un grand sourire qui gagna la tache lie-de-vin. Elle... c'est fou ! elle n'arrête pas de poser des questions sur les quasars, et les trous dans le temps, et les pulsations d'étoiles, et l'expansion de l'univers, etc., etc. Tu comprends, maintenant ? Cette fille, elle n'a jamais vu une seule étoile de sa vie, d'accord ? C'est peut-être pour ça ? Qu'est-ce que tu en penses ? C'est peut-être à cause de sa psychologie qu'elle veut tellement savoir ? Tu ne trouves pas que c'est logique ?

Assaf avait l'impression d'avoir raté une phrase. Matsliah parlait sans cesse.

– Elle s'assoit ici, une demi-heure, une heure, elle ne me lâche pas. Après, quand je rentre chez moi, je suis lessivé, je me couche aussitôt.

Il eut un rire forcé qui découvrit des dents irrégulières.

– Peut-être que je n'ai pas trop l'habitude de parler parce que, à vrai dire, les trucs scientifiques ça n'intéresse pas trop maman.

Assaf avait quelques phrases de retard. Il y avait un mystère dans ce qu'il disait. Ou bien de la confusion.

– Maintenant, dit Matsliah en se penchant vers Assaf, quand j'étais petit, j'ai eu un accident, mais pas une chose grave.

Il parlait de nouveau très vite, mais sur un ton indifférent, comme s'il s'agissait de quelqu'un de lointain et d'étranger.

– Maman était en train de faire cuire quelque chose, peut-être de la soupe, sans faire exprès elle l'a renversé sur moi, ça arrive, ce n'est pas de sa faute, alors j'ai passé un an à l'hôpital, opérations et compagnie. Mais depuis ce temps, j'ai appris ce que c'est que l'être humain. Je t'assure, je suis devenu comme un psychiatre, tout seul ! Sans livres ni tout le bazar. C'est pour ça que je peux la comprendre de l'intérieur, et même l'aider sans qu'elle sente que je l'aide, t'as pigé ?

Assaf fit non de la tête.

– Parce qu'ils ont leur dignité, il faut leur parler mine de rien. Comme si on passait son temps tous les jours dans la rue, à expliquer des choses scientifiques aux gens, t'as compris ?

Assaf demanda prudemment qui étaient ces « ils ». Il connaissait la réponse d'avance, mais c'était comme s'il voulait entendre le mot prononcé et éprouver de nouveau cette douleur au creux du ventre.

– Ben, ces gens qui ont le problème. Il faut faire gaffe à préserver leur dignité. Entre nous, qu'est-ce qui leur reste mis à part la dignité ?

– Toi, tu l'as vue en… mauvais état ?

– Non, dit Matsliah en riant. Chez elle, c'est comme ça de naissance. Elle n'a jamais connu autre chose.

– De quoi tu parles ? finit par s'écrier Assaf, complètement déboussolé. Qu'est-ce qui est de naissance ?

– Le fait qu'elle soit aveugle.

Assaf fit un bond et se leva :

– Aveugle ? Tamar ?

– On ne te l'a pas dit ? Regarde la chienne. C'est une chienne d'aveugle.

Assaf regarda : c'était vrai. Elle était comme ces chiens d'aveugles, les labradors. Enfin presque, pas tout à fait. Il était sur le point de dire quelque chose, mais il lui sembla que Dinka le fixait d'un regard particulièrement profond. Elle ne le quittait pas des yeux, comme si elle voulait le mettre en garde, lui transmettre un message. Assaf croyait devenir fou : aveugle ? Et Théodora ne lui en avait rien dit ? Ni l'homme de la pizzeria qui lui avait parlé de Tamar à vélo ? Comment avait-elle fait pour échapper au détective ?

– Je suis arrivé à te surprendre, hein ? dit Matsliah avec contentement.

Une voix de femme cria au loin :

– Matsliah ! Bientôt sept heures, il faut rentrer !

– C'est maman, dit le jeune homme, qui commença aussitôt à ramasser les restes de gâteaux.

Il versa par terre ce qui restait de café dans les gobelets et rassembla tout, les soucoupes, la nappe, le bol de Dinka. Assaf ne bougeait pas. Il était cloué par la surprise.

– *Yallah*, on y va, dit Matsliah en jetant la sacoche sur son épaule. Tu veux bien revenir demain ? Je serai là. On reparlera un peu.

Assaf le regarda, ébahi.

– Dans une heure, une heure et quart, regarde le ciel, dit Matsliah en levant le doigt. Le grand spectacle du monde.

Assaf lui demanda quelles étoiles on pouvait repérer du premier coup d'œil. Il voulait gagner du temps. Quelque chose se faisait jour dans son esprit. Matsliah leva la main et montra l'endroit où paraîtrait Vénus, l'emplacement de l'étoile du Nord, celui de la Grande Ourse. Assaf n'écoutait pas. Quelque chose de grand et de merveilleux commençait à prendre forme en lui. Quelque chose qui avait un rapport avec Tamar et l'audace qui lui faisait accomplir des actes fous, comme si elle savait créer ses propres lois. Matsliah expliquait, Assaf jeta un coup d'œil oblique vers ses pieds et croisa le regard complice de Dinka. Docilement, il tourna la tête vers le ciel, pensa à la générosité de Tamar avec Théodora, avec Matsliah ; une forme de générosité différente, indéfinissable, qui n'avait rien à voir avec l'argent.

– Moi ? dit Matsliah, mon rêve est, si Dieu le veut, qu'il y ait un jour des voyages dans l'espace. Que des fusées spatiales partent de la gare routière, comme des cars : la fusée pour Mercure, départ dans dix minutes ! La fusée pour Vénus, départ immédiat ! annonça-t-il en mettant ses mains en porte-voix.

– Et toi, tu irais ? demanda Assaf.

– Peut-être oui, peut-être non. Ça dépend.

– Ça dépend de quoi ?

– Ça dépend si j'en ai envie ce jour-là.

Il caressa Dinka.

– *Yallah*, j'y vais. Si tu la trouves, tu lui dis, Matsliah il cherche tout le temps des informations pour toi. Tu lui diras ? N'oublie pas mon nom, de la part de Matsliah.

Quand il revint à la maison, la vie le saisit au collet, tout ce qu'il avait fui pendant une journée entière. Sur le répondeur, cinq messages de Roy, un de Danokh, un de Rhinocéros, et un de ses parents qui lui disaient qu'ils avaient bien atterri. Après, il s'installa dans les toilettes où il lut la moitié d'une revue d'informatique sans vraiment comprendre le sens des mots. Puis il prit une douche et téléphona au domicile de Danokh : il lui raconta qu'il avait couru toute la journée après la chienne («La chienne ? s'étonna Danokh. Je ne savais pas que c'était une chienne») et demanda l'autorisation de continuer le lendemain, ce qui lui fut accordé. Puis il appela Rhinocéros pour le rassurer et lui dire qu'il était vivant, que ses talents de détective n'avaient pas encore porté leurs fruits, mais qu'il avait l'impression – il se garda bien de préciser cette impression – de s'approcher de plus en plus de Tamar, de s'acheminer vers elle.

Tout en parlant avec Rhinocéros, il eut brusquement un choc en se rappelant un détail raconté par Matsliah, une information d'une grande importance au sujet de laquelle Assaf voulait lui poser des questions lorsqu'ils se connaîtraient un peu mieux, et qu'il avait oubliée dans le courant de cette étrange conversation.

– Assaf, tu es encore là ?

– Oui. Non. Je me suis souvenu d'une chose que j'avais oubliée.

Matsliah avait dit qu'elle cherchait quelqu'un puis, effrayé à l'idée d'avoir éventé un secret, il avait ajouté que c'était «une affaire à elle». Qui cherchait-elle ? Pourquoi ne le lui ai-je pas demandé ? Comment ai-je pu rater une telle occasion ?

– T'as eu des nouvelles de tes vieux ? marmonna Rhinocéros.

– Pas vraiment.

Assaf répondit distraitement et raccrocha, soulagé d'avoir parlé avec Rhinocéros avant d'avoir eu une vraie conversation avec ses parents.

Dinka était repue. Il lui fit une place, s'étendit sur le tapis à côté d'elle et, tout en la caressant, il essaya de deviner qui était la personne que Tamar recherchait, et tous deux s'endormirent ainsi, épuisés. Quand ils se réveillèrent deux heures plus tard, la maison était plongée dans l'obscurité et l'écho de la sonnerie du téléphone résonnait encore dans l'air. Assaf se prépara des frites et des saucisses dans le micro-ondes, il arrosa le tout de ketchup, et découpa une tranche de pastèque. Sa mère avait stocké des casseroles de nourriture pleines à ras bord, mais il n'en avait pas envie et il prit plaisir à transgresser les principes de la maison en emportant son assiette dans le séjour pour regarder la rediffusion d'un match disputé deux mois plus tôt. Il laissa ainsi décanter le tourbillon dans lequel il avait été entraîné. Le téléphone sonna trois fois, c'était sûrement Roy, il laissa le temps passer jusqu'à ce qu'il soit trop tard pour sortir ce soir-là, et alors il répondit.

– Assaf, tu es un lâcheur, où étais-tu ?

Il entendait du brouhaha en bruit de fond. De la musique, des rires. Il dit qu'il avait été retardé à son travail. Roy éclata d'un grand rire, puis lui ordonna de bouger son cul et de venir immédiatement à La Pause-Café où Daphi l'attendait avec impatience.

– Je ne viendrai pas, dit Assaf.

– Tu *ne* quoi ? cria Roy, incrédule. Écoute, mec : ça fait trois heures que, Meital et moi, on se promène dans la ville avec ta Daphi qui, soit dit en passant, s'est fringuée à mort, maillot noir moulant et tout le reste, alors ne viens pas me dire que t'es fatigué par ton travail ! D'ailleurs on se demande ce que tu fais d'autre que te tourner les pouces à longueur de journée.

– Roy, dit Assaf d'une voix calme et paisible dont il fut le premier surpris. Je ne viens pas. Excuse-toi de ma part auprès de Daphi. Ce n'est pas de sa faute. Mais je n'ai pas la tête à ça en ce moment.

Il y eut un silence. Il entendit tourner les rouages du cerveau de Roy dont il connaissait les mécanismes. Son ami avait l'air un peu ivre, mais pas assez pour ne pas entendre qu'Assaf ne lui avait jamais parlé sur ce ton.

– Écoute-moi bien, maintenant, chuchota Roy en sifflant du venin.

Assaf se dit que quelqu'un lui avait déjà parlé sur ce ton aujourd'hui, il ne savait plus qui, mais c'était quelqu'un qui lui voulait du mal. Bien sûr : c'était l'inspecteur.

– ... je regarde à ma montre, si tu n'es pas là d'ici un quart d'heure, t'es foutu. Tu m'entends, petit merdeux ? Tu percutes ? Tu viens pas, t'es un type *mort* pour moi.

Assaf ne répondit pas. Son cœur battait fort. Leur amitié durait depuis douze ans. Roy était son premier vrai grand ami. La mère d'Assaf avait l'habitude de raconter que la première année au jardin d'enfants, avant l'époque Roy, Assaf était si solitaire qu'elle avait été ravie de le voir revenir un jour avec des poux dans les cheveux, signe qu'il avait été en contact avec un autre enfant.

– Tu seras seul, chuchota Roy avec une haine dont l'intensité surprit Assaf.

Où s'était-elle dissimulée pendant tout ce temps ?

– ... plus personne en classe, ni dans la section, ni au monde ne viendra pisser de ton côté, et tu sais pourquoi ? Tu veux vraiment savoir pourquoi ?

Assaf se recroquevilla un peu dans l'attente du coup de grâce :

– *Parce que je ne serai plus ton ami.*

Ça n'avait pas fait mal.

– Écoute-moi, Roy, dit Assaf.

Il parlait un peu comme Rhinocéros, avec une lenteur et une gravité qui ne supportaient aucune discussion :

– ... le problème, c'est que tu n'es plus mon ami depuis un bon moment.

Et il raccrocha. Voilà, se dit-il, soudain insensible, c'est fini.

Il alla s'asseoir à côté de Dinka. Elle le regarda avec des yeux profondément expressifs. Puis il s'étendit sur le tapis, posa la tête sur elle et la sentit respirer. Il se demanda ce qui se passerait désormais, s'il sentirait vraiment une différence à l'école. Sans doute non. Toutes ces dernières années, il était en fait seul. En apparence, il passait tout son temps avec Roy et les autres, à aller à des soirées, rire de leurs blagues, jouer au basket pendant des heures, sortir les vendredis soir, passer des soirées entières dans des cafés enfumés, des chambres étouffantes. Qu'avaient-ils vraiment fait pendant ces soirées interminables, ils avaient descendu quelques bières, entrepris quelques filles, fumé beaucoup, bu un peu de vodka, il avait de temps en temps apporté sa maigre contribution à ce qui se disait sur les professeurs, les parents et les filles ; quand ils fumaient le narguilé, il aspirait quelques bouffées et disait que c'était bon, quand ils dansaient, il se retrouvait toujours coincé contre le mur avec un autre jeune de son âge, ils discutaient un peu, puis l'autre prenait son courage à deux mains, se trouvait une partenaire et ne revenait plus. Et pendant les vacances, c'était la même chose en pire, tourner en rond en ville, traîner de café en café, d'un *pub* au suivant, quant à lui, il s'efforçait surtout de leur cacher ce qu'il ressentait, faisait le minimum nécessaire pour veiller à sa réputation, et après une de ces soirées gonflantes et vides, il se sentait toujours comme un de ces poufs remplis de milliers de flocons de polystyrène. C'était bizarre, en fait il avait toujours été solitaire, mais ne s'était jamais pensé ainsi. D'autres filles et garçons l'étaient : Nir Hermetz qui n'avait aucun copain dans la classe, ou bien Sivan Eldor qui était snob ; Assaf avait toujours pitié de les voir à l'écart, mais lui ? Qu'avait-il de différent ?

Il n'avait presque jamais parlé avec Roy de photo. Roy savait qu'un samedi sur deux, depuis trois ans, Assaf faisait de la photo avec un groupe, il allait avec eux dans le désert de Judée, dans le Néguev, dans le Nord, participait à des expositions (il avait dix ans de moins que le reste du groupe). Roy ne s'intéressait jamais à tout ça, ni ne venait à aucune exposition. De son côté, Assaf ne lui racontait jamais le plaisir que procure une bonne photo, l'attente trois ou quatre heures dans un champ de blé à Mikhmoret, jusqu'au moment où l'ombre tombe exactement sur une ancienne station d'autobus, avec le béton fendu et les touffes d'un buisson de câprier. Ces choses-là n'avaient pas leur place dans les conversations avec Roy, encore moins quand ils étaient quatre. Il pensa à Tamar et se dit qu'il aurait aimé lui raconter ces choses-là, décrire la révolution que la photo avait opérée dans sa vie, comment il avait appris à regarder les choses et les êtres, la beauté cachée dans les petits détails en apparence insignifiants. Ou tout simplement s'asseoir avec elle dans un bel endroit, pas dans un café, et lui parler. Pour de vrai.

Mais il savait aussi sans se faire trop d'illusions que la tempête qu'elle soulevait dans sa vie cesserait brusquement au moment où il la verrait, où il lui faudrait se soumettre à l'épreuve habituelle des bavardages, des piques et des sarcasmes, de l'humour mordant, des airs désinvoltes et de la légèreté. Il savait aussi – il le savait depuis des années avec une lucidité absolue – qu'il existait une seule situation au monde dans laquelle une fille risquait de tomber amoureuse de lui, c'était celle de courir à ses côtés sur le parcours des cinq mille mètres ; peut-être fallait-il, en effet, qu'il change de tactique et cède aux prières de son professeur qui le poussait à participer à des compétitions, c'était peut-être là, parmi les coureuses de fond, qu'il trouverait l'élue de son cœur.

Ces pensées le rendirent inquiet. Il se leva et but trois verres d'eau, puis regarda distraitement le courrier. Brusquement, il se crispa : l'enveloppe verte de l'Éducation nationale, service des examens. Ses parents avaient passé deux mois à l'attendre, et maintenant, au moment où ils étaient en voyage, elle était arrivée ! Il la déchira avec des doigts tremblants et lut : « Cher/e élève, nous sommes heureux de vous annoncer que vous avez réussi les épreuves d'anglais du baccalauréat… »

Il poussa un cri de joie en même temps que la sonnerie du téléphone, c'est peut-être Roy, se dit-il avec appréhension, mais c'était son père qui l'appelait à travers océans et continents depuis l'Arizona :

– Assaf, mon grand, comment ça va ?

– Papa ! J'étais en train de penser à vous ! Comment c'est, là-bas ? Comment s'est passé le voyage ? Et maman, avec la porte… ?

Comme d'habitude tout le monde parlait en même temps, ils criaient et riaient à la fois. Chaque seconde coûte une fortune, se dit Assaf, irrité par son incapacité à profiter de la conversation, une minute coûtait sûrement une demi-journée de travail de son père, l'équivalent de l'installation de deux ventilateurs de plafond, plus la réparation de trois grille-pain au moins. Mais au diable l'argent, il voulait les embrasser, les renifler. D'ailleurs, c'était sûrement sur le compte de Rély qui avait brusquement beaucoup d'argent, n'est-ce pas ? Cette idée le libéra, il rit tout le long du chemin jusqu'en Arizona, son père lui raconta une foule de détails sur le voyage, Assaf dit que tout allait bien à la maison, ne vous faites pas de soucis, je mange bien, je garde la maison, soudain c'était comme autrefois, quand il allait dans le lit de ses parents le samedi matin.

– Papa, les résultats sont arrivés aujourd'hui…

– Une seconde, ne me dis rien, je te passe maman !

Le bruit du récepteur posé, des pas s'éloignent, la maison est sans doute très grande ; du silence, celui de l'océan entre eux, Assaf essaie d'imaginer les mille conversations parallèles, un homme d'Alaska demande la main d'une femme en Turquie, Phil Jackson invite un footballeur israélien à jouer chez eux la saison suivante, et soudain c'est sa mère dans toute l'abondance du corps, du cœur et de son éclat de rire.

– Assaf, mon gros nounours, tu me manques tellement !

Comment je vais faire pour tenir le coup encore deux semaines ?

– Maman, tu as réussi tes examens !

Un silence, puis une explosion de joie :

– La lettre officielle est arrivée ? Tu as bien vérifié le cachet ? Ils disent que j'ai réussi ? Shimon, tu entends ? Je l'ai eu ! J'ai mon bac ! *I have my bac !*

Pendant qu'ils dansent et s'embrassent et dépensent un demi-salaire, la petite Mouky se glisse vers le téléphone.

– Assaf ? dit-elle prudemment, elle s'assure que la distance bourdonnante qu'elle vient de traverser n'a pas transformé son frère. Dans quel pays tu es ?

Il lui explique qu'il n'a pas bougé mais que c'est elle qui a voyagé, elle lui raconte le voyage, son mal d'oreilles dans l'avion, le puzzle que l'hôtesse lui a donné, tout ce qu'il y a en Amérique, plein d'écureuils. Elle les décrit en détail, des troupeaux entiers d'écureuils qu'on pourrait importer en Israël au prix de cette conversation, mais c'est Rély qui paie, et peut-être quelqu'un d'autre aussi, Assaf se détend et écoute Mouky lui parler des « Guatémaltèques », de minuscules poupées que les enfants du Guatémala mettent la nuit sous leur oreiller, ils confient un problème à chaque poupée, et le matin le problème disparaît ; Assaf, qui aurait bien aimé confier ses problèmes à ces poupées guatémaltèques, demande gentiment à sa sœur de lui repasser maman parce qu'il doit lui dire une chose importante.

– Que veux-tu que je te dise ? lui dit la mère d'une voix prudente. Nous l'avons rencontré.

Silence. Assaf attend. Il a compris.

– Il est merveilleux, délicat, charmant. Il paraît que sa mère est un peu juive. Exactement ce qu'il fallait à Rély. La maison est immense, tu verrais ça, avec une vraie piscine, un Jacuzzi, une Mexicaine folle qui lui fait la cuisine, Rély lui a même appris à faire le cou farci à la juive, il a un poste très important dans une firme d'ordinateurs...

Assaf s'assoit, ses doigts caressent la fourrure de Dinka. Comment va-t-il le raconter à Rhinocéros ? Comment son ami va-t-il supporter ce complot collectif ? Sans doute se doutait-il que ce voyage avait surtout pour but de faire la connaissance du nouvel ami de Rély.

– Assaf, tu es là ?

– Oui.

– Écoute-moi, mon nounours, je sais exactement ce que tu penses et ressens, ce que tu aurais souhaité qu'il arrive. Mais apparemment ça n'arrivera plus. Tu es là ?

– Oui.

– Inutile de te dire combien nous aimons Tsahi, il restera toujours comme un fils pour nous, un vrai fils, mais Rély a pris une décision et nous devons la respecter. C'est sa vie.

Assaf a envie de crier, de secouer Rély, de hurler comment Rhinocéros s'était occupé d'elle quand elle allait mal, quand elle n'était pas encore une *superwoman*, comment il l'aimait d'un amour aveugle depuis le lycée, puis pendant le long service militaire et les deux ans qui avaient suivi, avec les caprices de Rély, et la *distance* dont elle avait besoin, comment il était peu à peu devenu le grand frère de la famille, aidant le père quand il avait trop de travail, la mère quand il fallait l'accompagner pour les courses ou même chauler les murs, c'était d'ailleurs ce qui irritait Rély, comme s'il avait épousé ses parents plutôt qu'elle ; et Assaf se dit avec une certaine amertume que sa famille l'avait d'une certaine manière exploité, et que Rhinocéros s'y était plié de bonne grâce, il avait même renoncé à s'associer au bureau de courtage de son père et décidé de créer une fonderie de sculptures, surtout parce que Rély semblait aimer ce travail viril et physique qui avait un côté artistique ; et maintenant qu'elle avait pris sa décision Assaf perdait non seulement sa sœur, mais surtout Rhinocéros qui se couperait de la famille et d'Assaf pour ne pas penser cent fois par jour à Rély.

Il ne se souvenait pas de la manière dont la conversation

s'était achevée. Sans doute moins joyeusement qu'au début. Il laissa le téléphone décroché de crainte que Rhinocéros appelle de nouveau pour savoir si Assaf avait parlé avec ses parents. Incapable de mentir, il ne savait que lui dire, comment adoucir la mauvaise nouvelle. Il se leva, irrité, se rassit, fit le tour des pièces, Dinka le regardait d'un air surpris.

Dans des situations semblables, sa mère venait vers lui, ou bien le poursuivait dans la maison, puis le coinçait dans ses gros bras, le regardait au fond des yeux et lui demandait ce que voyait son beau regard. Et quand il essayait de l'esquiver, elle disait : « Ah bon, c'est à ce point là ? », alors elle lui ordonnait : « Va dans mon bureau », le tirait de force dans sa petite pièce dont elle fermait la porte et ne le lâchait pas tant qu'il ne lui avait pas raconté ce qui le tracassait ; mais, apparemment, elle aussi avait joué un rôle douteux dans cette histoire enchevêtrée où tout était si compliqué, embrouillé et pesant. Il fallait qu'il fasse quelque chose qui change tout depuis le début, qui répare et rééquilibre – ne fût-ce qu'un peu – tout ce qui était si défectueux en ce monde, une chose que peut-être Tamar aurait faite dans le même cas, une idée tamarique.

En un éclair, il sut ce qu'il devait faire, une découverte, une invention : il grimpa dans la soupente, prit un restant de peinture blanche dans un seau et un rouleau à peinture. Il alla chercher l'échelle dans la remise et la mit sur l'épaule, siffla Dinka et quitta la maison en vitesse, sans regarder personne jusqu'à son école, puis il entra dans la cour par la brèche à côté des robinets.

L'année précédente, ils avaient eu un professeur, Hayim Azrieli, un homme sensible et solitaire qu'ils avaient persécuté. C'était orchestré par Roy, et Assaf s'était laissé entraîner par les autres. Il n'avait rien fait de méchant, mais il avait participé à la raillerie collective. Le professeur l'aimait bien et, comme Assaf s'intéressait à la mythologie grecque, il lui avait offert un livre de légendes sur les dieux.

214

Le dernier jour de classe, les élèves avaient écrit sur le mur extérieur du lycée un grand graffiti contre ce professeur. Un groupe de dix garçons était venu la veille de la fête de fin d'année, Assaf avait fait la courte échelle, Roy avait grimpé sur lui et gribouillé une inscription en lettres noires. Depuis, chaque fois qu'Assaf passait devant ce mur pendant les vacances, il voyait le graffiti, les gens qui passaient devant, et sans doute aussi Hayim Azrieli qui habitait deux rues plus loin.

Il mélangea la peinture, la dilua un peu et grimpa sur l'échelle. La cour était déserte, éclairée par un unique projecteur. Assise sur son arrière-train, Dinka accompagnait de la tête l'inscription qui s'effaçait mot après mot et se couvrait d'une bande blanche brillante : « Hayim Azrieli, lave-toi les dents. »

Le lendemain matin, régénéré et purifié après une nuit de sommeil, il partit sur son vélo, le cœur léger.

En pleine nuit, il avait senti un corps grand et chaud, pas très propre, se rouler en boule contre lui. Sans ouvrir les yeux et comme s'il en avait toujours été ainsi, il l'avait serrée contre lui et avait appris comment elle aimait dormir, le dos en arc de cercle contre son ventre, le nez enfoui dans sa main ouverte, parcourue de frissons comme si elle rêvait de chasse. Le matin, chacun ouvrit les yeux et sourit à l'autre.

– C'est comme ça que vous dormez à la maison ? lui demanda-t-il sans attendre de réponse. Il se leva joyeux, siffla dans les toilettes, se peigna soigneusement et fit une chose qu'il négligeait depuis longtemps (parce que sa mère insistait trop), il tartina de pommade ses boutons d'acné.

La veille, il avait sorti de la remise le vieux vélo hérité de Rhinocéros et dont il ne s'était pas servi depuis des mois. Il avait regonflé les pneus, graissé les chaînes et essuyé une grosse couche de poussière déposée sur le phare avant. Monté dessus dans la fraîcheur matinale encore pure, Assaf était heureux, il sifflait et chantait en silence à tue-tête pour Dinka. Elle gambadait à ses côtés, le devançait puis revenait vers lui, lui lançait des regards pleins d'amour. La veille il avait coupé la longue corde et tous deux s'amusaient de leurs nouveaux rapports : la chienne s'éloignait, disparaissait derrière une voiture en stationnement, puis revenait de son propre gré vers Assaf.

Il la laissait faire, l'expérience lui avait appris que c'était bien ainsi, il pédalait et sifflait, la chienne courait à côté du vélo, et Assaf l'imaginait trottant un jour entre *deux* vélos, sur un sentier qui traversait une prairie verdoyante, lançant des regards nostalgiques aux deux cyclistes.

Mais ce matin-là elle paraissait courir sans but, essayer une direction, puis revenir... Il la suivait dans ses tâtonnements, le long des rues qui se réveillaient à peine en bâillant, parmi les caisses de lait, les paquets de journaux ficelés sur le trottoir, les flaques d'eau des commerçants qui nettoyaient le seuil de leur magasin, une nourrice à chiens avec cinq laisses au bout desquelles cinq chiens aboyèrent de jalousie à la vue de Dinka.

Peu à peu, elle l'entraîna vers la sortie de Jérusalem. Assaf se demanda si elle se dirigeait vers Tel-Aviv. Elle courait légèrement à ses côtés, amusée, bondissait tour à tour sur les pattes avant puis arrière comme les chevaux de bois sur un manège, mais soudain elle changea de direction. Assaf vit la chose arriver : parmi les mille odeurs en suspension dans l'air, ses narines reniflèrent celle qui lui évoquait quelque chose, qui lui transmettait une information avec plus de force que les autres. Elle s'arrêta, revint à l'endroit où elle l'avait reniflée, l'aspira en elle, la déchiffra dans la cellule obscure de sa truffe, et s'élança brusquement vers une nouvelle direction.

Il ne connaissait pas les environs et, comme d'habitude,

n'avait pas la moindre idée de l'endroit où elle le conduisait. Le car pour Tel-Aviv passait parfois par cette route et
il regardait la longue vallée en contrebas sans se douter
qu'elle pouvait abriter quelque chose, ou quelqu'un. Il
s'engagea sur un sentier escarpé, descendit de son vélo et
marcha avec sur l'épaule son petit sac à dos, qui contenait
à tout hasard un casse-croûte.

Dinka paraissait moins sûre d'elle. Elle partait, revenait,
traçait de grands cercles hésitants, arbitraires. Par moments,
elle s'immobilisait et humait l'air dans toutes les directions,
désemparée, indécise. Une fois, elle s'élança vers un mon-
ticule de sable couvert de buissons et de détritus, mais, arrivée au sommet, elle s'arrêta, surprise, regarda à droite et à
gauche, puis revint vers Assaf en agitant mollement une
queue sans panache.

Un peu plus loin, le sentier était bloqué par un tas de
pierres. Assaf dissimula son vélo derrière un buisson et le
couvrit d'un grand carton qu'il trouva tout près. Il grimpa
sur le talus, traversa un petit pré où poussaient des buissons
de fenouil sauvage si hauts et denses qu'ils le cachaient tout
entier, Dinka courait en les couchant de part et d'autre. La
prairie s'achevait devant des maisons qui tombaient en
ruine.

Elles avaient été construites en pierre massive, une pro-
fusion de buissons poussaient entre les murs. Assaf avançait en silence. On n'entendait que le gazouillement des
oiseaux. Ses pas levaient des sauterelles. Il gravit et redescendit des petites marches en demi-lune qui reliaient les
maisons entre elles et regarda à l'intérieur. Sans doute un
village arabe abandonné par ses habitants qui avaient fui
pendant la guerre d'Indépendance (aux dires de Rhinocéros), ou qui en avaient été cruellement chassés (selon
Rély). Il vit des chambres vides, ombrageuses et fraîches,
où s'amoncelaient ordures et excréments. Chaque chambre
avait un grand trou au plafond et un autre creusé dans le
sol. Assaf jeta un coup d'œil et aperçut une grande pièce en
dessous, peut-être une citerne.

Il marcha dans le village fantôme sur la pointe des pieds, avec un respect mêlé de crainte. Des gens vivaient ici autrefois, se dit-il, ils marchaient en bavardant sur ce sentier, leurs enfants couraient et jouaient sans se douter qu'un jour le ciel leur tomberait sur la tête. Assaf évitait toujours d'approfondir ces questions, peut-être parce que ses oreilles bourdonnaient aussitôt des discussions interminables entre Rély et Rhinocéros dès qu'il était question de politique ; c'est comme s'ils étaient avec lui, en train de discuter âprement. Rély répétait que tout village abandonné était une plaie béante au cœur de la société israélienne, Rhinocéros lui répondait avec détachement que si c'était l'inverse la maison de Rély serait en ruine, alors qu'est-ce qui était préférable ? Et comme pour conclure dans le style banal et apaisant de sa mère, qui voulait toujours calmer les esprits, une colombe tachetée, grosse et grasse vola au-dessus de la tête d'Assaf et se posa sur le rebord d'un balcon suspendu dans le vide, au sommet d'un mur isolé. Au moment où les pattes de l'oiseau touchèrent le rebord, Assaf eut peur comme si le poids du volatile allait faire s'écrouler le balcon et le mur qui le soutenait.

« L'appareil photographique, se dit-il, comment n'ai-je pas pensé à l'emporter aujourd'hui ! »

Il aperçut à côté d'une ruine une paire de chaussures de gym accrochées par les lacets à une saillie. Il gravit des marches, regarda à l'intérieur et aperçut deux jeunes qui dormaient.

Il ressortit aussitôt, abasourdi. Que faisaient-ils dans cet endroit, comment pouvait-on vivre au milieu de ces immondices ?

Il descendit deux marches et en monta une, à la fois effrayé et mal à l'aise d'avoir à être témoin de leur vie privée. C'étaient deux adolescents : très maigres, l'un enveloppé dans une couverture maculée de peinture blanche, l'autre découvert. Ils dormaient sur des matelas de mousse jaune, brûlés et carbonisés aux extrémités. Des bouteilles vides de vodka bon marché gisaient par terre, des mouches par dizaines grouillaient partout, l'air résonnait de leurs bourdonnements. Au centre de la pièce, au-dessus du grand trou creusé, quelqu'un avait posé un lit de fer renversé, sans doute pour éviter de tomber dans le puits du dessous.

Les adolescents dormaient de part et d'autre du trou, tout contre le mur, et paraissaient avoir trois ans de moins qu'Assaf. C'était impensable que des jeunes vivent ainsi.

Il se retourna pour sortir, c'était insupportable. D'ailleurs, comment pouvait-il les aider ? En faisant demi-tour, il marcha sur une écuelle en fer-blanc, la renversa, fit un bond sur le côté, heurta un cintre en fer accroché à la fenêtre, une cascade de petites maladresses provoqua un grand vacarme, le jeune garçon qui dormait près de la porte ouvrit lentement les yeux. Il vit Assaf et les referma. Puis, il les rouvrit au prix d'un grand effort, glissa la main sous le matelas et sortit un couteau.

– Qu'est-ce que tu veux.

C'était une voix d'enfant. Il parlait lentement, d'une voix faible, avec un accent russe. Sa question n'avait pas de point d'interrogation. Il ne décolla même pas du matelas.

– Je ne veux rien.

Silence. Le garçon resta étendu sur le dos, le torse nu, blanc et lisse. Il regarda Assaf d'un œil morne, sans peur, ni menace, ni espoir.

– Il y a quelque chose à manger ? demanda-t-il.

«Non», fit Assaf de la tête, puis soudain il se rappela, sortit de son sac à dos les deux sandwichs qu'il avait préparés le matin et s'approcha. Le garçon tendit la main sans se lever, l'autre main sur le couteau.

Assaf fit un pas en arrière. Le garçon s'assit, le moindre mouvement semblait lui coûter des efforts démesurés. Ses mains tremblaient. Il fourra presque tout le sandwich dans la bouche, sentit qu'il était enveloppé dans du papier, le ressortit, l'éplucha de son mieux, le fourra de nouveau dans la bouche et se mit à mâcher longuement en poussant des petits gémissements. Ses pieds dépassaient de la couverture, ses orteils étaient noirs. Un livre en russe à la couverture en couleurs était posé sur le sol en ciment, à côté du matelas. Des journaux étaient empilés le long des murs, du papier toilette et des emballages de chips vides, beaucoup d'emballages vides, et une seringue.

Le garçon dévora le sandwich et s'essuya la bouche avec le papier d'un geste poli qui contrastait avec la désolation ambiante.

– Merci.

Puis il regarda le second sandwich qu'Assaf tenait à la main. Ses lèvres imitèrent un mouvement de mastication.
– Ça, donne à lui, dit-il à Assaf en lui montrant l'autre garçon endormi.

Il contourna prudemment le trou et posa le sandwich au chevet de l'autre adolescent. Au moment où il se penchait, il aperçut de l'autre côté du matelas, près de la tête, un revolver noir. C'était une vision si fugitive qu'il ne savait pas si c'était un vrai revolver ou un jouet. Le dormeur ne souleva même pas une paupière.

Il revint près de la porte et dit :
– Je m'appelle Assaf.
– Serguei.

Silence. Puis un raclement de gorge comme un grand vieillard.

– Serguei le petit. Il y a aussi Serguei le grand. Il dort, là-bas. Il y a encore à manger peut-être.

Assaf dit que non. Puis il réfléchit et se demanda si les chewing-gums pourraient servir. Il lui tendit tout le paquet, et aussi des bonbons. Le garçon lui demanda de les partager avec son copain.

A côté du matelas du grand Serguei, il y avait du papier argenté à cigarettes soigneusement lissé, deux pailles, et quelques bouts de papier toilette brûlés à l'extrémité. Assaf regarda l'attirail : il y a un an, dans les toilettes de l'école, on avait surpris quelques élèves de terminale en train de sniffer de l'héroïne. C'était ce qu'on lui avait dit, il avait répété la rumeur, des mots sans aucun contenu. Ensuite, quelqu'un dans la cour avait expliqué l'histoire du papier argenté et du papier toilette qu'on allumait en dessous, le produit s'agglomérait en boule sous l'effet de la chaleur, on le passait sur la flamme et on l'aspirait par les narines.

Tout autour sur les murs, il y avait de grandes inscriptions en lettres géantes et criardes en russe, chaque ligne écrite d'une couleur différente. Assaf demanda ce que c'était.

– Ça? C'est une histoire. Quelqu'un a écrit, il habitait ici, maintenant il est mort.

Pendant ce temps, Dinka qui paraissait chercher quelque chose à l'extérieur monta les marches. Serguei entendit ses pas et saisit le couteau. Mais, en la voyant, il sourit:

– Un chien, dit-il d'une voix soudain chaleureuse. En Russie, moi aussi j'avais un comme ça.

Il se recoucha et regarda Dinka, les yeux bien ouverts. Assaf ne savait pas comment entretenir la conversation:

– Quel livre c'est? demanda-t-il en montrant celui qui était par terre, à côté du matelas.

– Ça? Dragons, DND.

– C'est vrai? s'exclama Assaf. En russe aussi?

– En russe, il y a tout, dit le garçon avec un gros soupir. Là où j'étais, j'avais groupe DND.

Et il ferma les yeux.

– Attends, dit Assaf.

Qui es-tu, comment es-tu arrivé ici, qui t'a mis dans cet état, qu'as-tu mangé toute cette semaine mis à part des chips, tu es peut-être malade, tu as l'air malade, où sont tes parents, est-ce qu'ils savent où tu es, est-ce qu'ils te cherchent partout, qu'est-ce qui va t'arriver demain, où seras-tu dans un mois, seras-tu seulement vivant.

A la place, il dit:

– Je cherche une fille.

Il avait encore un faible espoir que Dinka sache peut-être pourquoi elle l'avait conduit jusque-là.

– Petite, avec des cheveux longs, noirs. Elle était avec cette chienne.

Serguei ouvrit lentement les yeux. Il regarda Assaf comme s'il l'avait oublié, se redressa sur ses coudes et cligna de l'œil devant le carré de lumière dans lequel Dinka était assise. Son regard parut soudain plus concentré.

Il se recoucha, ses bras ne pouvaient pas supporter le poids de sa tête. Il ferma les yeux et resta immobile. Des mouches se posèrent sur le coin de sa bouche pour butiner les miettes du sandwich. Déçu, Assaf attendit encore quelques instants. Par la fenêtre en ogive, il aperçut le ciel bleu, l'arête d'une montagne et quelques pins. Puis il se dirigea vers la porte pour partir.

La voix du garçon l'arrêta :

– Elle vient ici, dit-il sans ouvrir les yeux, un frisson parcourut la nuque d'Assaf. Peut-être il y a un mois ? peut-être deux ? Je ne sais pas. Elle cherche quelqu'un. Un enfant ? Un garçon ? Elle vient avec photo, comme ça, on dit photo en hébreu ?

Assaf fit signe que oui. Le garçon continua :

– Elle demande si on connaît. Peut-être c'est son copain ? Je ne sais pas.

Assaf écoutait en silence. Il avait la bouche sèche. Une douleur sourde vrilla sa poitrine.

– Il y avait quelqu'un ici, on l'appelait Paganini – Serguei parlait comme dans un rêve –, il jouait violon. Il jouait, jouait, tellement que archet a éclaté, après plus jouer.

Il se tut de nouveau pendant un long moment. Assaf craignait qu'il s'endorme et ne reparle plus. Mais le garçon reprit son récit, les yeux fermés :

– Ce Paganini a vu copain de la fille jouer guitare dans la rue.

– Paganini connaissait le… copain de la fille ?

– Non… pas connaître. Pas possible. Mais le copain il joue très bien, très très bien. Paganini a dit.

Assaf enregistrait tout en s'interdisant de penser dans

222

l'immédiat. Oublier, ne pas penser à ce garçon qui joue si bien de la guitare.

Serguei eut un sursaut de vitalité, il essaya de se redresser et y parvint temporairement :

– Quand le garçon il joue là-bas, il y a beaucoup de *musikant*, ils font concerts ensemble, comme des artistes, dans la rue. Comme un groupe. Tous petits, des enfants, un peu mafia. Je ne sais pas. Sale histoire…

Sa faiblesse reprit le dessus, il se recoucha et continua de murmurer :

– Moi souvenir d'elle – sa voix se mêlait à sa respiration de plus en plus lente, ensommeillée –, petite, peur de rien, elle vient seule ici, elle crie, levez, levez, regardez sa photo…

Il se mit à ronfler. Assaf attendit encore quelques instants, puis repartit sur la pointe des pieds et quitta la maison en ruine. Il ne fallait pas qu'il pense ou ressente quelque chose. Elle a un copain, tant mieux. Elle est à sa recherche. Apparemment, elle court dans tous les sens sur ses traces, dans la ville. Tant mieux. Ça ne me regarde pas. Moi, je dois me contenter de lui rendre sa chienne. Viens Dinka, on y va.

Soudain ses épaules s'affaissèrent, il n'avait plus envie de rien.

Il faut appeler Rhinocéros, se dit-il en suivant mollement Dinka. Les choses commençaient à se compliquer. Serguei avait parlé de mafia. Quelle mafia, pourquoi la mafia, je ne peux pas m'en occuper tout seul. Je n'aurais pas dû mettre le nez là-dedans.

Une fois qu'ils furent revenus dans la prairie avec ses hauts buissons de fenouil sauvage, Dinka s'arrêta. Et il vit de nouveau la chose arriver : c'était comme si une odeur transparente papillonnant dans l'air s'était soudain posée sur le bout de sa truffe et s'était de nouveau envolée pour lui indiquer une autre direction.

La chienne tourna brusquement à droite, se mit à courir, s'arrêta, lança un regard d'espoir à Assaf et agita la queue. C'était aussi clair que si elle avait brandi une pancarte avec l'inscription « suivez-moi ».

Le chemin sinueux se transforma en sentier de pierres taillées, bordées de part et d'autre de grenadiers, citronniers, figuiers, et de grandes haies de figues de Barbarie. Un petit ruisseau serpentait à côté, c'était un paysage charmant, incroyable que toute cette beauté se trouve à quelques mètres du tas d'immondices au milieu duquel dormaient les deux garçons.

Derrière l'enchevêtrement de buissons se cachait un petit bassin, comme un œil bravement ouvert, bleu-vert sous le soleil. Une brise légère ridait la surface, l'eau était pure et transparente, elle débordait dans le ruisseau qu'Assaf venait de longer.

Dinka émit un joyeux aboiement. Elle regarda tour à tour Assaf et le bassin, aller-retour, puis aboya de nouveau.

Dinka, je n'ai pas le courage de jouer aux devinettes, lui dit-il en silence. Sois plus claire.

Il marcha sur les pierres lisses qui bordaient le bassin. Peut-être y avait-il une chose qui appartenait à Tamar… Et si elle était là ?

Il regarda prudemment. La peur lui fit imaginer des choses horribles dans les profondeurs de l'eau, tout au fond. Mais il n'y avait rien, ni personne.

Il chercha dans les buissons, bougea des branches, inspecta ici et là. Il finit par trouver deux vieilles seringues, des journaux déchirés, une serviette, des écorces de pastèque pourrissantes. Dinka jappait autour de lui, sautillait entre ses jambes, elle manqua le faire tomber par deux fois, aboyait avec une joie excessive, comme si elle voulait l'arracher à l'abattement dans lequel il avait sombré.

Il se mit à genoux devant elle, nez contre truffe, elle aboyant et lui, mains tendues saisit sa tête et la regarda d'un air désespéré, puis mêlant ses cris aux aboiements, mais quoi, dis, quoi ?

Elle lui échappa, se dressa sur le bord du bassin et le regarda comme pour dire mais enfin tu ne comprends pas, et elle sauta dans l'eau.

Un gros plouf et une douche froide sur Assaf. La chienne plongea un instant, refit surface, la brave tête se mit à tourner dans l'eau, suivie du corps aux poils imbibés. Elle nageait dans le petit bassin avec ces mouvements hâtifs et effrayés qu'ont les chiens, le regard inquiet, concentré, comme s'ils accomplissaient une tâche difficile.

C'est ce que tu veux ? Que je vienne te rejoindre ? Et si quelqu'un me surprenait ? Mais qui pourrait bien venir ici, les deux Serguei dorment, c'est à peine s'ils arrivent à bouger, et cet endroit est si beau, ça me changera un peu les idées. Aussitôt, il enleva ses vêtements, garda son slip et sauta dans l'eau.

Elle était glacée, il poussa un cri, fit un bond hors de l'eau, aspira tout l'air que lui offrait la vallée, plongea, toucha le fond de la main, les pierres lisses, puis remonta pour se réchauffer au soleil.

Dinka nageait en traçant des cercles autour de lui, comme pour s'excuser de ne pas pouvoir mieux exprimer sa joie. Sa queue fendait l'eau, l'éclaboussait de gouttelettes glacées et Assaf – sa mère prétendait qu'il avait une capacité de récupération surprenante, mais il ne comprenait pas vraiment ce qu'elle voulait dire – se jeta sur elle, lui mit la tête sous l'eau, elle s'échappa, le heurta à la poitrine, ils se poursuivirent dans la longueur, en diagonale, Assaf détacha une pierre ronde du rebord et la lança à l'intérieur, Dinka plongea et remonta avec la pierre dans la gueule, soufflant et crachant de l'air et de l'eau, et tous deux se serrèrent comme des frères qui ne se seraient pas rencontrés depuis trente ans.

– Et elle, elle vient ici ? lui demanda-t-il, tête contre tête, les cheveux collés sur le front. C'est ici qu'elle vient pour être seule ? Et après, vous nagez ensemble ? Ou bien c'était la fois où elle est venue poser des questions aux deux Serguei, et après elle s'est baignée ? Hé, où est passée la pierre ?

Ce n'était qu'une chienne et lui un adolescent. Ils n'avaient pas de langage commun très développé, mais il avait le sentiment qu'elle lui offrait cette baignade, que, dans sa petite tête de chienne, c'était sa manière de le remercier de ne pas renoncer à chercher sa Tamar.

Puis il ferma les yeux et fit la planche, le soleil l'éclairait de l'intérieur à travers ses paupières. A moitié somnolent, détendu, il se dit qu'elle existait dans ce monde. Que penserait-elle de lui quand ils se rencontreraient ?

Les paupières alourdies, il songea qu'elle avait nagé dans ce bassin, dans cette eau qui l'avait caressée, comme elle le caressait en ce moment.

Il flottait et se diluait dans un rêve solaire. Quelque chose l'intriguait, une information qu'il venait d'apprendre, mais il parvint comme d'habitude à mettre cette idée en attente, il avait le temps, elle ne s'échapperait pas. Il essaya de nouveau d'imaginer Tamar, de mettre ensemble ce que Théodora et l'inspecteur en avaient dit. Il entendit Dinka sortir de l'eau en soufflant, un instant plus tard elle s'ébrouait en l'éclaboussant de gouttes glacées.

Le froid lui fit reprendre conscience. Tamar cherchait un garçon. Une ombre passa, lui dissimula le soleil. Que crois-tu, persifla une voix amère, qu'elle va t'attendre ? Une fille comme elle n'est jamais seule. Elle est sûrement entourée. D'ailleurs, son copain n'est pas n'importe qui, c'est un guitariste. Assaf l'imagina aussitôt de la tête aux pieds, beau garçon, sourire d'acteur de cinéma, un double de Roy, spirituel, arrogant, qui savait faire rire les filles et leur tourner la tête avec sa guitare.

D'accord, se dit-il les yeux fermés, en essayant de ne pas céder au brusque pincement de jalousie, d'accord, elle a un copain, et alors. Ça m'est égal. Moi, je la cherche pour lui remettre Dinka. Copain ou non, ce n'est pas mon affaire.

Il plongea au fond de l'eau, resta le plus longtemps possible, essaya de refroidir le poison qui le parcourait ; que lui arrivait-il, pourquoi avait-il si mal de la savoir avec un copain, c'était toujours comme ça, Assaf la cherchait pendant qu'elle en cherchait un autre. Rhinocéros voulait Rély qui voulait l'Américain. Si on avait pu donner une petite chiquenaude au monde, comme ça, tangente, comme les boîtes de clous et de vis où chaque chose reprend aussitôt sa place. A bout de souffle, avec cette douleur en lui raidie par le froid, il remonta à la surface de l'eau et se laissa consoler par le soleil.

Il lui réchauffait le ventre, lui caressait le torse. Ses pensées se dispersèrent de nouveau en petits cercles. Et si je devais la chercher pendant des semaines, des mois, des années. Si je ne la retrouvais que dans vingt ans, elle habiterait un luxueux quartier de villas, je frapperais à sa porte, le gardien de la maison m'ouvrirait, oui, qui êtes-vous ? Je dirais : j'ai apporté quelque chose pour Tamar. Vous ? dirait-il, quel rapport entre vous et Tamar ? Elle ne donne pas de rendez-vous à n'importe qui, chaque instant de sa vie est consacré à des pensées profondes sur le bien, le mal et le libre arbitre, de plus elle est de très mauvaise humeur parce qu'elle vient de quitter son premier mari, le célèbre guitariste…

— T'as vu le cadavre qu'il a ramené ?
— Pourquoi, il te fait pas envie ?
— Dis donc, c'est pas un coin à pédés ici.

Assaf ouvrit les yeux et aperçut trois adolescents autour du bassin.

— Bonjour chérie, t'as bien dormi ?
— T'as rêvé de comment on t'enculait hier soir ?

Assaf finit par reprendre ses esprits et se redressa. L'eau lui arrivait jusqu'au cou, il avait froid. Il essaya de nager vers un rebord, mais un des garçons s'y précipita presque en boitant, et quand Assaf posa les doigts sur une pierre pour se hisser, il posa sa chaussure dessus et les écrasa. Assaf nagea vers le bord opposé, mais là aussi quelqu'un se tenait prêt avec la chaussure levée. Il nagea d'un bord à l'autre, affolé, il était perdu, on ne le laisserait pas sortir, la panique l'empêchait de penser. Pendant ce temps, la pauvre Dinka poussait de loin des aboiements furieux, celui qui semblait être le plus âgé des trois l'avait immobilisée, il la tenait par son collier contre sa jambe, elle ne pouvait ni tourner la tête, ni aboyer, ni bouger.

Dans un silence absolu, ils se jouèrent ainsi d'Assaf pendant quelques minutes. Chaque fois qu'il voulait sortir, un des deux s'approchait du bord et l'en empêchait. Finalement, quand ils le virent découragé, ils s'éloignèrent et le laissèrent sortir. Assaf se hissa, presque nu et tremblant de froid, entouré des adolescents. C'était mauvais, cauchemardesque. Qu'allaient-ils lui faire ? Qu'allaient-ils faire à Dinka ?

Le grand garçon s'approcha. Il tenait Dinka si serré contre lui qu'elle se traînait en gémissant.

– Alors, petite sœur ? dit-il en souriant à Assaf, tu croyais te faire des Jacuzzi dans notre piscine privée ?

Assaf baissa la tête et afficha son expression la plus stupide.

– Dis, petite sœur, renchérit-il d'une voix mielleuse, t'aurais pas pissé par hasard dans notre piscine privée, hein ?

Assaf fit énergiquement non de la tête. Il ne savait pas que c'était privé, bredouilla-t-il.

L'adolescent émit un long sifflement étonné :

– Et t'as pas vu la pancarte « Peine de mort aux pervers qui se baignent sans autorisation » ?

Cette fois, Assaf fit non de tout son corps. Il n'avait vraiment pas vu de pancarte.

– Vraiment ! s'étonna le grand. Aucune pancarte ? Avi, viens deux secondes, viens aider la petite sœur à avoir les yeux en face des trous.

Celui qui s'appelait Avi glissa un doigt de fer sous le menton d'Assaf et pressa fort jusqu'à lui faire lever la tête.

– Et maintenant, regarde, poupée, tu vois ? Avec le cadre doré ? Et le tableau de Sydney Crawford ? Et les paillettes de son maillot de bain ?

Il ne voyait pas. Il dit qu'il voyait.

– Herzl, on la balance à l'intérieur ? proposa Avi, le petit avec la casquette de travers sur la tête.

– Et si on lui enlevait le calebard ? proposa le troisième, celui qui boitait et avait des grains de beauté saillants sur tout le visage.

– Pourquoi ? T'as viré ta cuti, elle te fait envie ou quoi ?

Les deux autres se mirent à rire. Assaf ne bougeait pas. C'est ma fin, se dit-il, ils vont me violer.

– Non, dit le grand, celui qui s'appelait Herzl et paraissait le plus âgé. J'ai un meilleur plan pour des perverses comme elle. Donnez-lui ses vêtements, mais faites-lui d'abord les poches en guise de compensation symbolique pour la baignade dans une piscine privée, et la suspicion de pollution par l'urine.

Le boiteux ramassa aussitôt les vêtements, tâta les poches et trouva les trois cents shekels qui devaient suffire à nourrir Assaf à la cantine de la mairie jusqu'au retour de ses parents, la somme qu'il avait jalousement économisée pour acheter l'objectif « télé » 300 mm pour son nouveau Canon.

On lui lança brutalement les vêtements. Le métal de la boucle de son ceinturon le heurta à la lèvre. Il sentit un filet chaud lui couler sur le menton. Il remit son pantalon sans s'essuyer la bouche. C'est à peine s'il arrivait à l'enfiler. Les trois autres, debout, le regardaient. Leur silence l'inquiétait. C'était un moment de répit imprévisible. Assaf pressentait que le plus dur était devant lui. Incapable d'enfiler les manches de sa chemise qui s'étaient emmêlées, il y renonça et resta torse nu, la chemise à la main. Il avala sa salive et se demanda comment il allait faire. Comment il se forcerait à parler.

— Hé, petite sœur, dit le grand d'un air surpris en collant encore plus fort Dinka contre sa cuisse. T'es encore là ? Qu'est-ce que t'attends pour te casser ?

— La chienne, dit Assaf sans le regarder.

— Quoi ? !

— J'ai besoin de la chienne.

Il n'avait pas le courage de lever la tête. Au lieu d'être émise par ses cordes vocales, sa voix venait d'ailleurs, c'était un sifflement qui sortait de la région du coude.

Stupéfaits, les deux jeunes regardèrent d'abord Assaf puis le grand, la bouche écarquillée et ricanante, attendant de savoir ce qu'il fallait en penser.

Il émit un long sifflement tranquille.

— T'as dit chienne ? Je croyais que c'était un chien. Tant mieux pour nous.

Il passa un doigt sur le collier orange.

— Elle est même immatriculée, merci pour l'investissement.

— J'ai besoin de cette chienne, répéta Assaf.

Il détacha péniblement les mots d'un bloc glacé qui occupait toute la région de son ventre. Dinka le regarda, sa queue basse bougea doucement, hésitante.

Les deux adolescents captèrent une étincelle dans les yeux de Herzl et éclatèrent de rire en se tapant les cuisses. Herzl leva la main, ou plutôt le doigt, aussitôt ils se turent.

— Dis-moi, salope, t'as pas peur pour ton vilain petit visage ? Tu veux qu'on laisse le tordu te faire des choses honteuses, et même pire ?

— Alors viens… on va se battre, murmura Assaf.

Il croyait devenir fou, où était-il allé chercher cette phrase insensée ?

Le grand fit un pas en avant, puis plaça la main en cornet autour de l'oreille :

– Répète, on n'a pas pigé, dit-il avec un sourire très fin.

– Toi et moi, murmura Assaf.

Il sentit ses lèvres devenir blanches, une blancheur perceptible qui envahit tout son corps.

– Viens, on va se battre. Celui qui gagne aura la chienne.

Les garçons s'esclaffèrent de nouveau, en poussant des cris, en se tapant dans les mains et sur le dos. Ils sautillaient autour de lui, aboyaient comme de jeunes chiots, berger allemand ou doberman, auxquels le père enseigne à déchiqueter une proie vivante.

Herzl donna Dinka à Avi et s'approcha d'Assaf. Il avait au moins une tête et une épaule de plus qu'Assaf en hauteur et en largeur. Assaf se débarrassa de la chemise qu'il tenait à la main. Herzl se dressa devant lui, il écarta les bras, l'air de dire qui ose se frotter à moi.

Assaf avait du mal à bouger les jambes, mais il commença à tracer un cercle saccadé autour du garçon. Herzl tournait autour de lui. Assaf vit les muscles lisses sur les grands bras, il espéra en finir vite quelle que soit l'issue, sans avoir trop mal, ni être trop humilié. Être torse nu le tracassait. Il se rappelait vaguement qu'en situation de danger, le corps produit de l'adrénaline censée renforcer les muscles et accélérer les réactions, et se dit tristement qu'elle lui faisait défaut. C'était plutôt le contraire, il se sentait de plus en plus engourdi, les sens émoussés pour ne pas ressentir la douleur, et surtout l'humiliation.

L'adolescent tendit le bras comme pour provoquer Assaf, l'aiguillonner, Assaf recula d'un pas et faillit tomber. Les deux autres glapirent de plaisir. Ils entouraient les deux lutteurs, les serraient de près, l'un d'eux frappa Assaf à l'épaule, le grand l'arrêta aussitôt du même geste du doigt, comme un de ces chefs de bande au cinéma, et dit que si l'un d'eux s'en mêlait, lui, Herzl, le réduirait personnellement en bouillie. Tétanisé par la peur, Assaf était tout de même ému par cet étrange code d'honneur.

Au même instant, son adversaire fit un pas en avant, lentement, avec une efficacité de professionnel, son bras immobilisa le cou d'Assaf avec une force surprenante, inattendue. Il commença tout doucement à faire plier Assaf qui pourtant était vigoureux, il sentit la chaleur du corps étranger comme celle d'un poêle à côté de lui, une odeur de fumée dégagée par les aisselles, puis sa nuque se mit à grincer, toute vie quitta son corps et ses yeux cessèrent de voir.

Alors il le relâcha brusquement, Assaf titubait de douleur, saisi de vertige, à bout de souffle. Il se sentit délicatement retourné de manière à faire face à son adversaire, comme une infirmière montrerait la manière de tendre le bras pour une injection, c'était comme si on le préparait pour un événement imminent, il ne pouvait ni bouger, ni y changer quelque chose, ni s'enfuir, c'est alors que d'un coup d'un seul, le garçon lui envoya son genou dans les testicules. Et quand Assaf se plia en gémissant de douleur, il rencontra le même genou qui lui fit exploser le nez.

Après un temps indéterminé, l'étrange croquis qui bougeait devant ses yeux – et qui ressemblait au début à un gribouillis d'enfant perturbé sur du papier bleu – prit lentement forme et devint le buisson et les branches sous lesquelles il était étendu.

– Il n'est pas mort, c'est juste le visage, dit une voix lointaine.

– C'est pas le visage, espèce de débile, c'est le nez. T'as vu tout le sang ?

Assaf leva un bras, l'autre bras posé par terre pesait des tonnes. Il écarta péniblement les doigts et se toucha le nez. Il était très mouillé, plein de petites bosses inconnues. Puis il trouva l'emplacement des narines et du restant. La bouche aussi en avait pris un coup, la lèvre supérieure était douloureuse et lancinante. Une dent du haut, sur le côté, était un peu trop libre.

Mais, paradoxalement, Assaf se sentit soulagé.

Peut-être parce que toute sa vie il avait eu peur de se battre avec une telle peste. Un de ces types sans foi ni loi, comme le disait Rhinocéros dans un autre contexte. Il en avait si peur qu'il s'était mis à craindre toutes les pestes, même les plus petits et plus faibles que lui, convaincu d'avance qu'il ne pouvait pas se mesurer à eux, qu'il serait toujours humilié. Il lui était arrivé de se battre avec des garçons de sa classe, mais ils étaient comme lui, il y avait des limites qu'ils ne franchiraient jamais ; les pestes, il les repérait de loin, s'écartait d'eux dans les boîtes où ils allaient le vendredi soir, et ne leur répondait pas quand ils l'insultaient lui et ses copains. Lorsqu'il les côtoyait dans la rue, il avait appris à avoir cette démarche transparente, pas offensée ; un jour, dans l'autobus, il s'était levé et était descendu à l'arrêt suivant parce qu'une de ces pestes le lui avait demandé. Sans discuter. Il s'était levé et était parti. Depuis, il ne se passait pas de jour sans qu'il se souvienne de cette humiliation cuisante.

Curieusement, alors qu'il était vidé, broyé, il avait l'impression d'être plus libre, d'avoir dépassé cette peur. Ce qui venait de se dérouler lui était encore incompréhensible, mais il venait de franchir un obstacle qui lui empoisonnait la vie.

— *Yallah*, dit le grand. Il n'y avait pas de quoi avoir peur. On s'en va.

Ils firent un pas. Assaf se leva. Ou plutôt traîna la partie supérieure de son corps et arriva presque à s'asseoir. Une petite moto emballée tournoyait dans sa tête, comme devant le mur de la mort.

— J'ai besoin de la chienne, dit quelqu'un d'une voix empâtée, probablement en hébreu, peut-être même d'une voix qui était celle d'Assaf.

— Qu'est-ce que j'ai entendu ? dit le grand en s'arrêtant.

Il se retourna lentement. Assaf essaya de fixer un point. Il voyait double, les deux grands se tournèrent vers lui, puis se fondirent lentement en un. Il concentra son regard et vit le collier de Dinka fortement serré par le gros poing, la tête presque ligotée contre la jambe.

– Viens-on-se-bat-encore-pour-la-chienne, dit celui qui parlait au nom d'Assaf et sans le consulter.

– Vous avez entendu la naine ? dit le sourire qui s'élargit.

Il regarda ses acolytes qui lui rendirent un sourire servile.

– La naine veut un match retour.

Assaf se leva. Il avait dépassé la peur. Il ne comprenait plus du tout ce qui lui arrivait. Une espèce d'obstination intérieure le guidait. Comme si, une fois surmontée la peur, il voulait voir encore et encore, jusqu'au bout, comment on se faisait descendre par un type comme celui-ci.

Herzl s'approcha. La danse reprit, chacun se déplaçait en traçant un cercle. Assaf entendit sa respiration grinçante, comme s'il était en apnée au fond de l'eau. Des bribes de pensées s'agitaient dans son cerveau. Il s'agissait de magie, dommage qu'il ne puisse pas y avoir recours. Il fallait appuyer sur la touche *magie*, puis sur celle de *but*, alors la magie produisait un rayon qui vous apportait la chose souhaitée. En l'occurrence, c'était Dinka. Il y avait aussi une autre magie qui s'appelait *rétrécir*, elle réduisait de moitié la taille de votre adversaire. Mais il n'avait rien de tout cela sous la main.

Soudain quelque chose bougea autour de lui, il n'eut pas le temps de l'identifier, sentit un poing sur la poitrine, tout près du plexus, ce n'était pas fort, plutôt un coup de poing titilleur, pour s'échauffer entre copains. Mais dans son état c'était suffisant ; il trébucha pesamment en arrière et tomba. C'était si simple : tomber, se soumettre à la force d'attraction, à la loi de la pesanteur, de la nature, en vertu desquelles ces types auraient toujours le dessus. L'autre ne l'avait pas encore attaqué. Il attendait qu'Assaf se lève. Ce dernier parvint péniblement à se ramasser, mais il se prit les pieds dans le buisson et retomba. Ses genoux fléchirent sans qu'il puisse les commander, il retomba en soufflant bruyamment. C'était risible. Couché sur le dos, il attendait le coup. Le coup de pied. Le coup de grâce qui le mettrait hors jeu. Une mouche bourdonnait au-dessus de son nez. Le coup de pied dans les testicules se répercutait par vagues douloureuses le long de son dos. Le grand s'approcha et lui tendit la main pour qu'il se lève. Un instant, ils se regardèrent droit dans les yeux. C'était la première fois qu'Assaf le voyait vraiment. Sans peur. Il avait environ trois ans de plus que lui. Un visage long, sombre, presque sculpté, beau, une bouche très fine.

– Qu'est-ce qu'il y a, petite sœur ? T'as pas bu ton chocolat aujourd'hui ? Maman n'a plus de Blédina ?

Assaf essaya de lui donner un coup de pied. Tentative pitoyablement avortée. Il se vit de l'extérieur, bougeant avec une extrême lenteur, faisant appel à toute son énergie pour lever à peine un genou. Mais Herzl saisit légèrement sa jambe au niveau de la cheville et lança Assaf en l'air sans effort apparent. Assaf retomba sur le dos. Le choc lui fit cracher l'air de ses poumons, ses os s'entrechoquèrent. Herzl bondit aussitôt, le retourna face contre terre, se coucha sur lui et lui tordit le bras en arrière. Assaf ne pouvait plus respirer, il grogna, avala de la terre, hurla et peut-être même pleura.

– Si tu ne la fermes pas, murmura le garçon doucement à son oreille, tu ne reverras plus ton bras.

Assaf grogna de nouveau.

– On n'entend pas, dit Herzl, les lèvres pincées.

– Il me faut la chienne, chuchota Assaf sans voix.

L'autre lui leva le bras d'un centimètre de plus. Assaf crut entendre les nerfs et les tendons, « pong ! pong ! », commencer à céder.

– Ferme-la je te dis…

La voix au-dessus de lui ressemblait à un rugissement rauque.

– Je te donne une dernière chance, lui souffla la voix de Herzl dans l'oreille.

Pour la première fois, Assaf le sentit peiner sous l'effort.

– Tu peux me tuer, ça m'est égal, dit-il d'une voix pâteuse et lente comme la bande son d'un film au ralenti. Mais – j'ai – besoin – de – cette – chienne. Peux pas – sans – elle.

Pas de réponse. Et soudain tout devint très léger. Assaf se sentit planer dans les airs comme si rien ne l'empêchait plus de décoller.

Dans le silence, il entendit un rire bizarre, comme si quelqu'un disait au loin : « Incroyable. »

La pression au bras disparut. Assaf crut que c'en était fait de lui, que le grand lui avait arraché le bras et qu'il vivait cet instant d'inconscience qui précède l'arrivée de l'information au cerveau.

Mais le garçon n'était plus au-dessus de lui, le bras d'Assaf reposait sur son dos, relié au reste. Il le sentit de nouveau dans un fourmillement douloureux. Il y avait des conversations autour de lui, une discussion, des cris. Quelqu'un était peut-être venu le sauver, *in extremis*, comme dans les films. Il n'arrivait pas à tout suivre. Chaque partie de son corps lui envoyait des vagues, des influx douloureux qui s'entrechoquaient à la base du crâne. Il ferma les yeux et attendit docilement. Quelqu'un de très proche répétait inlassablement qu'il avait besoin d'une chienne.

– Parce que je l'ai dit ! martela au loin la voix de Herzl. Parce que je l'ai décidé, t'as pigé, espèce de débile ?

– Mais comment je fais ? geignit une autre voix, sans doute celle de Avi. Si je la lâche, elle va mordre.

– Elle ne va pas mordre, dit Herzl d'une voix paisible, catégorique. Elle ira vers lui.

Assaf se souleva sur ses coudes. Dinka était près de lui, au-dessus de lui, il vit sa langue s'approcher et lui lécher délicatement le visage. Il retomba et s'abandonna à la douceur de ce contact. Plus loin, sur la montée rocheuse, il aperçut les trois adolescents s'éloigner. Ils l'avaient déjà oublié. Deux d'entre eux faisaient des gestes, ou bien jouaient à soulever de grosses pierres, des éclats de rochers, à se les lancer et à les éviter en poussant des cris.

Le plus âgé, celui qui lui avait refait le portrait, marchait devant eux, droit, lointain, pensif.

Assaf s'appuya sur Dinka, s'accrocha à elle et se releva. Il se traîna jusqu'au bassin et se rinça lentement le visage. En voyant son reflet dans l'eau, il se dit qu'une grosse barbe serait la bienvenue pour le retour de ses parents. Le reflet de Dinka était à côté du sien, elle se frottait contre lui en poussant des gémissements qu'il n'avait jamais entendus jusqu'alors. Comme si elle le consolait. Il s'assit pesamment au bord du bassin, à côté de Dinka et essaya de ne pas penser aux douleurs lancinantes. Mais c'était impossible. Quelques minutes plus tard, en même temps qu'un élancement douloureux lui revint le souvenir d'une parole de Herzl. Des remerciements. Herzl l'avait remercié pour quelque chose. Qu'était-ce donc ? Il se rinça de nouveau le visage dans l'eau et gémit de douleur. Sa main qui se promenait sur le dos de Dinka s'immobilisa brusquement. Ça y est : Herzl avait dit merci pour l'immatriculation. Pourtant Danokh, à la mairie, avait dit que Dinka n'avait pas de plaque d'identité. Assaf émergea d'un épais brouillard de douleur. Ses pensées se frayèrent un chemin comme à travers une pièce envahie par la fumée. Il fouilla dans la fourrure, trouva le collier, toucha la boucle en métal. Depuis qu'il avait rencontré Dinka la veille, il lui était souvent arrivé de toucher cette plaque sans pour autant se demander si c'était son immatriculation. S'il n'y avait pas eu ce Herzl…

Il dégagea la plaque de la fourrure humide et la tourna vers la lumière. Dinka attendait patiemment, la tête tournée de côté pour mieux l'aider à voir. Il ferma un œil et essaya de concentrer son regard.

« Gare routière Egged, Consigne, 12988. »

Il contempla Dinka d'un air ébahi :

– Et pendant tout ce temps, tu ne m'as rien dit ?

Assaf se dissimula derrière un des piliers en béton de la gare routière et observa la file. Trois jeunes garçons s'affairaient derrière un large comptoir, ils parlaient entre eux, criaient, se moquaient de ceux qui attendaient leur tour, et distribuaient rapidement les objets en échange d'un jeton comme le sien. L'un d'eux, qui portait une casquette de contrôleur de tickets, l'inquiétait : c'était le plus sérieux des trois et, avant de remettre l'objet consigné à son propriétaire, il demandait à voir sa carte d'identité. Puis la comparait attentivement avec le nom inscrit sur un bloc de papier taché d'une éclaboussure de jus de tomates séchées. Les deux autres étaient moins pointilleux : ils prenaient le jeton, allaient vers les énormes étagères du fond de la pièce, prenaient le paquet et le rapportaient à la personne sans rien lui demander.

Assaf prit place dans la file d'attente. Il y avait sept personnes avant lui. Mais la queue avançait rapidement et il se disait que, son tour venu, sa chance le conduirait tout droit devant le jeune à la casquette qui lui demanderait sa carte d'identité et verrait qu'elle ne correspondait pas au nom inscrit sur le bloc. Que ferait-il à ce moment-là ? Il n'en savait rien du tout. Il attendait son tour en essayant de ne pas penser à ce qui s'était passé au bord du bassin. S'il réfléchissait un seul instant aux coups qu'il avait reçus, à l'argent qui lui avait été volé, à son rêve de téléobjectif qui était retardé de plusieurs mois, il deviendrait fou de rage et de désespoir. Il contracta tous ses muscles lancinants, se durcit, effaça énergiquement le passé proche et l'avenir immédiat. Il était en mission, et rien d'autre ne comptait. Les trois employés parlaient à tue-tête du grand match retour du samedi suivant : le jeune à la casquette soutenait l'équipe Hapoël[1], les deux

1. Les deux grandes équipes de football israéliennes ont une origine politique : elles sont une émanation des mouvements de jeunesse pionnière, respectivement, socialiste pour « Hapoël » et nationaliste pour « Macabi-Beitar ». Les supporters ont (ou du moins, avaient), eux aussi, plus ou moins la coloration politique de l'équipe qu'ils soutiennent.

autres qui soutenaient le Beitar se moquaient bruyamment de lui et disaient que son équipe n'avait pas la moindre chance de gagner, ni le samedi ni pendant tout le millenium.

– Pourquoi pas ? disait celui à la casquette avec une exaspération croissante. Tout dépend de Danino, s'il est en forme ou non. Bon, avancez ! A qui le tour ?

– Ça dépend si Danino peut surveiller Abouksis, dit en riant le deuxième.

– Et si Danino n'a pas de carton rouge, ajouta le troisième au concert d'humiliations qu'ils lui infligeaient. Bref, tu te fais des illusions !

Il n'y avait plus que deux personnes avant Assaf. Il quitta la file et alla au kiosque à journaux. Il y avait quelques pièces au fond de sa poche, maigres restes de sa fortune avec lesquels il acheta le journal du matin, se débarrassa des premières pages et lut dans les pages de sport l'article consacré au match du week-end suivant. C'était agréable de cacher momentanément son visage tuméfié derrière les pages d'un journal. Il lut, puis relut tout l'article jusqu'au bout, et regretta que les employés de la consigne ne soient pas des supporters de l'équipe de basket du Hapoël, qu'il connaissait bien. Puis il entra dans les toilettes publiques, s'aspergea longuement le visage d'eau froide et lui redonna quelque apparence humaine.

Il reprit sa place dans la file, cette fois derrière six personnes, et frotta le jeton pour attirer la chance, persuadé que tout le monde voyait combien il était tendu. Dans *Le Feu du dragon*, son jeu préféré, il y avait quatre personnages principaux : le sorcier, le guerrier, le chevalier et le voleur. Il avait été guerrier le matin, il serait voleur maintenant. Quand son tour arriva, le jeune à la casquette lui tendit la main.

– Dépêche-toi, on ferme !

– Bien sûr, exulta Assaf, il y a l'entraînement à deux heures !

La main s'arrêta au-dessus du jeton et inspecta avec méfiance le visage tuméfié :

– Pourquoi ? T'es pour qui ?

– Pour les rouges. Et toi ?

– T'es un frère.

Il approcha la tête de celle d'Assaf et cligna de l'œil :

– Et si on se faisait rétamer comme la dernière fois ? Comment faire avec eux ? Où s'enfuir ? – il montra d'un signe de tête les deux autres – et si Danino ne jouait pas ?

– Mercredi, on lui fait un dernier examen, rapporta Assaf de son air le plus savant. On a peut-être une chance, qu'en penses-tu, hein ? lui demanda-t-il en prenant des airs de supporter passionné.

– Difficile de savoir, dit l'autre en se grattant le front comme si Danino était étendu sur la table devant lui, dans l'attente du diagnostic. Si c'est le tendon, nous sommes cuits.

Il prit le jeton et se dirigea vers les étagères. Cinq, dix, quinze pas. Assaf tambourinait avec ses doigts sur le comptoir. Le jeune garçon chercha, fouilla, déplaça des valises, mais ne trouva rien. Assaf gratta fiévreusement la tête de Dinka. Sorcier, guerrier, chevalier, voleur. Le voleur fait confiance à son aptitude à se dérober en vitesse et à son intelligence tactique. *Choisissez le voleur si vous voulez faire appel à la ruse et à l'intelligence pour mettre votre héros à l'abri des péripéties.*

– Quand est-ce que t'as déposé ton paquet ? demanda-t-il depuis l'autre bout de la pièce.

– Heu… c'est ma sœur qui l'a déposé, il y a quelque temps.

Ce n'était pas une bonne réponse, mais il n'en avait pas de meilleure.

– Ça y est, on a trouvé, s'écria-t-il en tirant péniblement un grand sac à dos gris coincé entre deux valises. Il dort ici depuis un mois. Vous l'avez sans doute oublié. Montre-moi juste ta carte d'identité.

Assaf lui adressa un sourire mielleux, et loucha de côté, à la recherche d'une issue. Le sac était posé sur le comptoir, à dix centimètres de lui. Tamar à portée de main. Il abattit sa dernière carte :

– Oui, mais peut-être que chez eux, c'est Sandor qui ne jouera pas.

– Quoi ? Qu'est-ce que tu dis ? Sandor est blessé ?

Les yeux de l'employé s'illuminèrent d'un espoir baigné d'amour du prochain.

– Comment, tu le savais pas ?

– Quoi ? La baraka ! Vous entendez ? Baisés ! s'écria-t-il en direction de ses collègues.

Et, dans un élan de joie, il poussa le sac à dos vers Assaf.

– Vous entendez ? Sandor ne va pas jouer aujourd'hui.

– Sandor ? D'où tu nous sors ça ? Hier, il était à l'entraînement, je l'ai vu de mes propres yeux !

– Il échauffait ses muscles, dit Assaf d'un air important, tout en faisant un pas en arrière avec le précieux sac contre son cœur. Vous n'avez qu'à lire le journal, ça s'est passé après l'entraînement.

Le supporter du Hapoël eut un grand sourire et passa au client suivant. En fait, Assaf ne savait plus trop si c'était Sandor ou bien Yakobi qui s'était blessé dans les vestiaires après l'entraînement, en tout cas quelqu'un avait une tendinite, et pourquoi ne pas faire plaisir à son prochain avec une bonne nouvelle.

Il s'éloigna en vitesse en serrant le sac contre lui, Dinka le suivit, il essaya de ne pas attirer l'attention avec sa démarche douloureuse et son visage tuméfié. Depuis une heure, il avait l'impression – avec plus d'appréhension que de peur – d'être suivi. Ce n'était pas une crainte fondée, mais à cause de ce que lui avait dit Serguei dans la maison en ruine et parce qu'il commençait enfin à comprendre que Tamar était empêtrée jusqu'au cou dans une affaire réellement dangereuse, il sentait par moments un picotement dans le dos, comme si quelqu'un le regardait avec insistance, ou bien entendait des pas derrière lui, et quand il se retournait il n'y avait personne.

Son vélo l'attendait sur l'esplanade du bâtiment des Nations unies, il était couvert de la poussière blanche du sentier de Liphta. Il défit l'antivol et commença à pédaler lentement, en souffrant au moindre mouvement. Le sac était sur son dos et, pour oublier ses douleurs, il s'imaginait transportant ainsi Tamar, apprivoisée, ignorante de tout, confiante. Dinka courait à ses côtés, en avant, en arrière, reniflait intensément les signaux que lui envoyait le sac à dos. Une fois arrivé au parc, il descendit de son vélo, inspecta les environs et posa son regard sur la pelouse. Il n'y avait personne alentour. Mais il attendit tout de même, suivit du regard le vol d'un beau coq de bruyère et scruta méthodiquement l'espace environnant (Dinka le regardait, la tête inclinée, l'air de dire qui t'a appris à faire ces choses-là). Puis il recula d'un pas presque imperceptible vers les buissons, laissa tomber son vélo, et s'enfonça dans les branchages.

Il s'assit par terre, posa sans se presser le sac à dos devant lui, désireux de vivre pleinement cet instant, qui, d'une certaine manière, était celui de la première rencontre. D'abord, il lut l'étiquette avec la date de dépôt à la consigne. C'était il y a un mois, ou un peu moins. Elle avait probablement déposé le sac, puis disparu. Mais pourquoi ne l'avait-elle pas laissé à la maison ? Craignait-elle que ses parents découvrent des choses qu'elle y avait cachées ? Il se souvint d'une grimace de Théodora au moment où elle avait fait allusion aux parents de Tamar. Qu'avait-elle dit au juste ? Il ferma les yeux, dirigea vers son cerveau un rayon de mémoire, et le souvenir évanescent remonta mot à mot : « ... elle a besoin d'argent, et elle n'en demandera pas à ses parents ». Il réfléchit un instant, passa en revue tout ce qu'il savait à son sujet, tout ce qu'il avait entendu, explora des pistes susceptibles d'expliquer pourquoi elle ne pouvait pas compter sur ses parents, et ne trouva rien. Il laissa la question ouverte.

Ensuite il essaya de se souvenir de ce qu'il faisait à la date de dépôt du sac à dos. Quand il ne la connaissait pas encore, idée qui le fit sourire. Comme son père et sa mère qui avaient passé des années dans la même ville en ignorant tout l'un de l'autre, qui s'étaient peut-être croisés dans la rue ou au cinéma, sans savoir qu'un jour ils auraient ensemble trois enfants.

Que faisait-il vraiment le jour où elle avait déposé son sac ? Il vérifia de nouveau la date. C'était au début des grandes vacances. Que faisait-il exactement ? Tout ce qui avait précédé ces deux derniers jours traversés par la présence électrique de Tamar lui paraissait tellement vide.

Ce n'était pas seulement sa vie qui lui paraissait vide : mais tout ce qu'il faisait avant elle avait un caractère mécanique, automatique, sans pensée ni sentiment. En revanche, ce qui lui arrivait depuis la veille, ceux qu'il rencontrait, toutes ses pensées convergeaient vers un même point, profond, plein de vie.

Il ouvrit le sac à dos avec des gestes lents, excité à l'idée de défaire les boucles que ses mains avaient serrées. Comme s'il allait à la rencontre de sa vie. C'était trop. Tout était trop. Il laissa un moment le sac ouvert devant lui.

Dinka était impatiente, elle soufflait, reniflait, tournait autour du sac, grattait la terre, essayait de fourrer le nez à l'intérieur. Il rentra la main, sentit le contact froissé et légèrement humide des vêtements enfermés. Soudain, il prit conscience de ce qu'il faisait, et s'arrêta, gêné. N'était-il pas en train de violer ce qu'elle avait de plus intime ?

Vite, avant de céder au doute, il tira un jean, puis une chemise indienne froissée, des sandales fines. Il étala le tout soigneusement devant lui et regarda, hypnotisé. Ces vêtements l'avaient touchée, avaient enveloppé son corps, s'étaient imprégnés de son odeur. S'il n'y avait pas eu Dinka, il les aurait reniflés comme elle et aurait poussé de petits gémissements de nostalgie.

Pourquoi pas, après tout.

Premier constat : elle est petite. Un mètre soixante, avait dit l'inspecteur de police. C'était exact : elle lui arrivait à l'épaule. Il se redressa, bomba le torse, replia les jambes et regarda. Insatiablement. Soudain, une joie l'envahit et le submergea – comme le disait sa mère – jusque dans le creux des oreilles.

Ses mains tâtèrent prudemment les autres vêtements. Il sentit un sac en papier, le sortit et le mit de côté, puis il continua de palper, trouva un fin bracelet en argent et passa le doigt dessus. S'il avait eu un peu plus d'expérience avec les filles, ou comme détective, il aurait cherché dessus d'autres signes que la mince guirlande de fleurs qui y était gravée. Les connaissances de Rély en orfèvrerie auraient dû le pousser à aller plus loin, mais peut-être à cause d'elle, de Rély, il le remit dans le sac et ne vit pas le nom complet de Tamar gravé à l'intérieur.

Des semaines plus tard, quand il essayait de se remémorer son étrange voyage sur les pas de Tamar, et qu'il ruminait inlassablement en se disant « si j'avais fait ceci, alors il se serait passé cela… », il se dit qu'il avait eu de la chance de ne pas avoir vu son nom de famille inscrit sur le bracelet. Car s'il l'avait vu, il aurait cherché l'adresse de ses parents dans l'annuaire et serait allé chez eux. Ils auraient repris Dinka, auraient payé l'amende, et l'histoire serait finie.

Ce qui l'occupait à ce moment-là était plutôt le contenu d'un sac en papier opaque. Au début, il n'osa pas l'ouvrir ; il sentait, ou plutôt devinait, espérait que si elle l'avait enveloppé ainsi, c'était une chose importante. Il palpa et sentit comme des livres, ou bien des albums de photos. Dinka jappait : nous n'avons pas le temps. Il ouvrit, regarda à l'intérieur et laissa échapper un soupir. Des cahiers. Cinq cahiers, des gros et des minces. Il les empila et les mit de côté. Une petite pile compacte. Tendit la main comme si elle ne faisait pas partie de son corps et en prit un. Il feuilleta en vitesse, sans oser lire. Des pages couvertes d'une écriture serrée, sinueuse, difficile à lire.

Sur la couverture du premier cahier, parmi des autocollants de bambis, des cœurs fléchés et des oiseaux, figurait le mot « Journal ». Écrit en lettres un peu enfantines soulignées de trois traits rouges : « Personnel ! Prière de ne pas lire ! »

« Qu'en penses-tu, dit en silence Assaf à Dinka. Crois-tu que, dans certains cas, on a le droit de lire le journal de quelqu'un ? »

Dinka détourna les yeux et passa la langue une fois sur les babines.

« Je sais bien. Mais peut-être qu'elle a écrit l'endroit où elle se trouve. As-tu une meilleure idée ? »

Elle repassa la langue sur les babines, pensive, dressée sur ses pattes.

Assaf ouvrit. Sur la première page, un double encadré rouge contenait des mots comme un cri : « Papa et maman, je vous en supplie, même si vous trouvez ce journal, ne le lisez pas ! ! ! »

Et en dessous, en lettres majuscules : « Je sais que vous avez lu mes cahiers plusieurs fois. J'ai trouvé des traces. Mais je vous supplie de ne pas ouvrir *celui-ci* ! Pour une fois, je vous prie de respecter mon intimité ! Tamar. »

Il referma le cahier. C'était une demande si touchante et insistante qu'il n'osa pas refuser. Comment ses parents avaient-ils osé, il était choqué. Si je tenais un journal, je pourrais le laisser ouvert sur mon bureau et mes parents ne le liraient pas, se dit-il avec un certain orgueil.

Sa mère tenait un journal dans lequel elle écrivait tous les jours. Parfois il lui demandait ce qu'elle écrivait – question qu'il ne lui posait presque plus –, ce qu'elle avait à dire de si long, de si important dans sa vie. Elle écrivait ses rêves et ses pensées, ses joies et ses peines, disait-elle. Lorsqu'il était petit, il insistait, voulait lire. Elle souriait, pressait le cahier contre son cœur et disait qu'un journal était une chose intime qui ne concernait qu'elle. Comment, s'étonnait-il, même papa n'a pas le droit de le lire ? Même papa, lui disait-elle. Pendant des années, Assaf avait été intrigué par l'énigme de ce journal : pourquoi était-ce interdit de le lire, écrivait-elle des choses sur lui ? Il lui avait même posé la question, elle avait éclaté de rire en renversant légèrement la tête en arrière, avec ses boucles secouées de rire, et avait dit que tout ce qu'elle écrivait à son sujet, elle le lui disait dans la vie, avec joie. Alors pourquoi l'écris-tu ? avait-il crié, en colère. Pour y croire, pour le bonheur que j'en éprouve, avait-elle dit.

Quand sa mère disait « bonheur », elle sous-entendait toujours ses enfants : Assaf, Rély et Mouky. Elle était restée longtemps célibataire (c'était du moins ce qu'elle pensait) et avait rencontré son père au moment où elle s'était habituée à l'idée de ne jamais se marier. Il y avait eu une interruption de courant, un problème de disjoncteur, elle avait appelé un électricien qui avait accepté de venir en pleine nuit, c'était son père ; avec son visage rond et souriant, il avait tout réparé et, comme la réparation avait duré longtemps, sa mère lui avait posé des questions par politesse, histoire de lui tenir compagnie. A sa grande surprise, il avait commencé à lui parler de sa mère, de son histoire depuis le début, de la nécessité de quitter sa mère et de louer un appartement, mais cette dernière s'accrochait à lui de toutes ses griffes ; elle était d'autant plus étonnée par sa franchise (qui étonnait l'électricien aussi) qu'il parlait sans la regarder, paraissait timide et inexpérimenté avec les femmes. Il avait suffi qu'elle lui pose une seule question, juste et vraie, une question du cœur, pour qu'un flot de pensées, de paroles, d'hésitations, freinées en lui depuis des années se déversent à l'extérieur. Elle était restée à lui tenir la bougie devant le placard à électricité ouvert, un peu plus grande et plus large que lui, et avait senti tous ses fusibles sauter vers lui – à ce point du récit, elle faisait signe à Assaf, Rély, puis à Mouky, qui répétaient en chœur avec elle.

Au fil des années, Assaf avait cessé de penser au journal de sa mère. Il s'y était forcé. Tous les soirs, elle se retirait dans une petite pièce qu'elle appelait son « bureau », s'asseyait sur le vieux sofa en pantalon bouffant et chemise ample, s'adossait aux grands coussins « comme une dame orientale », disait-elle, suçotait son stylo et écrivait.

Brusquement, il se sentit de nouveau bouillonner comme

autrefois : peut-être écrivait-elle aussi ce qu'elle savait depuis des semaines et des mois, que Rély lui avait confié en secret depuis l'Amérique ? Peut-être le journal connaissait-il le nouvel ami de Rély avant même qu'Assaf et Rhinocéros commencent à se douter qu'il y avait anguille sous roche ?

Il rouvrit le cahier. Dinka lui lança un regard en coulisse. Il crut l'entendre émettre un léger grondement menaçant. Il referma le cahier.

« Je ne suis pas ses parents, lui expliqua-t-il. Je ne la connais pas. Peu lui importe que je le lise, tu comprends ? »

Silence. Dinka contemplait le ciel.

« En fait, c'est pour son bien, pour que je puisse te la ramener, tu comprends ? »

Silence. Mais plus radouci. Oui, ça lui semblait raisonnable. Il pouvait continuer sur cette idée.

« Il faut exploiter ce filon, guetter le moindre indice, la moindre information, pour savoir où elle se trouve ! »

Elle poussa un petit gémissement, gratta la terre, l'air embarrassé. Il se fâcha : « Écoute, elle ne le saura même pas. Je vais la retrouver, te rendre à elle, et c'est tout », il était de plus en plus convaincu et enthousiaste, « d'ailleurs, elle n'aura même pas besoin de me revoir, nous serons deux parfaits étrangers, oui, étrangers ».

Dinka cessa de gratter. Elle fit un demi-tour sur elle-même et se posta devant lui. Ses yeux bruns fouillèrent ceux d'Assaf qui soutint son regard. Il n'avait jamais vu une telle expression chez un chien. Elle semblait lui dire avec un sourire : « Pour qui tu me prends ? » C'est Assaf qui cligna les yeux le premier.

« Je lis ! » annonça-t-il en lui tournant ostensiblement le dos. D'abord il feuilleta rapidement le cahier, histoire de se faire à l'idée de cet étrange espionnage. Les feuillets avaient une légère odeur de crème pour les mains, peut-être celles de Tamar. Puis son regard parcourut quelques lignes sans les lire. Pour prendre contact, pour que lui et les lettres de Tamar fassent connaissance. Il vit une écriture enfantine, des petits dessins au crayon dans les marges, escargots et labyrinthes.

Et brusquement, il sauta à pieds joints à l'intérieur : … *comment Mor et Liat et toutes les autres savent-elles exactement ce qu'elles feront et qui elles épouseront, alors qu'Elle est tout le temps plongée dans ses bêtises et ses histoires, sans la moindre idée de comment faire pour que son avenir commence enfin ! Maintenant Elle craint que la femme de son rêve ait raison, que les paresseux et les rêveurs ne vivent qu'une fausse vie, une fausse vie ! ! !*

Il posa le cahier sur ses genoux. Il ne comprenait rien. De qui parlait-elle ? Pourtant les mots eux-mêmes, les pensées, le cri de la fin, l'avaient bizarrement secoué. Il feuilleta encore. Beaucoup de passages brefs. La description d'un fou aperçu dans la rue. D'un chaton orphelin adopté par Dinka. Une page occupée par une seule ligne : *Comment est-il possible de vivre après avoir appris ce qui s'est passé pendant la Shoah ?* Puis des lettres dans une langue étrangère. En les examinant de plus près, il vit que c'était de l'hébreu inversé, en miroir. Il n'avait pas assez de temps pour les déchiffrer ; mais, en tournant la page, il se dit qu'elle avait peut-être une raison particulière de dissimuler ce qu'elle avait écrit. Il s'obstina et lut péniblement : *parfois, Elle pense qu'il y a peut-être un monde…* il mettrait des heures à lire une telle page. Il alla vers sa bicyclette. A l'aide d'un petit tournevis toujours collé à l'arrière de sa chaussure – un tournevis est comme un mouchoir, lui avait enseigné son père, on ne sait jamais à quel moment on peut en avoir besoin –, il démonta le petit rétroviseur, revint à sa place et lut aisément : … *qu'il y a peut-être un monde où les gens partent le matin au travail ou à l'école, le soir ils rentrent chez eux, dans une famille qui n'est pas la leur, et là, dans cette autre famille, chacun joue son rôle, le rôle du « père », de la « mère », de l'« enfant », de la « grand-mère », etc. Pendant toute la soirée, ils parlent, rient, mangent, se chamaillent, regardent ensemble la télévision, chacun se comporte exactement selon son rôle. Ensuite, ils*

*vont se coucher, repartent au travail, à l'école, et le soir ils
rentrent de nouveau dans un autre « chez eux », et tout
recommence depuis le début. Le père est père d'une autre
famille, la fille aussi, et comme pendant la journée ils
oublient leur soirée de la veille, ils ont toujours l'impression d'être chez eux, dans leur vraie maison. Et ainsi, toute
la vie.*

Il reposa lentement le cahier. C'était une idée qui le laissait inquiet, agité. Il pensa à sa propre famille. Que se passerait-il si chaque soir il allait dans une autre maison,
rencontrait d'autres gens, totalement étrangers, et les
appelait papa et maman ? Non. Dans sa famille, c'était une
chose inconcevable. Il pouvait reconnaître l'odeur de sa
mère entre mille, et le contact de la main de son père sur
ses joues, ses blagues, toujours les mêmes, agaçantes, sans
parler de Mouky qu'il savait reconnaître les yeux fermés,
parmi des milliers d'autres petites filles de six ans.

Il ouvrit un autre cahier, plus récent, le feuilleta, puis le
referma. Cette idée étrange qu'elle avait eue le poursuivait.
Et si elle avait tout de même un peu raison ? Sinon, pourquoi cette légère brûlure sur le cœur, lointaine, enfouie ?

Il tourna une page : *Mais elle n'est pas belle. Pas belle.
Peu importe ce que disent les autres. Pourquoi lui menti-
raient-ils. Un jour, il y a deux ans, Liat lui avait dit :
« Aujourd'hui, tu es presque belle. » Et c'était le plus beau
des compliments, à cause du « presque » qui était vrai.
Mais quand elle y pense, elle a envie de hurler contre
cette beauté qui déciderait de son destin !!!* (Mais elle est
belle, protesta Assaf, qui se souvint de la description de
Théodora, et de celle de l'inspecteur qui avait répété la
même chose ; il était soudain attendri, bizarrement soulagé, peut-être parce qu'elle n'était pas une de ces beautés
éclatantes.)

*… Après l'école, elle est allée au café Atara. Il y avait
là-bas une femme d'une quarantaine d'années, avec des
cheveux courts et lisses, de grosses lunettes noires démo-
dées, et une peau affreuse. Elle remuait son café avec sa*

cuiller, sans le boire, peut-être pendant une demi-heure.
Mais elle ne rêvait pas, son regard paraissait nerveux.
Ensuite, elle a sorti un livre, apparemment en anglais, et
s'est mise à le lire encore une autre demi-heure, j'ai jeté
un coup d'œil en passant à côté d'elle et j'ai vu qu'il était
en hébreu! Et qu'elle le lisait de la fin vers le début! Je le
marque pour me rappeler parce que tout est plein de mys-
tères. Je ne suis plus aussi naïve que dans mon enfance, et
je sais que chacun a dans la vie ses jeux secrets. Une
autre pensée du jour, qui m'est venue pendant le cours de
gym: il se passe une mutation dans le monde, et tous les
vêtements disparaissent, s'évaporent, plus de vêtements!
Les gens doivent aller nus partout, au restaurant, à
l'école, au concert. Brrr! A propos de la femme du café,
elle ressemblait à une journaliste ou une juge. D'ici vingt
ou vingt- cinq ans, elle aussi serait comme ça, comme une
juge intelligente et triste à côté de laquelle personne ne
vient s'asseoir.

Assaf était perplexe. Ouvrir un journal pour y chercher
des indices qui conduiraient vers son propriétaire était une
chose. Et se glisser ainsi dans le cœur de quelqu'un en
était une autre. D'autant que cet espionnage involontaire
faisait déjà son œuvre. Il y avait là, dans les mots, dans la
tristesse, la solitude, quelque chose dont Assaf ne pouvait
plus se détacher. Il ouvrit un autre cahier, plus épais. S'il
avait eu devant lui quelques journées tranquilles, il aurait
tout lu du début à la fin et se serait imprégné de sa vie.
Mais Dinka était de nouveau aux aguets, et lui, peut-être à
cause de ce qu'il avait trouvé dans le journal, encore plus
tendu et pressé de retrouver cette Tamar. Il feuilleta à la
hâte, parcourut les cahiers, constata que l'écriture avait
changé, qu'elle était plus mûre, qu'il n'y avait plus d'escargots dessinés dans la marge. Il s'arrêta devant une autre
page écrite à l'envers: *3.3.98. A. et B. passent leur temps*
à se moquer de tout. Ils ont une légèreté qu'elle n'a
pas. Autrefois, elle l'avait. C'était quand elle était petite,
elle en est sûre. A. et B. non plus. Ils n'étaient pas aussi

moqueurs. C'est comme s'ils savaient « jouer à être joyeux ».
Ils sont peut-être vraiment comme ça, parce qu'ils n'ont
pas ce qu'elle a. Aujourd'hui, les pensées sont particu-
lièrement noires. Il y a des souris partout. Que s'est-
il passé ? Rien. Faut-il une raison ? Hier, elle était chez
Théo, elles ont parlé du film Les Ailes du désir. *Quel*
film merveilleux ! Si elle grandit un jour, elle fera des
films surréalistes où tout peut arriver. Cette idée que des
anges puissent marcher auprès des gens et entendre leurs
pensées. Brillant et effrayant. Il y a eu une grande discus-
sion pour savoir s'il y avait une vie après la mort ou non.
T. ne croit pas en Dieu, mais elle est sûre qu'il existe et
qu'il n'y a aucune raison de vivre dans cette « Vallée
de larmes » sans une promesse de vie dans l'au-delà. Je
suis restée silencieuse et docile jusqu'à ce qu'elle finisse
de parler, puis j'ai dit que pour moi c'était vraiment le
contraire ! Que j'avais besoin de m'assurer que la vie se
passait ici-bas et qu'il n'y avait surtout pas de résurrec-
tion ! ! ! L'idée même d'avoir à tout revivre me donne des
frissons !

Il referma bruyamment le cahier, comme s'il venait
d'apercevoir une plaie béante. Les fréquents passages de
« je » à « elle » ne l'avaient pas embrouillé un seul instant.
Cette Tamar était si… il chercha le mot et ne le trouva pas.
Si intelligente, sûrement. Et triste aussi, sans illusions. Les
mains nues sur les fils électriques. Sa tristesse n'était pas
une tristesse ordinaire, de celles qu'il connaissait aussi,
parce que l'équipe Hapoël avait perdu ou qu'il avait eu une
mauvaise note. C'était une autre forme de tristesse, comme
celle des personnes âgées qui savent tout de la vie. Assaf
aussi la connaissait, par intermittence, il ne savait pas
mettre des mots dessus et ne voulait même pas essayer,
parce que les mots restent et se retournent contre vous
comme un verdict irrévocable ; si Tamar avait été là, il
lui aurait parlé sans crainte, aurait essayé de mettre un
nom sur cette chose qui guette toujours derrière le mince
écran du quotidien, de la famille, derrière le baiser le plus

affectueux de sa mère. Il n'aimait pas ces pensées qui s'abattaient sur lui par moments, quand il était seul dans sa chambre, ou bien la nuit avant de s'endormir. Brusquement une de ces pensées froides l'étreignait, et il se sentait tomber, ou plutôt choir, à l'intérieur de mâchoires béantes.

Tamar, lui semblait-il, parlait exactement de ces mêmes choses. Elle était l'unique personne au monde à avoir dit des paroles aussi claires et lucides sur ces choses fuyantes et malaisées. Il se balançait, se tapait les cuisses avec ses poings, ouvrait et refermait le cahier comme les vannes d'un barrage, pour endiguer le flot qu'il sentait monter en lui et sur les pages; rien n'avait changé autour de lui, ni dans le monde au-delà des buissons touffus, mais il se sentait perdu à en mourir, petit être solitaire flottant dans les vastes espaces de l'univers, lançant des appels désespérés à un autre petit être qui flottait aussi quelque part dans le vide et avait pour nom Tamar.

Et s'il fallait être lucide, la différence entre elle et lui était qu'elle n'avait pas peur de ces pensées, ou du moins qu'elle ne les fuyait pas, alors que lui montrait le bout du nez et prenait la fuite, se rappelait, puis oubliait. Elle parlait de ses idées noires, de ses meutes de souris comme de vieilles connaissances. Parfois même avec un sourire, à croire qu'elle éprouvait un certain plaisir à se vautrer dedans. Et lorsqu'il vit la page sur laquelle elle avait écrit cent fois le mot « marginale », comme un pensum, il eut envie de le barrer et de mettre à la place : « précieuse ». Si je lui rapporte Dinka, comme elle sera contente ! se dit-il, tout en sachant qu'il avait envie de faire mieux et plus.

Il se leva. Se rassit. Ouvrit le cahier, le referma. Tout son corps était brûlant, lancinant. Dinka le suivait du regard, on eût dit qu'elle cherchait à capter le sien : comprends-tu enfin ce que j'essaie de te dire ? semblait-elle lui transmettre. Soudain il eut envie de se lever et de partir. Il fallait qu'il coure, qu'il évacue ce qui bouillonnait dans ses veines. Un flot de paroles montait en lui, pétillait dans sa tête : elle était plus qu'intelligente, plus que triste, plus que précieuse, cette Tamar. Elle était *bouleversante*. C'était le mot qu'il cherchait et qui soudain s'imposait, que sa mère aimait dire après avoir vu un très bon film : « C'était boule-versant ! », et ce mot, dit par sa mère, le mettait en émoi, bien avant qu'il le comprenne vraiment ; c'était exactement ce qu'il ressentait en lisant Tamar, le *bouleversement*, comme si quelqu'un mélangeait très fort tout ce qu'il avait dans le cœur, la tête et les tripes.

Dinka aboyait, on n'a pas le temps, on n'a pas le temps ! Il continuait à passer d'un cahier au suivant, attristé à l'idée qu'il n'aurait pas le temps de tout lire. Il arriva au cahier de Tamar à quinze ans : soudain, les choses s'éclaircirent. La tristesse oppressante disparut. C'était une adolescente heureuse. Joyeuse et gaie. C'était si bien, mais aussitôt quelque chose refroidit son optimisme : la raison était à chercher dans son amitié avec Idan et Adi. Leurs noms s'étalaient sur toutes les pages, surtout celui du garçon : Idan a fait ceci, et dit cela, Idan a décidé ou déclaré… c'était sans doute le garçon à la guitare que Tamar recherchait. Elle semblait si amoureuse. Il continua de lire et commença à sentir entre les lignes qu'Idan n'était pas aussi fou d'elle, qu'il jouait peut-être avec l'une et l'autre à la fois et qu'en fait il n'aimait vraiment que lui-même. Assaf s'étonnait que Tamar ne le sente pas, qu'elle soit incapable de lire ce qu'elle-même dénonçait dans ces cahiers ! Dis-moi, Dinka, avec toute son intelligence et son esprit critique, comment peut-elle être amoureuse d'un garçon comme Idan ?

Il jeta un coup d'œil à la date du dernier cahier et vit que le journal s'interrompait un an plus tôt, jour pour jour. Il vérifia en vitesse les dates des autres cahiers, les rangea dans l'ordre et comprit que s'il existait un autre cahier – celui de l'année en cours, qui aurait pu lui apprendre pourquoi Tamar s'était lancée dans cette expédition –, il était sûrement absent du paquet.

Instant de déception. De confusion devant des sentiments contradictoires. Mais le temps n'était pas à la déception. Il fallait continuer de courir. Bizarre : rien n'était arrivé qui explique cette hâte soudaine. Pourtant, c'était comme si un sablier s'écoulait quelque part et que les événements se précipitaient vers un paroxysme.

Il remit tout dans le sac à dos. Vêtements, sandales, cahiers. Il ne savait pas où aller. Peut-être vers la rue piétonnière, Ben-Yehouda, chercher le guitariste dont Serguéi avait parlé ? Mais il n'avait aucune envie de le rencontrer, ni la force de faire des choses simples comme aller dans cette rue bruyante, voir des inconnus, se servir des mots des autres. C'était comme si, pendant ce temps bref passé dans les buissons, il était arrivé une chose importante et grave. Qui avait des effets non seulement sur lui, mais aussi sur le monde. Les choses ne pouvaient plus continuer comme avant. Il était pressé de la rencontrer pour le lui dire. Peut-être serait-ce inutile, elle le comprendrait sans qu'il le dise, où qu'elle soit, sans rien savoir à son sujet, peut-être le pressentait-elle déjà.

« Peur de rien blues »

Elle ne savait pas quand elle reverrait Shaï. Le lendemain de leur première rencontre, il ne descendit pas pour le dîner. Était-il resté à Jérusalem, ou dans une autre ville lointaine, ou bien évitait-il de la rencontrer ? Elle mangea sa portion de purée quotidienne, le regard involontairement dirigé vers la porte. Le lendemain, Shaï revint et s'assit sans lever la tête jusqu'à la fin du repas, ni répondre à ses regards perçants, ni aux cris qu'elle poussait avec ses doigts. Il acheva son repas, quitta la salle et ne revint pas le lendemain.

Mais Pessah Beit-Halevi fit son apparition, il mangea avec eux et paraissait de bonne humeur. Son short explosait autour des reins et son maillot de cycliste avait l'air de n'être jamais lavé ni changé. Il plaisanta, raconta des histoires de son service militaire – il avait été intendant d'une troupe artistique militaire –, se vanta d'avoir participé dans sa jeunesse à des compétitions de lutte. Pendant ce temps, Tamar se dit que si elle ne faisait rien et attendait que Shaï veuille bien l'aider à le sortir de là, elle perdrait la tête.

Elle observa à la dérobée le visage grossier de Pessah et s'étonna des contrastes dont il était fait. Ses lèvres charnues lui donnaient un air corrompu et bestial, son visage aux chairs débordantes exprimait une sourde cruauté qui côtoyait curieusement une amabilité joviale, un désir évident de vouloir passer pour quelqu'un de « gentil », aimé et admiré de tous. Il se leva, tapota les poches de son short,

QUELQU'UN AVEC QUI COURIR

puis dit qu'il avait oublié son paquet dans sa voiture, qui voudrait bien lui passer une cigarette ? Aussitôt, des mains se tendirent de toutes parts, Tamar était dégoûtée par cette flatterie servile, puis elle le vit de nouveau tâter ses poches, et une idée folle germa dans son esprit : ses poches étaient vides, son maillot n'avait pas de poches, c'était le moment ou jamais.

Elle attendit qu'un heureux élu lui allume sa cigarette, et qu'il aspire goulûment sa première bouffée. Alors elle se leva, annonça à voix haute à Sheli qu'elle allait aux toilettes et qu'il ne fallait pas lui enlever son assiette, quitta la salle et se mit à courir de toutes ses forces.

Le couloir était vide. Une ampoule suspendue à un fil projetait des ombres dansantes sur les murs. Tamar abaissa la poignée, persuadée que la porte était verrouillée. C'était un pari fou, désespéré. La porte s'ouvrit.

Le bureau de Pessah était obscur, elle tâtonna pour trouver son chemin, contourna une chaise, heurta une autre, et trouva la table faiblement éclairée par la lune. Elle ouvrit le premier tiroir. Il était bourré de dossiers, de papiers entassés en désordre, mais elle cherchait le carnet rouge. Sauf ce soir-là, elle n'avait encore jamais vu Pessah sans ce carnet. Elle fouilla rapidement, attentive à ne pas déranger le désordre, il n'y était pas. Il le gardait sans doute sur lui, dans une ceinture spéciale, sous le short. Elle ouvrit le deuxième tiroir. Il était plein de classeurs, de vieux carnets, de tickets de stationnement de diverses villes.

Elle entendit des voix dans le couloir. Une personne ou deux qui marchaient rapidement. Tamar se baissa et essaya de se cacher derrière le tiroir. Mon Dieu, même si je ne crois pas en toi, même si Théo se moquerait de moi parce que la peur me fait t'appeler au secours, je t'en supplie, fais en sorte qu'ils n'entrent pas ici.

– Tu vas voir que je vais finir par le convaincre de vendre – c'était la voix du Gros –, il me faut un magnéto comme ça dans ma bagnole.

– Mets une brique et tu verras qu'il te le vendra, dit l'autre voix qu'elle ne connaissait pas, tu vas voir, il va craquer, il va te le vendre.

Les pas s'approchèrent de la porte, la dépassèrent et s'éloignèrent dans le couloir.

Elle attendit encore un peu, épuisée de terreur. Le tiroir du bas avait une serrure. Il fallait s'y attendre. Il suffisait d'y mettre le carnet rouge et de ne garder sur soi que la clé. Tamar tira le tiroir à tout hasard et n'en crut pas ses yeux : c'était la première fois de sa vie qu'elle avait plus de chance que d'intelligence.

Le carnet était là, rouge, épais, le cartonnage cassé et graissé au contact des doigts de Pessah.

Au début, tout lui parut incompréhensible. Les pages étaient couvertes de colonnes, de lignes, d'initiales, de noms et de chiffres inscrits avec une écriture minuscule, qui paraissait incongrue comparée à la taille de la main qui avait formé les lettres. Elle tourna les pages en les approchant de la fenêtre comme pour capter encore un peu de lumière. A mesure que son regard furetait entre les lignes, sa bouche s'affaissait : c'était une écriture codée qu'elle n'avait pas le temps de déchiffrer. Elle referma le carnet, puis se concentra, les yeux fermés. Les lignes et les colonnes se croisaient et formaient un quadrillage. Elle ouvrit les yeux : les lignes étaient des noms de villes, et les colonnes, les dates des spectacles. Elle sentit son pouls battre dans ses tempes, son cou, et même derrière ses paupières. Elle chercha la colonne et la date de ce jour-là. Les trouva. Puis les croisa avec la ligne « Tel-Aviv ». Elle repéra son nom dans le carré qu'ils formaient, puis interpréta les initiales, PD, place Dizengoff, où elle avait chanté le matin même. Et SD, qui était le centre d'art Suzanne Dalal. Le carnet tremblait entre ses doigts, elle s'efforça d'oublier tout ce qui était de l'autre côté de la porte, ceux qui risquaient de faire irruption dans le bureau. Elle mesura dans un éclair le courage de Shaï qui avait osé téléphoner de cet endroit même. Ou l'étendue de son désespoir. C'était à dix heures du soir, ses parents étaient absents, elle avait failli s'évanouir en entendant sa voix après un si long silence. Il parlait d'une voix étouffée, hystérique. Il était question d'un accident qu'il avait eu, c'était difficile de comprendre. Il suppliait qu'on vienne le chercher, le sauver de cet endroit, mais sans y mêler la police, sans quoi il serait fini. Elle était assise à la cuisine, la veille du contrôle de trigonométrie, et avait mis du temps à comprendre ce qu'il disait. Le rythme et le ton de sa voix étaient méconnaissables. Comme un étranger. Il avait dit que c'était un endroit terrible, une espèce de prison où les autres étaient à moitié libres, mais lui enfermé à vie, puis, sans reprendre son souffle, il l'avait priée de demander pardon à son père en son nom, que les coups étaient l'effet d'une folie passagère, qu'il avait mis six mois à se demander si le patron, ici, était le diable ou un ange, tellement tout était brouillé, en tout cas c'était un malade.

Et pendant qu'il parlait, elle avait entendu le grincement d'une porte dans le dos de Shaï. Elle l'avait entendu depuis sa cuisine, mais pas lui. Il avait prononcé encore quelques mots, puis s'était tu, on entendait sa respiration tremblante, profonde, un murmure, « Non… non… non », et une autre voix, inhumaine, un rugissement de bête sauvage qui bondit, quelque chose qui monte des entrailles, et des coups sourds, l'un après l'autre, comme un sac plein de terre lancé contre le mur. Encore et encore, puis un cri, une plainte, inhumaine, animale.

C'était ici, dans cette pièce.

Ne pas y penser. Elle continua de feuilleter. De déchiffrer les jours suivants. De chercher les lignes correspondant à « Jérusalem », puis celles où figuraient son nom à elle et à lui. Elle ne trouva rien. On entendait là-haut le bruit des fourchettes et des cuillers. Ils commençaient à débarrasser les tables, il ne lui restait plus qu'une minute, ou une minute et demie. Son doigt parcourut les jours. S'arrêta devant le dimanche suivant. Trouva son nom marqué à la hauteur de Jérusalem. Shaï serait à Tibériade.

Le doigt courut le long de la ligne, s'arrêta devant le jeudi suivant. Les yeux écarquillés, elle lut : son nom à elle et à lui, l'un à côté de l'autre. Shaï devait jouer à un endroit intitulé EM, et elle à PT, tous les deux entre dix et onze heures du matin. Elle referma le carnet, le remit dans le tiroir et se redressa, immobile et tremblante : dans neuf jours. Une semaine et deux jours. Il serait sur l'esplanade du magasin Mashbir, et elle sur la place Tsion. A quelques centaines de mètres l'un de l'autre. Comment se rencontrer. Elle n'y arriverait jamais. Dans neuf jours, elle le sortirait de là.

Sortir immédiatement, lui crièrent ses sens en éveil. Elle avait quitté la salle à manger depuis au moins cinq minutes et son assiette était restée sur la table, Pessah risquait d'envoyer quelqu'un à sa recherche. Mais elle n'avait pas encore fini ce qu'elle avait à faire. Elle courut à la porte, l'entrouvrit et regarda dehors. Le couloir était désert. L'ampoule nue se balançait en projetant des ombres jaunes et ternes sur les murs. Tamar referma la porte sans faire de bruit et retourna vers les profondeurs du bureau, vers la table, et le téléphone. Ses doigts tremblaient si fort qu'elle composa un faux numéro. Puis recommença. Le téléphone sonna au loin. Pourvu qu'elle soit à la maison, pria-t-elle de toutes ses forces.

Léah décrocha le récepteur. La voix était tendue, aux aguets, comme si elle attendait l'appel.

– Léah, murmura Tamar.

– Tami, où es-tu ? Qu'est-ce qui t'arrive ? Tu veux que je vienne ?

– Léah, pas maintenant. Écoute-moi : jeudi prochain, entre dix et onze heures, viens avec ta voiture…

– Attends, pas si vite. Il faut que je marque l'invitation…

– Non, pas le temps, rappelle-toi : jeudi prochain.

– Entre dix et onze heures. Mais où ?

– Où ? attends un instant…

La « Coccinelle » jaune de Léah surgit devant ses yeux,

elle essaya de reconstituer le dédale des ruelles du centre-ville. Comment se rappeler celles qui étaient ouvertes à la circulation, les sens uniques, celle qui serait la plus proche de Shaï pour qu'il n'ait pas à trop courir.

– Tamar, tu es là ?

– Oui, je réfléchis, attends.

– Je peux te dire un mot pendant que tu réfléchis ?

– Léah, je suis si heureuse de t'entendre, dit Tamar d'une voix étranglée.

– Je me ronge les sangs à cause de toi ! Ça fait trois semaines qu'on n'a pas de tes nouvelles ! Noïkou demande sans cesse après toi. Dis-moi, est-ce que l'assiette est là, est-ce que tu y vas ?

– Léah, il faut que je raccroche.

Des bruits de pas dans le couloir. Elle raccrocha aussitôt et se cacha derrière la table, petit paquet palpitant. Elle attendit, le cœur battant, tout était silencieux, c'était sans doute la peur qui lui avait fait entendre des bruits. Mais l'information avait été transmise à Léah. Il fallait qu'elle sorte d'ici immédiatement.

Elle s'approcha de la porte sur la pointe des pieds, mais fut saisie d'une envie irrésistible d'appeler quelqu'un. C'était fou, superflu, un slalom entre raison et folie ; mais elle brûlait d'envie d'entendre une voix de sa vie anté-rieure. Devant la porte, la main déjà sur la poignée, elle était immobilisée par la tentation, déchirée entre les deux. Il fallait sortir de là. Qui appeler ? Les parents ? Non, pas encore. Leur parler la détruirait. Idan et Adi n'étaient pas encore rentrés de Turin, d'ailleurs qu'avait-elle à leur dire ? Qui restait-il d'autre ? Halina et Théo ? Halina ou Théo ? Elle se dirigea vers le téléphone comme une som-nambule. Léah, Halina et Théo. Ses trois amies. Ses trois mères. « Théo est la mère de la raison, avait-elle écrit un jour dans son journal, Léah celle du cœur, et Halina celle de la voix. » Mue par une force irrésistible, elle décrocha le récepteur. Des sirènes d'alarme hurlaient dans ses oreilles, mais c'était plus fort qu'elle. La voix de Léah

avait ranimé tout ce qu'elle avait refoulé pendant ces dernières semaines, le souvenir de son autre vie, le quotidien,
la liberté, la simplicité, faire les choses sans crainte d'être
suivie ou surveillée, parler simplement, dire ce qui vous
passe par la tête. Comme dans un rêve, ou une droguée
assoiffée de chaleur et d'amour, elle composa un numéro.

Une sonnerie. Tamar imagina le vieil appareil noir avec
le cadran à trous, et les pas légers et rapides des sandales
en tissu :

– Allô, oui ? fit une voix aiguë, avec un fort accent suranné. Allô, qui est là ? Mais c'est Tamar ? Tamar chérie ?

Une main. Rouge, lourde, avec une bague carrée noire,
cerclée d'or, se posa sur le téléphone et interrompit la
conversation.

– Je n'aurais pas cru ça de toi, dit Pessah en inondant la
pièce d'une lumière crue. Toi ? Des conversations privées
avec le téléphone du foyer ? Pour qui donc sonnaient les
cloches ? Pour des gens qu'on connaît ? Papa, maman ? Ou
quelqu'un d'autre ? Assieds-toi !

Il la poussa de force vers la chaise de bureau et se mit à
aller et venir dans son dos. Tamar sentait sa nuque pétrifiée. Elle était tombée dans le piège. Comme Shaï, dans la
même pièce.

– Bon, tu as deux possibilités. Soit tu nous dis gentiment avec qui tu as parlé, soit nous saurons te forcer.
Qu'est-ce que tu décides ?

Il s'appuya de tout son poids sur la table devant elle. La
violence émanait de lui comme de grosses vagues de chaleur, les muscles de ses bras tressautaient sous la peau
comme des petits animaux. Tamar avala sa salive :

– Je parlais avec ma grand-mère, chuchota-t-elle.

– Grand-mère ? Maintenant, tu as de nouveau deux possibilités, dit-il lentement.

Médusée, elle vit la graisse de son visage fondre et les os apparaître comme ceux d'un fantôme au crâne nu.

– Soit je te demande de me donner le numéro que tu as fait et tu me le donnes gentiment…

Tamar se taisait.

– Soit, deuxième possibilité : j'appuie sur le bouton qui refait le dernier numéro.

Elle lui lança un regard inexpressif. Surtout ne pas lui montrer que j'ai peur. Ne pas lui donner ce plaisir.

Tonalité automatique du numéro répété. Pessah colla le récepteur à son oreille. Il y eut un silence. Puis, une seule sonnerie. Puis, sur la joue de Pessah le «Allô» aigu de Théodora qui, cette fois, était inquiet, effrayé. Pessah écoutait avec une attention extrême. Théodora cria de nouveau :

– Allô ? Allô ! Qui est-ce ? Tamar ? Tami ? C'est toi ?

Il coupa la communication. La bouche déformée par une grimace dubitative.

– Bon, dit-il, avec une expression de dégoût, tu as de la chance que ça ressemble à une voix de grand-mère.

Soulagée, Tamar laissa retomber un peu ses épaules. Son erreur s'était transformée en bouée de secours. Mais aussitôt après, elle se rappela qu'elle n'avait donné aucun nom de rue à Léah. Elle enfonça ses ongles dans les paumes de ses mains : elle avait eu le temps de lui dire le jour et l'heure, mais pas le nom de la rue ! Quel ratage… Pessah tournait autour d'elle à grands pas songeurs. Puis il se pencha de nouveau du haut de sa taille, de son poids massif et de sa violence :

– Lève-toi. A un poil près, tu t'es tirée d'affaire, mais ton histoire pue à des kilomètres. Maintenant, ouvre bien tes oreilles et écoute-moi…

Elle resta assise, sans bouger, elle avait pris des risques dès le début : quand elle avait chanté *Ne m'appelle pas chérie*, puis traité Miko de «voleur», puis donné l'argent qu'elle avait gagné à Roussia, et suivi à chaque fois ses impulsions et non ses intérêts.

– ... Sache que si tu me chatouilles encore une fois, tu es foutue. Même si tu chantes comme Havva Alberstein et Yoram Gaon réunis, tu risques de repartir d'ici muette pour la vie, et crois-moi, chérie, quand je dis une chose, je tiens parole – il venait de la traiter de « chérie » –, d'ailleurs je n'ai pas encore vraiment pigé ce que tu faisais ici, tu vois ce que je veux dire ? Il y a quelque chose qui pue autour de toi, je le sens au pif, et en général je ne me trompe jamais...

Tamar sentait fondre en elle cette matière mystérieuse censée stabiliser et tenir ensemble tous les membres, cristalliser les traits du visage.

– ... alors, rentre-toi bien dans le crâne que la personne qui va faire marcher Pessah Beit-Halevi n'est pas encore née, compris ?

Tamar acquiesça de la tête.

– Et maintenant, disparais et que je ne te voie plus.

Elle disparut.

Quand elle finit de chanter sa dernière chanson, les gens l'applaudirent, crièrent « Bravo » et commencèrent à se disperser. D'autres s'approchèrent pour lui faire des compliments, la remercier, ou lui poser des questions sur l'une ou l'autre de ses chansons. Contrairement à ses habitudes, elle s'attarda auprès d'eux et prolongea la conversation. Elle vit du coin de l'œil Miko se diriger vers le marchand de mouton grillé, puis passa rapidement en revue les spectateurs qui l'entouraient. Sur qui pourrait-elle compter, qui pourrait bien l'aider ? Il y avait là deux jeunes touristes d'un pays nordique qui parlaient l'anglais en roulant les « r », pas question de faire appel à elles. Un homme grand et maigre, avec une barbiche et un visage un peu chinois, qui se pencha vers elle et lui parla de la pureté de sa voix : « Quelle voix limpide, dit-il, quand vous avez commencé à chanter, j'étais à l'autre bout de la rue et j'ai cru entendre une flûte.» Mais quelque chose en lui sonnait faux, ou c'était peut-être la fausseté de sa propre situation qui lui répugnait; il y avait aussi une femme très mince, à la peau transparente, qui joignit les mains avec une émotion retenue et lui dit qu'elle voulait lui raconter une chose merveilleuse mais qu'elle attendrait son tour; et un homme grassouillet qui tenait à la main une serviette usée, une espèce de fonctionnaire modeste et dévoué, avec de bons yeux ronds derrière le verre grossissant de ses lunettes; une petite moustache tombante, une grosse cravate démodée et une chemise qui dépassait de la ceinture du pantalon. Elle le vit hésiter, mais le temps n'était pas à l'hésitation. Elle lui adressa le plus lumineux de ses sourires. Aussitôt, le visage de l'homme s'éclaira, il lui dit d'un air radieux qu'il était «ignorant en matière de chant» mais qu'à l'entendre il avait éprouvé quelque chose qui ne lui était pas arrivé depuis des années, ses yeux s'embuèrent, il prit la main de Tamar entre les siennes; avant de l'entendre dire que sa voix était limpide, elle lui tendit l'autre main et le fixa d'un regard profond, suppliant. Il sentit le bout de papier dans la paume de sa main et la regarda, hébété, les sourcils froncés. Derrière lui, à une dizaine de mètres, Miko leva en l'air la pita qu'il tenait à la main et lécha le jus jaunâtre qui dégoulinait. Il ne la quittait pas des yeux depuis le matin, après l'incident de la veille Pessah lui avait sans doute donné des consignes particulières. Le petit homme finit par déceler sa détresse et réfléchit un instant. Il referma la main sur la feuille de papier, lui adressa un sourire figé. «Au revoir», lui dit-elle avec insistance en le repoussant presque de la main.

Sans doute l'homme comprit-il quelque chose, parce qu'il s'éloigna en vitesse. Tamar le suivit d'un regard anxieux. La dame mince et transparente qui attendait patiemment son tour se précipita vers elle: la chanson de Tamar lui rappelait une anecdote: «Il faut absolument que je vous la raconte, vous comprendrez pourquoi: il y avait

autrefois une grande cantatrice, elle s'appelait Rosa Reisé,
ou plutôt Rosa Bruchstein, elle était juive et avait fui
Bialystok dans son enfance, beaucoup la considéraient
comme la plus grande cantatrice du monde après Caruso,
ne riez pas, Puccini et Toscanini la sollicitaient... » Tamar
écoutait, regardait, acquiesçait comme une automate. Elle
aperçut par-dessus l'épaule de la femme le petit homme
qui marchait énergiquement. Il venait de dépasser Miko,
mais ni l'un ni l'autre ne semblaient se connaître. L'effort
et peut-être l'émotion rougissaient la petite calvitie ronde.
Tamar espérait avoir fait le bon choix, ou pris le bon
risque. Quelqu'un rit devant elle, c'était la femme mince
qui se tortillait de plaisir à raconter son histoire : « ... un
jour, cette Rosa Reisé est allée à Mexico, elle se trouvait
dans un train juste au moment où Pancho Villa et sa bande
s'apprêtaient à dévaliser le wagon et tiraient dans tous les
sens avec leurs pistolets. Elle leur a dit qu'elle était cantatrice, mais ils ne l'ont pas crue. Alors, en plein cam-
briolage, elle a commencé à chanter *El Guitarico*, et les
bandits l'ont libérée après lui avoir offert quelques gorgées de tequila... » Tamar sourit d'un air distrait, remercia, prit l'argent et le magnétophone, appela Dinka et se
dirigea vers le lieu de rendez-vous fixé avec Miko. Elle
vit du coin de l'œil l'homme à la serviette marron arriver
en haut de la rue sans s'arrêter un seul instant pour lire le
mot ou se retourner en arrière. C'était bon signe. Elle
avait dans sa poche deux autres billets semblables qu'elle
avait préparés la veille pour les confier à trois personnes
différentes, mais c'était inutile, il avait été le seul à éveiller
sa confiance.

Moshé Honigman était un ancien sténographe auprès des
tribunaux, retraité, solitaire et veuf depuis quarante ans.
Parallèlement à une carrière monotone, il avait quelques

modestes hobbies : il collectionnait de vieilles cartes géo-
graphiques, des récits de voyage en Terre sainte, des disques
d'orchestres d'instruments à vent, jouait aux échecs par
correspondance avec des amateurs du monde entier, apprenait tous les ans une nouvelle langue à un niveau de
conversation élémentaire. C'était un homme solitaire
et émotif que la vieillesse avait sans doute surpris en
pleine enfance. Toutes ces activités étaient complétées par
une boulimie de romans policiers qu'il achetait d'occasion
chez des petits bouquinistes et avalait en deux heures de
temps, histoire d'oublier momentanément ses impossibles
nostalgies.

Moshé Honigman se hâtait dans une rue qui partait de la
rue piétonne. Son vieux cœur battait la chamade, mais il
ne s'autorisait ni à s'arrêter ni à se calmer. Les yeux sup-
pliants de la jeune fille le poursuivaient et il devinait sa
grande détresse. A mesure qu'il s'éloignait, ses pensées se
présentaient à lui, ordonnées et méthodiques : apparemment quelqu'un suivait cette jeune fille et c'est sans doute
à cause de lui qu'elle devait dissimuler son étrange
demande. Comme il était ému, ses jambes se dérobaient au
niveau des genoux et il se força à ralentir. A mesure qu'il
marchait, ses idées devenaient plus claires. Cinquante ans
de familiarité avec le crime – la lecture des romans policiers était doublée de son expérience de sténographe au tribunal – conféraient à ses actions une aisance surprenante.
De temps en temps, il s'arrêtait devant une vitrine et lis-
sait en arrière les rares cheveux collés sur son crâne, tout en
regardant si aucune ombre ne se reflétait derrière lui.

Excité par l'aventure dans laquelle il était embarqué
malgré lui, Honigman tourna au coin d'une rue, la tête
tourbillonnant d'idées à faire dresser les cheveux sur le
crâne, et d'intrigues qu'il s'était mis à échafauder dès
l'instant où la jeune fille s'était adressée à lui. Au milieu
de toutes ces pensées, il remercia sa bonne fortune qui le
faisait paraître si ordinaire et banal, si digne de confiance.
Il s'efforça même de le paraître encore plus et accrocha à

son visage un affreux sourire figé, croyant se donner ainsi des airs de brave grand-père myope.

Après avoir tourné en rond pendant une heure et avoir éveillé la suspicion de la plupart des passants, il entra au café Rimon, commanda un toast au fromage fondu et mit ses lunettes de lecture. Il sortit de sa serviette le journal *Ma'ariv*, le déploya d'un air très affairé, dissimula une bonne partie de sa personne derrière cet écran et déplia enfin le petit mot :

« Cher monsieur ou madame, était-il écrit dessus, je m'appelle Tamar et j'ai besoin de votre aide. Je sais que cela paraît bizarre, mais c'est une question de vie ou de mort, il faut me croire. Aidez-moi je vous en supplie. N'attendez pas un seul instant. Ne remettez pas à demain. Maintenant, tout de suite, appelez s'il vous plaît le 625 59 78. S'il n'y a pas de réponse, réessayez plus tard. *Je vous en supplie, ne perdez pas ce papier ! ! !* Demandez à parler à une femme qui s'appelle Léah. Je vous prie de lui raconter comment ce papier vous est parvenu et, le plus important, dites-lui bien, s'il vous plaît, que Tamar vous a prié de lui dire : à l'heure et au jour prévus, *dans la rue Chamaï, en face des taxis*. Après quoi, je vous prie de supprimer ce papier. »

Un visage rond et ahuri émergea peu à peu au-dessus du journal *Ma'ariv*. Il avait eu raison ! Cette petite était vraiment dans le pétrin ! Il lut et relut, essaya de deviner la provenance du papier sur lequel le message était écrit, le tendit vers la lumière et essaya d'y déceler d'autres indices.

« Voilà votre toast, monsieur ! » dit le garçon. Honigman lui lança un regard scandalisé. Un toast ? Maintenant ? En état d'urgence ? Il prit sa serviette, lança un billet et partit en courant. Au coin de la rue, il trouva une cabine téléphonique dans laquelle il s'engouffra et composa le numéro.

– Oui ! dit une voix de femme, forte et sèche.

Derrière la voix, on entendait un brouhaha de casseroles entrechoquées, de robinet qui coulait et de gens qui travaillaient.

– Madame Léah ? dit Honigman d'une voix tremblante.

– Oui. Qui est à l'appareil ?

Il respira bruyamment, parla vite et d'une voix à peine audible.

– Ici, Honigman Moshé. Je suis désolé de ne pas pouvoir me présenter comme il se doit, mais il faut que je vous raconte une histoire très spéciale. Il s'agit de – il regarda le petit mot – de Tamar. Pouvez-vous me consacrer un instant ?

Cinq minutes plus tard, saisi de vertige sous l'effet des événements qui s'abattaient sur lui, Honigman revint à la hâte au café, obligea le garçon à lui rapporter le toast qui était encore chaud et s'adossa à sa chaise avec une expression d'heureuse stupéfaction. A peine une minute plus tard, il commença à s'impatienter et s'énerver en attendant Léah. Il se leva, alla à la porte, regarda dehors, poussa un soupir bruyant et revint s'asseoir. Puis il consulta sa montre-bracelet (elle datait du mandat britannique et avait été fabriquée en Palestine ; à la place des heures, on y avait inscrit les noms des douze tribus d'Israël). Il était Zabulon et vingt minutes (six heures vingt) et Honigman se demandait comment il allait passer le temps jusqu'à Naphtali moins dix (neuf heures moins dix). Il relisait sans cesse le petit papier, le caressait des yeux comme si c'était le numéro gagnant au Loto, lisait et relisait les derniers mots :

« Je vous remercie d'avance pour votre aide précieuse. J'aimerais pouvoir vous rendre la pareille, ou au moins vous rembourser le téléphone. J'espère que très bientôt, il vous arrivera une bonne chose qui vous récompensera pour votre bon cœur. Merci, et respectueusement, Tamar. »

Il ne restait que six jours avant la fuite et Tamar ne savait pas comment elle ferait pour rencontrer Shaï à mi-chemin entre leurs lieux de spectacle respectifs. Elle était si paniquée qu'elle n'arrivait à y penser ni le soir au lit ni pendant ses longs voyages. C'était une idée folle, irresponsable, entourée d'un écran de fumée opaque qui s'abattait sur elle chaque fois qu'elle s'approchait de l'aire de danger.

Le vendredi soir après dîner, les jeunes disposèrent des chaises le long des murs de la salle à manger. Pessah était accompagné de deux de ses assistants ainsi que de son épouse. Une petite femme silencieuse qui regardait Pessah avec admiration et gardait les lèvres fermées quand elle souriait. Shaï suivait Pessah et il s'assit à la place que ce dernier lui indiqua. Tout le monde forma un grand cercle informel et détendu. La conversation était aisée. Une fille qui s'appelait Ortal et faisait des tours de magie dit que les chaises en bois lui rappelaient celles de l'école, avec ce dossier raide qui vous esquinte le dos, on parla des professeurs, des cours, des sorties et des voyages avec la classe. On se serait presque cru dans un camp de vacances, ou un stage artistique, comme l'avait dit un jour Sheli.

Shaï était assis, tassé sur lui-même. Il s'obstinait à ne pas regarder Tamar, on eût dit un vieillard de dix-huit ans. Elle était assise en face de lui et, par une habitude devenue chez elle une seconde nature, elle prenait en elle tout son malheur. En quelques secondes elle se sentit flétrir, son dos se voûta dans une même posture d'abattement. A les voir si semblables, on eût dit les deux cartes identiques d'un jeu de mémoire. Si quelqu'un les avait remarqués, il aurait eu des soupçons. Tamar pensait aux vendredis soir en famille, avant que ne s'abatte sur eux le malheur qui frappait Shaï. Elle se souvenait des efforts inlassables de sa mère pour organiser au moins une fois par semaine un dîner tranquille, sans discussions ni querelles. Être une *famille*. Elle avait même essayé d'allumer les bougies du vendredi soir, de dire la bénédiction, d'instaurer un rituel où chacun raconterait un événement marquant qui lui serait arrivé pendant la semaine… Et soudain, pour la

271

première fois depuis son départ, Tamar éprouva des vagues de nostalgie pour sa mère, pour sa bonne volonté et son enthousiasme, ses efforts émouvants et stupides, cruellement mis en échec par les autres membres de la famille… Une mère qui convenait mal à cette famille aigre et revêche, qui avait fini par la rendre plaintive et amère, ce qu'elle n'était peut-être pas du tout à l'origine… Pauvre maman, se dit Tamar dans une brusque prise de conscience, elle passe sa vie en terrain ennemi, a peur qu'on se moque d'elle quand elle parle d'un air si sérieux et profond, qu'elle mène un combat désespéré pour briser la carapace sarcastique de papa, le génie de Shaï, mon refus d'être sa sœur, son amie, son animal de compagnie… Pendant un instant, elle oublia où elle était, une vague de compassion la submergea, et de chagrin aussi, pour ce paquet de problèmes insolubles, cette famille de quatre êtres solitaires, chacun dans son coin. Et elle eut envie de parler à cœur ouvert avec quelqu'un d'extérieur, qui ne serait pas de la famille et avec qui elle partagerait ce fardeau qui la chagrinait.

Shaï poussa un léger soupir qu'elle entendit malgré le bruit ambiant, elle lui répondit par un soupir involontaire. Ils se regardèrent. Que font les parents en ce moment, se demanda Tamar. Ils sont seuls à la maison, face à face, aux deux extrémités de l'immense table de la salle à manger. Ils viennent de rentrer de vacances. «Nous n'allons pas céder ! avait déclaré son père avec son agressivité angoissée et cruelle. La vie continue. Un point c'est tout.» Son sourcil droit avait tressailli comme la queue d'un lézard, et trahi l'expression butée de son visage. Puis les lettres avaient commencé à arriver, celles qu'elle avait déposées chez Léah. Après des banalités inventées pour chaque fois, toutes les lettres s'achevaient par : «Ne me cherchez pas. Tout va bien, ne vous faites pas de soucis. Donnez-moi un mois, pas plus, trente jours. Et quand je reviendrai, je vous expliquerai tout, vous verrez, tout ira bien, faites-moi confiance, s'il vous plaît, je vous le promets.»

– Prépare-toi, lui chuchota Sheli en l'arrachant à ses rêves. Quand Adina est là, il y a toujours un discours, sors ton mouchoir.

– Chers amis, dit Pessah en levant son verre de vin, encore une semaine est passée, et nous sommes heureux d'être comme une grande famille et d'accueillir ensemble la sainteté de ce soir de shabbat.

– Amen ! chuchota Sheli, et Tamar la poussa du coude pour qu'elle cesse de la faire rire.

– Encore une semaine où chacun a fait de son mieux pour mériter le juste repos du shabbat.

Tamar regarda Pessah qui affichait une autre facette de sa personnalité : il parlait avec un sérieux pédagogique quasi solennel.

– Les anciens connaissent mon credo : l'art, c'est vingt pour cent d'inspiration et quatre-vingts pour cent de trans-piration.

– Et cinquante pour cent de bénéfices, chuchota Sheli.

Quelqu'un à sa droite étouffa un rire, Pessah leur lança un regard noir.

– Je voudrais vous dire une fois de plus combien je suis fier et heureux d'être celui qui vous encourage et vous soutient. Je sais qu'il y a parmi nous des amis qui traversent des moments difficiles, ici la règle d'or est de ne pas poser de questions et de respecter l'intimité de chacun. Mais, en ma qualité de formateur et d'accompagnateur, je dois dire que vous êtes tous de grands professionnels, vous faites votre travail de votre mieux, vous savez que dans votre profession le spectacle doit continuer coûte que coûte et que le spectateur ne doit rien ressentir de vos drames personnels ou de votre mauvaise humeur.

– Il va parler de Rubinstein et basta, chuchota Sheli.

– Et, comme l'a dit un grand artiste, Arthur Rubin-stein...

– Béni soit-il, ajouta Sheli.

– Amen, répondirent quelques autres voix.

– ... l'art est le plus grand bonheur de l'homme ! continua Pessah. Vous savez, mes chers amis, que chacun de vous est pour moi un Rubinstein potentiel, et ma femme, Adina, peut vous dire comment – l'épouse au visage effacé acquiesça énergiquement avant même de savoir de quoi il s'agissait – je répète matin et soir qu'un beau jour, dans ce foyer, il n'est pas impossible que l'un d'entre vous soit le Rubinstein de l'an 2000 !...

Quelques filles et garçons applaudirent, Pessah les fit taire d'un geste de la main.

– ... et je suis persuadé qu'il se souviendra alors d'avoir appris ici, chez nous, dans notre foyer d'artistes modeste et familial, les bases saines et fondamentales du spectacle, la manière de tenir son public, de rester professionnel à tout prix ! Vous m'entendez, à tout prix ! Et là-dessus, *shabat shalom* et à votre santé !

– Et à la gloire de notre pays, conclut Sheli en poussant un soupir de soulagement.

Pessah avala son verre, sa pomme d'Adam tressauta, quelques jeunes applaudirent avec un enthousiasme exagéré en criant « Santé ».

– Quel pathos, chuchota Sheli. Je ne peux pas le supporter. La semaine dernière, je suis passée chez eux pour rapporter les pains du shabat. Il a voulu me montrer *sa chambre privée*. Tu verrais ça, Tami, la chambre d'un adolescent des années soixante-dix : un énorme poster de Jimmy Hendrix au mur, une espèce de crâne en plastique avec des lumières rouges qui s'allument à la place des yeux, un grand chardon séché planté dans une douille de grenade, façon boutique de décoration, une guitare du temps de Mathusalem, sans doute volée à son groupe musical de l'armée...

– Et maintenant, dit Pessah après s'être épongé le visage en sueur avec un mouchoir bien repassé, amusons-nous un peu. Toi, la nouvelle, Tamar...

Elle s'immobilisa comme un lapin pris dans le faisceau d'un phare de voiture. Que lui voulait-il ? Depuis qu'il l'avait surprise quelques jours plus tôt dans son bureau, il la suivait sans cesse d'un regard méfiant.

– Chante-nous quelque chose. Ceux d'ici ne connaissent pas encore ta voix.

Elle se fit toute petite, rougit, haussa les épaules. C'était un piège : une ruse pour dévoiler ses plans secrets. Quelques jeunes frappèrent des mains en scandant : «Tamar ! Ta-mar !» Une des filles, celle qui était en élastique et avait un visage méchant, murmura sur un ton hostile : «Laissez tomber, c'est une snob, elle ne veut pas chanter pour nous.» Tamar était pétrifiée, incapable de lui répondre. Elle savait qu'on ne l'aimait pas, qu'on la trouvait arrogante et à l'écart du groupe, mais elle n'avait pas mesuré la quantité de haine qui se lisait sur le visage de la fille. Sheli vint aussitôt à son secours.

– *Yallah*, qu'est-ce que t'as contre elle, espèce d'élastique ! cria-t-elle d'une voix grossière. T'as oublié comment t'étais quand t'es arrivée au début ? T'étais comme un cadavre dans ton coin, t'as mis deux mois à ouvrir ta sale gueule, espèce de tarée, va !

La fille élastique recula et se tut dans un clignement effrayé de paupières. Tamar remercia Sheli du regard, mais sa vulgarité l'avait déprimée encore plus.

Pessah leva sa grosse patte et calma tout le monde avec un sourire, il étendit les jambes, serra contre lui sa femme presque écrasée sous le poids de son bras et dit :

– Qu'est-ce qui se passe, on est tous une famille ici, chante-nous quelque chose pour qu'on fasse un peu connaissance.

Et ses petits yeux de bête sauvage l'observèrent d'un air rusé et prudent comme s'il savait déjà quelque chose à son sujet.

«Chante-nous une chanson de Madonna», dit en pouffant une voix. «Non, Michael Jackson», dit une autre.

– Je vais chanter *Starry, starry night*, dit doucement Tamar. C'est une chanson sur Vincent Van Gogh.

– Quelle punition, dit un autre garçon en gloussant.

– Chhut ! dit Pessah de son air le plus amical. Laissez la petite chanter.

C'était difficile, presque insupportable. Elle n'avait pas le magnétophone (de Shaï) pour l'accompagner et se sentait complètement nue, exposée au regard de Pessah ; autour d'elle on riait, on gloussait, certains se cachaient le visage dans les mains, les épaules secouées de rire (quand elle changeait de registre pour chanter, c'était toujours comme ça). Mais au bout d'une ou deux minutes, elle se concentra comme d'habitude et sa voix s'éclaircit.

Elle chanta pour l'unique personne qui se trouvait là, qui ne l'avait pas entendue depuis longtemps et ne se souvenait que de son chant hésitant et amateur, d'une voix qui n'avait pas encore choisi sa tessiture.

Pendant toute la chanson, elle évita de regarder Shaï, mais elle sentait sa présence et son corps souffrant qui l'écoutait avec tous ses pores. Elle chanta Van Gogh et ce monde qui n'était pas fait pour lui, mais elle lui raconta aussi tout ce qu'elle avait vécu depuis qu'il avait disparu, par petites touches empruntées aux riches nuances de sa voix, comment elle avait mûri en son absence, appris des choses sur elle-même et sur les autres. Elle se défit une à une des couches rugueuses qui l'enveloppaient, de la déception et de la lucidité, et quand elle fut arrivée au noyau nu de son être, là où il ne restait plus rien à enlever, elle lui chanta les dernières notes.

Lui aussi évita de la regarder. Il était assis, la tête posée sur une main, les yeux fermés, le visage livide sous l'effet d'une douleur qui paraissait insupportable.

Quand elle finit de chanter, il y eut un silence. Sa voix palpita un instant dans l'espace comme une créature vivante. Pessah regarda autour de lui, prêt à exiger des applaudissements, puis, sentant qu'il se passait quelque chose, il se ravisa et se tut.

– Chante encore, la supplia Sheli d'une voix douce.

D'autres se joignirent à sa demande.

Shaï se leva. Tamar prit peur, elle était déçue. Il s'en va. Pourquoi part-il. Pessah lança un regard à Miko et lui fit un signe du sourcil, ce dernier se leva et le suivit. Shaï partit en traînant les pieds, fatigué, il passa devant elle sans même la regarder.

Elle n'avait plus envie de chanter. Mais si elle s'arrêtait, Pessah risquait de faire le lien avec le départ de Shaï. Il lui semblait qu'il surveillait sa réaction d'un regard particulièrement perçant. Elle redressa un peu sa petite silhouette. N'avait-il pas dit que même si on est au plus bas, le spectacle doit continuer ?

Alors elle chanta *Requiem pour un fou*. Personne ne ricanait plus. Garçons et filles s'étaient redressés et la regardaient. Pessah était songeur, sans la quitter des yeux il mâchonnait le cure-dents qu'il avait entre les lèvres. « Si vous me laissez cette nuit », chantait-elle, sa douleur se répandait dans chaque mot, parce que ses amis n'avaient pas fait assez pour la protéger, ni assez tendu la main vers lui. Ils avaient juste agité la main avec une affection mesurée et étaient partis pour l'Italie. « Éteignez tous ces projecteurs et baissez vos fusils braqués… » Elle se lamenta, pleura sa joie de vivre perdue et était si concentrée qu'elle ne sentit pas la salle ne faire plus qu'un avec elle : le temps d'une chanson, la poussière du quotidien tomba de leurs épaules, comme aussi la vulgarité de la rue qu'ils côtoyaient jour après jour, les remarques stupides des passants, l'indifférence et l'incompréhension, l'humiliation routinière des trois-petits-tours-et-puis-s'en-va, allez en route dans la bagnole. Quelque chose dans sa manière de se concentrer et de dire les choses leur rappela ce qu'ils avaient presque oublié depuis qu'ils étaient là : que malgré la tristesse de leur situation actuelle, ils étaient des artistes. Ce savoir se mit de nouveau à couler dans leurs veines à travers le chant de Tamar, redonna sens et consolation à leur difficulté de vivre, à la peur, nichée en chacun d'eux, que leur vie soit un gâchis irréparable ; elle montra sous un jour nouveau la fuite de la maison, la solitude et l'isolement de chacun, partout, toujours, l'extrémisme qui les avait entraînés jusquelà ; et soudain la voix de l'adolescente recollait tous les morceaux épars.

Quand elle finit, elle ouvrit les yeux et vit que Shaï était revenu. Appuyé au montant de la porte, il la regardait avec sa guitare à la main.

Que faire maintenant ? Retourner s'asseoir, ou continuer de chanter et lui donner la possibilité de jouer ? Elle sentait autour d'elle une émotion nouvelle, celle des jeunes qui l'entouraient. Sheli dit à voix basse que Shaï ne jouait jamais à ces fêtes, « il ne gaspille jamais son talent pour nous ». Et Pessah dit exactement ce qu'elle craignait et espérait qu'il dise :

– Et si vous chantiez ensemble ?

C'était une occasion à ne pas rater. Mais aussi le moment où elle risquait d'être démasquée. Elle se tourna vers Shaï et lui dit, en espérant que sa voix ne la trahirait pas :

– Tu connais une chanson ?

Ça y est, elle venait de lui parler devant tout le monde. Il s'assit et leva une tête lasse au-dessus de sa guitare :

– Chante ce que tu veux. Je t'accompagnerai.

Vas-tu te joindre à toutes mes chansons, à tout ce que je ferai ? En as-tu la force ?

– Tu connais *Imagine* de John Lennon ? lui demandat-elle.

Elle vit ses yeux sourire de l'intérieur, une légère buée couvrit les lacs ternes et éteints.

Il effleura les cordes, les accorda. La tête légèrement inclinée, un sourire rêveur à peine esquissé au coin des lèvres, comme si personne d'autre que lui n'entendait les sons comme il les entendait.

278

L'esprit de Tamar s'absenta un instant. Il lui lança un regard bref et commença à jouer. Elle se racla la gorge, s'excusa, elle n'était pas encore prête. Être ici avec lui la déroutait, elle le regarda d'un air hagard, avec tout ce qu'elle savait de lui : l'enfant qui était né sans coquille, sa douceur, son éclat, son merveilleux sens de l'humour, son sentiment d'étouffer partout où il allait, quel que soit le cadre, parfois lui-même devenait le cadre qu'il fallait briser avec violence pour pouvoir s'en échapper ; sa douceur envers Tamar, ses brusques accès d'agressivité envers les autres, et parfois envers elle. Son insupportable arrogance de ces dernières années, comme les écailles d'une cuirasse sur un être sans enveloppe ; et cette tension permanente, ce tremblement des fibres de son âme qu'elle sentait parfois comme le bourdonnement permanent de lignes de haute tension.

Il leva vers elle des yeux hagards. Où es-tu. Que deviens-tu. Elle rêva encore sous le regard méfiant de Pessah. Shaï secoua sa léthargie et vola au secours de sa sœur, sa petite sœur. Il l'appela sur leur fréquence secrète, ses yeux clignotèrent leur mot de caresse exclusif et réciproque, le cœur de Tamar s'élança à travers la salopette vers celui de Shaï.

Il rejoua les notes du début, lui ouvrit la porte et l'invita à le rejoindre. Elle commença doucement, presque sans voix, un mince filet qui se brodait sur ses notes, comme si sa voix était une corde supplémentaire de la guitare que pinçaient les doigts de Shaï. Faire attention à ne pas laisser voir son visage se transformer. Mais elle n'avait pas envie d'être prudente, et d'ailleurs en était incapable. Il joua, elle chanta pour lui, des blocs de glace fondirent en elle, ils se fendirent et tombèrent dans la mer de glace qui s'étalait entre eux deux, tout ce qui leur était arrivé, le monde qui s'était écroulé sur eux, ce qui pourrait encore leur arriver si seulement ils en avaient l'audace et la confiance.

Quand les dernières notes s'évanouirent, il y eut un silence à couper le souffle, puis un tonnerre d'applaudissements. Elle ferma les yeux un instant. Shaï leva la tête, regarda autour de lui d'un air ahuri comme s'il avait oublié qu'ils n'étaient pas seuls. Il eut un petit sourire timide, une fossette creusa sa joue, Tamar et lui évitèrent soigneusement de se regarder.

Pessah, confondu et méfiant, se doutant d'une chose sur laquelle il n'arrivait pas à mettre le doigt, mais sous le charme de ce qu'il venait de voir, leur dit en riant :

– Dites-moi la vérité : vous avez répété combien de temps ensemble ?

Tout le monde rit.

– Vous deux ensemble, la classe ! Vous devriez donner des concerts.

Il y eut un silence embarrassé et Pessah dit un peu trop fort, comme pour dissiper la culpabilité d'exploiter ces jeunes gens en les faisant jouer dans la rue :

– *Yallah*, chantez-nous-en une autre !

Tamar pria en silence : pourvu qu'il ne chante pas *Ma plus belle histoire*.

Sans la regarder, Shaï tendit une corde, secoua la tête pour chasser la mèche qui tombait sur son œil droit, ses cheveux n'étaient plus ce qu'ils étaient mais le geste était resté, gracieux et charmeur, puis il demanda à la cantonade :

– *Ma plus belle histoire d'amour*, tu connais ?

– Oui.

Il inclina la tête vers la guitare et pinça les cordes de ses longs doigts. Elle avait toujours cru qu'il avait une phalange de plus à chaque doigt. Elle inspira profondément. Comment chanter sans pleurer.

> *Du plus loin qu'il m'en souvienne*
> *Si depuis j'ai dit "je t'aime"*
> *Ma plus belle histoire d'amour c'est vous.*
> *C'est vrai je ne fus pas sage*
> *et j'ai tourné bien des pages*
> *sans les lire, blanches,*
> *et puis rien dessus…*

Mais à travers leur visage
c'était déjà votre image
c'était vous déjà
et le cœur nu

Filles et garçons étaient assis, tranquilles, sérieux, chacun plongé dans son monde intérieur. Lorsqu'elle finit de
chanter, une fille dit :

– La plus belle interprétation que j'aie jamais entendue.

Sheli se leva et vint embrasser Tamar qui se laissa faire
un instant. Personne ne l'avait touchée depuis que Léah
l'avait embrassée dans la rue, il y a un mois. A défaut de
s'élancer vers son frère, si proche et si hors d'atteinte, elle
serra dans un élan Sheli dans ses bras.

Sheli essuya ses larmes :

– Dis donc, j'ai honte, j'en ai les larmes aux yeux !

La violoncelliste silencieuse, la fille au bonnet rouge et
au visage couvert d'acné, dit :

– Il faudrait que vous chantiez ça ensemble dans la rue,
hein Pessah ?

Tamar et Shaï ne se regardaient pas.

– C'est peut-être une bonne idée. Qu'en penses-tu Adina ?
demanda Pessah en se tournant vers sa femme.

Les anciens savaient que, lorsqu'il la consultait, elle
haussait toujours les épaules avec un sourire effrayé, mais
qu'il avait déjà pris sa décision.

Il tira le carnet rouge de sa poche et le feuilleta. Pourvu
qu'il soit d'accord, pria en silence Tamar, pourvu qu'il
soit d'accord !

– Jeudi prochain, dit Pessah en corrigeant quelque chose
dans le carnet. C'est une occasion, vous êtes tous les deux
à Jérusalem… on peut essayer, pourquoi pas. Un duo sur la
place Tsion.

Les bras de Tamar étaient collés à son corps. Elle
essayait de percer le sourire jovial de Pessah. Et s'il lui
tendait un piège, s'il tentait d'apprendre quelque chose sur

elle pendant ce spectacle ? Shaï ne réagit pas, comme s'il n'avait rien entendu. Tamar avait vu ses dernières étincelles de vitalité disparaître avec la fin de la chanson.

– Mais je veux que vous y alliez avec toutes vos tripes, comme tout à l'heure ! s'écria Pessah.

Quelques jeunes approuvèrent bruyamment. Shaï se leva en titubant, il prit à grand-peine sa guitare. Tamar resta immobile. Les autres la regardaient, dans l'attente qu'elle le suive irrésistiblement. Elle était debout, raide, crispée, Shaï sortit, Miko le suivit aussitôt de son pas félin. Quelqu'un alluma la radio, une musique techno emplit l'espace, un jeune coiffé d'un foulard rouge de corsaire joua à éteindre et à rallumer les lumières. Pessah se leva et tendit la main à sa femme :

– Viens chérie, place aux jeunes maintenant.

Il laissa des instructions à deux jeunes qui paraissaient plus âgés que les autres, échangea quelques mots avec le Gros et s'en alla.

Quelques couples commencèrent à danser. La fille au bonnet rouge se leva et dansa seule, les bras autour de son corps. Jamais elle n'avait été aussi libre et déliée. Tamar la regarda et se dit qu'elle aurait aimé la connaître ; elle paraissait intelligente et fine, encore plus déplacée dans la rue que Tamar. Sheli dansait avec un de ses soupirants habituels, le grand garçon au visage simiesque qui jouait de la scie. Elle tendit une main bronzée vers Tamar et l'invita à venir danser à trois. Tamar les regarda et se sentit soudain transportée dans *son* trio à elle. Cela faisait bientôt deux semaines qu'elle n'avait pas pensé à eux, presque des vacances. Elle fit « non » de la tête avec un sourire forcé. Ils n'avaient jamais dansé ensemble, Idan n'aimait pas et ne savait pas danser, et quand ils étaient encore un trio, ils ne s'étaient même jamais touchés. C'est du moins ce qu'elle pensait. Jamais enlacés, même de joie. Il y avait une espèce d'entente tacite pour qu'aucune des deux filles ne soit lésée par Idan. Mais depuis deux semaines, ils dormaient peut-être ensemble dans des chambres ouvrant sur

un paysage à couper le souffle. Voilà que ça remontait
en elle, vivace, brûlant. Elle se servit un grand verre de
Gini et le but jusqu'au bout pour apaiser le feu intérieur.
Mais en vain. Le souvenir de ces dernières semaines en
leur compagnie se dressait devant elle : lorsqu'elle avait
compris qu'elle ne partirait pas à cause de Shaï, ils étaient
en plein préparatifs de voyage. Quant à Tamar, elle se laissait doucement entraîner vers un monde inconnu, étranger,
traînait dans des endroits où elle risquait de le trouver,
engageait des conversations avec des hommes dans des
jardins publics, des joueurs de tric-trac et de billard, des
disc-jockeys, et pendant tout ce temps Idan et Adi n'étaient
pas avec elle. C'était une situation confuse : elle continuait
d'aller tous les après-midi aux répétitions de la chorale qui
était déjà emportée par la fièvre du voyage : les remarques
de Sharona, la chef de chœur, étaient nerveuses et impa-
tientes, tout le monde répétait des phrases d'italien en dix
leçons, parce que les airs de Chérubin et de Barbarina ne
seraient pas très utiles dans les marchés et les restaurants ;
Tamar répétait inlassablement son solo préféré, son passe-
port était prêt, elle lisait des guides touristiques, répétait
consciencieusement : « *Dove si comprano i biglietti* ? »,
mais en fait elle s'éloignait d'eux. Sharona avait été la
première à le remarquer : « Tu as la tête ailleurs, où est
passé ton diaphragme ? Tu oublies de soutenir depuis le
bas ! Comment veux-tu qu'on t'entende au sixième balcon ? ! » Après les répétitions, quand ils traversaient la rue
piétonne, elle essayait de leur raconter ses aventures de la
veille, les gens avec qui elle avait parlé, inimaginable
ce qu'on trouve à cent mètres d'ici, des paumés, de la
racaille, disait-elle en continuant à parler la langue du trio,
c'est-à-dire d'Idan, mais elle sentait déjà souffler sur elle
ce léger dédain dont ils gratifiaient tout ce qui ne faisait
pas partie de leur monde, comme si elle aussi était atteinte
de cette chose inconnue, ou qu'elle introduisait une odeur
désagréable dans l'espace commun ; puis il y avait eu
ce jour où, après être passée chez les Russes et avoir vu

Serguei, avec son visage d'enfant et son corps gracile, elle avait eu envie d'en parler à quelqu'un de proche, de partager son chagrin, et pendant qu'elle racontait Idan l'avait interrompue en lui disant qu'il avait du mal à apprendre simultanément l'italien et le droguois, Adi avait renchéri, « Tu utilises tant de mots nouveaux ces derniers temps, qu'on a du mal à te suivre », avait-elle dit en secouant sa toison d'or, et Tamar avait senti à cet instant précis qu'elle ne faisait plus partie du trio, qu'elle leur demandait une chose qu'ils ne pouvaient pas ou ne voulaient pas lui donner. Silencieuse et abattue, elle avait marché à côté d'eux, et la conversation avait repris de plus belle entre Adi et Idan, comme si un courant d'air importun les avait interrompus. Courageusement, elle avait continué de marcher, de rire de leurs blagues, pendant que des ciseaux froids et tranchants découpaient les contours de son corps et l'extrayaient de la photo de groupe.

La salle à manger se vida et la cour se transforma en piste de danse. La musique coulait dans tous les corps. Des nuages d'herbe flottaient doucement au-dessus des têtes. Le garçon qui avait une longue natte tressée de rubans multicolores commença à jouer de la guitare, d'autres l'accompagnèrent de leurs voix aux quatre coins de la cour. Il chanta d'une voix rauque : « Étoile de David brisée », les autres lui répondirent par un lent grondement : « Les idées de Herzl ont fait leur temps », et lui : « Pourries dans la tombe sous les cactus ». Ils levèrent les mains tout en se balançant et en chantant : « C'est prévu dans le programme. » Tamar était restée dans la salle à manger à moitié vide et regardait par la fenêtre qui donnait sur la cour. A les voir se balancer ainsi, ils ressemblaient à des tiges frêles, des tiges d'enfant.

> *Mon cœur voulait se reposer,*
> *Et ne pas jouer à la guerre,*
> *Mais chez nous le service faut le faire,*
> *Faut aimer jouer à la guerre*

(Quelqu'un hurla d'une voix effrayante : aimer jouer à la guerre ! ! !)

> *Manier le fusil comme un homme,*
> *faire sauter des têtes comme un homme,*
> *comme un homme marcher seul vers sa mort,*
> *C'est prévu dans le programme…*

Et brusquement, aux quatre coins de la cour et sur la piste de danse, s'éleva une même clameur :

> *Qu'il aille se faire foutre le programme…*

Encore et encore, des dizaines de fois, pendant une demi-heure peut-être, comme une prière, mais à l'envers, désespérée, Tamar aussi finit par la fredonner, elle aussi gronda avec les autres, comme les autres, qu'il aille se faire foutre le programme, et soudain tout bascula, elle sentit profondément que c'étaient eux qui avaient raison, eux qui osaient se révolter, ruer, pousser le cri de la rébellion.

Que suis-je comparée à eux ? se dit Tamar. Une gentille petite fille domestiquée, un pied ici, l'autre là. Avec quel courage ils refusent de jouer le jeu cynique et hypocrite du monde de la réussite et du pouvoir… Elle était presque jalouse d'eux, de leur liberté, de leur désespoir, du courage de tout casser, jusqu'au bout, de renoncer à la sécurité d'un foyer, d'une famille qui, elle aussi, est une vaste illusion, une autre drogue tranquillisante, un anxiolytique…

Elle quitta la salle à manger pour monter dans sa chambre, mais des filles et des garçons lui barrèrent le chemin. Ils dansaient autour d'elle en riant, l'entouraient, faisaient des courbettes, la priaient de rester. L'un d'eux, petit et frisé, un des trois jongleurs, la supplia : « Je t'en supplie, reste, je ne t'avais jamais remarquée, je ne savais même pas que tu existais ! » Il avait un visage sympathique et une voix carillonnante : « Depuis que tu as chanté, je suis liquéfié ! Reste encore, donne-toi un peu à nous, montre qui tu es ! »

– Non, dit Tamar en riant.

Le poète rimailleur de la rue s'approcha et plia le genou devant elle.

– Ô, Tamar, Tamar/ ton chant est du grand art/ mais si tu nous quittes et tu pars/ tu nous laisseras orphelins/ qui d'autre nous fera des câlins…

– Non, dit-elle en riant.

Deux filles se dressèrent devant elle. Jolies, brunes, mystérieuses. Les deux jumelles qui lisaient dans les pensées :

– Tu veux bien te mettre un instant entre nous deux ? Et nous donner la main ? Juste un instant…

Tamar prit peur. Quelle demande bizarre. Elle eut un petit sourire crispé, le groupe se resserra autour d'elle, l'appela, la pria. Elle se fraya un chemin et sortit. Il fallait qu'elle soit seule.

Sheli revint dans la chambre deux heures plus tard, agitée, imprégnée de fumée et peut-être ivre. Elle entra en faisant du tapage, se prit dans sa robe, réveilla Tamar pour qu'elle l'aide à se dégrafer, s'excusa de son état et raconta qu'elle avait léché des cartons. A moitié endormie, Tamar demanda d'une voix hésitante ce que c'était. Sheli partit d'un éclat de rire :

– Tu es là depuis un mois et tu ne l'as pas encore appris ?

Non, ni l'italien ni le droguois.

– Ce sont des timbres de LSD. Au fait, toi et ce garçon, ce Shaï ?

– Oui, eh bien quoi ?

– Pourquoi tu sursautes ? J'avais remarqué depuis longtemps qu'il y avait quelque chose entre vous.

– Entre nous ? !

– Oh, je t'en prie. Vous vous lanciez de ces coups d'œil, de vraies flèches. Tu crois que je n'ai rien remarqué ? Vous êtes complètement drogués l'un de l'autre. Tu touches ton visage, et lui le sien… une vraie danse ! Et ce soir, comment vous avez chanté ensemble !

– Je ne le connais même pas, dit Tamar avec une agressivité exagérée.

– Oui, mais peut-être dans une autre vie ? Moi, j'y crois, à ces choses-là.

– Oui, peut-être dans une autre vie, répéta Tamar.

– Tu as vu sa fossette ? dit Sheli avec enthousiasme. Ça fait un an qu'il est là et je ne l'avais jamais vue.

– Oui, chuchota Tamar, c'est vrai qu'il est craquant.

– Ne tombe surtout pas amoureuse, c'est moi qui te le dis : il est complètement accro, c'est un mort-vivant.

Tamar coula du béton autour de ses cordes vocales qui tremblaient :

– Mais pourquoi est-ce qu'on le garde comme ça ? Pourquoi il y a toujours un des leurs qui le suit ? On ne le fait pour personne d'autre ici !

Sheli s'assit sur le lit, vêtue de son seul slip. Elle était toujours parfaitement indifférente à sa propre nudité et accueillait son grand corps osseux avec cette même légèreté qu'elle mettait à accueillir tout étranger.

– Tu es un vrai numéro, dit Sheli en riant. A te voir, on croit que tu as la tête dans les étoiles, pourtant tu remarques tout… tu veux dire les bouledogues ? C'est parce qu'il a essayé de s'enfuir.

– Mais je croyais qu'on avait le droit de s'en aller…

Sheli se tut. Elle gratta un peu de vernis bleu sur un ongle de ses orteils.

– Sheli !

Silence.

– Sheli, aide-moi, je t'en supplie.

– Écoute, finit par dire Sheli en poussant un grand soupir, quand on est moyen, je veux dire au spectacle, Pessah laisse partir les gens, après qu'on lui a remboursé les dettes évidemment.

– Les dettes ?

L'oreille tendue, Tamar se souvint brusquement qu'au téléphone Shaï avait parlé de dettes.

– Il tient des comptes sur le carnet noir : tout ce qu'on lui doit pour habiter ici, la bouffe, et même l'électricité. Alors si tu es moyen et que tu veux t'en aller, tu le payes, tu supplies les parents que tu as quittés, tu vas taper les copains, tu piques l'argent des vieilles dans la rue, des enfants, tu le rembourses jusqu'au dernier centime et alors il te libère.

Elle alluma une cigarette et en tira une grande bouffée.

– En revanche, si tu vaux vraiment quelque chose, tu as plus de mal à sortir d'ici. Parce que Pessah, il fait si bien ses comptes que même un avocat ne peut pas te sortir d'ici. Il y a déjà eu des histoires.

Le garçon au regard fou, se dit Tamar. Celui qui avait des phalanges tordues.

– Et le garçon à la guitare, ce Shaï, il est bon ?

– « Le garçon à la guitare », se moqua Sheli qui redevint sérieuse en voyant l'expression de Tamar. Lui, c'est le meilleur. Même dans son état, il est largement au-dessus des autres. Tu as vu comment il jouait. Mais il a eu des histoires, il a essayé de voler la Mitsubishi de Pessah, une bagnole toute neuve.

– Pour s'enfuir avec ?

– J'en sais rien. C'est des rumeurs. On a raconté qu'il est rentré dans un mur, ou une haie. Il a complètement bousillé la Mitsubishi, alors il ne lui reste plus qu'à la rembourser pour le restant de sa vie...

Elle souffla une longue bouffée de cigarette.

– ... et même après sa vie.

Couchée sur le dos, Tamar fixait le plafond. Qui sait où elle se trouvait au moment de l'accident, peut-être qu'à l'instant où Shaï s'écrasait avec la voiture contre un mur elle était au café Aroma avec Idan et Adi, en train d'aspirer bruyamment le fond de son verre de chocolat liégeois.

— Tu sais ce que j'ai pensé en t'écoutant chanter ? dit gentiment Sheli. Que chez toi, tout vient de l'intérieur le plus profond. C'est vrai, je te regarde depuis un moment et j'ai pigé comment tu es : chez toi, tout ce que tu dis, ta manière de regarder, de parler ou de ne pas parler, tout ce que tu fais est cent pour cent toi. Chez moi, c'est que du vent et du bruit. Ne dis pas non, c'est comme ça. Moi, j'imite Madonna, Michael Jackson, Julia Roberts, je fais toujours ce qui n'est pas moi.

Elle se tut un instant.

— Même le fait d'être ici, ce n'est pas vraiment ma vie à moi – sa voix se brisa légèrement –, il n'était pas écrit que je finirais dans ce trou, la tête vidangée, folle à lier.

Puis la voix brisée se transforma en gémissement. Elle sanglotait. Surprise par le rapide passage des rires aux larmes, Tamar se précipita vers Sheli et caressa ses cheveux teints, rebelles.

— Sheli, chuchota-t-elle.

Mais la jeune fille l'interrompit aussitôt.

— Même mon nom, c'est toute une histoire – elle renifla bruyamment –, c'est ma mère qui m'a appelée comme ça pour me rappeler sans cesse que j'étais à elle[1], que je n'étais pas à moi, tu comprends ?

Tamar la caressa, l'embrassa, lui dit combien elle était elle-même, et généreuse, et pleine d'amour, comment elle l'avait aidée à son arrivée à cet endroit. Mais Sheli ne voulait rien entendre.

— Bon ça suffit, on arrête de se lamenter, dit-elle dans un soudain éclat de rire, à travers ses larmes et son nez bouché. Je te le répète pour la dernière fois : interdit de tomber amoureuse de lui. Il y a ici quelques autres candidats cent fois plus valables. J'en ai même essayé quelques-uns.

— Ne t'en fais pas, dit Tamar. Je n'ai pas l'intention de

---

1. *Sheli* est à la fois un prénom courant et l'adjectif et le pronom possessifs « mon, ma /le mien, à moi ».

tomber amoureuse de lui, je veux juste chanter avec lui.

– Oui, dit Sheli, les yeux encore humides. On appelle ça chanter.

– Si j'avais un oreiller sous la main, je te le balancerais.

Tamar s'attendait au rire carillonnant, mais il y eut à la place un bref silence, puis Sheli dit en détachant les mots :

– L'oreiller est comme l'œuf au plat de maman. Ce sont des mots qui ont disparu du dictionnaire.

Puis elle se coucha et s'endormit.

Tamar était incapable de s'endormir. Non pas à cause de ce qu'elle venait d'apprendre sur Shaï, ni sur la manière particulière dont Pessah réglait ses comptes ; mais à cause de cette simple phrase, « j'avais déjà remarqué qu'il y avait quelque chose entre vous », qui l'avait piquée au vif, et lui rappelait ce qui lui avait été volé et dont elle s'était retranchée ; son cœur se serra et lui fit mal ; elle eut soudain envie qu'il y ait quelqu'un au monde, un garçon, oui, c'était ça, non pas une religieuse de soixante-deux ans, ni Léah, mais quelqu'un de son âge dont on puisse dire : j'avais remarqué depuis longtemps qu'il y avait quelque chose entre vous.

« Laisse tomber cette espèce d'Idan, dit la voix de Léah dans sa tête, prête à sauter sur l'occasion. Oublie-le, ras-le-bol ! Il ne vaut même pas le bout de ton petit doigt ! »

Tamar se mit sous sa couverture et reprit avec délices la dernière conversation qu'elle avait eue avec Léah au sujet de l'amour : « Non, ne m'interromps pas ! Laisse-moi te dire les choses une fois pour toutes ! »

« Mais tu me les as déjà dites », sourit Tamar en remontant les genoux contre son ventre.

« L'erreur avec toi est que tu cherches quelqu'un qui soit comme toi, dans les arts. Vrai ou pas vrai ? »

« Disons que oui. »

« Est-ce que tu imagines un peu ce que ça veut dire un autre comme toi ? une âme sœur ? tu trouves que tu n'as pas assez d'une folle comme toi ? Écoute-moi bien, toi tu aurais plutôt besoin du contraire, tu sais quoi ? »

« Quoi ? » dit Tamar, qui, à ce point du dialogue intérieur, ne put réprimer son rire et se cacha la tête sous la couverture pour que personne ne la voie.

« Tu aurais besoin d'un homme avec de grandes mains, trancha Léah. Et tu sais pourquoi ? »

« Pourquoi ? » C'était le moment de la mise en images.

« Parce qu'il te faudrait quelqu'un qui tiendrait sa main ouverte, comme ça, en l'air, sans trembler, une main forte, comme la statue de la Liberté mais sans le cornet de glace, une grande main ouverte en l'air, et toi – Léah leva sa main carrée, osseuse, aux ongles courts et la déplaça délicatement comme l'aile d'un oiseau –, toi, tu verrais cette main de partout, où que tu sois dans le monde, et tu saurais que tu peux te poser dessus et te reposer un peu. Vrai ou pas vrai ? »

« Ça suffit, Léah. »

Elle ne revit Sheli ni le lendemain ni le surlendemain. Ce n'était pas exceptionnel, chacune avait un emploi du temps bien chargé. Mais, le soir, elle eut une brusque envie de la voir et demanda à quelqu'un dans la salle à manger s'il avait aperçu Sheli. Le jeune la regarda comme si elle débarquait :

– Comment, t'es pas au courant ? Elle s'est enfuie avec le joueur de scie hier matin et depuis, on ne l'a plus revue.

Tamar était interloquée. Aussi bien par la nouvelle que par le fait que Sheli ne lui en ait rien dit la veille au soir.

Des rumeurs commencèrent à circuler au cours de la journée. On les avait aperçus ensemble du côté de Rishon. On l'avait vue au restoroute du Négro, sur la route d'Eilat.

L'un des bouledogues qui accompagnait le trio de prestidigitateurs l'avait repérée là-bas, mais elle était entourée de quelques délinquants d'Eilat, et il avait eu peur de s'approcher. Elle avait même eu le culot d'aller vers lui et ses camarades du trio, et de plaisanter, lui demandant de saluer Pessah et la compagnie. Les prestidigitateurs disaient qu'elle avait l'air complètement défoncée. Au dîner, Tamar se débrouilla pour s'asseoir à côté de l'un d'eux et lui demanda de répéter tout ce qu'il avait vu et entendu. Il se rappela que Sheli transmettait son amitié à Tamar et à Dinka, puis il haussa les épaules et dit qu'il n'y avait rien à raconter, que Sheli était en train de se payer le trip de sa vie. Puis il se gratta la tête pour se rappeler : qu'avait-elle dit d'autre… qu'elle avait mangé des timbres en quantité, qu'elle planait complètement, qu'elle était allée partout, dans les montagnes, chez les Bédouins, les délinquants, avait baisé avec tout le monde.

– Mais pourquoi tu ne lui as pas dit d'arrêter ?! cria Tamar, tourmentée à l'idée de n'avoir rien fait quand c'était encore possible.

Le jeune la regarda avec mépris.

– Arrêter quoi, arrêter qui, qu'est-ce qui t'arrive, c'est pas mes oignons !

Tamar croyait perdre la tête.

Le lendemain de bonne heure, deux policiers au visage sévère descendirent d'un fourgon, ils s'engouffrèrent dans le bureau de Pessah et en ressortirent un peu plus tard. Pessah reparut, pâle et effrayé. On ne l'avait jamais vu dans cet état. Il expédia chacun à son poste dans une confusion totale. Garçons et filles chuchotèrent, les pires rumeurs se mirent à circuler. Tamar essaya de se boucher les oreilles. Ce fut la plus mauvaise de ses journées de travail, elle se fit huer du côté d'Allenby, près de la tour de l'opéra, interrompit son spectacle et repartit en larmes. A minuit, quand elle rentra au foyer, elle découvrit avec effroi que toutes les affaires de Sheli avaient disparu de la chambre. Ses livres, ses chaussures jaunes, le sac à dos.

Son lit était vide, complètement nu. Tamar ressortit en courant dans le couloir, mais le foyer était obscur et silencieux, comme s'il s'était replié en silence sur lui-même. Elle pénétra dans des chambres inconnues, alluma des lumières devant des paupières clignotantes. Mais personne ne protesta, personne ne dit un mot. Tamar passa toute la nuit sur son lit, Dinka serrée contre elle, dans un gémissement monotone, terrorisé.

Le lendemain, dès six heures du matin, elle entendit les nouvelles. Puis, sur la route, entre deux spectacles à Ashdod, elle vit Sheli sourire sur une vieille photo publiée par le journal. Il y avait aussi un bref entrefilet : elle s'était laissé entraîner par un dealer à Eilat, un homme d'un certain âge qui l'avait invitée dans sa cabane au bord de la mer, elle et lui en tête à tête. Il était difficile de savoir ce qui s'y était vraiment passé. On citait l'officier de police : apparemment, tous deux étaient ivres, ou bien ils avaient voulu essayer quelque chose de plus fort que d'habitude. En tout état de cause, quand l'ambulance était arrivée, il était trop tard et on n'avait pas pu la sauver.

Elle traîna toute la journée comme une folle et se dit tour à tour qu'il fallait annuler son plan de fuite, ne pas rester un jour de plus dans cet endroit, et surtout ne pas laisser Shaï un seul instant tout seul. Mais comment trouver la force de s'enfuir et de l'entraîner avec elle ? Elle ne le vit pas le lendemain – le dîner était des plus silencieux et personne ne dit un mot sur Sheli, n'évoqua même son nom –, ni le jeudi matin, jour du spectacle prévu en compagnie de Shaï. Tous les artistes, sauf Shaï, s'assemblèrent dans le couloir, devant le bureau de Pessah, pour écouter le « quadrillage » de la journée. Incapable de dissimuler sa nervosité, Tamar était persuadée que quelque chose allait faire échouer son plan. Shaï pourrait prendre peur et trouver un prétexte pour ne pas sortir ce jour-là, ou bien Pessah changerait d'avis au dernier moment et ne les laisserait pas faire leur spectacle ensemble. Ou bien l'ordre du jour serait modifié à cause de Sheli, ou encore…

Au bord du désespoir, elle aperçut les longues jambes descendre une par une les marches, le gros ceinturon qui faisait presque deux fois le tour des hanches, le corps mince, chétif et désarticulé, et elle eut la certitude que, le moment venu, il ne pourrait pas la suivre.

– Vous êtes là, mes deux prodiges, leur dit Pessah qui avait retrouvé son entrain depuis le passage des policiers. Miko et le Gros vont vous accompagner, ça rime bien ensemble. Je compte sur vous pour faire votre numéro de charme.

Ils firent oui de la tête.

– Regardez-moi ça, on dirait une pucelle et un puceau avant un mariage arrangé. Levez la tête, n'ayez pas honte, faites un petit sourire. Le public aime bien voir des amoureux !

Tamar grimaça un sourire tout en se disant avec angoisse : ils sont deux, nous n'y arriverons jamais.

Assis côte à côte dans la Subaru, ils regardaient devant eux. Miko et le Gros parlaient bruyamment d'une fête de bar-mitsvah à laquelle tous deux étaient allés la veille au soir.

Shaï se pencha et caressa Dinka qui lui lécha frénétiquement la main, les yeux débordant d'amour, poussant des gémissements, se tortillant dans la voiture pour poser la tête tantôt sur le genou de Tamar, tantôt sur celui de Shaï. Pourvu que les deux bouledogues ne remarquent pas le manège de Dinka, se dit Tamar. La jambe de Shaï se déplaça très prudemment et effleura celle de Tamar. Un courant électrique la traversa de part en part.

Elle ouvrit tout doucement la paume de la main en espérant que la moiteur n'avait pas effacé les lettres. Shaï n'avait pas encore remarqué la main qui s'ouvrait devant lui. Le Gros dit : « Moi je préfère le self, parce que tu prends ce que tu veux, et t'as pas un cuistot qui te balance des nouilles sur la table alors que t'as commandé des frites ! » Tamar ouvrit et referma la paume de la main en guise de signal. Shaï comprit qu'un message était inscrit dessus. Elle vit l'effort que faisaient ses yeux. Et si les lettres étaient trop petites pour pouvoir être lues ? Elle leva la main de son mieux en la dissimulant derrière le siège de Miko et du Gros. Shaï lut : « *Mon pays*, troisième strophe, cours après moi. »

Tamar tourna la tête vers la fenêtre. Ils longeaient la rue de Jaffa, bosselée, négligée, pitoyable. Elle mouilla son doigt de salive et effaça l'encre des lettres. Shaï regardait par la fenêtre de son côté. Sa peur était presque tangible, Tamar la voyait, la ressentait. Sa pomme d'Adam tressautait. Il ouvrait et refermait sans cesse le premier bouton de sa chemise. Elle l'entendait réellement vibrer de l'intérieur. Autrefois, elle savait le suivre dans les chambres en écoutant cette vibration ; ça pouvait durer pendant des jours, contaminer toute la famille, et finir par prendre la forme d'une merveilleuse mélodie, d'un nouveau poème, ou exploser en un accès de colère et d'angoisse. Son corps long et mince se jetait par terre, sa tête et ses membres heurtaient le sol, et seule Tamar pouvait alors l'apaiser en lui parlant à l'oreille et en le serrant dans ses bras.

Ils arrivèrent à la place Tsion et avancèrent un peu vers la montée de la rue Heleni Hamalkha. Miko leur montra l'endroit où il allait se garer et le chemin par lequel ils devaient revenir à la voiture. Le Gros partit explorer le terrain. Ils le virent traîner ici et là avec sa démarche de félin, lisser sa coiffure à la Elvis. Tout est tranquille, transmit-il sur le téléphone portable à Miko, à l'exception de deux soldats en faction et de deux flics qui ne s'intéressent qu'aux Arabes.

– *Yallah*, au boulot, leur dit Miko. Pessah compte sur vous pour que vous fassiez le numéro de votre vie.

Shaï sortit sa guitare du coffre de la voiture. Ils s'éloignèrent ensemble, l'épaule de Tamar à hauteur du torse de

Shaï. Dinka sautillait devant eux avec une joie débordante. Elle allait, venait, traçait des cercles autour d'eux. A partir de cet instant, avait calculé Tamar, ils avaient trois minutes de marche dans une relative liberté. Dans cet espace où leurs corps se mouvaient, à l'intérieur du cercle que Dinka traçait autour d'eux, ils étaient libres, ensemble, et pouvaient imaginer que tout était normal, que frère et sœur marchaient avec leur chienne au centre-ville. Shaï murmura du coin des lèvres :

— Ça ne va pas marcher. Ils vont nous rattraper.

Et elle, sans remuer les lèvres :

— Dans un quart d'heure environ, quelqu'un nous attendra dans la rue Shamaï. Une amie avec sa voiture.

Shaï secoua la tête :

— Ils me suivront partout. Tu ne peux pas savoir.

— J'ai un endroit où on ne peut pas te trouver.

— Pendant combien d'années ? Je ne peux pas me cacher toute la vie ! Il finira par me trouver, dit-il dans un gémissement. Il me poursuivra jusqu'à l'autre bout du monde.

Elle connaissait cette voix geignarde et la détestait. C'était celle qu'il prenait le matin quand il n'avait pas ses céréales préférées, ou qu'il n'avait plus de slip propre.

— Je t'assure, il va me tuer. Réfléchis bien.

Elle n'avait pas de réponse. Un autre maillon faible de son plan. Shaï continuait de lui saper le moral :

— Ton idée est complètement folle. Tu te prends pour James Bond ou quoi ? Tu n'es qu'une gamine de seize ans et tu découvres la vie, il est temps que tu te réveilles, nous ne sommes pas dans *Opération Entebbé*, ni dans tes livres. Laisse-moi tranquille.

Il n'avait pas la force de marcher, ni de parler, il s'arrêta et reprit son souffle. Et, d'une voix soudain très douce, il dit :

— Tu ne vois pas dans quel état je suis ? Tu ne comprends pas ce qui se passe ? Il me faut ma dose, Watson, c'est tout, ne compte plus sur moi.

Elle ravala sa salive :

– Je t'en ai acheté pour les premiers jours. Pour que tu sois tranquille jusqu'à ce que nous commencions vraiment…

– Commencer *quoi* ?

Il lui lança un regard affolé. Ses épaules se courbèrent comme sous l'effet d'un fardeau trop lourd à porter. Ils firent encore quelques pas en silence jusqu'à la rue de Jaffa. Ils marchaient le plus lentement possible comme dans un film au ralenti. Encore une minute de liberté, et c'était fini.

– Et cette cachette, demanda Shaï sur un ton plus conciliant, combien de temps faudra-t-il y passer ?

– Jusqu'à ce que tu sois complètement sevré.

– Sevré ?

La stupeur le cloua sur place, quelqu'un le bouscula par-derrière, les cordes de sa guitare émirent un bruit sourd.

– Mais c'est toi qui l'as dit, c'est toi qui l'as demandé ! explosa Tamar en pleine rue, comme une gamine en colère, oubliant complètement que peut-être le Gros les surveillait de loin. Tu l'as dit au téléphone, tu te souviens ?

– Oui, je l'ai dit, bien sûr que je l'ai dit…

Il ricana et continua d'avancer en traînant les jambes, se souvenant soudain de sa petite sœur à l'âge de huit ans, quand leur père l'avait envoyée chercher du pain chez l'épicier pour faire des provisions avant qu'il neige, mais il n'y avait plus de pain, il avait commencé à neiger, Tamar était allée chez un autre épicier plus loin, la neige s'amoncelait dans les rues, comme le pain manquait là-bas aussi elle était allée jusqu'à la boulangerie Angel et avait marché presque trois kilomètres dans la neige qui lui arrivait jusqu'aux genoux, puis le chemin du retour jusqu'à la maison où elle était revenue à sept heures du soir. Shaï se souvenait d'elle devant la porte, le visage bleui par le froid, les bottes trempées, mais le pain sous le bras.

– Tu n'y arriveras pas… on ne peut pas faire ça tout seul, il y a des institutions… – sa voix se brisa – et je ne veux pas y aller ! N'y pense plus. Là où tu dis, ils vont me retrouver en un clin d'œil. Il a des contacts un peu partout.

On sentait des sanglots courir sous la peau du menton et des joues, Tamar se dit qu'en fait elle avait toujours été sa grande sœur :

– C'est foutu, Watson, gémit-il à voix basse, le visage inexpressif. Enfuis-toi sans moi. Tout de suite. Quand tu peux encore le faire. Toi, il te laissera tranquille. Il n'a rien à gagner avec toi.

Comme autrefois, il s'adressait à elle au masculin.

– Mais pourquoi on ne réussirait pas ? chuchota-t-elle, effrayée. Je me suis préparée, j'ai tout lu. Ça fait des mois que je me prépare.

Comment lui faire sentir tout ce qu'elle avait vécu et traversé ?

– Écoute-moi, Holmes, ça va être très dur, ça va être affreux, mais il y a des gens qui l'ont fait, seuls, avec des copains, de la famille, je le sais, alors je peux le faire aussi. Tu vas t'en sortir. Ne te laisse pas faire par lui !

La place était maintenant à portée de leur vue. Il fallait qu'ils se taisent, mais tous deux étaient trop émus. Shaï ne regardait pas sa sœur, il marchait, voûté, en traînant les pieds, en remuant la tête de droite à gauche, incrédule :

– Tu es folle, tu ne vois pas dans quoi tu nous embarques. Ce n'est pas comme un contrôle de maths qu'on prépare et qu'on réussit. Tu ne sais pas ce que c'est une crise, moi je peux tuer pour une dose.

Elle s'arrêta, le saisit par l'épaule et l'obligea sans effort à se tourner vers elle :

– Tu me tuerais ?

Il la regarda longuement et, comme il s'efforçait de ne pas pleurer, tous ses traits se mirent à trembler.

– C'est comme ça, Tami, finit-il par dire d'une voix brisée. Je ne peux plus me retenir.

Arrivés sur la place, ils se trouvèrent un coin à l'ombre, près de la banque. Shaï sortit sa guitare et posa l'étui noir par terre, devant lui. Puis il s'assit sur le petit banc de pierre et accorda son instrument.

Malgré tout ce qui venait d'être dit, quand il commença à jouer, le cœur de Tami s'emplit de joie.

Des gens s'arrêtaient devant eux. Certains avaient reconnu Tamar, d'autres Shaï et, avant même qu'elle commence à chanter, un cercle plus grand que d'habitude se forma autour d'eux. Plus loin, près des barrières métalliques, on apercevait deux policiers, grands de taille, qui sous la visière de leur casquette ressemblaient à des jumeaux. Tamar était réconfortée par leur présence, elle leur adressa un sourire des yeux, ils en firent de même. L'un d'eux poussa l'autre légèrement du coude, ils avancèrent doucement vers elle. Elle décida de chanter *Suzanne*, la chanson avec laquelle elle avait commencé sa brève carrière de chanteuse des rues. Comme d'habitude, dès qu'elle se mit à chanter, les gens s'arrêtèrent et formèrent un cercle de quatre ou cinq rangées. Elle aperçut la chemise à carreaux de Miko s'approcher des deux dernières rangées. Le Gros n'était pas visible, cela l'inquiéta.

Elle finit de chanter et salua le public qui l'applaudissait. Les gens s'approchèrent et jetèrent des pièces dans l'étui de la guitare. Un couple de jeunes parents poussa un tout petit enfant en salopette qui tenait à la main une pièce de cinq shekels, il trottina vers les musiciens, rougit, revint sur ses pas, on le poussa de nouveau, puis il finit par donner sa pièce sous les applaudissements. Tamar se força à sourire gentiment, mais tout son être était tendu dans l'attente des minutes à venir. Shaï ne manifestait aucune réaction. C'était comme s'il s'était déconnecté de tout, avait renoncé à tout désir, et avait déposé – ou abandonné – son destin entre les mains de Tamar. A le voir ainsi, elle se sentit désespérément seule dans cette histoire, sans allié. Dinka se leva, elle s'étira, se recoucha, puis se releva aussitôt. Sensible à la nervosité de Tamar, elle n'arrivait pas à se poser.

« *Mon pays* », annonça Tamar d'une voix étranglée.

Shaï joua les premiers accords. Elle entendit sa propre voix se serrer dans la gorge nouée par la peur, toussota, puis recommença. Shaï rejoua le début. Cette fois, elle ne rata pas son entrée. Elle chanta le laboureur qui labourait la terre sur la vieille photo accrochée au mur de la classe, sur fond de cyprès, de ciel chauffé à blanc, qui ferait pousser le blé pour nous donner le pain qui nous ferait grandir.

Elle finit de chanter la première strophe et écouta la guitare sans remarquer à quel moment Shaï avait quitté la mélodie familière pour improviser pendant quelques instants, comme s'il lui murmurait quelque chose à l'oreille, un air tranquille et plus triste encore que la chanson elle-même, comme une élégie intime dans une chanson nostalgique sur un pays naïf, enfantin, qui n'existait plus, ou, peut-être, n'avait jamais vraiment existé ; tout doucement et délicatement, il la ramena vers la chanson, elle leva la tête, se mouilla les lèvres et vit Miko debout, derrière une femme d'un certain âge. Tamar la regarda avec un étrange détachement et la trouva belle : grande, sa chevelure argentée ramassée en chignon au sommet de la tête, le visage bruni par le soleil, marqué de rides qui lui donnaient du caractère, et des yeux bleus souriants. Elle imagina les doigts de Miko ouvrir habilement le fermoir du sac et fouiller l'intérieur. Il tenait à la main un journal derrière lequel il dissimulait sa main. Découragée, Tamar détourna la tête et chercha le Gros. Où était-il, où faisait-il le guet ?

> C'était pour nous
> un pays de miracles :
> les marteaux rythmaient,
> les charrues résonnaient,
> terre de vignes et de bergers,
> c'était la terre de notre enf...

Elle s'arrêta au milieu du mot et cria de toutes ses forces :

– Au voleur ! Là, avec la chemise à carreaux ! Police, attrapez-le, là !

Les yeux de Miko se levèrent vers elle, stupéfaits, hagards, plissés par un sourire retors et amer. Personne n'avait encore osé le toucher, mais il était pris au piège dans la foule qui se resserrait autour de lui. Les policiers firent un bond dans sa direction. Les gens criaient, s'agitaient, se bousculaient. Tamar prit Shaï par la main et l'entraîna à sa suite. Il se leva pesamment, Dinka sautillait entre les jambes des gens, affolée. Tamar se retourna vers Shaï et cria : «Cours !» Il marcha, lentement, comme s'il voulait qu'on l'attrape. Dinka aboyait de toutes ses forces, Tamar l'appela pour qu'elle les suive. Autour d'eux, la place était en effervescence, les gens couraient dans tous les sens, on entendit des sifflets de police, puis une sirène. Ils se mirent à courir. Ou plutôt Tamar courait, Shaï essayait, mais au bout de dix pas il était à bout de souffle. Elle lui prit la guitare des mains et crut entendre des pas qui les poursuivaient. Pourvu que Léah ait bien reçu le message et que l'homme au visage gentil n'ait pas fait tout échouer. Elle jeta un coup d'œil en arrière et vit que Shaï ne pourrait même pas atteindre l'extrémité de la rue. Son visage était blême, couvert de sueur.

– Ne t'arrête pas, continue, on est arrivés, encore quelques mètres, une demi-rue et on y est…

Mais il n'en pouvait plus. Il gémit, cracha des glaires foncées, avança en titubant, les pieds emmêlés.

– Cours, ne t'occupe pas de moi, je suis foutu, vas-y.

– Non !

Elle avait crié. Les gens regardaient ce couple étrange, une petite adolescente à la tête rasée et un garçon tout en longueur, qui avait l'air bien malade.

Elle abandonna la guitare sur une chaise de café. Puis elle passa le bras autour de sa taille, le souleva de toutes ses forces et le poussa en avant. Pas le choix, son cœur martelait les mots, pas le choix. Je n'ai pas le choix. Elle le traîna, le pinça, lui dit de tenir le coup, l'injuria entre ses lèvres qu'elle mordait, ses yeux s'embuèrent sous l'effort, elle aperçut de loin une petite tache jaune et courut vers elle, c'était la Coccinelle de Léah, elle était venue, elle avait reçu le message. Des larmes inondèrent ses yeux, elle entrevit Léah, les mains sur le volant, grande, le visage grave, prête à démarrer, le moteur allumé, avec son bruit rauque si familier, encore une minute et c'était la liberté.

– Alors comme ça, vous aviez l'intention de vous tailler ?

C'était le Gros. Adossé au mur. Lui aussi essoufflé. Il leur barrait la route :

– Et en plus, vous vouliez baiser Miko ? C'est pas beau. On fait pas ça à des amis.

La haine déformait son visage devenu soudain tranchant.

– *Yallah, finita la musica*, retournez à la Subaru. Pessah réglera ses comptes avec vous. Il va vous faire regretter d'être nés.

Tamar sentit ses jambes chanceler. Ses dernières forces l'abandonnèrent. Pas de chance, se dit-elle, tout rater comme ça à la dernière minute. Shaï pleurait sans se cacher, comme s'il vivait ses derniers instants.

Soudain le temps se fige, les choses se passent dans une autre dimension, insaisissable : le Gros est légèrement poussé en avant, il tombe presque sur eux, se retourne avec une expression assassine, prêt à se battre, les yeux exorbités de stupeur.

– Écarte-toi, gangster d'opérette ! lui dit un inconnu, une espèce de nabot à l'allure guindée. Écarte-toi, espèce de grand guignol pervers. Finie la comédie !

Le Gros s'écarte, car même si la voix de l'homme tremble, prête à se briser, il tient à la main un fusil dont le long canon est indiscutablement pointé vers lui. Il s'aplatit contre le mur tout en arrangeant sa mèche de cheveux dérangée, guettant le bon moment pour bondir sur l'homme et lui prendre son arme. Mais le spectacle du nabot est si ridicule que le Gros croit à un piège : quelqu'un se sert de lui comme un appât pour le pousser à commettre un acte impulsif et lui faire faire l'erreur de sa vie. C'est pourquoi il hésite un instant, Tamar en profite aussitôt pour pousser Shaï sur la banquette arrière de la voiture et s'y engouffrer à sa suite. La petite Noa est dans la voiture, mais elle ne reconnaît pas Tamar. L'homme grassouillet rappelle quelqu'un à Tamar, mais elle n'arrive pas à l'identifier, il s'installe lentement, majestueusement sur la banquette avant, comme s'il avait tout son temps. Son fusil est dirigé sur le cœur du Gros.

– Fais gaffe, lui dit le Gros d'un air moqueur, ce n'est pas un joujou.

– On ne t'a pas demandé ton avis, dit le nabot, la calvitie rougissante comme la crête d'un coq. Vas-y, Léah, démarre, ajoute-t-il d'une voix tranquille.

La voiture s'élance, laissant derrière elle le Gros ébahi, bouillant de colère, cherchant du regard les rusés acolytes du petit guignol armé, ou le type de la télévision avec sa caméra cachée.

– Tami ! s'écrie soudain Noa, en tendant les bras dans son siège d'enfant. Tu m'as tellement manqué, où sont tes cheveux ?

– Tu m'as manqué aussi, chuchote Tamar en enfouissant son visage dans le cou de l'enfant, les narines pleines de son odeur.

– La baby-sitter m'a posé un lapin, dit Léah. Je n'avais pas le choix, alors je l'ai emmenée avec moi. Tout va bien, Tami ?

Elle changea brutalement de vitesse et projeta comme d'habitude tout le monde en avant, puis en arrière.

– Je suis vivante, murmura Tamar, le visage enfoui dans le cou de Noïkou, aspirant en elle la pureté de sa peau, l'innocence rieuse de son regard.

Elle pense à Sheli qui, elle aussi, avait été une enfant, et qu'on avait peut-être aimée comme ça. Shaï pose sur Noa un regard inexpressif. Il n'a plus de force, des larmes sont accrochées à ses longs cils. Noa lui lance de temps en temps des coups d'œil prudents. Quelque chose lui déplaît. Il sent la réticence de l'enfant et tourne la tête vers la fenêtre ; Léah voit la réaction de Noa dans le rétroviseur, elle a une confiance magique dans le jugement de son enfant, son front se plisse. Tamar embrasse avec ferveur l'œil gauche, puis le droit, puis le petit nez, et ensuite se rejette en arrière, sent sa propre sueur. Elle rêve d'une douche chez Léah, d'un lit confortable, d'être coupée de tout pendant quelques heures. C'est arrivé si vite, elle a du mal à se dire qu'elle a réussi, que son plan a marché, c'est-à-dire son idée d'aller le chercher dans ce foyer, puis de repartir avec lui. Elle cherche les yeux de Léah dans le rétroviseur, elle a besoin de son accord, il faut que quelqu'un lui dise que c'est bien arrivé, que ce n'est pas un rêve… Mais Léah est concentrée sur la route, et Tamar a une impression d'inachèvement, quelque chose la tracasse, comme si quelqu'un essayait de lui dire quelque chose, ou qu'il lui restait une dernière chose urgente à faire.

– Où allons-nous ? demande Léah.

– Chez toi, répond Tamar. Nous allons rester deux, trois jours, nous reposer un peu, puis aller ailleurs.

– Où ? demande le petit homme au fusil.

– J'ai oublié de vous présenter, dit Léah en souriant enfin. C'est Honigman Moshé. C'est lui qui m'a apporté le petit mot et a décidé de rester jusqu'au bout pour m'aider – elle lui tapote amicalement le genou – un peu casse-pieds le Stallone que tu m'as envoyé, mais bien sympathique.

Et elle cligne de l'œil dans le rétroviseur. Honigman ne l'écoute pas. Il est encore occupé par sa fonction de garde du corps, son regard fouille énergiquement les rues, il marmonne sans cesse quelque chose dans son poing serré, comme si c'était un appareil de transmission.

Tamar regarde ses gestes bizarres, puis comprend peu à peu et lance un regard ému à Léah qui hausse les épaules, l'air de dire : « Qu'est-ce que tu crois, on forme ensemble un vrai commando de choc ! »

– Où est Dinka ? demande Noa.

Tamar sursaute.

– Nous avons oublié Dinka !

Dans la mêlée, parmi les jambes des gens. Dinka aboyait, ne comprenait plus rien, puis elle les avait perdus.

Il fallait revenir, il n'était pas question de l'abandonner. Dinka ne saurait pas rentrer seule. Il fallait faire demi-tour immédiatement ! Mais quand elle voit Shaï, la tête baissée, presque sans vie, elle comprend qu'il n'est pas question de revenir sur ses pas, jamais. Une main lourde se referme sur sa gorge, appuie de toutes ses forces. Comment avait-elle pu oublier la chienne ? Quelle trahison !

Le silence est pesant. Même Noa se tait. Léah voit le visage de Tamar dans son rétroviseur :

– Ne t'en fais pas, on va la retrouver, murmure-t-elle, incrédule.

– C'est impossible, dit Tamar.

Elle s'adosse en arrière et ferme les yeux. Il s'est passé une chose affreuse dont elle ne mesure même pas toute la signification. Dinka, son amie de toujours, sa moitié depuis l'âge de sept ans, n'est plus là. Une idée la taraude : comme si, pour sauver Shaï, il avait fallu sacrifier quelque chose et que la victime est Dinka.

Une main palpe la sienne. Les yeux fermés, Shaï respire pesamment, il attire Tamar vers lui. Elle approche son oreille de sa bouche, il chuchote péniblement : « Désolé, Tami. Je suis vraiment désolé. »

Honigman se retourne :

– Ton copain, il faut le conduire chez le médecin.

– Je vais m'en occuper, répond brièvement Tamar.
A bout de forces, Shaï ajoute :
– Je ne suis pas son copain. Elle est ma sœur.
Sa tête retombe sur l'épaule de Tamar, il chuchote :
– Je n'ai personne d'autre au monde.
Ses doigts enlacent faiblement ceux de Tamar.

« Pour que tu m'aimes encore »

Quatre jours après la fuite de Tamar et de Shaï, et de Dinka oubliée derrière eux, Assaf se hâtait dans la rue Ben-Yehouda. Il courait presque et essayait de retrouver sans grand espoir le fameux guitariste. Le sac à dos de Tamar pesait sur son épaule de tout son poids de vie, de mots, de pensées, d'appels à l'aide. Il dépassa un cercle de spectateurs qui regardaient une jeune magicienne, s'attarda quelques minutes devant un très jeune violoniste, presque un enfant, puis devant un autre adolescent adossé au mur d'une banque, qui arrachait des sons monotones à une espèce de cithare avec un archet qu'il tenait entre ses orteils. Il n'avait jamais remarqué combien les spectacles de rue étaient nombreux, et les artistes si jeunes – ils avaient tous presque son âge –, et il se demanda s'ils avaient un rapport avec la mafia que Serguei avait mentionnée.

C'est alors qu'il y eut un instant de panique furtive : un autre cercle s'était formé dans le bas de la rue piétonne, des gens entouraient une adolescente qui jouait du violoncelle, assise sur une chaise. Assaf n'était pas musicien, mais il s'étonna qu'on puisse jouer de cet instrument dans la rue. C'était une petite adolescente avec des lunettes et un bonnet rouge sur la tête, et Assaf eut l'impression que les gens s'approchaient non pas pour écouter les sons mélancoliques, mais pour voir l'étrange couple que formaient le grand instrument et la petite musicienne.

Assaf et Dinka avaient déjà dépassé le cercle, quand la chienne s'arrêta soudain, tétanisée. Elle se retourna, renifla fiévreusement l'air, s'égara, puis se fraya obstinément un passage parmi les badauds. Entraîné à sa suite, Assaf se retrouva face à l'adolescente, au centre du cercle.

La violoncelliste jouait les yeux fermés, le visage mobile, comme si elle traversait des paysages de rêve. Dinka aboyait de toutes ses forces. L'adolescente ouvrit des yeux étonnés et regarda la chienne. Assaf crut voir qu'elle avait pâli. Aussitôt, elle se redressa, lança des regards nerveux autour d'elle et continua de jouer sans émotion, en se contentant de gratter les cordes. Dinka se jeta de toutes ses forces en avant. Assaf la tira en arrière. Dans l'assistance on commençait à s'énerver, à lui dire de prendre son chien et de s'en aller, tout le monde les regardait. Soudain Assaf eut peur d'attirer l'attention sur lui et Dinka, comme s'ils faisaient partie du spectacle...

L'adolescente reprit ses esprits la première. Elle s'arrêta de jouer, se pencha en vitesse et chuchota d'une voix étranglée par la peur : « Où est-elle ? Dis-lui qu'elle est super, que tout le monde là-bas la trouve gé-niale ! géniale ! Et maintenant, pars, vite ! »

Elle se redressa, s'adossa à sa chaise et referma les yeux, comme si elle voulait effacer de son souvenir l'instant qui venait de s'écouler, et continua de jouer, déversant sur le public son étrange charme mélancolique.

Assaf n'avait pas compris le message, ni la raison pour laquelle il devait partir vite. Dinka fut plus rapide que lui. En un éclair, elle bondit et tira la main qui tenait la laisse. Assaf sentit qu'elle l'entraînait de toutes ses forces. Aussitôt, il comprit. Ils contournèrent la musicienne et se frayèrent un passage en brisant le cercle. Il lui sembla entendre quelqu'un lui crier de s'arrêter. Il n'en fit rien. S'il s'était retourné, il aurait vu un petit homme trapu le regarder, puis pianoter à la hâte un numéro sur son téléphone portable. Assaf courait et réfléchissait : elle connaissait sûrement Tamar. Elle avait reconnu Dinka et lui avait demandé de

dire à Tamar qu'elle était super. Il fallait réfléchir vite. Tout
le monde disait qu'elle était géniale, qu'avait-elle fait ? où
était ce *là-bas* ? Il courait pendant que son cerveau
bouillonnait, collectait, répétait, additionnait des bribes de
mosaïque, formulait des hypothèses. C'était clair et
brouillé à la fois. Son cœur lui disait qu'il allait dans la
bonne direction ; qu'il était déjà dans ce qui lui convenait le
mieux, loin à l'intérieur de la course des cinq mille mètres.
Rentré en lui-même, il courait dans une harmonie parfaite
avec Dinka et écoutait l'histoire qui se dessinait au fond
de lui. Sans se regarder, ils se frayaient ensemble un chemin parmi les gens, la circulation dense, traversaient les
routes comme autrefois, au début de leur amitié (était-ce
hier ? mon Dieu, s'étonna Assaf, ce n'était qu'hier !), mais
il n'y avait plus de corde entre eux, à peine de temps en
temps l'échange d'un coup d'œil pour s'accorder, oui
Dinka, oui Assaf, quel beau virage, merci, où es-tu Assaf,
dix pas derrière toi et il y a des gens entre nous, mais ne
t'en fais pas, avance et je te suis, j'entends quelqu'un courir derrière nous, je n'entends rien Dinka mais tourne dans
cette ruelle, non je renifle quelque chose, où, un instant
Assaf continue de courir, ne t'arrête surtout pas, tu me fais
rire Dinka, ne me parle plus Assaf tu m'empêches de me
concentrer, j'espère que tu sais où nous allons, bien sûr que
je sais et toi aussi tu ne tarderas pas à le savoir, hé Dinka je
crois reconnaître cette ruelle et ce mur haut, ouvre bien les
yeux Assaf nous étions ici pas plus tard qu'hier, tu as raison
c'est... tu as enfin reconnu, suis-moi vite, c'est ici.

Elle se jeta sur le portail vert, se dressa sur ses pattes et
appuya sur le loquet. Ils s'engouffrèrent ensemble à l'intérieur. Assaf regarda par-dessus son épaule, vit qu'il n'y
avait personne, ceux qui le poursuivaient ne l'avaient pas
encore rattrapé, il entra dans la cour, courut sur le gravier,
dépassa le puits, les arbres chargés de fruits, et se sentit
aussitôt entouré d'un profond silence familier.

Mais avant de contourner le bâtiment en vitesse, vers le
guichet aménagé à l'ouest et le petit panier en osier qui

descendrait avec la clé, il remarqua une chose étrange et sentit l'air se glacer brusquement autour de ses oreilles : la porte était ouverte et se balançait doucement sur ses gonds.

Il se précipita à l'intérieur, Dinka à sa suite. Tous deux s'arrêtèrent, les yeux exorbités.

La catastrophe était partout. Un ouragan semblait avoir saccagé la salle d'accueil. Le sol était couvert de livres. Des centaines de livres ouverts, déchirés, piétinés. Les grandes armoires étaient renversées, fracassées, comme si elles avaient été frappées à la hache. Même l'autel avait été arraché, dénudant un rectangle clair sur les dalles. Comme si on l'avait déplacé pour voir si personne ne se cachait au-dessous.

Il pensa aussitôt : « Théodora », mais comment monter là-haut sans piétiner les livres. Il courut tout de même, les piétina, ce qui venait d'arriver était un peu de sa faute, la conséquence de sa visite de la veille. Il courut le long du couloir circulaire, l'esprit sombre et fiévreux à l'idée de ce qui l'attendait peut-être à l'autre bout, un de ces spectacles qu'il connaissait par les films d'horreur, ou les jeux électroniques. Un enfant battu se mit à gémir dans sa tête, Assaf lutta pour ne pas se laisser abattre. Théodora était si petite, on aurait dit un poussin, comment pourrait-elle survivre à une telle violence. Tout en courant, il jeta un coup d'œil au dortoir. Les lits étaient renversés, les matelas éventrés, lacérés au couteau. On sentait encore dans l'air la haine qui animait ceux qui s'étaient livrés à cette violence. Il franchit en un bond les six dernières marches, ouvrit la porte bleue et se força à ne pas fermer les yeux.

Tout d'abord, les détritus accumulés dans la pièce l'empêchèrent de voir. Puis il la découvrit : sur son fauteuil à bascule, les yeux ouverts. Elle ressemblait à une poupée de chiffon abandonnée. Sans la moindre étincelle de vie dans les yeux. Après une éternité, ses lèvres s'entrouvrirent et ses yeux se tournèrent vers lui.

– Assaf, murmura-t-elle sans voix, c'est toi, *agori mou* ? vite, prends la fuite.

– Théodora, qu'est-ce qui vous arrive ? Qu'est-ce qu'ils vous ont fait ?

– Fuis avant qu'ils ne reviennent. Fuis, trouve-la, protège-la.

Ses yeux se refermèrent. Il accourut vers elle, s'agenouilla, lui prit la main. C'est alors qu'il vit la blessure béante qui partait de la tempe jusqu'au coin des lèvres.

– Qui vous a fait ça ?

Elle respira faiblement, puis leva trois petits doigts :

– Trois, lui indiqua-t-elle, et soudain elle serra fort son bras : Des bêtes. Surtout le grand, Belzébuth.

Affaiblie, elle se tut, mais elle serra le bras d'Assaf comme si tout son être y était concentré :

– Rappelle-toi : il est chauve – *vade Satanas !* – avec une tresse par-derrière, qu'on le pende par cette tresse, amen !

Ses yeux se fermèrent de nouveau comme si elle avait perdu connaissance, mais elle continuait de bouillir intérieurement. Assaf constata avec soulagement qu'elle n'avait pas perdu la parole :

– Il voulait savoir où était Tamar, oiseau de malheur, chauve-souris, et comme je me suis tue, boum ! il m'a frappée à la joue ! mais sois tranquille, mon ami – l'image effacée du sourire familier, celui d'une enfant révoltée, se dessina loin, au creux de son cœur –, je l'ai si bien mordu qu'il n'oubliera jamais le baiser de ma bouche.

– Mais que voulaient-ils ?

– Elle, dit-elle avec un sourire fatigué.

– Comment ont-ils fait pour arriver jusqu'ici ?

– A toi de me le dire.

Les longs cils d'Assaf se serrèrent dans une expression de douleur. C'était lui qui les avait conduits jusque-là. Quelqu'un l'avait sans doute repéré la veille, quand il était sorti avec Dinka, et en avait déduit que Tamar se cachait à l'intérieur.

Théodora gémit et fit signe qu'elle voulait se lever. Assaf craignait qu'elle n'en ait pas la force. Elle se leva, s'appuya à lui, vacilla, minuscule flamme volontaire. Pendant quelque temps, ils restèrent immobiles. Puis, peu à peu, la couleur revint sur son visage.

– Ça va mieux. Pendant la nuit, j'allais mal, j'ai cru que je ne vivrais pas.

– A cause des coups ?

– Non, j'ai reçu un seul coup. Mais à cause du désespoir.

Assaf comprit. Il sentit son doigt serrer son poignet :

– Et s'ils t'avaient vu en route vers ici ?

– Ils m'ont vu, ils m'ont poursuivi, je les ai semés, mais peut-être sont-ils dans les parages.

Il commençait à comprendre ce qu'il n'osait pas s'avouer un instant plus tôt : ceux qui poursuivaient Tamar prenaient Assaf pour son complice. Théodora avait retrouvé sa lucidité.

– Si c'est ainsi, ils se diront que tu es peut-être revenu et, cette fois, c'est toi qu'ils chercheront et non moi. Et ils ne seront pas délicats. Il faut que tu partes, mon ami.

– Si je sors maintenant, ils m'attraperont.

– Si tu restes, ce sera pire.

Effarés, ils se turent. Chacun prenait les battements de son cœur pour des pas dans le couloir. Dinka les regardait, les yeux étincelants, frémissante de nervosité.

– A moins que…, dit Théodora.

– A moins que quoi ?

– A moins qu'on ne détourne leur attention.

– Comment ?

– Silence, ne me dérange pas !

Elle se mit à tourner dans la chambre, à se frayer un passage parmi les livres, les étagères brisées, les éclats de vaisselle cassée, les paquets de lettres entourés de gros élastiques jaunes. Comment avait-elle encore la force de se déplacer, de penser, de se soucier d'Assaf, quand toute sa vie était foulée aux pieds, déversée sur le sol.

Dans le coin-cuisine, un petit placard en bois était renversé sur le côté. Elle ouvrit une des portes et en tira une ombrelle avec de fines baleines de bois.

– Le soleil tape dur à Lyksos, expliqua-t-elle gravement.

Assaf pâlit : elle devenait folle, le choc l'avait ébranlée.

Théodora le regarda et lut dans ses pensées :

– Non, mon ami, ne t'en fais pas. Je n'ai pas perdu la raison.

Elle essaya d'ouvrir l'ombrelle. Les baleines en bois se déployèrent dans un sourd grincement, mais le mince tissu blanc s'effrita en s'ouvrant et tomba sur sa tête comme des flocons de neige.

– Bon, il faudra que je renonce à mon ombrelle. Mais où sont passés mes mocassins ?

Elle parlait sur un ton bizarre, affairé, tout son être concentré sur des actions précises et concrètes. Elle sortit d'un tiroir caché une toute petite paire de chaussures noires de fillette enveloppées dans un papier journal jauni. Elle souffla dessus, dispersa un nuage de poussière, les frotta et les fit briller avec la manche de sa tunique. Puis elle s'assit au bord du lit et essaya de les enfiler. Ses doigts s'emmêlaient dans les lacets.

– Ta nouvelle amie est une vieille petite sotte, lui dit-elle, honteuse. Cinquante ans sans nouer ses lacets, et voilà qu'elle a déjà tout oublié !

Il s'agenouilla devant elle et, tremblant de respect comme le prince de Cendrillon, lui noua ses lacets.

– Vois comme mon pied n'a presque pas changé ! dit-elle en avançant fièrement le pied, oublieuse de la menace qui pesait sur eux.

Le visage d'Assaf était à hauteur du sien, du coup reçu sur la joue. Le sang coagulé avait dessiné des rigoles tout le long de la peau. Elle remarqua son regard effrayé.

– Les voies du Seigneur sont impénétrables, soupira-t-elle. Cinquante ans que personne n'a touché mon visage, et le premier qui le fait c'est pour me frapper.

Des larmes montèrent à ses yeux, elle les retint et renifla :

– Bon, assez ! Dis-moi, s'il te plaît, comment c'est ?

– Pas très bien. Il faudrait faire un pansement.

– Non ! Là-bas, dehors ! dit-elle en montrant du doigt l'extérieur.

– Là-bas… ?

Il hésita. Comment lui dire. Comment décrire le monde extérieur en une minute.

– Il faut le voir pour comprendre, murmura-t-il.

Ses yeux un peu apeurés plongèrent dans ceux d'Assaf. Tous deux se turent. Il était témoin d'un instant qu'il mettrait longtemps à comprendre.

– Je sortirai par la porte du côté de cette main, dit Théodora et Assaf comprit qu'elle ne savait même pas nommer la gauche et la droite. Et toi, tu attendras une ou deux minutes à l'intérieur. S'ils nous guettent, ils vont me suivre pour voir ce que complote la vieille…

– Mais s'ils vous attrapent ?

– C'est exactement ce que je souhaite. Pour que tu sois libre.

– Et s'ils vous frappent ?

– Ils l'ont déjà fait.

Assaf la regarda, ému par son courage :

– Vous n'avez pas peur ?

– Bien sûr que j'ai peur. Mais pas d'eux. Seul l'inconnu fait peur.

Elle baissa la tête et s'adressa à un fil récalcitrant sur la manche de sa tunique.

– Dis-moi, quand je sortirai, quand je franchirai le portail extérieur, que verrai-je, quelle est la première chose visible là-bas, dehors ?

Assaf essaya de se rappeler : c'était une rue tranquille, à l'écart. Il y avait des voitures en stationnement, d'autres qui passaient. Au coin, une banque et un magasin d'appareils électriques avec un téléviseur allumé en vitrine.

– Rien de spécial, murmura-t-il, conscient de la stupidité de sa remarque.

– Et le bruit ? J'ai surtout peur du bruit et de la lumière. Peut-être aurais-tu des lunettes pour moi ?

Non, il n'en avait pas.

– Au début, ce sera un peu difficile – il avait envie de la protéger, de l'envelopper dans du coton –, faites attention en traversant, regardez à droite, à gauche, puis de nouveau à droite. Quand le feu est au rouge, il est interdit de traverser…

A mesure qu'il parlait, il prenait conscience de tout ce qu'elle devait savoir pour pouvoir survivre pendant cinq minutes au centre-ville.

Ils descendirent l'escalier. Elle marchait péniblement et s'appuyait à son épaule. Ils longèrent lentement le couloir qui faisait une boucle, Assaf sentait que c'était pour elle un petit voyage d'adieux, de séparation d'une chose qui n'existerait plus. Elle dit avec étonnement, comme pour elle-même :

– Quand les murs de la Vieille Ville sont tombés, je ne suis pas sortie, ni quand il y a eu les explosions dans les rues et au marché, pourtant je voulais tant donner de mon sang. Ni quand Yitshak Rabin, paix à son âme, a été tué, pourtant je savais que tout le monde défilait devant sa dépouille. Et voilà que maintenant… *Hristos khé apostolos !*

C'était l'exclamation que venait de lui arracher la vue de la salle d'accueil saccagée. Puis elle se tut, Assaf crut qu'elle allait s'évanouir, mais elle quitta le bras auquel elle s'appuyait, se redressa de toute sa petite taille et, en voyant la ligne obstinée tendue entre son nez et son menton, il comprit qu'elle n'était pas femme à subir une défaite. Il essaya de lui frayer un passage parmi les livres éparpillés, mais elle dit qu'ils n'avaient pas le temps et, d'un pas empreint de majesté, elle marcha sur les volumes épars, les effleurant à peine comme si elle planait.

Elle s'arrêta devant la porte qui ouvrait sur la cour et se frotta les mains avec nervosité.

– Écoutez, dit Assaf, peut-être que ce n'est pas la peine. Je me débrouillerai, je sais courir vite, ils ne pourront pas me rattraper.

– Chut ! ordonna-t-elle. Maintenant tu écoutes et tu obéis : va chez Léah, peut-être pourra-t-elle t'aider. Sais-tu qui est Léah ?

Assaf hésita, son nom était plusieurs fois mentionné dans le journal intime. Il se souvint qu'elle avait longuement hésité au sujet d'une affaire mystérieuse, pendant plusieurs mois, Tamar et elle en avaient souvent parlé, il était question d'un bébé, de peurs, d'hésitations, quelque chose s'était conclu lors d'un voyage au Vietnam – crut-il se souvenir –, mais comment avouer à Théodora qu'il avait feuilleté le journal.

Il demanda comment il pouvait retrouver Léah, et Théodora écarta les bras avec colère :

– C'est bien le problème, elle ne parle pas, notre Tamar ! Une fois, elle dit : « Il y a Léah », je lui réponds que c'est parfait. Et puis six mois passent et elle dit : « Léah a un restaurant », je lui réponds bon appétit, mais où, quoi, qu'est-elle pour toi, et toi pour elle ? Elle se tait. Alors comment faire maintenant ?

Elle lui lança un regard soucieux, puis se pencha vers Dinka, lui caressa les oreilles, dégagea l'une d'elles et murmura quelques mots dont Assaf entendit des bribes :

– Chez Léah… au restaurant… compris ? Comme une flèche, va !

Dinka la regarda attentivement. Assaf songea que si Théodora croyait que Dinka la comprenait, c'est qu'elle devenait un peu folle.

Soudain elle prit entre ses mains celles d'Assaf et se mit à rire :

– Tu iras raconter à Tamar que je suis sortie, n'est-ce pas ? Et elle ne te croira pas ! Elle va prendre peur, mais écoute-moi bien, ne lui dis pas que je suis sortie pour elle, elle se ferait du souci, et elle en a suffisamment ainsi. Oh, même ce mot, « je suis sortie » a un goût neuf dans ma bouche : je sors ; tout à l'heure, je sortirai ; voilà, je sors.

Elle ouvrit la porte et regarda la vaste cour :

– Je connais un peu ce côté. Parfois, quand Nasriyan

rapporte le linge du lavoir, ou les emplettes du marché, j'attends ici et je regarde par la porte ouverte. Mais quand on est ici – elle fit un pas, franchit le seuil et en eut le souffle coupé –, quelle beauté, tout est si vaste. Regardez-moi ça, murmura-t-elle.

Puis elle se mit à parler à toute allure en grec, les mots roulaient les uns sur les autres, elle se tenait la tête comme si elle allait exploser. Un instant plus tard, ses jambes se raffermirent et la portèrent. Assaf eut envie de courir après elle, mais il eut peur de sortir. Et si quelqu'un le guettait embusqué derrière le portail ? Il se souvint des premiers pas de Mouky, de sa crainte, et de ce miracle quand elle avait marché, seule, du lit jusqu'à la table.

Théodora s'éloignait de lui à l'allure d'un petit canot entraîné par un courant impétueux. Elle ouvrit le portail qui donnait sur la rue et passa la tête à droite, puis à gauche. Apparemment il n'y avait personne, elle se tourna vers Assaf et lui adressa un sourire ravi, presque euphorique. Après tout, se dit-il, s'il n'y a personne, elle n'a pas besoin de sortir ! Un instant ! Attendez ! Vous pouvez revenir !

Mais aucune force au monde ne pouvait plus l'arrêter, et la porte se referma derrière elle. Assaf resta seul dans le jardin désert. Il l'imagina en train de marcher dans la rue, les yeux écarquillés. Il tremblait pour elle et craignait de la voir revenir en courant, terrifiée, et se barricader dans sa chambre pour cinquante autres années. Pourtant ses rêves les plus audacieux n'étaient pas à la hauteur du bonheur qui inonda Théodora à la vue du bouillonnement du quotidien. Ses douleurs et sa faiblesse avaient disparu en un clin d'œil. Ses jambes la conduisirent vers la rue de Jaffa. Cinquante ans plus tôt, par une nuit chaude, elle y était arrivée dans un vieil autobus, puis la carriole d'un cocher de Boukhara l'avait conduite jusqu'à sa prison. A présent, tous les sens en éveil, elle contemplait l'étonnant spectacle de la rue. Mille expressions diverses défilaient sur son visage frémissant. Mille cœurs battaient dans sa poitrine. Les odeurs, les couleurs, les bruits, elle n'avait pas de mots pour tout ce qu'elle voyait, elle n'avait pas de nom pour toutes ces sensations nouvelles, ses mots familiers explosaient les uns après les autres, et si on peut mourir d'un excès de vie, c'était bien ce qui lui arrivait.

Elle ignora les dizaines de voitures, la foule, les deux hommes de Pessah qui l'aperçurent dès l'instant où elle déboucha dans la rue principale («eh, le Gros, regarde, c'est la petite nonne timbrée, appelle tout de suite Pessah, et ne la quitte pas d'une semelle»), elle avança tout droit au milieu de la route, éblouie de bonheur, indifférente aux coups de Klaxon autour d'elle, aux grincements des freins, s'agenouilla au milieu de la rue de Jaffa, croisa ses petites mains et, pour la première fois depuis cinquante ans, remercia le Ciel du fond du cœur.

Cinq minutes plus tard, mort de peur, presque aveugle, il courait à toute allure, les bras battant l'air. Pour la première fois depuis le début de cette expédition, il ne parvenait pas à contrôler sa respiration. Dinka tournait de temps en temps la tête pour lui lancer un regard inquiet. Il n'avait pas imaginé que ce serait aussi terrible. Chaque paire d'yeux qui se posait sur lui le faisait frissonner, comme si des gens dispersés dans toute la ville le guettaient. Sa peur était fondée : les hommes de Pessah étaient à la recherche de Tamar depuis quatre jours, et d'Assaf depuis la veille. Tous les spectacles des villes, sauf ceux de Jérusalem, avaient été annulés. Les artistes avaient reçu l'ordre d'ouvrir les yeux et de tout rapporter – on disait au foyer qu'une récompense de mille shekels attendait celui qui transmettrait une information utile –, les bouledogues avaient reçu l'ordre d'interrompre toute activité quotidienne et de sillonner les rues à la recherche de Tamar, ou de l'inconnu, ce grand adolescent qui avait surgi de nulle part, traînait en ville avec la chienne de Tamar, fourrait le nez partout, et avait toujours une longueur d'avance sur Pessah et ses gens.

C'est ainsi qu'après avoir quitté la maison de Théodora, Assaf, qui essayait de se déplacer uniquement dans les rues latérales, attira sans le savoir l'attention sur lui. Il suivait Dinka, ou plutôt ses pattes auxquelles il avait confié son destin, pour qu'elles l'emportent le plus loin possible de l'auberge des pèlerins saccagée et dangereuse. Il faisait de tels efforts pour passer inaperçu que ce qu'il voyait aussi lui devenait invisible. C'est ainsi qu'il ne vit pas un petit bonhomme posté au croisement des rues King George et Agrippas, qui essayait – apparemment depuis la veille – de réparer une Subaru au capot ouvert. Au moment où Assaf passait, le téléphone portable du petit homme sonna. C'était le vendeur de billets de Loto, un manchot, il appelait depuis la rue Histadrout toute proche car il venait d'apercevoir l'adolescent et la chienne qui correspondaient à la description, et il lui indiqua la direction qu'ils avaient prise. Le nabot écouta sans dire un mot et composa à son tour un numéro. Quelqu'un décrocha aussitôt. Il écouta, raccrocha et, au même instant, vit avec stupéfaction le garçon passer devant lui avec la chienne. Emporté par sa course, Assaf n'avait guère remarqué cet homme flétri, aux épaisses rouflaquettes, qui lui emboîta le pas et, tout en le suivant au pas de course, fit un numéro et chuchota au téléphone : «Ils sont en ce moment devant la fille caoutchouc, la chienne s'arrête, qu'est-ce qui se passe ? Un instant (il parlait à toute vitesse, sur le même ton qu'un commentateur de match), ils rentrent dans le cercle de spectateurs, je ne les vois pas d'ici, dis aux autres de venir immédiatement, envoie une bagnole, je les tiens dans le creux de la main, d'accord, pigé, arrête de gueuler, un instant, qu'est-ce que c'est, qu'est-ce qui se passe ?»

La fille en caoutchouc avait aperçu Dinka. Juste au moment où elle avait réussi à rentrer son corps souple dans un grand aquarium de verre qui se fermait par un couvercle. Soudain, son regard devenu vitreux et tourné vers l'intérieur fixa un point, son visage amer se crispa, elle se libéra en émettant des bruits de bouchon et de goulot, défit ses liens l'un après l'autre, dégagea une jambe passée sous l'aisselle, un bras autour de la cheville, se redressa et cria : « Eh, le Gros ! C'est la chienne ! La chienne de la fille ! »

Ce fut la confusion. Les badauds reculèrent et partirent en se bousculant, quatre hommes au regard sombre surgirent de quatre rues proches et essayèrent de briser le cercle. Profitant de la confusion, Assaf et Dinka s'échappèrent, vifs comme le vent, tantôt séparés, tantôt réunis trois rues plus loin, confiants dans le flair qui les animait intérieurement, terrorisés comme si le monde entier était à leurs trousses, que la ville était un vaste terrain de chasse, et chaque passant un chasseur déguisé. Désormais, tout dépendait de Dinka, Assaf était si paralysé par la peur qu'il n'aurait rien pu faire tout seul. A la fois chien de traîneau, saint-bernard, chien d'aveugle et de berger, Dinka l'entraînait, l'appelait, se frayait un chemin avec des forces décuplées. Dans une petite voie étroite et sans issue, elle plongea avec lui dans un jardinet, ils attendirent, transis de peur, collés l'un à l'autre, l'homme mince qui ressemblait à un Elvis Presley timide passa en courant devant eux et disparut. Dinka gronda. Assaf posa la main sur sa gueule. Un instant plus tard, ils ressortirent dans la direction inverse. Encore une minute de cette course et au prochain croisement je suis cuit, pensa Assaf ; il entendit alors un bref aboiement de joie, leva la tête et vit une enseigne sur une grande porte : « Chez Léah ». Il étouffa un cri de surprise, Dinka se dressa sur deux pattes et ouvrit, il jeta un dernier coup d'œil en arrière, et s'engouffra à l'intérieur avec un soupir de soulagement.

Un jeune dattier se dressait au milieu d'un jardinet où on avait disposé quelques tables et des chaises pour y accueillir des clients. Un couple de gens âgés était attablé, ils conversaient à voix basse et ne levèrent même pas la tête quand Assaf entra. Il traversa le jardin avec Dinka, monta trois marches et entra dans une grande salle. Là aussi, il y avait des tables, presque toutes étaient occupées, Assaf eut un frisson, comment trouver quelqu'un qui puisse l'aider ? Les gens le regardèrent, il se sentit sale, dépenaillé, peu ragoûtant, mais Dinka l'entraîna jusqu'à une double porte battante qu'ils franchirent, et Assaf se retrouva dans les cuisines.

Un tourbillon de sensations et d'images l'assaillit : un cuisinier, une grande marmite qui mijotait, les odeurs d'un mets inconnu, le grésillement d'une poêle, une voix de l'extérieur qui cria dans le petit guichet : « Une chicorée au roquefort ! », un jeune garçon en train de découper des montagnes de tomates, un petit homme grassouillet qui restait à l'écart et paraissait totalement étranger à cet endroit. Une grande femme en fureur, le visage couvert de balafres mal cicatrisées, se tourna brusquement vers lui, croisa les bras sur la poitrine et lui demanda en criant ce qu'il fabriquait dans sa cuisine.

C'est alors qu'elle aperçut la chienne, ses yeux brillèrent : « Dinka ! » s'écria-t-elle en s'agenouillant devant la chienne qu'elle embrassa et serra contre elle. Exactement comme Théodora, pensa Assaf qui reprenait doucement son souffle. « Dinka, ma belle, mon amour, où étais-tu depuis quatre jours ? Je t'ai cherchée dans toute la ville ! Tsion, donne-lui vite de l'eau, regarde comme elle a soif ! » Assaf en profita pour jeter un coup d'œil par la porte battante et s'assurer qu'on ne l'avait pas suivi jusqu'au restaurant.

La femme se releva lentement et se posta devant lui. « Et toi, qui es-tu ? »

Elle avait un regard si perçant qu'Assaf demeura muet. Comment lui expliquer sa brusque irruption dans les cuisines d'un restaurant. Tous ceux qui se trouvaient là, les deux serveurs, le coupeur de légumes, le cuisinier qui venait de lever la main pour indiquer à son apprenti où se trouvait la chicorée, s'immobilisèrent en pleine action. Assaf regarda autour de lui, désemparé. Mais aussitôt, il revêtit sa cuirasse professionnelle :

– Est-ce que vous connaissez les maîtres de ce chien ? lui demanda-t-il sur un ton le plus officiel possible, celui du formulaire 76.

– Je t'ai demandé *qui tu es*.

C'était une voix catégorique, tranchante. Une voix intransigeante accompagnée d'un regard si incisif qu'Assaf se sentit vexé et faillit déverser sur elle la fureur qui s'accumulait en lui depuis deux jours. (Qui je suis ? Non, mais c'est un comble ! Je suis celui qui parcourt la ville pour remettre cette chienne à ses maîtres légaux, celui qui se fait attaquer, poursuivre, et mettre en pièces par tout le monde.)

Mais à la place, il dit :

– Je travaille à la mairie, et je cherche les maîtres de la chienne.

– Alors, tu peux la laisser, lança-t-elle sur un ton catégorique. Et au revoir. Nous sommes en plein travail, ici.

Elle avait déjà ouvert la porte et posé une grande main forte sur l'épaule d'Assaf. La petite cuisine retrouva son agitation. Le jeune coupeur de légumes reprit ses tomates, le cuisinier tapota affectueusement la joue de son apprenti.

– Non, je ne peux pas, dit Assaf.

La femme s'arrêta, et toute la cuisine avec elle :

– Pourquoi ? Quel est ton problème ?

– Parce que… parce que ce n'est pas vous le vrai maître.

– Ah, bon ? – l'exclamation l'écorcha comme un fil barbelé – comment sais-tu que je ne suis pas le vrai maître ?

Dinka, qui lapait l'eau bruyamment, se mit soudain à aboyer. Elle s'arrêta de boire, se posta devant Léah et aboya avec une agressivité inhabituelle. Ses babines dégoulinaient d'eau, mais elle ne se pourléchait pas : dressée entre les deux, elle regardait Léah d'un air impatient, prête à gratter le sol.

– Assez, Dinka, dit Assaf, gêné. C'est Léah, qu'est-ce qui t'arrive ?

La chienne continuait de s'agiter, elle traça un cercle autour d'Assaf comme si elle délimitait un territoire, puis s'assit sur son train arrière, tournée vers Léah à qui elle adressa un aboiement bref et clair.

– Dis donc, dis donc ! chuchota Léah.

Assaf sentit quelque chose le piquer dans le dos. Sous le sac à dos de Tamar. Il voulut se retourner mais l'objet, une espèce de tuyau de métal, s'enfonça encore plus entre ses omoplates.

– Réponds à la question de la dame, dit une voix de vieil homme dans son dos. Si tu ne veux pas être broyé par les balles qui vont se fragmenter dans tous les tissus de ton corps…

– Moshé ! l'interrompit la femme d'une voix furieuse. Ce n'est pas la peine de donner des détails, les gens sont en train de manger, ici !

C'est à devenir fou, pensa Assaf. Un fusil ? J'ai droit à un fusil, maintenant ? mais qu'est-ce qu'ils ont tous, ces gens-là ? Ils deviennent fous dès qu'ils entendent le nom de Tamar.

– Je compte jusqu'à trois, dit l'homme. Après quoi, mon doigt appuie tout doucement sur la détente.

– Enlève ton doigt de la détente ! sursauta Léah, et baisse immédiatement ton canon. Samir, va vite me préparer une table pour deux en interne, et fais manger Dinka ici. Et toi, comment tu t'appelles ?

– Assaf.

– Viens avec moi.

Elle le conduisit dans une pièce où il n'y avait que deux tables, toutes deux inoccupées, et s'installa en face de lui :

– Maintenant, explique-moi tout du début à la fin. Mais je te préviens – elle effleura son nez –, mon nez est sensible aux mensonges.

Assaf lui montra le formulaire et lui expliqua la méthode de Danokh pour localiser les maîtres de chiens perdus.

Léah ne se donna même pas la peine de le regarder. Elle observa Assaf, s'attarda longuement sur son visage comme pour s'en imprégner.

– Au fait, je suis Léah, se rappela-t-elle brusquement pendant qu'il parlait, et elle lui tendit une grande main masculine, surprise de sentir celle d'Assaf serrer la sienne jusqu'à l'écraser. Bon, dis-moi maintenant qui t'a fait ça ? – et elle montra son nez enflé.

Assaf lui raconta.

– Je ne comprends pas. Que faisais-tu là-bas, comment y es-tu arrivé ?

Il lui expliqua, et lui parla de Serguéi.

– Et ça, c'est quoi ? demanda-t-elle en lui montrant sur le front une longue égratignure qu'il avait déjà oubliée.

– Ça, c'est… hier. Un inspecteur de police.

Et il raconta aussi.

Léah écoutait.

Puis il expliqua comment on l'avait poursuivi dans toute la ville.

– Et ça c'est à elle, dit-il en déposant enfin le sac à dos, et il raconta comment il l'avait retiré de la consigne.

Pendant tout ce temps, Léah ne disait rien, elle le regardait et, à mesure qu'il parlait, deux sillons verticaux se creusaient sur son front. Soudain, elle émergea de ses pensées :

– Au fait, avec toutes ces poursuites, tu n'as sûrement rien mangé aujourd'hui ! Mange d'abord, tu me raconteras ensuite.

Assaf sentit aussitôt une morsure dans le ventre, mais à la place, il dit en ravalant sa salive :

– Et Tamar ? Je pense que nous n'avons pas le temps, il faut se dépêcher.

Léah vit le mouvement de déglutition de sa pomme d'Adam, entendit sa réponse et se sentit remuée. Elle dirigeait ce restaurant depuis douze ans et n'avait encore jamais vu quelqu'un refuser une invitation à dîner.

– Tamar est en lieu sûr, dit-elle, laissant de côté toute prudence. Occupe-toi de manger d'abord.

– Mais je n'ai pas d'argent, on me l'a volé, dit-il découragé.

– C'est offert par la maison. Qu'est-ce que tu aimes ?

– Tout, dit Assaf, souriant, en détendant les jambes avec le sentiment d'être arrivé à bon port.

– Eh bien, tu auras tout, dit-elle en se levant. Je retourne aux cuisines, mais ne t'inquiète pas, je ne t'abandonne pas.

Il resta assis et dévora les uns après les autres les plats qui arrivaient devant lui. Des mets délicats, parfumés, qui se répandaient agréablement dans le corps, enivraient les sens et transmettaient un message clair et univoque : il y avait ici quelqu'un qui lui voulait du bien.

De temps en temps, Léah passait la tête par le petit guichet, regardait longuement Assaf d'un air pensif, se réjouissait de son bon appétit. Soudain, elle se redressa comme mue par une douleur ou une idée subite, appela Samir et lui demanda d'aller chez elle, de libérer la babysitter et de ramener Noa au restaurant. Vite. Samir la regarda, surpris :

– Ici ? En plein travail ? Tu es sûre ?

Oui, elle était sûre. Vite. Il fallait qu'elle vérifie une chose importante.

– Je sais qu'elle a disparu, dit Assaf, pensant que le moment de mettre cartes sur table était arrivé. (Assise en face de lui, Léah remuait son café avec une cuiller.) Je sais aussi qu'elle est dans le pétrin, je voudrais la retrouver, il faut m'aider.

– Je voudrais bien, mais je ne peux pas, dit simplement Léah.

– Ah, bon, soupira Assaf, déçu. Théodora non plus ne peut pas m'aider.

Il y eut un long silence un peu tendu. Léah était surprise,

il avait réussi à trouver Théodora ! Ce garçon était, comment dire, très émouvant. Assaf se taisait. Ce n'était vraiment pas sympa, il fallait que quelqu'un l'aide, il ne pouvait plus rien faire tout seul. Léah aussi se sentait mal à l'aise. Elle essaya de ranimer la conversation :

– Tu sais, moi je n'ai jamais rencontré cette Théodora – elle haussa les épaules –, il m'est même arrivé de penser que c'était une pure invention de Tamar. Tu sais bien qu'il lui arrive d'inventer toutes sortes de choses, n'est-ce pas ?

Léah avançait très prudemment. Assaf pensa à Matsliah, il imagina l'adolescente montée sur le bidon et il sourit.

– En plus, il lui importe beaucoup – Léah marchait sur une corde raide, elle parlait de Tamar à un étranger, mais son cœur lui disait qu'elle le faisait *pour Tamar* – que ses différents amis ne se rencontrent pas. Il faut qu'elle soit seule avec chacun, comme deux mondes qui se rencontrent…

Elle observa de nouveau l'impact de ses paroles, le vit sourire et se dit qu'il avait un charme fou.

– … et quand je lui demande la raison de cette manie, tu sais ce qu'elle me répond ? Diviser pour régner ! Qu'est-ce que tu en penses ?

– Qu'est-ce que *j'en pense* ?

Être promu au rang d'interprète de la personnalité de Tamar le ravissait ; comme si cette longue course à sa recherche lui avait fait apprendre sur elle des choses précieuses.

– Peut-être que… ça lui donne plus de liberté… Je veux dire qu'elle a – et soudain un mot de Rély lui échappa de la bouche – plus d'*espace*.

– C'est exactement ce que je pensais ! s'exclama Léah. A mon avis, son « diviser pour régner » lui permet d'être quelqu'un de différent avec chacun, tu ne crois pas ?

– Oui, je le pense aussi. Ce qui lui importe le plus, c'est sa liberté.

Une pensée la traversa. Elle venait d'une tout autre direction, du côté de Rély et de Rhinocéros ; comme s'il commençait à comprendre ce que Rély voulait dire.

Léah appuya sa joue sur sa grande main et regarda Assaf comme si elle regardait aussi son monde ; elle se laissa entraîner par une pensée lointaine, joua un peu avec une idée, puis revint au présent :

– Dis-moi, mis à part l'école, tu t'intéresses à quelque chose ? Comment dire, une chose artistique, par exemple ?

– Non... répondit Assaf en riant. Quelle idée, pourquoi vous me posez la question ?

– Rien, comme ça.

Un sourire de satisfaction éclaira son visage. Assaf se demanda si la photo qu'il pratiquait était un art. Peut-être que oui. C'est ce que pensait son professeur à l'atelier de photo. Cinq de ses œuvres avaient été retenues pour l'exposition de fin d'année, mais il ne s'était jamais considéré comme un « artiste ». D'ailleurs l'idée lui répugnait. Peut-être parce que Rély se présentait toujours comme une artiste, et que le mot appliqué à elle sonnait un peu faux aux oreilles d'Assaf ; il y avait bien Cartier-Bresson, Diane Arbus et tant d'autres dont il admirait les œuvres, mais ce qu'il faisait n'était en rien comparable.

Un paquet hurlant gesticulait devant lui. Samir était revenu avec ce paquet qu'il avait remis à Léah avec un soupir de soulagement, une toute petite fille furieuse, qui dormait quand il était arrivé et qui avait hurlé pendant tout le voyage.

Elle devait avoir deux ou trois ans, un teint d'ivoire, des cheveux noirs et très lisses, de grands yeux noirs en amande plissés par la colère. Assaf regarda tour à tour Léah et l'enfant, essaya de faire le lien entre cette grande femme au teint basané, au visage couvert de cicatrices, et cette petite fille aux yeux en amande, et soudain il comprit. C'était si simple.

– Léah ! la marinade, cria une voix dans les cuisines.

Léah se leva avec le petit paquet hurlant dans les bras, elle hésita un instant devant la porte, revint sur ses pas et tendit le paquet à Assaf. Elle était d'une légèreté surprenante, moitié moins lourde que Mouky qui avait, disait-on, « deux cuisses roses bien sur terre » ; celle-ci était légère comme une plume, elle sentait bon et, derrière la tempête qu'elle soulevait avec ses cris et ses petits poings qui frappaient l'air, on la devinait belle. Assaf sourit, elle hurla, il imita Dinka, elle rua. Il aboya, elle se tut et le regarda, surprise. Aux aguets. Il aboya de nouveau et bougea les deux oreilles. Elle lança un regard coquin à Dinka, puis à Assaf. Quelque chose se dissipa avec les larmes. Il leva un doigt en l'air, elle croisa le sien avec le doigt d'Assaf. Quelques restes de sanglots traînaient encore dans son sourire. Il fit « oui » de la tête, elle en fit autant ; il fit « non », elle aussi, et ainsi, sans un mot, avec des regards, des mimiques et des moues, elle lui rappela Mouky et il sentit une vague de nostalgie l'envahir, lui pincer le cœur. Noa tendit ses menottes pour toucher le visage d'Assaf, elle effleura ses yeux, son nez enflé, ses ecchymoses bleues, et il se laissa faire, les yeux presque fermés, fondant de plaisir. Quand il les rouvrit et vit que Léah était revenue, il lui tendit l'enfant, mais elle resta accrochée à lui.

– Je vois que tu as plu à Noa. Et maintenant…

Léah désirait parler sérieusement, mais Noa ne voulait partager Assaf avec personne. Elle prit son visage entre ses menottes, le tourna vers elle et lui raconta avec excitation le hamster du jardin d'enfants qui s'était coupé avec un bout de verre et qui avait saigné… Assaf répétait après elle les bribes de mots et les devinait un par un. Quand Mouky avait l'âge où les enfants ne disent qu'une syllabe de chaque mot, Assaf avait créé un dictionnaire spécial pour que la nourrice puisse la comprendre. Léah écoutait leur conversation et son visage rayonnait. Lorsque Noa finit par quitter les bras d'Assaf et roula par terre avec Dinka, Léah s'adressa à Assaf :

– Je voudrais te raconter quelque chose.

Aussitôt, il redevint sérieux et écouta. Elle mit ses mains en porte-voix autour de la bouche, le fixa avec des yeux brillants, rétrécis par la tension, et lui chuchota :

– Si tu touches à un poil de cette jeune fille, sache que je suis capable de te poursuivre jusqu'à l'autre bout du monde et de t'étrangler de mes dix doigts. Tu m'entends ?

Il bredouilla une réponse et se souvint que Théodora avait tenu des propos semblables, à ceci près que Léah semblait avoir tenu ce genre de promesses dans la vie.

– Je ne suis peut-être pas très intelligente, commença-t-elle sur un ton solennel, et Dieu seul sait la quantité de bêtises que j'ai faites – elle effleura distraitement ses longues cicatrices dessinées par trois délinquants d'une bande rivale avec une lame de rasoir fichée dans une pomme de terre –, je ne suis pas allée aux universités, et je n'ai fait que cinq classes par correspondance. Mais je connais un peu la vie, depuis une heure que je te regarde j'en sais assez sur toi.

Assaf ne voyait pas où elle voulait en venir, il attendait la suite.

– La situation est la suivante, dit-elle en étalant les mains sur la table. Tamar est empêtrée dans une affaire.

La drogue, pensa Assaf.

– Une affaire qui sent mauvais, avec des gens douteux, et même des criminels.

Il écoutait. Rien de ce qu'elle disait ne le surprenait (sauf l'aisance et le naturel avec lesquels il parlait avec cette femme qu'il venait de rencontrer ; malgré sa peur et la tension ambiante, c'était comme s'il avait appris à naviguer parmi des écueils).

– De même qu'ils t'ont poursuivi jusqu'ici, continua Léah, supposons que je te dise où elle se trouve, et *supposons* que tu y ailles. A peine auras-tu fait un pas qu'ils seront déjà à tes trousses. Et tu ne pourras jamais leur échapper, ils seront toujours plus malins que toi. Tu comprends maintenant pourquoi je suis inquiète ?

Assaf resta silencieux.

– C'est pourquoi je te propose de laisser la chienne ici.

– Pourquoi ?

– Parce qu'ils cherchent un garçon avec une chienne, n'est-ce pas ? Si tu sors d'ici sans la chienne, je parie que personne ne va te regarder. Je les connais comme le fond de ma poche.

Assaf réfléchissait.

– Qu'est-ce que tu en dis ?

– Je dis que je prends Dinka et que je continue de chercher Tamar.

Elle soupira, regarda son visage blessé et lui posa la même question qu'on lui posait aussi, il y a une quinzaine d'années :

– Dis, tu n'as peur de rien ?

– Bien sûr que j'ai peur.

Et il ajouta en silence : vous m'auriez vu claquer des dents devant eux, près du bassin. Et comment je tremblais en venant ici.

– Mais je la retrouverai.

Où allait-il puiser cette assurance ? A croire que lui aussi, comme ce vieil homme au fusil, parlait soudain comme un personnage de film.

– C'est sûr, murmura-t-il comme dans un rêve, je finirai par la retrouver…

Elle le regarda avec un plaisir inexpliqué : la manière dont il avançait le buste sur la chaise, dont il rapprochait les genoux en gardant les pieds écartés ; les doigts de ses mains qui partaient dans tous les sens, des doigts qui louchaient, qui se croisaient dans un geste enfantin et rêveur, comme s'il formulait un vœu. Son sourire inti-midé remonta jusqu'aux lèvres où il laissa deux petits plis de chaque côté, et Léah sentit une petite vague là submerger.

– Oui…, articula-t-elle faiblement, comme un écho à la rêverie d'Assaf.

– … A force de la suivre, c'est comme si je la connaissais déjà, dit-il, surpris de voir ces mots lui échapper malgré lui.

– C'est exactement ce que je pense depuis l'instant où nous avons commencé à parler.

– Comment ? s'écria-t-il en émergeant de sa rêverie.

– Viens, allons marcher un peu.

Léah se leva.

– Où ?

– On verra bien.

Et elle ajouta en aparté :

– Nous, les filles, nous avons besoin de nous entraider.

Elle donna des instructions au chef, prépara un biberon d'eau pour Noa et écrivit un petit mot qu'elle mit dans une enveloppe. Assaf ne posa pas de questions. Ils traversèrent le jardin du restaurant, puis il regarda attentivement à droite et à gauche. La rue était déserte. Léah aussi inspecta les environs, et Dinka renifla l'air. Puis elle le conduisit vers une vieille Coccinelle jaune et installa Noa sur un siège de bébé qui coûtait au moins aussi cher que la voiture. Ils roulèrent un moment dans un dédale de rues, de temps en temps Léah se garait et ne reprenait la route qu'après avoir attendu plusieurs minutes. Une fois, elle freina brusquement alors que la rue semblait complètement déserte, gara sa voiture sur un petit terrain de stationnement et attendit. Une minute plus tard, deux hommes passèrent devant eux en courant, Assaf reconnut l'homme maigre qui l'avait poursuivi quelques heures plus tôt. Il lança à Léah un regard ébahi, incapable de comprendre comment elle avait deviné leur arrivée avant même de les avoir aperçus. « Les chiens se reniflent entre eux », dit-elle. Elle gloussa et accéléra dans la direction inverse, en sens interdit. Ils roulèrent ainsi pendant plusieurs minutes. Léah obéissait à son flair et Assaf remarqua qu'elle regardait plus souvent dans son rétroviseur que devant elle.

– Écoute, lui dit-elle au bout d'un moment, ne te vexe pas, mais je voudrais que tu fermes les yeux. Il vaut mieux que tu ne voies pas où nous allons.

Il comprit aussitôt, ferma les yeux et entendit la fin de sa phrase :

– … on ne sait jamais, s'ils t'attrapent, pour que tu ne puisses pas leur dire où tu étais.

– Vous voulez que je me bande les yeux ?

– Non, je te fais confiance, dit-elle en riant.

C'était agréable de voyager ainsi, de se calmer après toute cette course et en prévision de ce qui l'attendait. Noa s'était endormie sur son siège à l'arrière, et Assaf se dit qu'il en ferait bien autant.

– Tu veux écouter de la musique ?

– Non.

– Tu veux écouter une histoire ? N'ouvre pas les yeux !

– Oui.

Alors elle lui raconta le restaurant, les années d'apprentissage épuisantes en France, fit une légère et inévitable allusion à sa vie passée, loucha dans sa direction pour voir s'il n'était pas choqué et vit que non. Alors elle inspira profondément, redressa ses mains sur le volant et continua de parler tranquillement, comme elle le faisait parfois avec Tamar, sans essayer de réprimer cette envie soudaine. Au contraire, elle s'abandonna à cette espèce de confiance élémentaire qu'inspirait la personne d'Assaf. Elle hésita un instant avant de lui parler de Shaï, puis décida qu'elle en avait déjà trop dit, que Tamar le lui reprocherait certainement, et qu'il valait mieux le laisser découvrir les choses tout seul. Par moments, elle l'observait à la dérobée, l'imaginait dans dix, vingt ou trente ans. Puis, croyant qu'il dormait, elle se taisait, mais il émettait un grognement et elle continuait ; c'est ainsi qu'elle lui raconta Noa, le plus beau cadeau de sa vie, elle le devait en partie à Tamar qui l'avait encouragée à faire le pas ; soudain elle rit :

– Je ne sais pas pourquoi je te raconte tout ça. Tu vas croire que je raconte ma vie au premier venu.

– Continue.

La route défilait. Noa poussa un léger soupir dans son sommeil. Léah parlait. Puis elle se tut. Derrière ses yeux fermés, Assaf la sentit tendue. Ils descendaient une côte accidentée, avec des trous et des bosses. La lumière orangée du soleil d'après-midi se posa sur ses paupières. Léah conduisait très lentement.

– Si tu me l'avais demandé, dit-elle soudain sur un autre ton, je te l'aurais dit.

– Quoi ?

– Que j'ai déposé Tamar ici, l'autre jour.

Assaf ouvrit les yeux et vit qu'ils étaient devant une station d'autobus déserte. Une pancarte en carton se balançait sur un poteau électrique : « Pour le mariage de Sigi et Motti ». Léah remonta ses lunettes de soleil, inspecta l'endroit, regarda attentivement dans le rétroviseur. Noa se réveilla et commença à pleurer, puis sourit en voyant Assaf. Il effleura du doigt sa joue délicate, elle serra le doigt et prononça son nom.

Il sortit de la voiture, Dinka, qui avait dormi pendant tout le chemin, bondit à sa suite et s'ébroua. Léah lui tendit une petite enveloppe :

– Tu donneras ça à Tamar de ma part. Pour qu'elle ne me déteste pas. Et fais attention à toi – elle lui donna un baiser rapide –, bonne chance, Assaf. Protège-la.

Elle se retourna et disparut.

Aussitôt, il quitta la route et descendit dans le wadi. Il s'accroupit derrière un rocher pour écouter si une voiture s'arrêtait dans les environs. Le silence était complet, aucun bruit de moteur, ni de pas. Il était seul, personne n'était à ses trousses. Mais ne pas savoir où il se trouvait le mettait mal à l'aise.

Un sentier serpentait entre les rochers. Assaf commença à le descendre, Dinka était de nouveau aux aguets. Assaf la rappela auprès de lui. Il s'arrêta devant un chêne incliné, s'agenouilla et lui chuchota : « Nous devons nous approcher sans faire de bruit, n'aboie pas, d'accord ? Pas de bruit tant que nous ne savons pas ce qui se passe là-bas. Promis ? »

Ils continuèrent de descendre, la vallée était plus profonde qu'il n'y paraissait de là-haut. Ils franchirent un étroit passage en marchant lentement, sans bruit. Puis, cachés entre deux talus, ils entendirent les voix.

Impossible de repérer la direction. C'étaient des bruits de lutte, des cris, des gémissements. Quelqu'un de très jeune, peut-être un adolescent, poussait des cris hystériques, ça ne sert à rien, tu ne vas pas me garder ici, je ne suis pas ton prisonnier, et une fille pleurait, suppliait.

Dinka lui échappa, elle était sur le point d'enjamber le talus quand il parvint à se coucher sur elle. Ils étaient essoufflés, Assaf la supplia, du calme, Dinka, du calme, pas encore. Effrayé et désorienté, sans trop réfléchir, il enleva sa ceinture qu'il passa dans le collier de Dinka et l'attacha à un mince tronc d'arbre. Elle le regarda d'un air si vexé qu'il eut du mal à l'immobiliser. Puis il grimpa au sommet du talus. En contrebas, derrière un buisson, il y avait une tache sombre qui ressemblait à une grande bouche, c'était en fait l'entrée d'une grotte. Un jeune garçon se tenait devant, en sueur, essoufflé, les bras tremblants le long du corps. Il était grand, maigre et oscillait sur ses pieds. Un instant plus tard, il distingua quelqu'un d'autre, prostré à même la terre, immobile aux pieds de l'adolescent. L'autre avait des cheveux si courts qu'Assaf le prit pour un garçon. Ses idées s'embrouillèrent. Qui étaient-ils ? Où était Tamar ? Le jeune homme l'aperçut, la peur alluma une étincelle dans ses yeux, il détala dans la direction opposée. Dans la confusion, Assaf courut après lui. La poursuite dura quelques secondes à peine. Le garçon courait lentement, il était faible, mais chaque fois qu'Assaf était sur le point de le rattraper la peur le faisait bondir quelques pas en avant dans la montée du wadi. Assaf le renversa au pied d'un buisson, se coucha sur lui et lui tordit le bras en arrière, comme on le lui avait souvent fait ces derniers jours. Étendu au-dessous de lui, le garçon pleurait et suppliait Assaf de ne pas le tuer, ce qui dans son état de confusion lui parut bizarre : comment un être aussi faible et épouvanté pouvait-il faire partie de ceux qui menaçaient Tamar ? L'adolescent eut un soubresaut comme pour s'échapper, son corps se tordit dans une convulsion. Assaf l'immobilisa au sol et lui cria de ne pas bouger. Au même instant, il entendit des pas dans les buissons derrière lui. Il se retourna, trop lentement, vit une ombre plonger d'en haut sur lui, le ciel se fendit en deux et lui tomba dessus. Il comprit qu'il venait de recevoir un coup sur le côté de la tête. Puis plus rien.

« You're an angel in disguise »

« Ne bouge pas ! Si tu bouges ou si tu te lèves… »

Assaf entendait, mais il fallait qu'il bouge. Sinon, il avait peur que son cerveau s'écoule par une de ses oreilles. Cette nouvelle douleur s'ajoutait aux coups qu'il avait reçus le matin, qui lui martelaient la tête avec une intensité renouvelée et résonnaient dans son crâne comme des clameurs de triomphe.

– Qui es-tu ? hurla Tamar. Qu'est-ce que tu veux ?

Assaf la regarda, essaya de replâtrer l'image qu'il avait devant les yeux, mais la tête aux cheveux courts refusait de s'associer à la voix qu'il entendait. Une faible étincelle vacilla soudain dans sa tête brumeuse : « C'est une fille, ce n'est pas un garçon. Qui est-ce ? »

Une autre douleur aiguë le traversa : « C'est elle. Mais où sont ses cheveux ? Où est la crinière brune ? »

On aboyait de l'autre côté du talus. Occupée avec Assaf, Tamar n'entendait pas. Il voulait lui dire que c'était Dinka et fit un effort pour s'asseoir d'abord et atténuer la source de la douleur. Il se redressa un peu, Tamar bondit, se dressa au-dessus de lui et brandit une grande planche d'échafaudage. Assaf leva instinctivement les yeux et sentit la douleur jusque dans ses orbites. Une rangée de clous rouillés dépassait de la planche, il pria pour ne pas être déchiqueté, palpa sa tête au-dessus de l'oreille, aucune trace de sang. Juste une bosse de plus pour sa collection. Assis par terre, adossé à un rocher à quelques pas de lui, le garçon maigre ferma les yeux.

– Pourquoi t'es venu ici ? Qu'est-ce que tu veux ?

Elle avait une voix rauque, tendue, étranglée par la peur. Assaf commençait à comprendre : elle le prenait pour un de ses poursuivants. Il fallait qu'il lui explique. Il essaya péniblement de se redresser.

– Gare à toi si tu te lèves !…

Il ne savait que faire. Terrifiée, la fille bondissait devant lui, s'approchait, s'éloignait, sauvage et dangereuse. Avec ses cheveux rasés et la grimace furieuse, la planche à la main et la salopette crasseuse, elle était encore plus belle qu'il ne l'avait imaginée, ou du moins que la description qu'elle faisait d'elle-même dans son journal. Il la regardait et essayait d'ajuster l'image avec ce qu'il savait d'elle, ce qu'il avait espéré dans le secret de son cœur, et qui était si différent de ce qu'il voyait. Ses yeux, par exemple, Théodora avait parlé du regard direct, provocant, mais elle n'avait rien dit de cette couleur si unique, ce bleu-gris (un jour, il avait photographié une couleur semblable, la brume automnale au-dessus du mont Scopus au lever du jour), et l'écartement entre les deux yeux, comme s'il y avait de la place entre eux, du silence ; de l'*espace*.

Il avait tant à lui dire, mais il restait muet. Ce n'était pas de la peur, il était toujours comme ça avec les filles. Avec toutes les filles, ou presque. Et quand l'une d'elles lui plaisait vraiment, il se sentait rétrograder pas à pas, avec une soumission extrême, dans l'échelle de l'évolution de l'espèce.

Assis, les bras autour des genoux, il attendait. Le garçon maigre oscillait d'avant en arrière, les yeux fermés. Comme si les deux garçons étaient les prisonniers de Tamar. Le silence se prolongeait, et Assaf se sentait de plus en plus furieux contre lui-même : après ce long voyage épuisant jusqu'à elle, il avait cru que les choses se passeraient différemment ; il avait senti qu'il commençait à changer en parlant avec Léah, et qu'en restait-il maintenant ? Toujours ce même personnage pitoyable qui avait peur de dire un mot.

Soudain, les yeux encore fermés, le garçon dit :

– Ce n'est pas Dinka ?

– Dinka ?

Tamar eut un frisson. Elle regarda du côté de l'aboiement. Assaf dit :

– Je te l'ai amenée.

– Toi, tu me l'as amenée ? Mais comment… d'où… ?

– Peu importe. Il fallait que je te la ramène. Alors, je l'ai fait.

Il mit la main dans la poche de sa chemise et sentit la feuille, le fameux formulaire 76 devenu pratiquement illisible. Il murmura : « peu importe », le froissa en une boule et le poussa au fond de sa poche. Cent cinquante shekels de plus ou de moins, il n'avait plus aucune chance de s'acheter un zoom cette année.

Tout en surveillant Assaf, Tamar recula et grimpa sur l'escarpement. Elle appela : « Dinka ! », la chienne cassa la ceinture qui la retenait au buisson et s'élança vers Tamar. Un nuage de poussière s'éleva au point de rencontre. Cris de surprise, gémissements, aboiements. Malgré la douleur, Assaf s'efforça de sourire.

Il se leva péniblement et essaya de tenir sur ses jambes. Il ne lui restait plus qu'à repartir et à se détester jusqu'à la fin de ses jours pour son défaitisme et son manque de courage, rien ne changerait jamais. Si Roy avait été à sa place, il aurait déjà séduit Tamar avec ses histoires, ses aventures, ses exagérations. Et surtout, il l'aurait fait rire. Rire à se rouler par terre, à en mourir.

Assaf tenta de bouger, aussitôt elle le menaça de sa planche. Il fit deux pas en avant, haussa les épaules et montra qu'il avait les mains vides. Il fallait qu'elle le laisse passer pour qu'il rentre chez lui. Sa mission était accomplie, et son travail l'attendait à la mairie. Surprise, Tamar le regarda : tout ce débat intérieur s'affichait sur son visage soudain triste. Qui était ce garçon, peut-être n'était-il pas aussi dangereux qu'elle le croyait, mais elle avait encore peur, et quand il fit un pas de plus dans sa

direction, elle cria : « Dinka ! *Go !* » Assaf la regarda, éber-
lué. (Comment pouvait-il savoir que, neuf ans plus tôt, le
père de Tamar lui avait acheté ce chien à condition de le
faire dresser pour qu'il la protège. Et voilà que, neuf ans
plus tard, Tamar se souvenait de cette étrange fonction).
Dinka dressa les oreilles, mais resta immobile. « *Go*,
Dinka, *go !* » cria Tamar effrayée, imitant inconsciemment
l'accent sud-africain du dresseur. Dinka fit quelques pas
vers Assaf, frotta la tête contre son genou et fourra le
museau dans sa main. Tamar était ébahie. Elle n'avait
jamais vu sa chienne faire ce geste envers un autre qu'elle.

– On l'a trouvée, elle traînait dans la ville, dit Assaf. On
l'a emmenée à la mairie, je travaille là-bas pendant les
vacances…

– A la mairie ?

– Oui, mon père connaît quelqu'un… peu importe.
Alors je suis parti avec elle et nous t'avons cherchée dans
la ville.

Tamar regarda Dinka comme si elle avait besoin de sa
confirmation. Dinka tourna la tête à droite, à gauche, et se
lécha le museau. Puis elle leva les pattes avant et les posa
sur la poitrine d'Assaf.

Tamar laissa retomber la planche.

– Je vois que tu t'es fait tabasser en chemin.

Assaf passa la main sur ses nombreuses blessures, il
était gêné :

– Je ne suis pas comme ça, d'habitude.

– Et moi, je ne tape pas comme ça, d'habitude.

Assaf resta silencieux, oscilla d'une jambe sur l'autre,
se gratta le mollet avec la chaussure de l'autre pied, puis
se souvint :

– Au fait, tu as le bonjour de quelques personnes que
j'ai rencontrées : Théodora, le vendeur de pizzas, Matsliah. Et Léah, et puis Noa, et un homme qui était chez elle,
un certain Honigman.

A chacun des prénoms, les yeux de Tamar s'écarquil-
laient davantage.

– Et quelqu'un de Lifta, un certain Serguéi, et un policier qui a failli t'attraper. Et une fille avec un bonnet rouge, qui joue du violoncelle dans la rue piétonne.

Tamar fit un pas dans sa direction. Assaf pensa qu'elle avait des yeux de louve triste et lucide :

– Tu les as rencontrés *tous* ?

– Elle m'a conduit chez eux, dit Assaf en grattant d'un air gêné la tête de Dinka.

A l'écart près du rocher, Shaï se balançait et marmonnait. Mais les deux adolescents ne le voyaient pas. Le monde n'était plus pour eux que leurs yeux qui se regardaient. Concentrée, oublieuse d'elle-même, Tamar s'approcha pas à pas d'Assaf, son regard dans le sien, comme si elle tirait de la force de ses yeux, de son visage, de son grand corps maladroit. Assaf restait immobile. D'habitude, ce genre de situation le mettait à la torture. Mais cette fois il sentait à peine une légère faiblesse dans les jambes.

– Je m'appelle Tamar.

– Oui, je sais… – et il ajouta avec une seconde de retard : et moi, Assaf.

Un instant de gêne. Tendre la main ? Trop officiel. En un clin d'œil, ils étaient déjà tellement plus loin.

Tamar s'extirpa la première de l'embarras et montra Shaï :

– C'est Shaï, mon frère.

– Ton frère ? !

– Oui, pourquoi ? Tu ne le savais pas ?

– Je croyais que lui – je veux dire toi et lui –, mais je n'en savais rien !

– Tu croyais que c'était mon copain ?

Elle avait compris. Il rit, rougit, haussa les épaules. Dans son cerveau, un minuscule engrenage se mit à tourner plus vite que les autres en émettant un message qui voulait dire : « Ah bon, d'accord. » Soudain, les choses se passaient en lui à un rythme nouveau, ahurissant. Une sensation bizarre, dans le cœur, dans le corps. Comme si un nouveau locataire avait fait irruption à l'intérieur et que, brusquement, il meublait cet *intérieur* à un rythme effréné, déplaçait des tables massives, jetait de vieilles armoires moisies, et introduisait quelque pièce légère, aérienne, souple comme du bambou. Soudain, il lui parut urgent de régler tout de suite, immédiatement, une chose importante entre eux. Il se défit du sac à dos de Tamar et le lui tendit. Elle le lui arracha des mains, le serra contre elle et lui lança un regard interloqué, méfiant :

– Ça aussi… ?

Il durcit les épaules en prévision du coup qui allait le frapper :

– Écoute… hmmm…. j'ai lu un peu, je veux dire dans ton cahier. Je n'avais pas le choix.

– Tu as lu *mon journal* ?!

Ses yeux étaient noirs de fureur, ils brandissaient l'étendard du combat pour préserver son intimité, et Assaf savait qu'il venait de perdre Tamar au moment où il la trouvait.

Mais elle le replia aussi vite qu'elle l'avait brandi et lui lança un regard blessé, déçu. Un regard qui demandait des explications.

– J'en ai lu très peu, murmura-t-il, à peine quelques pages ici et là. Je me suis dit que peut-être le journal, tu comprends… qu'il m'aiderait à te trouver…

Elle ne réagit pas et arrondit un peu les lèvres, petite grimace qui indiquait la concentration. Malgré sa fureur, elle était surprise qu'il lui en ait parlé, qu'il le lui ait dit sans attendre. Après tout, il aurait pu se taire, elle n'en aurait rien su. Comme s'il avait voulu se défaire tout de suite de ce poids pour qu'il n'y ait entre eux aucun mensonge, aucune dissimulation.

– Alors tu as lu, répéta-t-elle doucement, comme pour déchiffrer une énigme qui restait encore opaque.

Il avait lu son journal intime. C'était la chose la plus grave qu'on puisse lui faire. Maintenant, il savait des choses à son sujet. Il la connaissait dans son intimité. Elle lui lança un regard prudent. Il n'avait pas l'air découragé pour autant. Elle battit des paupières. Tout ça était nouveau, elle avait besoin d'un peu de temps pour comprendre.

Assaf, lui, comprit son silence.

– Rassure-toi, j'ai déjà tout oublié.

Tamar éprouva un pincement inattendu :

– Non, n'oublie rien – elle était aussi surprise que lui –, tout ce que tu as lu là-dedans, c'est moi. Tout est là-dedans. Maintenant, tu sais.

– Pas vraiment.

Il avait envie de dire : « j'aurais aimé en savoir plus », mais il ne savait pas faire de longues phrases sans s'arrêter au milieu pour avaler sa salive.

– Bon, qu'est-ce qu'on fait – elle était un peu gênée par la taille d'Assaf, ils étaient si près l'un de l'autre, leurs visages si proches –, je veux dire, qu'est-ce qu'on fait maintenant ?

Soudain, elle eut la nostalgie de ses boucles épaisses pour se cacher un peu, ne pas se sentir aussi exposée, aussi nue. Qu'est-ce qui la poussait à dire ces bêtises, ce « qu'est-ce qu'on fait maintenant » si intime ? Qu'avaient-ils en commun ? Elle essaya de faire marche arrière, mais en vain. Des fissures, des crevasses s'ouvraient en elle à toute vitesse.

– Ce que tu voudras.

– Comment, qu'est-ce que tu as dit ?

Elle n'avait pas compris. La chaleur qui émanait de son corps lui parlait plus que ses mots bredouillés, un peu moqueurs. Il se taisait. Pourquoi est-ce qu'il se tait comme ça. Elle serra ses bras autour d'elle-même comme si elle avait soudain froid, inclina la tête et un sourire depuis longtemps oublié éclaira son visage, pourtant la situation n'avait rien de comique. Puis elle regarda l'oreille gauche d'Assaf, sa chaussure droite, se lécha la lèvre inférieure qui était sèche, haussa les épaules sans raison, bougea les omoplates, se frotta les bras. C'était une envie irrépressible, son corps bougeait tout seul, comme les gestes d'un rituel antique, ou une chorégraphie fixée depuis un million d'années, et sur laquelle elle n'avait aucune prise.

– Tout ce que je voudrai ? dit-elle en souriant.

Quelqu'un dans son cœur fit un rapide slalom. Assaf aussi sourit. Il haussa les épaules, étira les bras au-dessus de sa tête et sentit soudain des courbatures dans tout son corps. Il tapa du pied pour délier ses jambes, lissa ses cheveux ébouriffés. Le dos, une envie irrésistible de se gratter le dos, là-haut entre les épaules, à cet endroit qu'on ne peut pas atteindre tout seul.

Le sourire de Tamar s'enhardit un peu :

– En fait, tu m'as dit que tu étais venu me ramener Dinka. Maintenant que c'est fait, qu'est-ce qui reste ?

Assaf se concentra sur le bout de ses chaussures, il n'avait jamais remarqué leur forme intéressante, l'association passionnante entre le dessus noir et la semelle blanche. Au bout d'un moment elles lui parurent stupides, laides et surtout d'une taille effrayante : comment avait-il fait pour traîner depuis un an ces monstres à ses pieds ? Ce n'était pas pour rien qu'on se moquait de lui, que Daphi avait honte. La question décisive et grave était de savoir si Tamar les avait déjà remarquées, ou s'il était encore temps de sauver les meubles. Le plus rapidement, le plus discrètement du monde, il mit un pied derrière l'autre et faillit perdre l'équilibre. Son visage était en feu, tous ses boutons bourgeonnaient sûrement au même instant. La démangeaison dans son dos le rendait fou. Mais qu'est-ce qui lui arrivait ?

Il étira de nouveau les épaules, tendit ses longs bras, puis les croisa sur son torse comme pour tirer de la force de lui-même et dit ce qu'il n'aurait jamais cru oser dire :

– Si tu veux… je veux dire, est-ce que tu veux que je reste ?

– Oh, oui.

Abasourdie, elle se tut. Comment ce «oh, oui» lui avait-il échappé ? C'est ce qu'elle voulait ? Depuis quand ? Qu'avaient-ils en commun ? Elle ne le connaissait même pas. Comment pouvait-elle l'associer à l'événement le plus décisif et intime de sa vie ?

– Une minute – elle esquissa un sourire forcé, soudain plus mûre que lui. Tu sais dans quoi tu t'embarques ?

Assaf hésita. Il croyait deviner, qu'elle fuyait quelqu'un et que Shaï, hummm, n'était pas… très en forme.

– Ça fait un an qu'il prend de l'héroïne, dit sèchement Tamar en observant sa réaction – ce qu'elle vit sur son visage la rassura – et je suis ici avec lui depuis deux jours. En ce moment, il va bien, mais juste avant que tu arrives…

– Oui, j'ai entendu. Pourquoi il est comme ça ?

– Il est en crise. Tu sais ce que c'est une crise ?

Assaf fit une moue d'initié. Une autre éventualité, non moins excitante, se dessina dans son esprit. La drogue qu'elle avait achetée n'était peut-être pas pour elle ?

– Bon, alors cette nuit, demain, et la nuit de demain, ça va être la crise aiguë, récita-t-elle d'une voix obstinée, tout en observant l'impact de ses paroles sur lui. C'est ce que m'ont dit les, hmmm, les spécialistes.

– Léah ?

– *Quoi ?!*

La stupeur avait brusquement débarrassé sa voix de son ton officiel, elle surgissait soudain dans toute sa nudité, proche et intime.

– Oui, Léah aussi.

Silence. Elle le fixa d'un regard perçant, commençant à comprendre confusément qu'il n'avait pas fini de la surprendre, qu'elle n'avait pas le temps de digérer tous ces événements, et qu'il fallait qu'elle revienne rapidement vers la réalité :

– Dans son état, la crise dure en général quatre ou cinq jours. Nous en avons déjà passé deux et demi. Alors réfléchis bien avant de prendre ta décision, ça ne va pas être facile – elle demeura songeuse, puis ajouta d'une voix lucide et fatiguée –, d'ailleurs, pourquoi t'embarquer là-dedans…

– Je voudrais te poser une question…

– Oui ?

Elle lui tourna le dos pour aider Shaï qui lui tendait les bras comme un bébé malade. Mais c'était aussi pour donner à Assaf la possibilité de partir, de ne pas se sentir obligé de rester.

Il était déjà tout près d'elle :

– Pourquoi… est-il dans cet état ? Il n'a pas sa dose ?

– Il essaie de se sevrer. Nous – elle ne savait pas comment le formuler – nous essayons ensemble qu'il arrive à se sevrer.

Shaï poussa un cri. Une douleur aiguë le traversa. Brusquement, il passa de la somnolence à des convulsions et des cris. Tamar regarda Assaf. Leur moment d'intimité était passé. Ses yeux lui dirent : « Tu restes ? », et ceux d'Assaf lui répondirent : « Oui. »

– Emmenons-le dans la grotte, dit-elle.

Assaf avait d'autres questions. Et des choses à lui raconter, que Théodora était sortie, par exemple. Mais il fallait agir. Être uniquement action et fermeté. Il saisit Shaï par les aisselles et l'aida à se lever, surpris par la légèreté de ce corps qui paraissait creux. Shaï se cramponna aux épaules d'Assaf avec des doigts de naufragé. Serrés l'un contre l'autre, ils n'avaient pas encore échangé un seul mot.

L'idée le traversa des dizaines de fois au cours de la soirée et de la nuit, puis finit par disparaître. Shaï hurla, pleura et vomit aux quatre coins. Tantôt il restait couché, hagard, et se grattait au sang les bras et les jambes ; puis, une fois par minute, il poussait un grand bâillement bruyant à se décrocher les mâchoires ; tantôt il s'endormait d'épuisement, tantôt son corps se convulsait avec des sursauts de douleur. Assaf et Tamar s'occupaient de lui sans relâche. Ils nettoyaient, lavaient, changeaient, abreuvaient, essuyaient. Assaf n'avait même pas remarqué que le soleil était depuis longtemps couché et la nuit bien avancée. Le temps n'était plus une succession de secondes, mais d'actions. Sans cesse, il y avait quelque chose à faire. Dans la grotte, on n'entendait que Shaï. Tamar et Assaf ne se parlaient presque pas. Ils avaient inventé un langage de signes avec les yeux, les mains, comme une équipe de chirurgie, ou deux plongeurs en eaux profondes. Assaf avait chassé de son esprit toute pensée extérieure à la grotte. Le monde n'existait plus, ni personne, ni un être cher comme Rhinocéros qui risquait d'envoyer la police à sa recherche, ni ceux qui étaient aux trousses de Tamar. Il pensa aux deux jours qu'elle venait de passer seule avec Shaï. Comment avait-elle pu y faire face ? Depuis son arrivée ici, elle n'avait sans doute pas fermé l'œil. Mais elle n'en disait rien. Penchée sur Shaï, face à Assaf, elle prit la serviette qu'il lui tendait, lui donna la bassine vide et lui signifia des yeux de la remplir. Sa bouche articula le mot « papier toilette », Assaf se dit que ses lèvres avaient la pureté d'un dessin. Il alla chercher deux rouleaux à l'autre extrémité de la grotte. Elle avait déjà baissé le pantalon de Shaï. Assaf lui prit des mains le papier toilette souillé. Ils virent au même instant que Shaï portait un boxer-short imprimé d'un Snoopy, ils se regardèrent, complices, eh oui, Snoopy aussi faisait partie de tout ça.

Une heure, encore une heure. Trois heures, cinq heures. Huit heures. Pendant les rares instants où Shaï s'endormait, ils ne parlaient presque pas. Par fatigue, mais aussi parce que des phrases conventionnelles pour faire connaissance leur paraissaient incongrues. Ils s'affalèrent à côté de Shaï endormi, étendus en travers du deuxième matelas, les pieds à l'extérieur. Ils respiraient profondément, attentifs à ne pas se toucher, fixaient le plafond, les parois de la grotte, essayaient de somnoler, mais sans succès. Leur présence réciproque les chargeait de forces nouvelles, stimulantes, mais peu propices au sommeil. Par moments, Tamar lui adressait un petit sourire compatissant. Tu te serais bien passé de tout ça, s'excusait ce sourire, et Assaf lui répondait avec toute l'intensité de son regard rassurant. Pourtant il paraissait ébranlé – non par l'effort physique, il était fait d'une matière durable, infatigable –, mais par la souffrance de Shaï, par cette réalité brutale qu'il affrontait sans préparation aucune.

A deux heures du matin, Shaï se réveilla et se mit à chercher sa dose comme un forcené. Il était persuadé que Tamar en avait caché dans la grotte. Il la harcelait : combien de doses avait-elle achetées chez le dealer de la place Tsion ? Un paquet de cinq, n'est-ce pas ? Où était le cinquième ? J'en ai pris quatre, alors où est le cinquième ?

Les explications ne servaient à rien. Elle lui répéta mille fois qu'il avait consommé tout le paquet quand ils étaient chez Léah. Il se démenait dans la grotte comme une bête, se projetait d'un coin à l'autre, renversait les provisions qu'elle avait rangées, fouillait dans la guitare qu'elle avait rapportée de la maison, dans ses propres chaussures. Puis il obligea Assaf et Tamar à enlever leurs chaussures et fouilla à l'intérieur. Dans sa folie, il trouva même la cachette de l'appareil à décharges électriques et des entraves. Il les regarda pendant un long moment. Tamar se dit qu'en découvrant ce qu'elle avait prévu pour lui, ces choses que dans sa sottise elle avait cru avoir le courage d'utiliser, il la tuerait. Mais la tête de Shaï fonctionnait autrement, son monde se divisait en deux : il y avait sa dose, et ce qui n'était pas sa dose. Les entraves ne l'intéressaient pas. Les décharges électriques ne représentaient pas pour lui un moyen de lui venir en aide. Mais Assaf les vit, devina plus ou moins leur usage et lança à Tamar un regard affolé. Elle haussa les épaules : crois-tu que j'avais le choix ? Assaf commençait à entrevoir tout ce qu'elle avait prévu et organisé.

Désespéré, Shaï s'écroula et se mit à fouiller dans son matelas. Il fit des trous dans la mousse, la passa au crible.

Par moments, il poussait un soupir d'espoir, un cri de joie, puis frappait le matelas avec déception. Assaf et Tamar le regardaient sans bouger. Il ne remarquait même pas la présence d'Assaf. Une seule chose l'intéressait : sa dose. Tamar se demandait combien de temps Assaf pourrait supporter cette folie, à quel moment il finirait par craquer et partir sans dire un mot. Parfois, quand elle était occupée avec Shaï, elle sentait dans son dos Assaf s'approcher de l'entrée de la grotte ; elle jetait un coup d'œil par-dessus son épaule et le voyait s'étirer, aspirer l'air frais de la nuit. Alors elle se forçait à ne pas regarder, à lui donner la possibilité de faire un pas de plus et de disparaître. Cette histoire n'était pas la sienne, un être normal n'avait pas à mettre le nez dans une telle aventure. Des proches l'avaient laissée tomber dans des situations moins difficiles que celle-ci. Mais aussitôt après, quand elle l'entendait s'affairer tranquillement dans son dos, lui prendre des mains la bassine, les vêtements sales, tout ce qui l'encombrait, elle sentait des vagues douces et chaudes la traverser de part en part.

Shaï se traîna péniblement et rampa à quatre pattes vers un coin de la grotte. Il essaya de creuser avec ses ongles la terre dure. Pendant quelques minutes, on entendit le grattement et sa respiration haletante. Tamar et Assaf ne pouvaient pas s'empêcher de regarder, c'était comme un cauchemar éveillé. Il creusait vite, faisait voler la terre autour de lui, émettait des grognements bizarres. Soudain, il leva la tête, les yeux brillants, parfaitement lucide, souriant d'un air rusé :

– Dites-moi au moins chaud ou froid.

Surpris, ils partirent d'un éclat de rire. Passagèrement lucide, Shaï se vit de l'extérieur et rit aussi, Tamar se laissa tomber sur le dos, les bras en croix, épuisée par la tension des dernières minutes et, tout en riant aux larmes, elle regarda Assaf à travers ses yeux embués et pensa qu'il avait un rire doux et viril.

Les douleurs revinrent. Shaï se plaignit que tout son squelette se désarticulait de douleur, il sentait ses os broyés, brisés, puis ce fut le tour des muscles qui se déchiraient, se divisaient, se contractaient, se tordaient à l'intérieur du corps, partout, derrière les oreilles, dans les gencives. Et Tamar, habituée aux descriptions douillettes et pleurnichardes de son frère, essaya de surmonter son aversion – non pas de la douleur mais de la description – et de le distraire, de le faire rire ; elle lui parla du diaphragme, ce muscle qu'il était impossible de ressentir directement mais sans lequel il était impossible de chanter. Elle imita Halina qui lui répétait : « Soutenir ! Soutenir avec le diaphragme ! », imagina sa réaction si elle apprenait que Tamar avait chanté dans la rue : « Vraiment ? Ils ont aimé ça ? Intéressant… comment as-tu fait pour chanter si haut après Kurt Weil ? Chez moi, tu ne peux jamais, chez moi, après Kurt Weil, tu as tout de suite besoin de t'arrêter… » Shaï ne riait pas, Assaf riait aux éclats. Malgré ses airs sérieux, c'était si facile de le faire rire, constata Tamar. Idan ne riait jamais de ses plaisanteries, peut-être même pensait-il qu'elle n'avait pas d'humour ; quant à Assaf, il remarqua la fossette dont Théodora lui avait parlé et commença à deviner ce que Tamar avait fait dans les rues au cours de ce dernier mois. Un jour, il aurait peut-être la chance de l'écouter, il fallait qu'il suive les annonces de concerts dans les journaux, et s'il voyait son nom… aussitôt l'illusion se dissipa : c'était un rêve, il ne savait même pas son nom ! Mais l'heure n'était pas au découragement, Shaï commença à avoir des visions, un ver de terre qu'il appelait Douda rampait en lui et le suçait de l'intérieur. Il le sentait ramper, le moindre de ses mouvements lui mordait les chairs. Il avait l'impression d'être démembré entre les mâchoires de Douda, ses muscles étaient réduits à des filaments, des cellules. Ses jambes lui échappaient, s'écartaient de lui par secousses successives, les bras en faisaient autant. Assaf n'en croyait pas ses yeux : le corps long et décharné se tordait comme s'il allait se déchirer. Tamar se coucha sur lui et le retint de toutes ses forces, ses petits muscles saillaient le long des bras, et – comme le lui avait prédit Théodora – Assaf sentit son cœur bondir vers elle. Elle parlait à Shaï, lui disait qu'elle l'aimait, qu'elle l'aiderait, que bientôt, d'ici un ou deux jours, ça passerait et ce serait le début d'une nouvelle vie. La pelote emmêlée de jambes et de bras se détendit enfin et Shaï s'endormit.

Tamar se laissa rouler sur le côté, épuisée. Une auréole de sueur dépassait sous ses aisselles. Des taches de vomi et d'urine maculaient sa salopette. Assaf sentait son odeur, elle la sentait aussi. Étendue sur le matelas, elle regarda Assaf avec des yeux qui en voyaient trop. Des yeux écarquillés. Elle se sentait nue devant lui, et n'éprouvait pas la moindre gêne. Au début, elle avait été gênée qu'Assaf voie son frère nu ; aussi bien pour Shaï que pour elle, parce qu'ils étaient faits de la même chair. Mais au bout de quelques heures, elle s'habitua. Il fallait essayer de dormir un peu maintenant. Elle entendit Assaf s'approcher doucement de l'entrée de la grotte, mais elle n'avait pas peur qu'il parte, sans doute avaient-ils franchi ensemble une limite. Assaf sortit, son corps disparut dans l'obscurité. Dinka se réveilla, leva la tête et regarda aussi. Une minute s'écoula, puis une autre. Il faisait bien de prendre l'air, et même de faire une petite promenade, se dit Tamar courageusement. Il était peut-être allé uriner ? Une autre minute s'écoula. On n'entendait rien dehors. Même s'il ne revenait pas, elle lui serait à jamais reconnaissante de ce qu'il avait fait. Pourtant, elle ne connaissait même pas son nom. Dinka agita sa queue et souleva de la poussière. Le corps d'Assaf se matérialisa à mesure qu'il émergeait de l'obscurité. Dinka se recoucha, Tamar recommença à respirer. Il revint s'étendre à côté d'elle avec précaution, sans la toucher, dans la largeur du matelas. Elle découvrit le plaisir d'entendre quelqu'un respirer tranquillement à son côté et se sentit soudain heureuse. C'était une étrange manière de connaître quelqu'un, de se faire un ami, car c'était bien ce qui se passait : nous devenons amis, se dit-elle prudemment, nous nous rapprochons l'un de l'autre, je ne sais pas trop comment, presque sans parler, sans nous connaître, sans qu'il se passe quelque chose entre nous. Elle ne savait ni où il habitait, ni où il étudiait, ni s'il avait des amis ou une amie, elle ignorait tout de lui, pourtant il lui semblait le connaître déjà avec une espèce de solide certitude qui pour le moment lui suffisait.

Il y avait aussi des moments discordants, le sentiment que quelque chose de nouveau était en train de naître alors que Shaï requérait toute son attention, sans la moindre distraction. En d'autres circonstances, elle se serait livrée à une analyse du problème, mais elle était trop fatiguée pour cela et se contentait d'enregistrer cette note discordante : comme si, par moments, Shaï n'était que l'instrument qui avait favorisé cette rencontre. Voilà, c'était dit. Effrayée, elle se redressa, regarda autour d'elle, le vacillement de la veilleuse qui faiblissait, Shaï qui dormait, Dinka aussi, Assaf qui la regardait, puis elle se recoucha. Shaï ne sentait même pas cette chose qui frissonnait dans l'air autour de lui. C'était dur pour elle. Et si tout ça n'était que le fruit de son imagination ? Des fantasmes romantiques qu'Assaf ne partageait pas ? S'il n'était qu'un garçon secourable qui pour une raison quelconque avait décidé de l'aider ? Dans un état de fatigue extrême, elle se retourna, son bras heurta la poitrine d'Assaf. Oh, pardon – Ce n'est pas grave. – J'ai oublié que tu étais là. – Où voulais-tu que je sois ? – Je voudrais dormir un peu, d'accord ? – Dors, ça fait deux jours que tu ne dors pas. – Je ne sais plus très bien, tu as peut-être raison. – Dors, je reste éveillé.

Lorsqu'il lui dit : « Dors, je reste éveillé », et qu'il la déchargea aussi délicatement de son fardeau, celui de veiller sur Shaï… non, il ne fallait pas qu'elle y pense en ce moment. Elle fut tentée un instant d'ôter le poids énorme qui pesait sur sa gorge, de tout lui raconter, de se décharger un peu de ce qu'elle avait vécu depuis son départ, puis son arrivée dans la grotte avec Shaï, et ces deux jours de cauchemar ; si l'enfer existait, c'est ici qu'elle en avait fait l'expérience, pendant ces deux jours de solitude avec son frère, jusqu'à l'arrivée d'Assaf. Mais si elle écartait les lèvres, ou faisait la moindre incision dans sa cuirasse, il en jaillirait un flot qui l'anéantirait aussitôt, et elle n'en avait pas le droit, pas encore. D'autant plus qu'elle le connaissait à peine, pensa-t-elle avec un certain effroi.

Elle se mit sur le côté, tournée vers lui, sentit la transpiration d'Assaf, et pensa au plaisir de prendre une douche une fois que tout serait fini. Peut-être se reverraient-ils en ville, par exemple dans un café où ils viendraient lavés, coiffés et parfumés. Ils se raconteraient qui ils étaient vraiment. Peut-être qu'en guise de cadeau humoristique, elle lui achèterait un déodorant raffiné. Voilà qu'elle ne pensait plus à Shaï et s'autorisait à rêver. Comme s'il fallait toujours une victime quelque part pour qu'il y ait de l'espoir ailleurs. Tu te racontes encore des histoires, se reprit-elle. Il ne se doute de rien. Entraînée par ces pensées confuses, elle s'endormit ainsi, par terre.

Le cœur débordant d'élan vers elle, Assaf la regardait dormir. Il avait envie de la couvrir, de nettoyer son visage couvert de terre, de faire quelque chose de bon pour elle. Mais le mieux était de ne pas la réveiller. Il resta immobile et la regarda, la mangea des yeux, elle était si belle. Tamar soupira et se pelotonna sur le côté, la tête posée sur ses mains jointes. Elle avait des doigts longs et fins. Une fine chaîne en argent, presque invisible, entourait sa cheville sale, il la regardait insatiablement, lui parlait dans sa tête, faisait les questions et les réponses : Sais-tu que tu as des yeux uniques ? – Oui, on me l'a déjà dit, et sais-tu pourquoi ? – Parce que tu regardes le monde avec étonnement ? – Comment le sais-tu, tu as tout lu, n'est-ce pas ? – Non, quelques pages ici et là. – C'est injuste que tu saches tant de choses sur moi, moi je ne sais rien de toi ! Aurais-tu aimé que je lise ton journal intime ? – Je n'en ai pas. – Mais si tu en avais un ? – Si j'en avais un ? – Oui, si tu en avais un, tu accepterais qu'on le lise ? – Tu n'as pas besoin de mon journal, je peux tout te raconter.

Elle entrouvrit un œil, le vit sourire et ses doigts se croiser dans un geste de prière enfantine, et se rendormit apaisée. Assaf se leva et s'étira. Il fallait que demain au plus tard il aille téléphoner à ses parents et à Rhinocéros, avant que ce dernier n'alerte toute la police israélienne. L'idée lui déplaisait. Le monde extérieur posait une main froide sur son épaule. Comment ferait-il pour parler de Rély à Rhinocéros ? Ça lui paraissait encore plus compliqué qu'auparavant : peut-être parce qu'il commençait à comprendre ce que Rhinocéros éprouvait pour sa sœur ? Peutêtre aussi que Rély avait du mal avec Rhinocéros, se dit-il prudemment en se dirigeant vers le néon de la veilleuse qui commençait à faiblir. Il fouilla dans la grotte, trouva les piles préparées par Tamar, mais vit aussitôt qu'elles n'étaient pas adaptées à l'appareil. Il avait toujours secrètement accusé Rély de ne pas aimer vraiment Rhinocéros. C'était lui qui l'aimait *plus* qu'elle ne l'aimait, avec une sollicitude et une générosité inégalables. Il fouilla dans les provisions, les boîtes de conserve et trouva quelques paquets de biscuits à l'emballage en plastique rigide qu'il commença à déchirer. Il était distrait par ses pensées. A chacune de leurs rencontres, comme un rituel immuable et incontournable, il fallait que Rhinocéros parle de sa nostalgie pour Rély. Assaf connaissait par cœur toute la litanie de lamentations : comment il l'avait perdue, quelle erreur fatale de ne pas l'avoir pressée de l'épouser aussitôt après l'armée, quel imbécile de l'avoir laissée partir pour l'Amérique. Il retira les fils métalliques glissés dans le plastique des pochettes, les relia et forma deux longs fils. Il tira de la poche de son jean un rouleau de bande isolante noire (« c'est aussi nécessaire qu'un mouchoir de poche », disait son père), puis il posa les six petites piles l'une à côté de l'autre, moins avec moins et plus avec plus. Pendant ces conversations – il colla les fils sur les piles et relia leurs extrémités à la veilleuse, ça marchait bien – ils n'avaient jamais parlé de Rély, de ce qu'elle pouvait ressentir, et Assaf eut soudain des remords, sans trop savoir pourquoi, il crut trahir son ami en pensée, et aussitôt orienta sa rêverie dans une autre direction, comment Rhinocéros supporterait-il les nouvelles d'Amérique, comment pourrait-il vivre si sa bien-aimée n'était plus avec lui ?

Lorsque Assaf ouvrit les yeux (il s'était sans doute assoupi), Shaï n'était plus dans la grotte. Aussitôt il se releva, décida de ne pas réveiller Tamar, siffla discrètement Dinka et sortit avec elle. Dehors, il commençait à faire jour, une ligne rose éclairait l'horizon à l'est. Assaf se mit à courir, suivi de Dinka. Tour à tour, il explora une direction, puis une autre, mais en vain. Il fallait garder son sang-froid. Dans l'état où il était, Shaï ne pouvait pas être allé trop loin. Assaf parvint à ajourner le tribunal intérieur qu'il avait convoqué pour se juger. Dinka courait devant lui, elle cherchait, reniflait, il la suivait, confiant en son instinct ; depuis leur arrivée dans la grotte, la chienne se tenait à l'écart comme si elle estimait avoir accompli sa mission en le conduisant jusqu'à Tamar. En pleine course, il s'arrêta, la rappela à lui et s'agenouilla auprès d'elle. Il ébouriffa sa fourrure, colla sa tête contre la sienne, mélangea leurs odeurs, elle le renifla amicalement, puis ils se remirent à courir.

Un camion passa sur la route au-dessus d'eux. Assaf prit peur : il ne fallait pas que Shaï arrive jusque-là, il risquait soit d'être écrasé, soit de faire du stop jusqu'à la ville où il se débrouillerait pour trouver sa dose, et alors ces trois premiers jours de sevrage, cet effort énorme, seraient perdus. Il y avait un autre scénario encore plus terrible que les précédents : aussitôt arrivé en ville, ceux qui recherchaient Shaï mettraient la main sur lui. Assaf transpirait. Il s'en voulait à mort de s'être assoupi, d'avoir déçu Tamar.

Shaï était adossé à un pin déplumé sur le chemin pentu. De la bave verdâtre coulait de sa bouche. Assaf courut vers lui et le retint une seconde avant qu'il ne tombe. Ses yeux étaient déjà révulsés ; mais il eut la force de murmurer que rien ne pourrait l'arrêter, qu'il devait arriver jusqu'à la route. Il proposa même de l'argent à Assaf pour le soudoyer, lui extorquer l'endroit où Tamar cachait la dose. Assaf passa le bras entre les jambes de Shaï et le chargea sur son épaule comme on le ferait d'un blessé. Il redescendit avec lui au fond du wadi, trouva le talus et glissa vers la grotte. Un instant avant d'entrer, Shaï serra la gorge d'Assaf et le força à s'arrêter :

– Écoute, je t'en supplie, si elle dort, ne lui dis pas que je suis sorti. S'il te plaît, tu m'entends ?

Assaf réfléchit un instant : il mit en balance sa loyauté envers Tamar avec le désir désespéré de Shaï de ne pas décevoir sa sœur.

– D'accord, mais c'est la dernière fois que tu essaies de t'enfuir.

Shaï bougea ses longs doigts, ce qui apparemment signifiait « oui ». Assaf le déchargea sur le matelas, il l'étendit et allongea ses membres longs et graciles comme on le ferait d'une poupée de chiffon. Tamar les entendit bouger et se réveilla. Elle ouvrit les yeux, s'étira sensuellement, momentanément amnésique :

– Hmmm, comme j'ai dormi… Hé toi, pourquoi tu es debout ?

Assaf se tut. Shaï le regarda d'un air suppliant :

– Rien, j'avais besoin de m'étirer un peu.

Tamar lui adressa un sourire, un doux sourire matinal. Shaï cligna les paupières en signe de gratitude. Une étincelle d'émotion éclaira son regard terne, Assaf lui répondit par un sourire. Tamar remarqua l'échange. Elle ferma les yeux et se dit que peut-être les choses finiraient par s'arranger.

Le jour qui se levait se révéla un peu plus facile que le précédent. Shaï souffrait moins, mais il chercha sa dose pendant des heures dans les anfractuosités de la grotte, persuadé de l'avoir repérée la veille, c'était sûr, mais il ne savait plus où. Assaf et Tamar ne répondaient plus à ses litanies. Ils lui massaient les jambes pour alléger ses douleurs et favoriser la circulation sanguine, le forçaient toutes les heures à avaler quelques gorgées de liquide, parfois Assaf devait le tenir de force pour que Tamar fasse couler dans sa bouche quelques gouttes, il ressemblait alors à un grand oisillon efflanqué. Et quand le regard de Tamar croisait celui d'Assaf, elle savait qu'il voyait la même chose qu'elle, peut-être avec les mêmes mots, et se sentait troublée comme si elle avait plongé son regard loin en lui ; surprise, elle se souvint d'avoir toujours cru qu'il manquait une pièce de Lego à son être, celui qui devait la relier à un autre être, mais peut-être que ce point aussi méritait d'être revu.

Tout au fond du wadi, il y avait une petite source, mince comme un filet. Elle y alla en emportant les draps sales et leurs vêtements à tous les trois. Elle s'agenouilla, commença à frotter le linge et pensa que, depuis son séjour dans le foyer de Pessah, elle ne s'était jamais retrouvée vraiment seule. C'était la chose la plus difficile au foyer, depuis son enfance elle avait besoin d'une ou deux heures de solitude par jour, elles lui étaient nécessaires comme l'air et l'eau. Depuis l'arrivée d'Assaf, elle aurait pu s'accorder des petites « vacances », faire un tour dans le wadi, respirer, mais cette nécessité semblait avoir disparu, et elle en était troublée. Elle se lava dans l'eau de source et se sentit joyeuse comme une enfant. *Déchirées nos guenilles de vaurien...*, chanta-t-elle gaiement en accrochant les vêtements à des branches, à l'abri des regards, « ... Les fers à nos chevilles loin bien loin... », et s'arrêta aussitôt, honteuse de sa naïveté pathétique, se qualifia de quelques autres épithètes implacables, reprit ses esprits, repensa à l'adversaire qu'elle combattait, sans pouvoir s'empêcher de regarder sa salopette bleue s'agiter gentiment à côté du maillot d'Assaf.

Tamar avait préparé des vêtements de rechange, mais comme Assaf n'en avait pas il emprunta ceux de Shaï, du moins ceux qu'il pouvait porter. Puis, quand ceux-là aussi furent sales, il emprunta un grand T-shirt de Tamar, de ceux qu'elle avait prévus en guise de « vêtement de travail » ; elle lui raconta qu'ils dataient de l'époque où elle était grosse, Assaf avait du mal à le croire, elle rit, « tu verras sur les photos, j'étais un vrai éléphant », lui dit-elle, et ce « tu verras », annonciateur d'avenir, le rendit fou de joie.

Aïe, se dit Assaf en la voyant sortir sa brosse à dents, je n'en ai pas.

« Prends la mienne », dit-elle après l'avoir utilisée et Assaf – oh, si sa mère le savait, elle dirait que c'était le détail le plus fou de toutes ces journées – se lava les dents avec la brosse de Tamar.

Les vomissements cessèrent, et les grands bâillements

aussi. Ce fut le tour des diarrhées, une autre épreuve à traverser, ils le firent ensemble, tous les deux ou plutôt tous
les trois, parce que Shaï commençait à reprendre ses
esprits, à éprouver de la honte, à s'étonner de la présence
d'Assaf, qui était-il, que faisait-il là ; Tamar dit en toute
simplicité : « C'est un ami. »

Mais lorsque Assaf annonça qu'il devait aller en ville
pour une ou deux heures, le visage de Tamar exprima une
telle déception qu'il faillit y renoncer. « Bon, vas-y », dit-
elle ensuite, persuadée qu'il ne reviendrait plus. Elle lui
tourna le dos, furieuse de s'être laissée aller, de lui avoir
fait confiance. Il lui expliqua en détail ce qu'il avait à faire,
essaya d'être pondéré et logique, mais elle avait déjà dressé
une barrière entre eux, Assaf ne savait plus que faire pour
la rassurer, d'ailleurs comment pouvait-elle douter de lui
après la nuit qu'ils venaient de passer ? Il lui lança un
regard furieux, désespéré, et vit la facette compliquée et
tortueuse de sa personnalité s'emparer d'elle, la livrer à
l'attaque des souris avec une étrange volupté. Il comprit
alors que les mots ne suffiraient jamais à l'apaiser.

Quand il sortit de la grotte, elle se leva et le remercia de
tout ce qu'il avait fait pour elle. C'était d'une politesse
presque vexante. Puis il dit au revoir à Shaï, et surtout à
Dinka qui le regarda partir avec inquiétude : elle courut
après lui, revint vers Tamar, et tenta de recoudre le tissu
qui se déchirait. Lorsqu'il fut assez loin de la grotte, il se
retourna, croyant entendre Tamar l'appeler doucement
comme pour vérifier s'il pouvait l'entendre. Il courut vers
elle dans un élan presque douloureux. Tamar aussi était
surprise par l'émotion qui la saisit en le voyant revenir
vers elle. Oui, qu'est-ce qu'il y a ? demanda-t-il, essoufflé.
– Pourquoi es-tu revenu ? – Parce que tu m'as appelé et
aussi parce que j'ai oublié de te donner une lettre de Léah.
– Une lettre de Léah ? – Oui, elle me l'avait donnée pour
toi, mais quand je suis arrivé, tu m'as accueilli avec le
bâton, puis il y a eu Shaï et j'ai oublié. Il lui tendit la
lettre. Ils restèrent face à face, guindés, à la torture, elle

plia la lettre avec la main et la tritura. Il vit une artère bleue battre dans son cou et faillit tendre la main pour la toucher, l'apaiser. Au fait, pourquoi l'avait-elle appelé ? Pourquoi ? s'étonna Tamar. Oh, oui, écoute-moi.

Elle lui demanda s'il voulait bien lui rendre un dernier et énorme service. Assaf écarta les bras, découragé, il tapa même du pied, pourquoi « dernier » service ? Mais il ne dit rien, prit le numéro de téléphone qu'elle avait inscrit, écouta les instructions, les consignes détaillées qu'elle lui répéta plusieurs fois, et la question qu'elle voulait qu'il leur pose. C'était une mission difficile et très peu faite pour lui. Elle le savait aussi : « En fait, il faudrait que ce soit moi qui leur parle, mais comment les appeler d'ici ? » Assaf la rassura, il le ferait à sa place. « Alors, répète encore une fois ce que tu dois leur dire. » Elle l'obligea à répéter la question exactement dans les mêmes termes, il obéit, amusé de ce premier coin de voile soulevé sur son entêtement inflexible, mais tout aussi troublé par la complexité de leurs rapports familiaux qui s'étalaient dans toute leur laideur sous ses yeux. Elle le sentit aussi et, une fois l'examen passé, ses bras retombèrent et toute sa dureté la quitta.

— Tu vois, je te raconte des choses que je n'ai même pas dites à mes meilleurs amis.

— Écoute, je serai de retour à trois heures.

— D'accord, il faut que je retourne voir Shaï.

Elle revint dans la grotte, douloureusement réaliste, consciente de la difficulté à revenir dans cet enfer après avoir goûté à la vie normale.

Il grimpa jusqu'à la route, monta dans un autobus et commença à localiser les environs à l'aide de points de repère, de noms de rues, à visualiser l'endroit où Léah l'avait conduit les yeux fermés. Arrivé à la maison, il écouta les messages sur le répondeur (Roy avait rappelé et parlé d'une voix prudente : ils pourraient peut-être se rencontrer pour une conversation d'homme à homme ? Peut-être qu'Assaf traversait une crise, ils pourraient voir ça ensemble, non ? Non, dit Assaf et il passa au message suivant). Ses parents projetaient de faire une excursion de trois jours dans le désert, tout va bien, disaient-ils à Assaf. Il sourit : trois jours. Même leur absence s'adaptait à la situation. Il réécouta leurs voix joyeuses : ils ne souffraient plus du décalage horaire, ils avaient visité l'usine high-tech de Germy, et son père qui était électricien depuis trente ans en était tombé à la renverse.

Il y avait sept autres messages, tous de Rhinocéros, le dernier disant que si Assaf n'appelait pas d'ici midi il appellerait la police.

Il avait encore dix minutes devant lui. Il but trois verres de jus de mangue, puis téléphona à l'atelier. Le cri de Rhinocéros fit taire un instant le bruit des machines derrière lui. Assaf savait exactement pourquoi il aimait tant son ami, et il lui raconta tout. Sans rien lui cacher. Sauf les nouvelles des États-Unis, et ce qu'il ressentait quand il était avec Tamar (c'est-à-dire l'essentiel). Rhinocéros l'écouta sans l'interrompre. C'était une autre de ses qualités : Assaf pouvait lui raconter toute une histoire du début à la fin, sans être interrompu par mille questions stupides. Quand il eut fini son histoire, Rhinocéros dit doucement :

– Alors tu as fait ça ? Tu as fouillé tout Jérusalem et tu as fini par la trouver… tu veux savoir la vérité ? Je ne croyais pas que tu y arriverais.

Alors seulement, Assaf prit conscience qu'il avait réussi à retrouver Tamar, il n'y avait pas pensé jusqu'à cet instant, il avait foncé, tête baissée, dans la mission suivante, celle du sauvetage de Shaï, ensuite… il n'avait même pas eu le temps de souffler. Rhinocéros le soumit à un rapide interrogatoire militaire : Assaf connaissait-il les gens qui poursuivaient Shaï et Tamar ; étaient-ils en danger à cause de ces gens ; où se trouvait exactement le restaurant de

Léah, était-il possible – en cas de danger – d'avoir quelques points de repère de la grotte. Il répéta trois fois à Assaf de faire attention à ne pas être suivi, parce qu'il n'était plus à l'abri du wadi et qu'en circulant dans la ville il était exposé et qu'on le recherchait aussi. Enfin, il demanda d'un air faussement dégagé des nouvelles du Nouveau Monde.

Assaf lui dit qu'il n'avait pas pu leur parler, mais qu'ils avaient laissé un message laconique disant qu'ils partaient en excursion pendant trois jours, et qu'apparemment tout allait bien. Il parlait un peu trop vite et priait pour que le bruit des fraises et des meules empêche Rhinocéros de le remarquer.

Puis il composa le numéro que Tamar avait inscrit sur l'étui d'un paquet de gaufrettes. La conversation, qui ne dura que trois minutes, fut encore plus pénible que la précédente. Il fixa un rendez-vous dans un café du centre commercial, à mi-chemin entre chez lui et chez eux, et fit une description de lui-même sans oublier d'y inclure les derniers changements survenus sur sa personne.

Il se lava longuement sous la douche, mit des vêtements propres, et prit la direction du centre commercial. L'esprit confus, il avança dans la bulle d'air conditionné, le clinquant des magasins, et se sentit lui-même faux, comme s'il était le double d'un vrai Assaf qui, lui, était resté là-bas, à son poste dans la grotte. Avec l'argent que sa mère avait laissé dans la boîte à couture – en cas d'urgence – il acheta quatre hamburgers (dont un pour Dinka), et divers biscuits et chocolats, parce que Shaï les dévorait et qu'il avait presque fini les provisions préparées par Tamar. Autour de lui les gens paraissaient insouciants, et Assaf éprouvait le même sentiment que lorsqu'il entrait parfois dans la chambre de Mouky : elle dormait sur le dos comme les tout-petits, les bras et les jambes mollement étalés, dans un abandon total et confiant. Il la sentait alors si innocente et exposée qu'il avait envie de la protéger. De même, dans ce centre commercial, les gens ignoraient ce

qui se passait vraiment à deux pas, combien la vie était
dangereuse, fragile et trouble.

Après les avoir rencontrés, il était si épuisé et en sueur
qu'il eut presque envie de rentrer chez lui et de reprendre
une douche. Comme pour se nettoyer de quelque chose. Il
venait de rencontrer un couple propre, soigné et élégant.
Un peu plus jeunes que ses parents, avec plus de diplômes,
les parents de Tamar étaient rationnels, avaient réponse à
tout, au point qu'il n'avait pas pu placer un mot, et surtout,
ils se comportaient comme s'ils rendaient un service à
Assaf alors que c'était *lui* qui s'était déplacé pour *eux*. Il y
avait eu une vive discussion – surtout avec l'homme –,
comme si Assaf était coupable de quelque chose et qu'il
devait comprendre et reconnaître combien ils avaient
raison, combien ils étaient blessés. Assaf ne savait pas
comment les prendre. Il n'essaya même pas de discuter,
leur transmit le message, refusa de donner des détails supplémentaires, et posa une seule question, celle que Tamar
lui avait demandé de poser. Il fut surpris de voir l'effort
que fit l'homme pour céder, s'assouplir, accepter.

Quand enfin il céda, son visage se mit à trembler. D'abord
le sourcil droit qui semblait doué d'une vie indépendante,
ensuite tout le visage comme s'il se décomposait, puis il le
cacha entre ses mains et éclata en sanglots amers. La
femme aussi versa des larmes, le tout sous le regard des
passants, ils pleurèrent chacun pour soi, sans se toucher, se
caresser, se consoler mutuellement, distants et séparés, chacun versant ses larmes amères et solitaires. D'après les
quelques mots que Tamar lui avait dits, Assaf était
conscient d'assister à la chose la plus improbable pour ces
deux individus : ils renonçaient enfin à faire semblant.
Comme il ne savait que faire pour les calmer, il leur parla
de Tamar. Ils pleuraient et Assaf parlait, il leur dit qu'elle
les aiderait, qu'il fallait lui faire confiance, que tout s'arran-
gerait, et autres baliverne. C'étaient des sanglots interminables, des larmes sans doute accumulées depuis longtemps,
et quand ils se calmèrent un peu ils restèrent silencieux,

accablés et presque touchants. Alors la conversation reprit depuis le début, comme s'ils n'avaient pas entendu ce qu'Assaf leur avait déjà dit. La voix hésitante et docile, ils lui posèrent des questions auxquelles il n'avait pas de réponse, parce qu'il en savait peu sur Shaï et Tamar, et ce qu'ils avaient vécu avant leur rencontre. Mais ils persistèrent, comme s'ils formulaient enfin toutes les questions qu'ils n'avaient pas osé poser et se poser pendant toute cette période. Assaf les écoutait en silence, répondait par un mot ou deux, mais il fallait mettre fin à cet interrogatoire, d'abord parce que les hamburgers refroidissaient, et surtout parce qu'il imaginait Tamar seule là-bas, persuadée qu'il ne reviendrait pas, et cette pensée lui était insupportable.

En repartant, il pensa à sa mère qui était souvent torturée par l'idée que le métier le plus difficile et le plus risqué au monde, celui de parents, n'était sanctionné par aucun jury ou examen.

Ils dévorèrent ensemble ce qu'Assaf avait rapporté ; ou plutôt Assaf et Dinka dévorèrent leur part, Shaï y goûta du bout des lèvres, mais Tamar était incapable de manger la moindre miette. Elle ne quittait pas Assaf des yeux, le regard brillant, heureux, comme s'il était un cadeau inespéré. Puis ils sortirent un peu au soleil devant l'entrée de la grotte, et s'étendirent en triangle, la tête de Shaï sur les jambes de Tamar qui posa la sienne sur les jambes d'Assaf, lequel prit le sac à dos de Tamar en guise d'oreiller, et Shaï raconta pour la première fois des choses qui lui étaient arrivées au cours de cette année. Assaf sentait à travers le tissu de son jean les sursauts de Tamar qui écoutait son frère raconter les humiliations, la misère. De temps en temps, Tamar prenait la parole, décrivait un spectacle amusant à Ashdod ou Nazareth, les voyages interminables, l'expé-

rience de chanter dans la rue, devant des étrangers. Assaf
écoutait, ému, il n'aurait jamais pu faire ce qu'elle avait
fait, préparer les choses si longtemps à l'avance, sans
renoncer ni se décourager, comme une vraie coureuse de
fond.

Shaï et Tamar échangèrent leurs expériences des spectacles de rue, ils parlèrent aussi de Pessah et de sa natte,
Assaf comprit alors que c'était l'homme qui avait frappé
Théodora. Mais Tamar était si joyeuse et légère qu'il
passa sous silence ce qui était arrivé à la religieuse. Elle
raconta les bouledogues, les pickpockets, la pauvre
femme russe, le père et le fils à Zikhron, et tous ceux
qu'elle avait vus être dévalisés. Puis Shaï et Tamar montrèrent ensemble à Assaf comment les gens déposaient
l'argent dans les chapeaux – Shaï faisait le metteur en
scène et Tamar mimait –, il y avait ceux qui essayaient de
dissimuler leur avarice, ceux qui jetaient les pièces
comme s'ils vous achetaient, ceux qui par excès de pudeur
ne donnaient rien, ou qui faisaient mettre la pièce par un
enfant, ceux qui écoutaient tout un programme et au dernier moment, à la dernière note, s'évaporaient…

Tamar mimait, riait, bougeait avec grâce et légèreté, son
corps revenait à la vie, émergeait de la cuirasse qui l'em-
prisonnait. Elle se sentait elle aussi un peu comme le titre
du livre de Yehouda Amihaï, sauf que le poing devenait
une main ouverte, elle finit son numéro en faisant une
profonde révérence, Assaf applaudit. Comme il aimerait
photographier un jour toutes les expressions de ce visage.

Shaï demanda à Assaf qui il était. C'était la première
fois qu'il s'adressait à lui ; quel lycée fréquentait-il,
connaissait-il Untel et Untel, et Assaf qui avait une bonne
mémoire visuelle se souvint avoir rencontré Shaï à un
match du Hapoël, était-ce possible ? Mais oui, très possible, dit Shaï en riant. Assaf lui demanda s'il allait toujours aux matchs.

– J'y allais, dit Shaï. Pour moi, tout se conjugue maintenant au passé.

– Et ce poster de Manchester United accroché dans la grotte ?

– C'est elle qui l'a apporté. Elle s'est trompée, elle a cru que j'étais leur supporter. Erreur, mon cher Watson !

Il lança une poignée de brindilles à Tamar qui sourit :

– Manchester ou Liverpool, quelle importance ? C'est du pareil au même, non ?

Les deux adolescents protestèrent à grands cris en lui expliquant qu'un supporter de Hapoël ne pouvait pas soutenir Manchester.

– Pourquoi ? insista Tamar, ravie de cette conversation à trois.

– Explique-lui, dit Shaï. Moi, je n'en ai pas la force.

Assaf lui expliqua qu'un vrai supporter de Hapoël ne pouvait jamais soutenir une équipe gagnante comme celle de Manchester :

– Nous ne pouvons nous identifier qu'à des perdants, à ceux qui ont *failli avoir* la coupe, comme Liverpool par exemple (l'équipe de Shaï), ou bien Houston…

– Tu me vois avec le poster de Manchester au-dessus de la tête ! gémit Shaï. Comment veux-tu que j'arrive à m'en sortir avec Beckham et York au-dessus de la tête ?

Tamar rit de bon cœur, une question urgente qui la taraudait depuis quelque temps lui traversa de nouveau l'esprit : si quelqu'un est obligé de se blinder pour les besoins d'une mission, peut-il redevenir lui-même une fois cette mission achevée ? Assaf parla de son ami, Roy, ancien supporter de Hapoël, qui avait proscrit la couleur jaune de sa chambre – ni vêtement, ni tasse, ni vase, ni tapis – par refus du Béitar. Les deux garçons bavardaient, Tamar les écoutait avec un double plaisir, comme un double remède à deux douleurs différentes. De temps en temps, elle hasardait une question sur « cet ancien copain », et Assaf racontait tout sans rien cacher, Tamar écoutait attentivement tout en songeant avec soulagement qu'Assaf était son contraire absolu : dans ce qui l'intéressait (ou l'ennuyait), dans son rythme de vie, sa famille, son impossibilité de faire semblant. Elle aimait l'entendre parler lentement, peser ses réponses, analyser méthodiquement chaque chose, comme s'il prenait l'entière responsabilité de ses paroles. Elle n'aurait jamais cru avoir la patience d'écouter et d'apprécier quelqu'un d'aussi lent. Il faisait partie de ces êtres qui ne changent pas d'expression dès qu'on leur tourne le dos. Il avait une voix propre, qualité qui ne s'apprenait pas chez un professeur de chant. A travers son jean, elle sentait battre l'artère d'Assaf et se disait qu'il vivrait cent ans sans cesser de grandir, de changer et d'apprendre, à sa manière profonde et fondamentale.

Puis ils rentrèrent dans la grotte, parce que deux promeneurs s'étaient engagés sur un des sentiers qui descendaient vers le wadi. Il fallait qu'ils soient vigilants, les deux hommes ne paraissaient pas équipés pour une promenade dans la nature, mais les trois adolescents étaient si détendus et heureux que, relâchant leur méfiance, ils n'y prêtèrent pas attention et se contentèrent de ramasser vite ce qui traînait dehors, de couvrir de buissons l'entrée de la grotte et de disparaître à l'intérieur.

Aussitôt après, comme si ces brèves vacances étaient achevées, les douleurs reprirent et Assaf et Tamar entourèrent de nouveau Shaï. C'étaient les mêmes douleurs musculaires, atténuées, mais toujours aussi éprouvantes, et Tamar utilisa la pommade achetée à cet effet et dont l'odeur désagréable se répandit dans la grotte. Shaï gémissait en disant qu'elle lui faisait des vagues de chaud et de froid, puis brusquement il fut aspiré en arrière, au cœur de sa douleur, redevint le jouet de son mal et commença à attaquer Tamar : elle le maltraitait, le faisait souffrir, mieux valait rester comme avant, d'ailleurs il ne pourrait plus jamais jouer comme autrefois, du temps où il était défoncé, comme seuls Dieu et Jim Morrison pouvaient l'être. Il connaissait cette sensation, et il ne l'éprouvait plus. Un instant plus tard, délirant, il crut être sur le point d'avoir sa dose, qu'il était arrivé un miracle et qu'il se trouvait dans le taxi qui le conduisait à Lod, chez le dealer. Étendu par terre, il leur décrivit la route avec une vivacité surprenante, et les buissons poussiéreux d'hibiscus qui se trouvaient à l'entrée de ce quartier misérable. Fascinés, Assaf et Tamar l'écoutaient sans comprendre. Il disait au chauffeur de se garer et de l'attendre ; puis il s'approchait de la maison entourée d'un grand mur et frappait à la porte. Celui qui y habitait n'ouvrait pas, mais Shaï retirait une brique du mur – je ne le vois pas, mais je l'entends, je sais ce qu'il a dans la main, je pose l'argent dans le trou du mur, et lui, mon Dieu, il me passe le paquet de cinq, ça y est je l'ai, je suis dans le taxi, allez vas-y démarre, roule, je coupe le bout avec mon couteau japonais, où est l'étain, Tamar, où est mon étain !

Il poussa un cri, frotta la main sur son genou comme s'il roulait un papier et, saisi de tremblements, il articula péniblement : « Quel cinéma, j'en peux plus », il s'endormit un instant, se réveilla en sursaut, se dressa plein d'énergie sur le matelas, et commença à leur faire un discours : qu'est-ce que l'humanité ? Rien, zéro, de la marchandise d'occasion, ils ont une peur bleue de l'originalité, du génie. L'humanité tout entière n'a qu'un seul but : castrer ses semblables, les domestiquer. C'est valable pour les pays, les peuples, les familles, surtout les familles ! Lui, jamais il n'aura de famille, jamais ! Quel besoin de ce paquet d'hypocrisie, de faire des enfants et de créer encore une génération de malheureux ! Les gens sont prêts à dévorer leurs rejetons pour qu'ils ne chient pas sur leur portrait verni et ne leur fassent pas honte devant les copains. Il respirait avec peine, ses yeux étaient exorbités, son visage terreux. Ce n'était plus la crise, mais sa fureur et sa panique qui, sans la protection de la drogue, se libéraient et explosaient à grands jets. Tamar voulut s'approcher de lui et l'asseoir, mais il la poussa si fort qu'elle tomba à la renverse et cria de douleur. Assaf se leva aussitôt pour le retenir, mais Shaï cessa de ruer : il cria qu'elle aussi était comme les autres, qu'elle essayait d'étouffer son génie, de l'apprivoiser, de le domestiquer. A mesure que sa fureur enflait, ses propos devenaient plus méchants et grossiers. Assaf se dit qu'il fallait arrêter cette scène de violence, mais en regardant Tamar il vit ou sentit qu'elle lui interdisait de s'approcher, que c'était une affaire personnelle entre Shaï et elle. Ne se faisait-elle pas du mal en se punissant avec ses mots à lui, exactement de la même manière qu'elle le faisait dans son journal ?

Shaï se calma brusquement, sans raison apparente. Il s'agenouilla, s'étendit sur le matelas tout contre la main de Tamar, puis l'embrassa et s'excusa de l'avoir frappée. Il pleura à chaudes larmes, elle était si bonne envers lui, une vraie mère, même si elle était sa cadette de deux ans, il ne voulait plus jamais la quitter, elle était la seule à le comprendre, elle était son unique raison de vivre ; et, dans un même élan, il se redressa, se rassit et comme si tout cela n'était qu'un mirage, recommença à hurler, Tamar voulait le tuer, elle avait toujours été jalouse de son talent, parce qu'il était plus artiste qu'elle, plus total et intransigeant, elle savait que sans la drogue il ne valait rien, castré comme elle, parce qu'elle, c'était couru d'avance, elle finirait sûrement par faire des compromis, elle vendrait son art pour une bouchée de pain, irait étudier le droit ou la médecine, épouserait une nouille qui travaillerait comme leur père dans un bureau d'avocats ou, pire encore, dans l'informatique. Quelqu'un comme cet emmerdeur ici présent.

Quand il finit enfin par s'endormir, Assaf et Tamar sortirent et se laissèrent tomber, épuisés, au pied du térébinthe. Dinka se coucha en face d'eux, l'air abattu. Tamar était à bout. Si Shaï avait continué de hurler cinq minutes de plus elle aurait déversé sur lui tout ce qui s'accumulait en elle : c'était à cause de lui qu'elle avait raté le voyage en Italie, sa place dans le chœur, et peut-être même toute

373

sa carrière. Elle tremblait de haine envers lui et ses idées qu'elle connaissait depuis longtemps, chaque fois qu'il avait une de ces crises ou se fâchait avec ses parents il se précipitait dans la chambre de Tamar sans même lui demander si elle avait le temps de l'écouter ; il s'enfermait avec elle et lui faisait un discours sur un ton de colère froide, de feu glacé, pendant une heure parfois, il gesticulait, bouillonnait, citait des philosophes qu'elle ne connaissait pas, parlait de « sublime égoïsme », de l'homme qui n'agissait que par pur égoïsme, même dans les rapports entre parents et enfants, même en amour, il la forçait à lui donner raison et prétendait que si elle était vraiment d'accord avec lui, tout son petit monde bourgeois s'écroulerait. Au cours de cette dernière année, il était arrivé à Tamar de se sentir contaminée, empoisonnée par ces pensées.

Elle confia à Assaf ces choses qui lui pesaient et qu'elle n'avait même pas racontées à Léah pour ne pas dénigrer Shaï.

– Il m'arrive de partager ses opinions sur l'humanité et l'égoïsme, dit Assaf à sa grande surprise. C'est un peu déprimant de se dire qu'il n'a pas tout à fait tort.

– Oui, c'est déprimant, répliqua Tamar avec amertume. Difficile de prétendre qu'il a tort sur toute la ligne. Que lui répondre alors ?

– Il y a trois réponses possibles, dit Assaf après avoir réfléchi. Un, chaque fois que je surmonte un peu mon égoïsme, je me sens un peu mieux.

– Mais les copains philosophes de Shaï te diraient que tu es hypocrite ! l'interrompit Tamar. Ils diraient que tu as peur de te démarquer, que tu préfères être « bon » par peur d'être méchant.

Elle ajouta en silence : oui, il a vraiment peur d'être méchant, c'est un « bon garçon » professionnel. C'est la raison pour laquelle il est ici avec moi, mais il ne me comprendra jamais.

– Au contraire, dit Assaf d'un air grave. Si tout le

monde est égoïste, quand je parviens à ne pas l'être je me sens *autre*, non ?

– Vraiment ? dit Tamar avec un sourire plutôt surpris. Ça c'était le premier point, quel est le deuxième ?

– Le deuxième, c'est Théodora qui l'a fait remarquer : bien sûr qu'il existe des gens comme ceux auxquels Shaï veut ressembler, mais il y en a d'autres, comme ceux qui ont tiré Shaï du pétrin, non ? – il lui lança un regard soutenu, perçant, le cœur de Tamar eut un soubresaut flic-flac –, Théodora avait bien dit que la vie valait le coup d'être vécue pour les autres.

Une pensée discordante la traversa à ce moment-là : que penserait Idan d'Assaf. Mais elle la chassa aussitôt, se dit qu'il était plus intéressant de savoir ce qu'Assaf penserait d'Idan, et se demanda si elle lui parlerait un jour de ses amis.

– Et le troisième ?

– Le troisième est que je n'ai pas de bonne réponse à ces questions philosophiques. Mais il y a un petit champ à côté de la maison, de temps en temps il faut absolument que j'y aille. Dans un coin, il y a un dépotoir plein de ferraille et de bouteilles de verre. Je pose une de ces bouteilles sur un rocher et je la bombarde de pierres. Je fais ça pendant une heure ou deux avec une trentaine de bouteilles, et ça m'aide. Ça nettoie, tu comprends – il rit –, je donne un nom à chaque bouteille, des noms de gens, mais aussi de pensées, de… – il hésita – … ce que tu appelles « les souris »…

Tamar lui lança un regard perçant, vexée par cette intrusion, mais aussitôt après elle se sentit inondée de plaisir (nous avons un secret, se dit-elle, nous avons un secret en commun, comme ce que Léah dit des vrais couples…).

– … et je les fais exploser l'une après l'autre, ça me calme jusqu'à la fois suivante – il gloussa comme pour s'excuser –, une invention de mauviette.

– T'es pas une mauviette, dit-elle peut-être un peu trop vite. Tu veux bien m'emmener un jour avec toi ? J'en ferai exploser quelques-unes.

Ils revinrent dans la grotte. Shaï dormait, par moments il poussait un cri dans son sommeil, son corps se contractait comme s'il rêvait qu'on le frappait. Tamar et Assaf avaient décidé de dormir à tour de rôle, mais ils n'avaient pas sommeil. Pendant la garde d'Assaf, Tamar s'étendit sur le matelas et se couvrit. Les yeux ouverts, elle le regardait en silence. Il fallait qu'elle le voie. Tout le temps. Comme si ses grands gestes maladroits, les sourires timides qu'il lui adressait de temps en temps étaient un remède précieux pour commencer enfin à guérir.

Shaï dormit trois heures (tout en prétendant qu'il n'avait pas fermé l'œil), se leva, dévora quatre paquets de biscuits et se rendormit. Il était furieux, peut-être regrettait-il son coup de colère, mais il était incapable de s'excuser. Vers une heure du matin il se réveilla, prit sa guitare, sortit et commença à jouer. Assis à l'intérieur, Tamar et Assaf l'écoutaient. Assaf était subjugué, mais Tamar l'entendait se battre avec les cordes, perdre la mesure, poursuivre désespérément une chose qui, il y a à peine une semaine, faisait partie de son jeu. C'était une sonorité opaque, manquante. Puis il y eut un silence. Tamar fit signe à Assaf de le suivre à l'extérieur. Avant qu'ils aient eu le temps de se lever, ils entendirent un grand coup, un bruit de bois fendu et un long gémissement de cordes. Shaï revint et lança à Tamar un regard effrayé, accusateur :

– Je ne l'ai plus. Je te l'ai dit. Je l'ai perdu pour toujours. Et je ne vaux rien sans ça.

Il s'affaissa sur le matelas, se roula en boule et poussa des gémissements égarés, monotones. Tamar s'étendit à côté de lui, le serra contre elle et fredonna doucement une espèce de berceuse. En un clin d'œil, sans doute vaincu par la terreur et le désespoir, il s'endormit.

– Tu ne veux pas savoir ce que Léah écrit dans la lettre ?
C'était le tour de garde de Tamar, ils étaient assis l'un
contre l'autre près de Shaï endormi, enveloppés dans la
même couverture pour se réchauffer un peu.

– Qu'est-ce qu'elle écrit ? dit Assaf, embarrassé.

– Je veux que tu me dises que tu es très curieux de le
savoir.

– Je suis curieux, très curieux, dis-moi ce qu'elle a écrit.

Elle lui tendit la feuille froissée : « Tami, ma mie, ne
m'en veux pas. Mais il faut être fou pour ne pas profiter
d'une telle occasion. Bruce Willis et Harvey Keitel dans le
même emballage ! ! ! Au fait, regarde la main, on dirait la
statue de la liberté, non ? *Nota bene :* Noykou est d'accord. »

Assaf ne comprenait rien. Tamar le poussa de l'épaule.
Elle voulait savoir ce qu'il pensait de Léah. Il lui raconta
son arrivée au restaurant et se souvint brusquement qu'il
ne lui avait pas encore parlé de Théodora.

Tamar écouta en étouffant un cri de surprise, le pria de
recommencer toute l'histoire avec plus de détails, leur
rencontre, ce qu'on lui avait fait subir, ses premiers pas à
l'extérieur, comment elle avait regardé la rue, quelle
expression elle avait sur le visage. Puis elle se leva et se
mit à arpenter la grotte, elle avait envie d'être avec Théodora, de l'accompagner dans ses premiers pas hors de sa
maison-prison. Si Théo avait fini par sortir, Shaï aussi
avait peut-être une chance de s'en sortir.

– Mais comment as-tu fait pour qu'elle te raconte notre
première rencontre ? Et Léah aussi, comment as-tu fait
pour qu'elle te raconte tout ? Et tous les autres, comment
as-tu fait ?

Assaf haussa les épaules. A vrai dire, lui aussi était
étonné.

– Tu es un magicien. Tu fais parler les gens. C'est un vrai cadeau.

Des mots chantaient dans la tête d'Assaf : guerrier, voleur, magicien, chevalier. Il était déjà les trois premiers, et se demandait maintenant comment on devenait chevalier. Dinka se mit soudain à aboyer, Assaf sortit pour voir ce qui se passait, il ne vit rien de suspect. Puis ils n'en reparlèrent plus.

A deux heures du matin, ce fut au tour d'Assaf de monter la garde, mais Tamar lui dit qu'elle ne pourrait pas dormir. Ils sortirent ensemble devant la grotte et s'assirent par terre, d'abord comme ça, puis comme ça, et si on se mettait dos à dos ? Que de ressources dans un dos, que de caresses et de paroles dans ce dos qu'on croit indifférent ! Et ils en furent si troublés qu'aussitôt, inattentifs à ce qui se passait autour d'eux, ils parlèrent de ce qui les préoccupait. Assaf lui raconta pour la troisième fois sa rencontre au café avec les parents de Tamar, il ne lui cacha rien, sauf les détails qui risquaient de lui faire mal. Elle lui raconta les événements de l'année passée, comment des parents cultivés et intelligents pouvaient se comporter comme ils l'avaient fait. Prêts à renoncer à leur fils sans essayer de se battre pour le garder, à le retrancher de leur vie et se débarrasser d'un souci. Elle lui dit tout, les querelles de Shaï avec ses parents, le sentiment qu'il avait de vivre sur une autre planète qu'eux, ses disparitions pendant plusieurs jours sans dire où il allait ; puis on l'avait aperçu dans des endroits douteux, les parents ne voulaient pas y croire ; et le début des larcins parce qu'il avait besoin de plus en plus d'argent pour acheter ses doses, et pour finir cette terrible scène, quand le père avait essayé de l'empêcher de sortir et que père et fils en étaient venus aux mains.

– La première semaine, il était énervé, humilié, d'accord, je comprends. Mais après ? Et ma mère ? Comment est-ce possible ? Pendant plus d'un an, ils n'ont appelé la police que deux fois, tu imagines un peu ? Deux fois ! Si on leur avait volé la voiture, ils auraient remué ciel et terre, mais leur propre fils ! Et quand la police leur a dit que leur fils était majeur et que s'il avait choisi de quitter ses parents, elle ne pouvait pas s'en mêler, ils ont tout laissé tomber !

Elle se frappa le front du plat de la main :

– Tu comprends un peu comment ils fonctionnent ? Est-ce que tes parents auraient agi de la même manière ?

– Non, dit Assaf en calant son dos contre celui de Tamar, et il se mit à rêver de lui présenter ses parents, persuadé que Tamar serait aussi bien accueillie que Rhinocéros, il l'imagina chez lui, en train de jouer avec Mouky, de parler avec sa mère dans la cuisine, puis ils s'enfermeraient ensemble dans sa chambre, il fallait qu'il fasse le ménage des objets embarrassants, survivances de sa vie passée, sa collection d'autocollants, ses monstres gluants aux couleurs fluo, le photomontage de sa tête posée sur le corps d'un rabbin ultra-orthodoxe, des posters déteints de *Blade Runner* qu'il avait accrochés au mur à l'âge de dix ans.

Tamar retourna voir Shaï. Il était réveillé et lui demanda de l'eau. Après avoir bu, il la regarda et s'excusa de tout ce qu'il avait fait et dit. Puis, d'une voix lucide et d'un calme effrayant, il annonça qu'il ne pourrait pas vivre sans jouer. Dans l'immédiat, il n'était pas question qu'il joue, lui expliqua Tamar, mais d'ici un ou deux mois il retrouverait progressivement toutes ses facultés. Shaï hocha la tête, elle se faisait des illusions, mais lui savait qu'il était perdu.

– Pourquoi tu ne me laisses pas mourir ici ?

Elle essaya de ne pas montrer ce que ces mots lui faisaient :

– Sherlock, tu n'as pas encore compris que je ne te laisserai pas tomber ? dit-elle en s'efforçant de sourire. Quoi que tu fasses ou que tu dises, je serai toujours là pour te soutenir. Tu n'as pas encore compris que je n'ai pas le choix ?

Leurs regards se croisèrent pendant un long moment silencieux et plein de mots dont ils étaient les seuls à comprendre le sens depuis leur enfance, comme deux jumeaux, deux clés d'une même serrure.

– C'est vrai que tu ne me laisseras pas tomber ?

– A ton avis ?

– Je le savais.

Shaï respira profondément, fit entrer l'air dans son thorax rétréci, et Tamar comprit qu'il venait de lui faire un grand cadeau, le plus précieux de tous.

– Vas-y, la poussa-t-il d'une voix raffermie. On arrête tout ce mélo, donne-moi un fruit ou un truc à manger, et va retrouver ton copain. Allez, va, je vois que tu meurs d'envie de le retrouver, je me débrouillerai tout seul.

Tamar ressortit et rapporta sèchement à Assaf que Shaï allait mieux. Ils restèrent quelque temps sans parler. A mesure que Shaï allait mieux, Tamar faisait de la place en elle pour Assaf, pour elle-même et pour tout ce à quoi elle s'était interdit de penser jusqu'alors.

Elle lui parla de Sheli, de sa joie de vivre, de son charme, de son humour, et de toute cette autodestruction. Les phrases se déversaient, et Assaf écoutait. Elle lui raconta comment Sheli l'avait aidée à porter le matelas jusqu'à la chambre qu'elles partageaient, comment elle n'avait peur de personne. A mesure qu'elle parlait, elle mesurait l'ampleur de la catastrophe qui était arrivée.

– Il n'y a plus de Sheli, dit-elle désolée, comme si elle venait seulement de le comprendre. Il n'y a plus et il n'y aura jamais plus au monde cet être unique qu'elle était. Tu comprends ? Je dis les mots, mais je ne comprends pas vraiment. Pourquoi ai-je tant de mal à le comprendre ? Dis-moi, suis-je normale ? Ou bien y a-t-il quelque chose qui cloche en moi ?

Comme ils étaient assis dos à dos, elle ne voyait pas son visage, mais elle n'avait encore jamais rencontré un garçon qui écoutait avec tant de chaleur et de sympathie. Puis il orienta imperceptiblement la conversation vers le chant. Elle lui raconta que trois ans plus tôt elle avait obligé ses parents à l'inscrire à une chorale qui avait transformé sa vie : elle s'était épanouie et avait acquis de la confiance. Puis elle lui parla de Halina qui, dès le premier instant, avait cru en elle malgré ses épines, son insolence. Assaf ne connaissait rien à la musique, il lui demanda comment elle faisait pour affronter un public ; elle rit et lui dit que c'était une entreprise folle, mais qu'y trouvait-il de si difficile ? Assaf réfléchit quelques secondes. Tamar attendait patiemment.

– Donner quelque chose de soi, finit-il par dire. Quelque chose qui vient de l'intérieur et qu'on donne à des inconnus, sans même savoir comment ils vont l'accueillir...

– Tu as raison, mais c'est justement ce qui me fait plaisir, tu comprends ? Se présenter à des étrangers et, à chaque fois, les conquérir...

– Je comprends, mais je suis différent. Personnellement, je n'aurais pas pu...

A l'idée de chanter devant des gens, Assaf rit en silence, Tamar colla encore plus son dos contre le sien comme pour s'imprégner complètement du rire qui le secouait :

– ... je me serais sûrement arrêté après chaque mesure pour me demander comment c'était. Toi, ça ne t'arrive jamais ? demanda-t-il en haussant les épaules.

– Mais c'est justement ce que j'essaie d'apprendre depuis des années !

Il avait mis le doigt sur des choses compliquées qui la travaillaient depuis des années et que même Halina ne savait pas formuler aussi exactement.

– Je dois apprendre à *renoncer*, tu comprends ? Il faut que j'apprenne à ne pas me juger et me critiquer sans cesse, je ne sais pas encore comment faire. Dès que je m'arrête un instant pour penser au son que je viens de produire, je suis fichue. Je me referme, je me fige, et c'est fini.

Il aurait pu l'écouter ainsi toute la nuit, silencieux, attentif, pendant que son dos brûlait et qu'il avait envie de courir de colline en colline et de hurler à tue-tête que c'était en train d'arriver, que toute sa vie n'avait été qu'un préambule, un échauffement en vue de cet instant où enfin il *commençait à être*. Elle parlait et il se demandait s'il était malade, tant son corps tout entier était douloureux à force de se tendre vers elle. Il en avait mal jusqu'aux dents, jusqu'aux ongles.

– Et quand tu chantes bien, lui demanda-t-il, en s'appliquant avec le restant de ses forces à garder une voix calme et stable. Comment c'est ? Comment tu te sens ?

– Oh, c'est ce qu'il y a de mieux, dit Tamar en jubilant. C'est presque un sentiment mystique. Comme si toutes les choses étaient à leur juste place… (Comme je me sens en ce moment, se dit-elle.) Dis, tu voudras bien venir m'écouter un jour à un récital ?

– Oui, bien sûr. Mais il faudra que tu m'expliques tout auparavant.

– Ne t'en fais pas. Tu viendras préparé.

Il avait envie qu'elle chante pour lui tout de suite. Mais il avait honte de le lui demander, il avait honte !

De temps en temps, l'un ou l'autre se levait pour aller voir si Shaï allait bien. Les deux corps se quittaient momentanément, impatients de retrouver le contact de l'autre. D'étranges bruissements agitaient les buissons alentour, mais Tamar et Assaf vivaient au cœur d'un instant si intime que lorsque tout fut fini ils se demandèrent comment ils avaient fait pour être si insensibles à ce qui se passait autour d'eux, pour relâcher aussi dangereusement leur vigilance.

Ils laissèrent tout naturellement leurs têtes s'incliner l'une vers l'autre. Tamar demanda si ses épines ne le piquaient pas, Assaf dit que non, qu'elles étaient douces. Il lui raconta qu'il avait été surpris en la voyant pour la première fois, parce que tout le monde l'avait préparé à une belle crinière touffue. Est-ce que ça te plaît ? lui demanda Tamar. Oui, dit Assaf. Seulement oui, c'est tout ? Non, ça me plaît beaucoup, dit Assaf, mais peu lui importait sa coiffure, parce qu'il la trouvait belle, vraiment très très belle. Et il se tut aussitôt, effrayé, ivre de son audace.

Dinka aboya plus fort encore. Tamar sentait la grosse tête d'Assaf contre la sienne. C'était un plaisir presque insupportable. Elle avait envie de se lever, car que se passerait-il quand tout serait fini ici, le charme continuerait-il d'opérer hors de la grotte ? Mais elle resta collée à lui, laissa la chaleur de son corps faire fondre tous les blocs de glace et se répandre en elle sous forme de plaisir. C'est la réalité, se dit-elle comme dans un brouillard, voilà mes rêves qui rencontrent la réalité sans exploser en pleine figure comme un ballon. Pourquoi tu soupires comme ça ? lui demanda Assaf. Rien, rien, dit-elle. Mais une phrase bizarre se forma dans sa tête : «Nous avons le plaisir de vous annoncer que vous avez été reçue au sein de l'humanité. »

– J'avais envie de te demander, mais je n'en avais pas le courage.

(Assaf était étonné de parler comme un homme expérimenté.)

– Demander quoi ? Il suffit que tu le dises.

(Sa voix à elle, dans son dos, était douce et généreuse.)

– De chanter.

– Ah, c'était ça.

Elle ne se redressa pas. Pour ne pas éloigner son corps du sien. Et chanta avec naturel, sans le moindre effort, sans vouloir l'impressionner, *Peur de rien blues*. Sa voix était différente, elle en était étonnée, «Quand je frôle la lumière/ qu'un instant je la tiens/ avec ma guitare à la main…», dos contre dos, ils avaient fermé les yeux, «… j'ai peur de rien». Quelque chose avait changé depuis la dernière fois sur la place, elle chantait doucement, c'était presque imperceptible, cette qualité enfantine, cristalline avait disparu complètement, et une chose nouvelle qu'elle était incapable de définir émergeait soudain.

Au milieu de la chanson, Dinka se leva et commença à tourner en rond avec inquiétude, elle lança quelques aboiements à la ronde.

– Il y a peut-être une bête dans les buissons, dit Assaf quand elle eut fini de chanter.

Il aimait sentir sa respiration dans son dos. Il ne lui avait encore rien dit de sa passion, la photographie, mais il n'avait pas envie de parler de lui.

– Tu veux qu'on prenne la torche et qu'on aille voir ?

– Non, reste comme tu es.

– Ce soir, à Milan, c'était le dernier concert de ma chorale, se souvint-elle brusquement. Adi devait chanter mon solo.

– Chante-le ici.

– Vraiment ? Tu veux bien ?

– Oui. Si tu te contentes d'un public aussi restreint.

Elle se leva, se redressa, lui montra comment elle portait sa robe noire de concert, se retourna avec élégance pour qu'on voie son grand décolleté dans le dos, ses chaussures à talon qui la vieillissaient d'au moins trois ans, lissa sa coiffure de scène avec la cascade de boucles retombantes. Puis elle fit une profonde révérence vers les fauteuils d'orchestre, les balcons, les loges dorées sur les côtés, toussota et fit un léger signe au pianiste accompagnateur.

– Attends, dit Assaf. Il y a quelqu'un qui marche là-bas.

C'est alors que tout se produisit. A la vitesse d'un accident. Jusqu'à la dernière minute, Assaf refusa de comprendre ce qui se passait, tout s'écroula au moment où ils étaient si près d'une bonne fin. Une image stupide le traversa : c'était comme lorsqu'on joue à la Game Boy et que, d'un coup de pouce malencontreux, on perd tout.

«Comme une opération militaire», se dit-il un instant plus tard, «comme un cauchemar», pensa Tamar. Ils étaient partout, sur les talus, derrière le rocher. On aurait dit des dizaines, mais en fait ils n'étaient que sept : six «bouledogues» et Pessah. Dans le tourbillon d'épouvante qui la saisit, Tamar eut le temps de penser qu'ils avaient tout entendu et profané par leur présence ce précieux instant qui leur appartenait.

Quelqu'un frappa Assaf dans le dos, un autre fit tomber Tamar. On entendit des cris et des coups dans la grotte, puis le Gros se montra devant l'entrée, il brandissait à bout de bras Shaï qui saignait de la bouche.

– Nous tenons le mont du Temple, dit le Gros en lançant un regard haineux à Tamar. Il nous reste à prendre la grotte des Patriarches.

Tamar fit une grimace, quelqu'un colla le visage d'Assaf contre terre, il se dit qu'il finirait par s'habituer au goût de poussière.

Pessah avait un plan.

– Shaï, prunelle de mes yeux, regarde bien, regarde ce que j'ai dans la main droite, et dans la gauche.

Shaï essaya de fixer son regard. Assaf releva la tête, personne ne la lui revissa au sol. Quand il aperçut la natte de Pessah, il sut que tout était perdu.

– Quelque chose que tu adores, dit Pessah d'une voix mielleuse. Le pied intégral, je te dis.

Tamar poussa un gémissement profond et enfouit la tête dans la terre.

– Qu'est-ce que c'est ? demanda Shaï d'une voix faible, en faisant quelques pas en avant. Fais voir, fais voir.

– Dans ma main droite, dit Pessah, j'ai un paquet de cinq intact, sorti tout droit de chez le producteur.

Shaï poussa un gémissement de plaisir incrédule. Il tendit aussitôt le bras, totalement sous le joug du sortilège.

– Pas touche ! gronda Pessah. Et maintenant, regarde ce qu'il y a dans la main gauche ! Une surprise ! Un joli petit bout de carton, un amour de carton ! De quoi t'envoyer comme un missile au septième ciel ! Alors qu'est-ce que tu en dis ? Par quoi tu commences ?

Shaï haletait. Son long cou mince se tendit en avant ; comme celui d'un cygne, pensa Tamar ; un cygne qui va être immolé, se dit Assaf.

– Parce que j'ai entendu dire par des sources bien informées, reprit Pessah en étirant les syllabes, que ta gentille petite sœur avait entrepris toute seule ici un début de sevrage, c'est vrai ça ?

Shaï acquiesça. Assaf vit à la clarté de la lune le teint gris et terreux de la crise recouvrir son visage.

– Alors peut-être que ce qu'on te propose ne t'intéresse plus du tout ? demanda Pessah avec une sollicitude à faire dresser les cheveux sur la tête.

Et, comme un magicien, il ferma les poings sur les deux doses. Ensorcelé, Shaï fit non de la tête et poussa une plainte amère à la vue des doses qui disparaissaient.

– Shaï ! hurla Tamar de toutes ses forces. Shaï !

Celui qui la tenait lui colla le visage contre terre, mais le cri avait fait son effet : Shaï eut un choc, il fit un pas en arrière et écarquilla les yeux. Assaf eut l'impression qu'il retrouvait soudain son vrai regard.

– Non, dit Shaï.

D'un geste exagéré, Pessah mit la main en cornet derrière l'oreille :

– Comment ? Répète encore une fois ! Je n'ai pas bien entendu.

– J'ai dit non, gémit faiblement Shaï. J'en ai fini avec ça. Je le crois.

– Tu crois que tu en as fini, dit Pessah de nouveau mielleux en s'approchant de lui. Mais tu sais bien que tu n'as pas fini et que tu ne finiras jamais. Parce qu'aucune force au monde ne va te sortir de ça. Et tu sais pourquoi ?

Il se pencha et posa une main lourde sur l'épaule décharnée. Tamar commençait à sentir le bloc de violence compacte qui émanait du corps de Pessah ; les autres hommes suivaient le spectacle et imitaient inconsciemment avec leur corps les gestes menaçants de leur patron corpulent.

– Tu veux savoir pourquoi tu n'en finiras jamais ? Parce que t'es *nul*, parce que sans ta dose t'es une vraie nullité, tu ne peux même pas passer une demi-journée, ni sortir dans la rue, ni oser parler aux gens, ni aller dans un café, ni parler avec un copain, ni draguer une fille, ni coucher avec elle, tu comprends ? Avec tous tes complexes ? ! Tu me fais rire. Sans ta dose, tu ne vas bander qu'en rêve. Alors moi, Pessah, qui suis pour toi père et mère, copain copine, imprésario professionnel et tout ton avenir, je te propose gentiment d'en prendre. Allez, vas-y, prends.

Pendant tout le discours, Shaï garda la tête baissée. A chaque phrase de Pessah, il se sentait devenir plus petit, comme si un marteau l'enfonçait dans la terre. Quand Pessah se tut, Shaï se redressa, il releva sa mèche dégarnie qui retombait sur les yeux et dit non.

– Dommage pour toi, dit Pessah. T'as les doigts de Jimi Hendrix. Mais c'est comme tu voudras.

Il fit un pas en arrière et envoya un signal au Gros. Ce dernier s'approcha et saisit la main droite de Shaï, celle qui pinçait les cordes. Shaï poussa un cri d'horreur et essaya de retirer la main.

– A vrai dire, j'hésite un peu, dit Pessah en se grattant la tête. Je me demande si le premier doigt va être pour la Mitsubishi que tu as bousillée, ou pour notre ami Miko qui est en taule. Qu'en pensez-vous ? dit-il en se tournant vers les autres hommes qui le regardaient, hypnotisés. On le lui brise d'abord et on réfléchit après ?

– Vaut mieux pas, dit une grosse voix lente au-dessus de la grotte.

Assaf crut devenir fou.

Le Gros s'immobilisa. Shaï retira sa main en gémissant et la cacha derrière son dos. Les bouledogues regardèrent nerveusement autour d'eux, Dinka poussa des aboiements furieux à la face du ciel, Pessah recula vers l'ombre, le regard aux aguets.

– Je me suis un peu égaré, dit Rhinocéros, en dévalant le talus presque au-dessus de leurs têtes. Vous vous êtes trouvé un drôle d'endroit, j'ai même des fourmis aux pieds, salut, Assaf.

Les jours suivants, en repensant au film des événements, Assaf se dit que la fin aurait dû être légèrement différente. Un peu plus dramatique. Avec des colonnes de feu et de fumée, un combat surhumain à la vie à la mort, qui durerait des heures.

La réalité était presque décevante : la grotte était encerclée par des policiers en civil, neuf hommes courbatus et grognons, qui se cachaient depuis le début de la soirée dans le lit du wadi, dans les buissons et les herbes folles. Il y avait aussi un officier de police, un lieutenant-colonel de la brigade des stupéfiants, un homme calme, sec, avec des lunettes, qui avait fait partie au Liban de la même unité de blindés que Rhinocéros à qui il devait un peu la vie. Il avait enregistré Pessah quand il essayait de pousser Shaï à reprendre de la drogue. Oui, j'ai suffisamment de preuves, avait-il marmonné avec le flegme d'un policier britannique.

Le tout n'avait pas duré plus de dix minutes. Le monde s'était mis à l'envers, puis à l'endroit. Pessah avait essayé de s'enfuir. Malgré son poids et sa taille impressionnants, il était très rapide et il avait fallu quatre policiers pour le rattraper, mais il avait lutté avant de se rendre, il y avait eu des coups de poing, Pessah était un ancien lutteur professionnel. Les policiers avaient fini par l'immobiliser au sol, face contre terre, et lui avaient attaché les mains. Une fois relevé, il paraissait pitoyable, vidé, effrayé. On avait passé les menottes à tous ceux de la bande et on les avait assis dos contre dos en leur interdisant de parler entre eux (pendant la lutte avec Pessah, une paire de menottes avait disparu, Tamar était allée chercher les siennes dans la cachette et les avait rapportées aux policiers, le visage impassible. Après s'en être servi pour Pessah, un policier lui avait dit : « Vous n'auriez pas une lunette d'astronomie par hasard ? La mienne est en panne. »).

Puis les policiers étaient entrés dans la grotte pour essayer de comprendre ce qui s'était passé. Le lieutenant-colonel avait posé quelques questions à Tamar et pris des notes, les lunettes embuées par une émotion à peine dissimulée.

– Et si tu n'avais pas réussi ? lui avait-il demandé sur un ton monocorde. Tu sais bien que tu n'avais pratiquement aucune chance. Qu'aurais-tu fait ?

– J'aurais tout de même réussi, je n'avais pas le choix, avait dit Tamar.

Adossé à un rocher, couvert de sueur et encore sous le choc, Shaï était assis à l'écart. Tamar s'approcha, s'assit à côté de lui et lui entoura les épaules. On les entendit chuchoter. Assaf comprit ce qu'elle disait :

– Ce soir, tout de suite. On va t'emmener là-bas, tu vas frapper à la porte et entrer.

– Ils ne seront jamais d'accord. Tu as bien vu, ils ne m'ont même pas cherché.

Tamar dit que plus tard toute la famille aurait besoin de parler de cette affreuse période, mais dans l'immédiat elle savait que ses parents attendaient Shaï. Elle fit un signe à Assaf qui s'agenouilla à côté d'eux et leur raconta sa rencontre au café, à midi : ce qu'il leur avait dit, ce qu'ils avaient répondu, et comment ils avaient pleuré.

– Je ne te crois pas, dit Shaï. Il a pleuré ? Devant des gens ? Tu as vraiment vu des larmes ?

Les policiers repartirent en poussant devant eux une petite troupe vaincue et furieuse. Rhinocéros resta avec les trois jeunes gens et leur proposa de les ramener chez eux. Le lendemain, à la lumière du jour, ils pourraient revenir dans la grotte et ramasser toutes les affaires. Assaf sentit son cœur défaillir. Alors, c'était la fin ? Malgré le danger et les rares moments de bonheur, l'endroit gardait le charme de leur cohabitation.

Ils remontèrent le talus, Dinka courait devant eux et Rhinocéros soutenait Shaï. Puis il le confia à Tamar et s'approcha d'Assaf qui lui demanda comment il avait organisé toute l'opération et comment Pessah savait qu'ils étaient cachés dans la grotte. Rhinocéros raconta que,

depuis la fuite de la fille retrouvée morte à Eilat, la brigade des stupéfiants serrait de près Pessah, son téléphone
était sur écoute et son dossier de plus en plus lourd. Il ne
manquait que la cerise sur le gâteau, et quand Rhinocéros
avait téléphoné au lieutenant, son ami de l'armée, la réaction avait été enthousiaste. «La suite est un jeu d'enfants.
Cet après-midi, Pessah a reçu un coup de téléphone anonyme, c'était peut-être moi, lui disant exactement où se
cachaient ses deux petits oiseaux échappés de la cage.
Après, il ne restait plus qu'à venir les cueillir.»

La lune se cacha. Il était difficile de voir dans l'obscurité, Assaf essaya à plusieurs reprises de parler de Rély,
mais il ne trouvait pas les mots qu'il fallait. Ils marchaient
le long des buissons touffus. On n'entendait que la respiration de chacun, le sifflement des poumons de Shaï.
Rhinocéros paraissait plus pensif que d'habitude.

Ensuite, tout le monde se serra dans la fourgonnette.
Personne ne parlait. Pendant le voyage, Shaï dit : «Je
me serais bien fumé un joint avant d'arriver», et Tamar
comprit sa peur devant ce qui l'attendait, exposé et nu,
sans le secours de la drogue. Le paysage obscur défilait et
Assaf comptait les minutes, dans dix, cinq, une minute,
tout serait fini.

Une faible lumière éclairait le jardin devant la maison.
Tamar regarda par la vitre de la fourgonnette et se souvint
de son départ de chez ses parents, un mois plus tôt. Dinka
reniflait l'odeur de sa maison et s'agitait dans la voiture.
Assaf aperçut une belle villa, un jardin bien entretenu,
deux voitures gris métallisé devant le garage, et son cœur
se serra.

Shaï sortit le premier et s'arrêta devant le portail. Dinka
se précipita ventre à terre sur le gazon :

– Alors, tu viens ? dit Shaï à Tamar.

– Vas-y tout seul, dit Tamar en regardant la maison.
Rencontre-les sans moi d'abord, vous avez des choses à
vous dire. Moi, je viendrai demain matin.

Assaf était surpris. Rhinocéros leur tournait le dos et

tapotait sur le volant. Son dos paraissait si large soudain.

— Je crois que j'ai besoin de passer encore une nuit là-bas, dit Tamar d'une voix hésitante. Je dois faire mes adieux à cet endroit.

— Toute seule ? demanda Rhinocéros d'une voix effrayée. Comment vas-tu faire ?

Il y eut un silence.

— Dinka viendra avec moi, chuchota Tamar.

— Et… moi aussi…, dit Assaf d'une voix sourde.

Rhinocéros haussa les épaules. Ils virent ensemble Shaï franchir le portail, avancer sur l'allée, commencer à revenir vers la vie, et aucun d'eux n'était sûr qu'il réussirait. Arrivé devant la porte, il se retourna et leur lança un regard de bête aux abois. Sans s'être donné le mot, Rhinocéros et Assaf levèrent en même temps le pouce. Tamar lui fit un signe. Il frappa à la porte. Personne n'ouvrit. Il attendit exactement une seconde et se retourna, vexé, en colère, prêt à repartir, quand une lumière s'alluma dans la maison, puis une autre. Shaï attendait, prêt à décamper. Un instant plus tard, ils virent la porte s'ouvrir. Shaï risqua à l'intérieur un regard morose. Puis il fit un pas après l'autre, et la porte se referma sur lui. Assaf entendit un hoquet, le visage de Tamar était mouillé, c'était la première fois qu'il la voyait pleurer.

— Je ne pleure pas, lui dit-elle à l'oreille, sur le point d'éclater en sanglots.

Assaf effleura du doigt une trace de larme sur sa joue.

— Non, ce n'est rien, je crois que je suis un peu allergique à la tristesse.

Assaf goûta son doigt.

— C'est des larmes, déclara-t-il, et pendant le chemin de retour elle sanglota sur son épaule, secouée de tremblements accumulés pendant tout ce mois dans son corps.

Rhinocéros les conduisit jusqu'à la station d'autobus au-dessus du wadi et repartit. Il faisait encore nuit, mais l'aube commençait à poindre. Dinka courait devant eux, la queue dressée en panache. Ils marchèrent sur le bord de la route, puis descendirent dans la vallée, se soutenant dans les passages difficiles, cherchant des prétextes pour se toucher, se soutenir. Le tout presque sans parler. Tamar se dit qu'elle n'avait encore jamais rencontré d'homme avec qui il soit aussi agréable de se taire.

26.11.99

Table

Les titres des chapitres sont empruntés à Jean-Jacques Goldman pour *Long is the Road*, *Quand la musique est bonne*, *Peur de rien blues* (Sony Music Entertainement), *Pour que tu m'aimes encore* (ed. JRG/CRB), *Rapt* (BMG Music Publishing/CBS), et à Elvis Presley pour *You're an Angel in Disguise*.

RÉALISATION : PAO ÉDITIONS DU SEUIL
IMPRESSION : NOVOPRINT
DÉPÔT LÉGAL : MARS 2005. N° 78990
IMPRIMÉ EN ESPAGNE

Collection Points

DERNIERS TITRES PARUS